【劉再復文集】⑥〈人文思想部〉

傳統與中國人

劉再復
林崗 著

題贈知己摯友再復兄

古今中外，洞察人文。
睿智明澈，神思飛揚。

——高行健，著名作家，諾貝爾文學獎獲得者。

煌煌大著，燦若星辰。
光耀海南，特此祝賀。

——李澤厚，著名哲學家、思想家。

一枝巨筆，兩度人生。
三十大卷，四海長存。

——劉劍梅，劉再復長女，香港科技大學人文學部教授。

出版說明

劉再復

香港天地圖書有限公司即將出版我的文集，二零二二年出齊三十卷，這是何等見識、何等作為、何等氣魄呵！天地出「文集」，此乃是香港文化史上的盛舉，當然也是我個人的幸事、大事，我為此感到衷心的喜悅。

我要特別感謝天地圖書有限公司。「天地」對我一貫友善，我對天地圖書也一貫信賴，我曾為天地圖書的傳統題詞：「天地遼闊，所向單純，向真，向善，向美。圖書紛繁，索求簡明，求質，求精，求好。」天地圖書的前董事長陳松齡先生和執行董事劉文良先生都是我的好友。和我情同手足的文良好兄弟雖然英年早逝，但他的夫人林青茹女士承繼先生遺願，繼續大力支持我的事業。此文集啟動之初，她就聲明：由她主持的印刷廠將全力支持文集的出版。三四十年來，「天地」歷經多次風雲變幻，對我始終不離不棄，不僅出版我的《漂流手記》十卷和《潔白的燈芯草》、《尋找的悲歌》等，還印發了《放逐諸神》和八版的《告別革命》，影響深遠。現在又着手出版我的文集，實在是情深意篤。此次文集的策劃和啟動乃是北京三聯前總編李昕（現為商務顧問）和天地圖書的董事長曾協泰二兄，他們怎麼動起出版文集的念頭我不知道，但我知道他們都是性情中人，都是出版界老將，眼光如炬，深知文集的價值。協泰兄和李昕兄商定之後，請我到天地圖書和他們聚會，決定了此事。讓我特別高興的是協泰兄拍板之後，天地圖書的全部脊樑人物，全都支持此事。天地圖書總經理陳儉雯小姐（陳松齡的女兒）直接代表天地掌管此事，編輯主任陳幹持小姐擔任責任編輯。其他參與「文集」編製工作的「天地」同仁經驗豐富，有責任感且好學深思，具體負責收集書籍、資料和編輯、打字、印刷、出版等事宜，讓我特別放心。天地圖書全部精英投入此事，保證了「文集」成功問世，在此我要鄭重地對他們說一聲謝謝。

閱讀天地圖書初編的文集三十卷的目錄之後，我的摯友、榮獲諾貝爾文學獎的著名作家高行健特寫了「題贈知己摯友再復兄：古今中外，洞察人文。睿智明澈，神思飛揚。」十六字評價，一言九鼎，讓我高興得好久。爾後，著名哲學家李澤厚先生又致賀，他在「微信」上寫道：「煌煌大著，燦若星辰。光耀海南，特此祝賀。」我的長女劉劍梅（香港科技大學人文學部教授）也發來賀詞：「一枝巨筆，兩度人生。三十大卷，四海長存。」我則想到四五十年來，數十卷書籍，至今之所以不會過時，多年不衰，值得天地圖書出版，乃是因為三十卷文集都是純粹的學術探索與文學創作，而非政治與時務。政治以權力角逐和利益平衡為基本性質，即使民主政治也改變不了政治的這一基本性質。我的所有著述，所有作品都不涉足政治，也不涉足時務，所以站得住腳，贏得相對的長久性。

我個人雖然在三十年前選擇了漂流之路，但我一再說，我不是反抗性的政治流亡，而是自然性的美學流亡。所謂美學流亡，就是贏得時間，創造美的價值。今天我對自己感到滿意的就是這一選擇沒有錯。追求真理，追求價值理性，追求真善美，乃是我永遠的嚮往。我對此無愧無悔。我的文集分兩大部份，一部份是學術著述，一部份是散文創作。無論是人文學術還是文學創作，我都追求同一個目標，持守價值中立，崇尚中道智慧，既不媚左，也不媚右；既不媚上，也不媚下；既不媚俗，也不媚雅；既不媚東，也不媚西；既不媚古，也不媚今。所謂中道，其實是正道，是直道，是大道。

最後，我還想說明三點：一是本「文集」，原稱為「劉再復全集」，後來覺得此名不符合實際，因為收錄的文章不全。尤其是非專著類的文章與訪談錄。出國之前，特別是上世紀七十年代末與八十年代初的文字，因為查閱困難，幾乎沒有收錄集子之中。所以還是稱為「文集」較好，可留有餘地。待日後有條件時再作「全集」。二是因為「文集」篇幅浩瀚，所以成立了一個編委會，我們不請學術權威加入，只重實際貢獻。這編委會包括李昕、林崗、潘耀明、陳松齡、曾協泰、陳儉雯、梅子、陳幹持、林青茹、林榮城、劉賢賢、孫立川、李以建、葉鴻基、劉劍梅、劉蓮。「文集」啟動前後，編委們從各自的角度對「文集」提出許多很好的意見，所有的意見都非常珍貴。謝謝編委們！第三，本集子所有的封面書名，全由屠新時先生一人書寫完成。屠先生是《美中郵報》總編。他是很有才華的追求美感的書法家。他的作品曾獲國內書法比賽中的金獎。

「文集」出版之際，僅此說明。

於美國科羅拉多州波德
二零一九年十二月三日

目錄

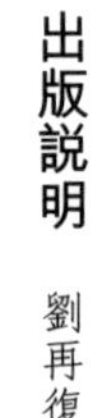

前言

《傳統與中國人》一九八七年由北京三聯出版，後來香港三聯和台灣人間出版社也相繼印行，十二年之後的一九九九年，安徽文藝出版社又再次印行。在安徽版裏，我們都分別寫了簡短的「再版後記」。事隔三年，承蒙牛津大學出版社好意，在出版我們合著的另一新著《罪與文學》的同時，願意再版此書。舊著能夠一再重版重印，當然是作者樂意見到的事情，但是，它也增加了作者的責任，使得作者有義務向讀者說明隨着時間的流逝對自己原來的論題有沒有改變和修正，有沒有進一步的補充。我們感謝牛津大學出版社，讓我們有機會重拾那段十多年前的思考，談談我們今天的看法。

一

人文學術特別是批評性的人文學術，從來就有兩方面的不同含義：一方面它是面對一個具有真實性的問題提出看法，另一方面是在一種社會情景之下與現實的對話。前者是人文批評所具有的客觀性的那一方面，後者則是人文批評必不可少的主觀性的那一方面。在一個具體的論題裏，我們很難截然分清哪些是具有真實性的部份，哪些是具有主觀性的部份，因為兩者幾乎是水乳般融合在一起的。不過在比較抽象的層面上，我們還是能夠在兩者之間看到模糊的界限，這大約是人文批評本身的特性決定的，人文批評既讓我們看到對事實問題的見解，又讓我們強烈地感受到理想的激情與對現實的關懷。比如，魯迅關於中國傳統「吃人」的論題，他在自己的一生中多次發揮，見諸散論、小說和雜文，顯然不是一時的輕率議論，而是包含着對自己母國文化沉痛的思索和睿見。若是我們否認傳統「吃人」的論題具有任何可以稱得上是真實性的對傳統的見解，否認這一見解具有任何「學術」的含義，認為它不過是一時的激憤之辭，那就無從解釋這一論題何以在二十世紀的中國思想史上扮演如此重要的角色。若是我們拒絕這一思想，我們也將失去在今天重新認識傳統的重要依憑之一。但是，假如認為傳統「吃人」的命題就是一個純粹真實性的對傳統的認識，那這樣的看法一定是幼稚的，它不但是我們感情上不能接受的，而且也在理智上有悖於我們已經認識到的社會學、人類學關於一定的文化創設和人類生活之間的關係的知識。站在任何一極的極端的立場看待批評性的人文學術都是有問題的，因為人文批評不是那種純粹冷靜和比較客觀的研究，當然也不是毫無思考的一時憤怒，它融會了激情、現實關懷和對作為事實存在的文化傳統的深刻認識，它登場出現在特定的社會歷史場景。我們認為，這種認識不僅是我們今天合乎理性地理解「五四」新思潮的基礎，而且也有裨益於反觀筆者十數年前寫作《傳統與中國人》時的感受和思考。看清楚一個事實，是多少需要拉開一點距離的，「五四」距今八十多年，那個無以名之的八十年代距今也十多年。當歷史的存在離我們漸漸遠去的時候，可能剛好是我們有限的智慧能夠看清楚它們的時候。

「五四」新思潮的興起，是一連串的大失敗的結果。實際上，失敗在十九世紀前半葉就開始了，鴉片戰爭和《南京條約》的簽訂就是大失敗的開端，只不過是那時候的人不都這樣看，失敗之餘還有希望的資本。一頭是失敗，另一頭是利用剩餘的資本苦撐度日，維持一個外表龐大、內裏衰弱的帝國，直到所有的本錢都花光了，清朝帝國才轟然倒塌。辛亥革命並不能使局面有多少起色，民國初年的民主制度試驗，議員們除了在給自己增加薪俸的議案達成過多數一致以外，就是達不成任何多數的一致；黨派之間除了無休無止的爭吵、拆台，剩下的就是屈服於賄賂和槍口。新思潮在「五四」時期的出現，其實是無路可走時的抉擇。體會到無路可走的悲痛，才能領悟「五四」時期先驅者發起新思潮運動的因由。新思潮運動最根本的地方是以啟蒙人的覺悟來開闢社會變革的道路。我們在人類歷史上反覆看到，當一個社會存在着人們大體認可的變革方向時，知識的教育就會取代覺悟的啟蒙。這說明啟蒙的出現是特定思想運動的現象，並不是社會的恆態。況且覺悟在啟蒙中是有特定含義的，「五四」時代的含義就是「幡然悔悟」「從頭懺悔」，以認識歷史之罪、社會之罪和歷史積澱在自我之內的罪為出發點，確認人之所以為人的「根柢」。所以，新思潮的主題歸根到底是人的主題，或者說是人的主體性的主題。當以往用過的所有藥方（包括洋務的藥方、維新的藥方、革命的藥方，民主的藥方）都不能奏效，或者它們微弱的效果根本不能應付當下生存危機的時候，在思想和文化上，人的問題就必然被提出來。說它激進也好，說它反傳統也好，說它不能解決現實苦難也好，我們首先要理解的是它是在特定歷史條件下的抉擇，而這種抉擇有其如同邏輯般的歷史線索。然後才是我們根據自己的情景估定它在此時此處的價值。

八十年代思想和學術氛圍的活躍，今天看來也是一種大失敗的結果，嚴格地說，是制度失敗的結果。五十年代本來是一個百廢待興的良好開端，全球殖民時代終於因為兩次大戰而告結束，漫長的國內爭端雖不能說完全塵埃落定，但至少可以開展和平建設的里程。但是，最終像所有從那個時代走過來的人知道的那樣，執政失敗於一誤再誤，人們的熱情和執政的失誤共同鑄造了一個失敗的制度。借用運動學的術語，這是一種「無壓力犯錯」。所謂「無壓力犯錯」是指由於獨立建國，中國終於擺脱了自列強海外殖民時代以來那種「異族盛衰之連環性」（陳寅恪語）對國運的影響，但卻失誤於自己一手造成的內部施政。雖然這種「無壓力犯錯」造成的社會危機遠不如晚清或民國初年的程度之深，但它在那些滿懷建設熱情的人心裏烙下了痛苦的印痕。社會的禁錮還沒有到達無路可走的地步，但是它消磨了多少青春和熱情，它毀滅了多少才華和生命。到「文化大革命」將要結束的年代，與其說是社會的無路可走，不如説是個體生命的長夜當哭。與此類似，當八十年代思想和制度的禁錮逐漸放鬆，改革和開放的路向逐步確定的時候，知識界就產生了一種莫名的興奮，就像經歷過嚴寒而春天終於來到，經歷過休眠而終於迎來了覺醒一樣。的確，那是一個催人奮發和沉迷於創造的年代，無論是私下的聚會還是公開的討論，圈子裏的人都是精神飽滿，所議論的話題如果不是思索着如何突破現狀，就是從外面剛介紹進來的新的觀點和新的學術。其思想的活躍和批評精神的專注多少令我們想起已經日漸遠去的「五四」。而且，「五四」在整個八十年代具有令人思之難忘的含義，每年的「五四」紀念簡直就像是思想和學術圈子的節日。這和九十年代對「五四」的遺忘形成了截然的反差。八十年代對「五四」的記憶提示我們，它承繼的是失敗，無論是歷史的失敗還是社會的失敗，面對失敗就要探索，就要尋找新的道路。那時，不單思想的活躍令我們想起「五四」，而且思想和學術圈子的話語主題也是與「五四」新思潮有脈絡的聯繫的。比如，人的問題和主體性的問題再一次被提出來，李澤厚從研究康德的批判哲學中闡明主體性的原則，筆者之一的劉再復發表了《論文學的主體性》，在一段時期之內，人的尊嚴、人道主義和人的主體性，成了思想文化界最引人注目的熱點論題。在這裏，我們不是要拿八十年代和「五四」作簡單的對比，不是要證成「五四」重現於八十年代的歷史循環論，而是要說明二十世紀中國思想最活躍的這兩個時期是可以理解的，它們產生於相類似的社會和制度失敗的背景，因此有了一種思想的活躍和探索精神，形成了相互連貫的理論和批評話語的主題。當然，它們也是遭遇了一種相類似的情景而結束。

以上的認識自然是我們現在才有的，當年寫作《傳統與中國人》的時候並沒有這種超然看待當年具體情景的想法。我們當年並不知道，我們所做的事情實際上並不完全是冷靜而客觀地思考和闡發傳統。嚴格地說，它既有思考傳統的成份，更有與現實對話的成份。與比較純粹的學術研究相比，它是一種批評型的學術。如果前一種給人「冷」的感覺，那我們做的事情，一定會給人「熱」的印象。回想當年，我們對於「五四」新思潮運動中提出來討論的問題好像有一種未竟之業的感覺，他們提出的問題非常有魅力，和我們自己的切身經驗有很深程度的共鳴，他們的論題似乎還沒有充份展開就由於時代的關係過早地打住了。我們只想把論題接過來，給予更加深入和有條理的討論。比如，第三章中有段話，很能表明我們之所以採取和「五四」基本相似的思路討論傳統文化的原因，原話是這樣的：「五四」先驅「試圖通過自覺地反省傳統文化來尋得國民性的病根，這一思路無疑是值得繼承的。甚至可以說，在這方面，『五四』先驅者的努力，只是個開端。『五四』以後，因為局勢轉變，這一自覺的開端過早地結束了。解放以來，奪取政權的勝利更加強了創造新制度可以根除傳統惡劣影響的錯覺，把文化層次的問題簡單地還原為舊政權的問題，於是隨着政權問題的解決，對文化傳統的理性批判工作也就停頓下來。」我們今天已經比較清楚了，像「五四」時期那樣批判傳統、探討國民性在後來的式微，並不簡單是因為政局情勢的問題，它有更為內在的原因。但是，我們學術探討的興奮點、趣味甚至是思路，確實是在「五四」找到很大的共鳴。站在主觀的立場，唯一能夠解釋我們自己在「五四」新思潮找到共鳴而不是在別的論題上找到共鳴的理由，是我們內心中與現實對話的激情。在初版後記中我們寫道，「我們謹以此書，參與祖國的社會主義現代化進程，並獻給一切關懷中國命運和人類命運的朋友們」，現在讀來，像是恍如隔世，但它確實很能表明我們寫作此書時的內心激情。沒有這種激情，也就沒有它的問世。正是這種與現實對話的激情使得我們選擇了與「五四」新思潮相似的批評型學術的方式來討論傳統和國民性的問題。

新思潮運動結束於日漸緊迫的救亡，「五卅」之後的社會氛圍就迅速改觀。還在「五四」的後期，魯迅就感嘆「高升的高升，退隱的退隱，消沉的消沉」。總而言之，一時間，風流雲散。這種變化銘心刻骨，但是，撇開當中的人生感嘆，思想和人一樣，總是要成長的，總是要離開原點，告別從前，思想本是一個沒有間斷的歷險。從這個意義上講，風流雲散未必不是促成思想成長的好事。

二

二十世紀中國思想一個很重要的特徵是「審父」，用現在的話說是反傳統。綜觀各個國家的近代思想，反傳統並不是一個普遍的現象，站在傳統的對立面進行反省批評的也有，但並沒成蔚為一時的主流。例如，在亞洲後起近代化的國家，反傳統所扮演的角色就不甚重要，中國二十世紀強烈的反傳統至少在亞洲後起近代化國家中也是一個特例，要解釋清楚這個特例，牽涉到的線索和前因後果太過複雜，在這裏只好按下不表。不過，思想上的「審父」運動留下來有價值的地方和它引起的文化認同的震盪倒是值得我們認識清楚的。

反傳統說到底是人的啟蒙，它並不像機械地拒絕傳統、否認傳統、拋棄傳統那麼簡單，「五四」新思潮「審父」的實質，乃是在批判傳統中尋求人格的新生，它的出發點和最後歸宿都是人。這一點無論是對於中國社會還是對我們今天的處境都是具有特別意義的，中國也是一個後起近代化國家，又有那麼漫長和曾經輝煌的歷史傳統，它在近代被迫捲進了由歐洲帶動的現代化。這種實際上是被動跟隨者的角色，很容易讓人覺得只要一心模仿先進國的制度，就可以立於與列國爭勝的不敗之地，強烈的強弱對比很容易導致後起現代化國家的「制度拜物教」。實際上，像中國這樣的後起現代化國家遠沒有那麼簡單的解決方案。我們知道，制度規則所以能夠發揮作用是依賴於千千萬萬普通人生活的風俗習慣的，它是一種在不知不覺中起作用的因素，而這種風俗習慣又是多少年的傳統養成的。當我們迫於列國競爭的壓力，模仿搬用前起現代化國家的制度時，這種搬用便很容易脫離普通民眾的風俗習慣而流為純粹形式的模仿，它完全有可能以失敗告終。這倒不是因為中國有一種自外於世界潮流的宿命，而是一般人民生活的風俗習慣並不吻合這種照搬得來的制度規則，而缺乏風俗習慣支持的制度規則當然就不能在生活裏發揮作用，不但不能發揮正面的作用，而且還把本來的已經有的生活秩序擾亂了。所有的模仿，所有的改革，所有的急起直追，最後都以人為的混亂而收場。個中緣由其實再簡單不過了，就是古人說的「橘逾於淮則成枳」的道理。上文提到的民國初年民主制度的試驗失敗就是一個例子。民初議會制度的失敗並不能完全歸結為袁世凱獨裁的野心，袁世凱的獨裁起於議會與政府勢成水火的關係，一個迫於內外壓力的政府不可能長久忍受施政無效的狀態。追求民主最後得到更為可怕的獨裁統治，這是一個晚清末年辛亥志士「制度拜物教」的教訓。亞洲國家也有近乎「全盤西化」的例子，但效果並不見得如何，例如，菲律賓在殖民擴張中完全成為殖民地，而後來獲得獨立，不但社會上層的制度模仿西方，連文化也徹底天主教化。但是，這種在宗主國行之有效的制度和文化，卻不能在菲律賓起到同樣的作用。我們在這裏舉這些例子，並不是說前起現代化國家的制度和價值觀對後起現代化國家毫無啟示作用，也不是要論證中國一定要在自己的現代化歷程中離開世界潮流「另起爐灶」，而是説後起現代化國家對西方制度，無論是經濟制度還是政治制度以及價值觀的移用、模仿和借鑒，是一個遠比想像複雜的問題。那種對西方一廂情願的理想化想法，無論是以「歐」為師還是以「俄」為師，那種以為別國的榜樣能夠提供一個現成方案解決自己難題的想法，經過一個半世紀近代化的具體實踐，已被證明是幼稚的，現在到了放棄幻想的時候了。

人類社會並沒有十全十美可供實行的藍圖，一個正常的社會恐怕應該是各種理想相互衝突，各種方案相互競爭的社會。徵諸前起現代化國家的那種自由經濟制度和法治民主秩序的形成，本身也是各種利益和社會力量相互衝突導致的平衡，並不是按照哪一種理想去逐步推進而實現的。問題是當西方進入資本和貿易擴張階段以後，連帶也傳播其文化價值觀念，它們在東方維持了一個「先進者」的角色，並在把東方殖民地化的同時，被想像為東方社會出路的榜樣。中國近代一百六十多年的歷史，大部份時間是追趕各種各樣被想像出來的西方榜樣的歷史，從「開制度局」到效仿議會制度，從「各國富強無不自革命始」到「十月革命一聲炮響，給我們送來了馬克思主義」，這種對西方天真的想像幾乎牢不可破。正是這種對制度的迷信和對西方的想像使我們偏偏忘記了最重要的一點，現代化應該是我們自己在現代的本土經驗而不是身處自己社會對西方的想像。要擺脱制度萬能的幻想，擺脱對西方榜樣的想像，立足自己的本土經驗，對作為個體的人的重視是必不可少的。我們認為，在新思潮批評傳統中形成的對人的重視和對人的關注是一筆重要的遺產。制度當然有它的作用，制度的成功改變確實能夠帶來很大的收益，但是制度也有黔驢技窮之處，對於思想文化的批評來説，人始終是批評精神、懷疑精神的重心。新思潮的先驅當年圍繞人與傳統的問題大做文章，在批評傳統與國民性中樹立當代的主體性，雖然有它的偏頗之處，但它未嘗不是在無出路中的「突圍」。他們的「突圍」給我們留下了有價值的啟示，這就是我們在思想和學術中不能忘記人，因為人是善惡兼備的，在看起來似乎最合理的制度下，人仍然可以作惡，仍然可以把社會引向災難。歷史上許多時候，人們以為自己生活在有史以來最合理的制度下，但是，正是那個時期，社會沉渣泛起，充滿了血腥、迷狂和對人的蔑視，任何制度分析都不能完全解釋這種人性惡現象，而任何制度的補救亦不能保證它不再重演。對人的重視其可貴之處就在於它返本求源，不斷提醒人在實踐中可能有的迷失，在於它在批評精神和懷疑精神中重新校正自己，尋找出路。

要說二十世紀中國思想反傳統引起的效應，那恐怕莫過於它動搖了文化認同的信念了，它產生的震盪是深遠的，也是當初所始料不及的。對新思潮及其反傳統的批評，從當時一直到現在其實最有力的一點也是集中在這上面。八十年代我們寫作《傳統與中國人》的時候，學術圈的氣氛正是處在沉湎於「五四」正面記憶的時期，我們自然也沒有機會冷靜地看清楚這一點。或許是當年思想的幼稚吧，經歷了九十年代對「五四」的淡漠和遺忘，經歷了經濟的初步起色，也經歷了冷戰之後的幻滅，似乎是到了對這樁「思想公案」蓋棺定論的時候了。不過，認真說來，時間還是早了一點。一個歷史事件的意義，絕不是它當初就可以由其自身決定的，它是由一系列後續事件決定的。當和它同在一個歷史脈絡裏的後續事件全部成為過去之前，我們是不可能在理智上看清楚當初歷史事件的意義的。不錯，現在社會又處在一個已定的軌道上，但它是一條還沒有購買安全風險的已定軌道，還有太多未知因素阻礙我們看清楚過去。不過，有一點我們確實是清楚的，這就是反傳統思想模式的最大問題是它動搖了文化認同的信念。

上文說過，中國現代思想史上的反傳統，如果放在亞洲各後起現代化國家思想歷程的大背景看，它只是一個特例，並不存在一個通則說要國家經歷現代化，就一定得經歷思想文化的洗心革面的過程。相反，多數亞洲大國均是在自己歷史傳統的基礎上創出一種新的學說來適應社會的現代變革，無論是平緩的改良還是激進的革命，都是如此。例如，日本明治維新中「和魂洋才」思想的提出，其中的「和魂」一說，直接取自傳統神道的武士道精神，「洋才」則是西方的技術、思想和制度，「和魂洋才」說構成日本明治大變革時代的思想綱領；印度聖雄甘地的非暴力主義，融合了印度教忍耐禁慾仁慈的思想和基督教的博愛觀念，它最終成為印度反殖民主義，追求民族獨立運動的意識形態；七十年代伊朗伊斯蘭革命的「建築師」沙里哈蒂（Shariati），從《古蘭經》裏尋找革命思想的源泉，把伊斯蘭教初期發展史上一樁冤案的審判重新解釋為帝國主義及其國內代理人對伊斯蘭的扼殺，竟然將激進的現代革命同最保守的伊斯蘭原教旨主義結合為一體。他的說教風行革命時期的伊朗，他本人也因此成為伊朗革命的精神導師。上述的三個例子，都是以傳統思想為資源，再參照當時的社會情勢，重新詮釋傳統思想，將之注入追求變革的社會運動中，使傳統思想成為一個正面的發展而影響現實的變革的實踐。

或者是中國歷史傳統背景的原因，新思潮運動卻是反其道而行之。它是一場「審父」的思想啟蒙運動，這已經獲得了學術界的廣泛認同。這當然不是說「五四」期間沒有正面挖掘傳統思想資源的思潮，比如學衡派及新儒家，但他們在當時的思想主流之外，影響極小。毫無疑問，「五四」新文化運動最明顯的外部特徵是反叛傳統和批判傳統。白話文和古文在當時劃分出一條明顯的界線，它不僅僅是書面語言的兩個系統，更重要的是它被象徵為新世界和舊世界的截然分別：陳獨秀文學革命論裏的「三個推倒」，等於是把古典文學的傳統判處了「死刑」；吳虞則是被胡適稱為「雙手打倒孔家店」的老手；魯迅更是借狂人之口，從滿篇都是仁義道德的陳年流水簿子中看出只有兩個字——「吃人」。新思潮那種對傳統充滿批評和懷疑的精神，是不用多舉例子就可以明白的。超越爭議傳統的是非善惡之上，我們的確看到反傳統面臨的情景衝突：一方面是它所持的批評立場，另一方面是民族生存不可迴避的現實。反傳統所謀求的是民族生存的出路，像魯迅所說的，「我們目下的當務之急是：一要生存，二要溫飽，三要發展。苟有阻礙這前途者，無論是古是今，是人是鬼，是《三墳》、《五典》，百宋千元，天球河圖，金人玉佛，祖傳丸散，秘製膏丹，全都踏倒它」（《華蓋集．忽然想到》）。但是，當以如此的方式全都踏倒以後，民族生存卻出現了無法維持文化認同的尷尬，這種因反傳統而產生的認同危機很可能在精神的層面傷害民族的生存。本是為了在荊棘叢莽中開闢前進的道路，而這種開闢道路的方式最終卻傷害到掃除荊棘叢莽工作的基礎。這是因為傳統文化並不是外在於我們的身外之物，而我們也不可以徹底擺脫傳統而生活在無所有之中。任何人的生活必須維持一種族類的存在，而這種族類的存在本身就是傳統文化所維持的，不論它是好或壞，亦不論我們對它的態度，它在我們身上所造成的烙印卻是無法抹殺的。當我們努力要抹去它的時候，我們自己作為族類存在於世界民族之林的面目也就模糊不清，其地位也就岌岌可危。對本國文化傳統的認同是我們生活的標記，它的重要性不僅在於別人憑這個標記來識別我們，而且還在於我們憑着這樣的標記生存於充滿族類相互競爭的世界上。倘若去掉這個標記，不再認同傳統，那我們的生活也就沒有傳統所定義的那種意義，我們也就成了無族類之根的人群。平常所說的文化解體也就是認同的瓦解，標記被徹底抹去。所以，任何後起現代化國家在如何既維持自己的文化認同的基礎，又盡量適應現代所要求的在技術、制度、知識和文化層面的變化方面，都遇到很大的難題。或許任何改變都要付出代價，差別只是在於如何付出。二十世紀中國思想史上的反傳統，它確實為一個民族在內憂外患中開闢了通往未來的道路，但也付出了短時間認同危機的代價。反傳統引起的震盪雖然留下後遺症，但是，我們也不認同那些對新思潮天真的批評，以為它是後來一系列混亂的「惡例」。事實上，伊朗可以作為例子讓我們看到事情的另一面。伊朗七十年代革命的目標同樣是民族性的，但它卻以伊斯蘭化為特徵，這可以說是民族傳統文化的發揚光大，所以伊朗革命並沒有造成那種文化認同的震盪，相反受原蘇聯影響信奉共產主義意識形態但與國王對立的游擊隊卻被排擠出伊斯蘭運動。但是，由於革命的伊斯蘭化，上層教士牢牢控制了革命的主導權和方向。（因為只有他們才能闡釋《古蘭經》的真義。）革命剛剛成功，他們就榮歸故里，把持權力，控制社會，用一個形象的比喻就是下山摘了桃子。一個以民族解放為目標的現代革命，就這樣在它成功的同時馬上又變得黯淡無光。這種社會趨於封閉、文化轉向僵化、經濟大幅倒退的革命後果，恐怕也不是當初發動伊斯蘭運動的思想先驅所能預料的。不同歷史背景的例子使我們有了對比的眼光，理解二十世紀中國思想的反傳統，確實要看到它的問題，看到它對文化認同造成的震盪，但是也要站在歷史主義立場看到它的歷史作用，與其說反傳統是「五四」先驅主觀態度的選擇問題，不如說是一系列歷史因果鏈條造就了反傳統。因此，我們僅僅從新思潮運動對傳統的態度去理解問題是不夠的，還得從歷史的因緣去理解這個事實。

同時我們也要看到，新思潮運動雖然激烈地批評傳統但並無悖於民族立場。民族主義的態度在變動的社會中具有不同的表現形態，拿「五四」時期來說，學衡派是一種形態，新思潮也是一種形態。其實，想得深一點就知道「五四」先驅者對傳統文化的態度有不同的層面，在深的層面是在大恨中見證大愛的例子。新思潮以「審父」著稱，它宣判了傳統的「死刑」。如果我們把新思潮看作一個宣判儀式，那我們很快就會發現，這僅僅是一個宣判，思想意義上的宣判，它宣判了「刑罰」，但並沒有去執行。因為這樣的刑罰是不可能執行的，它不是一個現實的行動，而僅僅是文化思想的象徵舉動。從短時間的角度看，它的宣判是產生了文化認同的危機，造成了文化心理的無所適從，因此，它是反傳統的；但從長遠的時間角度看，正是這個宣判使傳統有了新生的可能性。因為傳統不是固定不變的，它是在我們與它的對話中流動和改變的。而批判也是一種對話，它帶來新的眼光和思考，也帶來了讓後人重新闡釋傳統的契機。所以，新思潮批判傳統的民族立場是很清楚的，它只不過是以較為間接的形式而出現罷了。那種以為批判傳統就等於背叛民族立場的看法，是把思想運動的複雜性含義理解得太簡單，同時它自己也太狹隘了。

三

實際上，整個二十世紀，傳統都是在不斷的被闡釋中。人們在和傳統對話，在不同時期發現它不同的方面的意義。如果站在一個大時間跨度的立場看新思潮運動，它未嘗不是一個闡釋傳統的例子，只不過在那時的闡釋中發現的幾乎都是傳統負面的意義。這是一種社會危機緊迫時期的對傳統的闡釋。實際上，二十世紀思想和學術對傳統的闡釋和對話，大致上可以劃分為三種類型，一種是批評性的反省，另一種是學術性的認識，還有就是思辨性的重構。這三種類型並沒有嚴格的時間順序，但是，思辨性的重構若要取得開創性的進展，則必然需要建立在充份的批評反省和深入的學術認識的基礎上。因此，從長期的觀點看中國思想的現代歷程，也許這三種類型暗示了逐漸深入的由舊到新的轉型。雖然它們之間並沒有高下貴賤之分，但似乎是提醒了我們傳統轉變的內在程序。

「五四」之後，當批評傳統的熱潮逐漸冷卻下來的時候，一方面是救亡運動（如北伐和紅色邊區游擊運動）如火如荼地進行，但另一方面，思想和學術圈子對傳統文化的思索並沒有停頓下來，它只是採取了較為冷靜和學術化的形式。實際的局面並沒有魯迅「荷戟獨彷徨」暗示的那麼悲觀，在經歷了圈子的分化之後人生的感嘆當然是日見深刻，但是，當我們在事後把那時期不同的人的努力連成一條線的時候，的確看出了思想的進展，而且這種進展和先前的工作是有聯繫的。批評性的反省給學術性的認識提供了可能性，開闢了前行的道路。所以，當我們局限於批評性反省的視域的時候，就看到了退潮後的荒涼和淡漠，可是當我們更開闊地看二十世紀思想的轉變歷程的時候，就發現了不同的階段和不同的人們所做的工作之間的內在邏輯聯繫。

上世紀三四十年代，對傳統文化的學術性認識是取得了重要建樹的。比如，費孝通對中國鄉土社會的社會學解釋，潘光旦對中國社會的社會生物學研究，瞿同祖對傳統法律制度的歷史法律學梳理，都有助於人們對傳統由想像性的認同或感情上的拒斥到理性的認知。因為傳統到現代的轉變，一方面是現代生活在事實層面的進展，另一方面是思想和傳統對話、闡釋的進展。當我們實際上不能在理性上回答過去的生活形態和價值觀是甚麼的時候，我們便只能想像一個「悠久而偉大」的傳統或想像一個糟糕和阻礙我們當下生活的傳統，而對傳統文化的學術性認知有助於穿越遮蓋理智的想像迷霧。當我們能夠在理性上回答或至少部份回答傳統是甚麼的時候，它就產生雙重的意義，既推進了現代生活在事實層面的進展，也使得思想能夠站在已經有的現代生活事實基礎上重新闡釋古代經典蘊涵的命題的當下意義。因此，對傳統文化的學術性認知，同樣是一項具有承接先前和啟示今後的努力，它為對傳統文化的思辨性重構奠定了基礎。四十年代，馮友蘭在哲學史研究的基礎上嘗試哲學的「寫作」，發表他的「貞元六書」。當然，由於個人的才華和時局的因素，「貞元六書」對中國哲學傳統的思辨性重構的成就，也許沒有達到他自己的期待，但是，它至少代表了一種思想進入對傳統重新構築的努力和嘗試，它可能不太成功，但也沒有理由指望這種思辨性的對傳統的重新構築完成於一個短暫時間，因為這是一項漫長的工作。同樣，在九十年代的中期，李澤厚和本書作者之一劉再復提出了「告別革命，回歸古典」的思路，也是期望重構傳統的努力會在一個新的基礎上繼續進行。

上述的例子是不充份的，我們也沒有勾勒二十世紀中國思想輪廓的企圖，我們只是根據一些已知的事例，略為猜測傳統文化在現代的轉變中可能具有的面貌和它的歷程。這個猜測所以必要，是因為有一個比較宏觀的視角，才能看清楚新思潮批評性，反省傳統在思想史中的地位和意義，擺脫那種對傳統應該「反」還是應該「擁」的兩極對峙和無意義爭辯。

傳統在現代的新生當然是一個社會整體變化的過程，在價值觀的層次它至少包含着古典契合當下生存的情景，它的意義得到重新闡釋並獲得生機。這是一項困難的工作，也是一項長期的事業，它最終能取得多大令人滿意的業績，取決於今後一系列現在尚未清楚的進程，因此，無法作一番清晰的展望。讀者看得出來，當年我們在《傳統與中國人》裏對傳統的價值觀體系持有悲觀的看法，闡釋時特別注意傳統價值在當下的負面意義。這當然不能說傳統伸延下來的都是負面的東西，而是因為我們把與現實對話的激情投射到古代的價值觀系統時出現的結果。就是說，它更多的不是古代價值觀自身的問題，而是古代價值觀與特定的社會生活情景結合的結果，我們的分析又太多注意這種結合。現在看來，我們應當更多地闡釋傳統價值觀正面的意義，探索古代經典蘊涵的命題在現代生活裏可能具有的新的含義。如果說事隔十多年，我們現在的想法和原先的想法相比有甚麼改變的話，那麼，最大的一點就是我們意識到，挖掘「古典新義」同樣是傳統的價值觀體系在現代轉變中不可缺少的一環。傳統的新生，只有批評性反省是不夠的，隨着生活的推進，我們將會更多地關注、思考和開掘古典的新意義。

比如，就我們現在能夠看清楚的一點而言，道家和禪宗所包含的「個人拯救」的思想在現代生活中就有它的特別意義。現代生活和古代生活一樣具有很多迷障，社會的現代化並不意味着迷障的消失。現在看來，像啟蒙時期對所謂現代的想像確實有太過樂觀的期待。新思潮運動中，除了魯迅比較清醒以外，許多人是看不到那種現代生活的迷障的。現代化究其實質，是一種自然秩序的擴張。這種自然秩序的擴張引起制度、國家、宗教一系列連鎖反應和變化。這些連鎖反應和變化當然極大地提高了人們的生活水準，但是，站在個體生命的立場，現代化也帶有將人們的生活和情感機械化而窒息個體生命的負面能量。當初古代的道家和後來的禪者就對這種體制對個體生命的「形役」有所警惕，因此，他們循着尊重個體生命的思路批評儒家提倡的禮治秩序。我們在這裏並不是要重啟這樁公案，而是説道家和禪者對他們所處的時代的生活秩序的批評其實包含着普遍的價值，他們的思想就是現代生活的解毒劑。例如，技術體系形成的人性壓制，市場制度和競爭煽動起來的功利狂熱，工具理性帶來管理和制度的過度綿密，現代民族國家無處不在的暴力，這些「必要的惡」確乎有它們存在的理由，但莊禪的警惕也有理由。人們不可期望對這些「必要的惡」有一個整體的解決方案，與其把整體的解決方案作為社會實踐的目標，不如重溫古人的智慧，以「個人拯救」來應對這種現代性的荒誕。

上面所提示的不過是一個例子，領悟古典命題蘊涵的現代意義需要數代學人的努力。重構傳統一方面有待於智慧的探索，另一方面也有待於現代生活充份展開它的多面性，只有在這個時候，人們才能看清楚到底哪些古典命題可以在新的生活情景下有充份延伸的空間，哪些古典命題會隨着舊形態生活的消失而減弱它的份量。同時，古代價值體系的重構離不開一個全球的背景，要使古代的智慧變成現代的血肉，我們還需要有一種全球的眼光，因為只有這樣我們才不會把一項實際上具有人類意義的工作當成單純的民族性的執着。

我們相信，我們現在只是站在一個可能的起點上，但是，關注和努力總不是多餘的。

二零零二年五月

第一章

導論：「五四」文化革命與人的設計

第一節　時代的逼迫：中華自我認識的開始

我們原來計劃共同著寫一部《近代中國自我認識史》，但是，進入研究之後，才充份意識到工程的繁複，需要很長的時間，所以我們就選擇「五四」時期這個斷面，帶評論性地展示這個時期文化先驅者對傳統文化的認識，並兼顧這之前近代思想家們的見解，然後滲入我們的批評。我們先以這部論述性的著作，與讀者們作一次思想的交流，至於作「史」的願望，只好留待以後了。

中華民族自我認識的歷史是從鴉片戰爭，特別是第二次鴉片戰爭之後才開始的。在這之前，我國尚沒有科學意義上的自我認識史。這就是說，鴉片戰爭之後，我們的民族才開始逐步結束自我陶醉的盲目狀態，開始面對自己——面對自己的落後面和黑暗面，而認真地反省並形成認識自己的自覺歷史運動。

一個民族，要認識自己是很不容易的，而要認識自己的弱點和反省自己的黑暗面就更不容易，尤其是像中國這樣一個具有龐大的古文明系統的民族，那就加倍的艱難。如果不是一種歷史性的巨大「地震」，就很難做到這一點。鴉片戰爭對於我國的確是一種「地震」，在這次戰爭中，我國是正義者，但又是失敗者。巨大的失敗，從根本上傷害了我們民族的自尊心，並迫使我們的民族不得不考慮失敗的原因。但是，思考失敗的原因並不就意味着對自己的民族文化進行根本性的反省，更不意味着對自己的民族性弱點會進行全面的理性的批判和認識。那麼，為甚麼鴉片戰爭之後，會導致我們的民族的自省和理性批判呢？這裏確有幾個重要的原因：

（一）鴉片戰爭一方面給中國人民帶來了災難，另一方面又給中華民族帶來一個巨大的政治、經濟和文化的參照系。

在鴉片戰爭之前，世界中心意識還佔據着我們民族的頭腦。因此，我國還不可能有清醒的自我認識。在對待自己的傳統文化問題上，日本比我們謙虛。他們對待自己的文化有一種「中空」感覺，即覺得他們的文化是由中國傳入，因此沒有那麼強烈的自大情緒，也沒有那麼沉重的負擔，而善於模仿和學習異族的先進文化。但我國對於自己則有一種「中心」感覺，以為自己是世界的中心。在利瑪竇給明朝皇帝獻出世界地圖之前，我國當時還不知道地球有東半球和西半球，那時，我們的地圖帶有很大的主觀性：認定世界只是一個中國和它周圍的一些彈丸小國。直到清末，一些朝廷皇臣對世界還是一無所知。魯迅先生在《在現代中國的孔夫子》一文中諷刺當時的一些官僚：「這些千篇一律的儒者們，倘是四方的大地，那是很知道的，但一到圓形的地球，卻甚麼也不知道，於是和《四書》上並無記載的法蘭西和英吉利打仗而失敗了。」[1] 清末的大學士、義和團的幕後發動者徐桐竟「連算術也斥之為洋鬼子的學問」，魯迅說「他雖然承認世界上有法蘭西和英吉利這些國家，但西班牙和葡萄牙的存在，是決不相信的，他主張這是法國和英國常常來討利益，連自己也不好意思了」。[2] 總之，由於長期閉關鎖國，因此，我們的民族並不了解世界，因此，也就沒有一個可以觀照自己的世界性的參照系統。

鴉片戰爭之後，炮火驚醒了一部份開明的官僚和知識分子，他們開始張開眼睛看世界。一個巨大的西方政治經濟文化參照系統開始若明若暗地展現在他們的眼前。獲得這個參照系統等於具備了自我觀照的時代鏡子，也就是獲得了自我觀照的文化條件。具備了這種條件，中華民族就在新的層面上開始認識

1 《魯迅全集》第六卷，第三一四—三一五頁，人民文學出版社，一九八一年版。

2 同上。

自己。由於自己是被西方列強打敗的，因此，我們民族的眼睛開始注意的是西方，而對於只有一水之隔的近鄰日本並未注意。一八六八年的明治維新並沒有驚動正在煩惱中的中華民族。當時魏源所著的《海國圖志》、徐繼畬所著的《瀛環志略》等研究世界地理的名著，還以為日本只是由長崎、薩峒馬（薩摩）、對馬三島所組成的國家。直到一八七四年，日本軍隊武裝侵略我國台灣，清廷朝野才引為震驚，從此才開始注意到日本的明治維新。儘管他們開始只把明治維新看成是一次篡權奪位的改朝換代，不予肯定，但最終他們還是認識到這次維新的不平常的意義，包括洋務派李鴻章也不得不讚賞。這樣，中華民族又從東方獲得了另一個自我認識的參照系。多一個參照系，就多一個面對自己、認識自己的鏡子。由於有了西方列強和近鄰日本作為鏡子，我國的自我形象就顯示得很清楚，我們民族終於逐步認識到自己的落後。這種認識有一個深化的過程，開始只認識到自己技術、工藝方面的落後，以後又認識到政治制度方面的落後，最後又認識到文化觀念和思維方式的落後。參照過程，是一種正視世界、正視自己的過程，也是一種自我超越的過程，它必須克服自身巨大的心理障礙，因此，參照過程是一個很艱難又很痛苦的過程（關於認識歷程，第二章中將有評述）。而「五四」新文化運動，恰恰是找到民族的痛苦點。當時的文化先驅者，作為我們民族的先進文化代表，他們正視和承受這種痛苦，並勇敢地面對自己曾經陶醉過的文化建築，進行一次全面的自我審判，以謀求超越自身，以爭取自己的父母之邦成為自立於世界的嶄新的強大存在物。總之，鴉片戰爭之後，在一個巨大的鏡子面前，中國知識分子已發現：中國並不是強國，自己並不是位居世界中心的「中央大國」（發現自己不是強國，這是我國近代思想史的第一個重大發現）。這個時候，中國知識分子才意識到應當摒棄世界中心意識，應當面對自己民族的弱點進行反省，應當正視自己已經落後，應當改造自身，自強自救，以免被世界所淘汰。因此，民族意識隨着民族自尊心受到嚴重的挫折反而高揚起來了。

英國歷史學家湯恩比認為：中國人的秉性，進入近代以來，已由世界主義變成民族主義。（參見《展望二十一世紀》）這一概括是正確的。鴉片戰爭之後，中國已不再帶着「中央大國」的心理去爭取萬國來朝，而是回縮到本民族的範圍內，爭取本民族在世界競爭環境中的生存和發展。思維的基點，已從世界轉向民族。

（二）鴉片戰爭的失敗空前地損害了我們民族的自尊心，挫傷了「中央大國」的自大心理，造成我們民族的一次最嚴重的心理傾斜，為了求得民族心理上的平衡，不能不對自己的民族文化心理結構重新認識。

鴉片戰爭的失敗給中國的文化心理以巨大的衝擊。鴉片戰爭之前，中國與世界各國的文化關係，唯一重要的事件是佛教文化的傳入。但是，中國文化對佛教文化的接受是以和平的方式加以接受的，並且，在和平接受之後，又以自己強大的文化傳統把它同化了，或者說中國化了。因此，佛教儘管在中國流行，甚至形成很大的文化勢力，但中國本位文化仍然保持強大的優勢，更確切地說，是仍然保持着文化心理優勢。總之，本位文化仍然是主導型的文化，對於本位文化的優越感仍然毫無動搖。但是，鴉片戰爭之後，包括槍炮戰艦在內的西方文化，卻給中國文化帶來空前巨大的衝擊。這是佛教文化無法比擬的。中國不可能再以和平的方式和欣然的情感接受西方文化，而且，西方文化湧入中國國土之後，中國本位文化也很難給予同化，這種文化上的被動狀況，加上政治、經濟方面的失敗，便產生了文化心理的巨大傾斜。這樣，中國文化便發生了一次深重的危機。中華民族的自卑感和落後感產生了。為了使民族文化心理獲得平衡，為了重新尋找本位文化在世界文化總格局中的主導位置，中國知識分子從自己的民族利益出發，進行了一次歷史性的反省。這是具有重大變革意義的反省。

儘管近代中國文化心理發生巨大轉變，唯我獨尊的意識和盲目的優越感瓦解了；儘管先進的中國知識分子面對本位文化的弱點進行歷史性的反思，但是，反思的開始階段（直至改良派康有為、梁啟超等人的反思），仍然是一種順向性的反思，即仍然是企圖在自身的文化體系中克服缺陷，以謀求傳統文化體系在現代世界環境中的自我完善。正是這種反思的基本性質，導致改良派人物梁啟超最終無法接受「五四」文化思潮。「五四」文化思潮是更深刻、更徹底的革命思潮，它完成了我國近代思想史上第二個最重大的發現，即不僅發現自己的國家不是強國，而且發現自己不是「人」——不是現代文化意義上的「人」。他們發現：要把國家推向現代化，除了必須改革國家的政治、經濟制度之外，還必須改革人的精神素質，療治和重新塑造人的靈魂，把人當成人，變成具有現代文化意義上的人。「五四」運動對國民性的反省，超越了鴉片戰爭以來反省的抽象性，開始對國民性的劣根性進行具體的揭露和展示，而且是用現代「人」的標準和尺度來揭示國民性的弱點，迫使我們的民族不得不在價值觀念方面和國民性格方面進行全面的更新。

（三）由於鴉片戰爭與甲午戰爭的失敗，我國傳統文化的載體——中華民族，陷入了深重的危機。因此，知識分子思考問題的時候，不能不把文化的命運與民族的命運聯繫起來。這種聯繫，導致了文化上以反省民族性弱點為思維中心的憂國思潮。

鴉片戰爭的失敗，給中國的各階層以震撼性的巨大刺激，而一八九五年的甲午戰爭的失敗，則在更大的程度上，傷害了我們民族的自尊心。在這場戰爭中，龐大的中國不是被西方「列強」所打敗，而是被我們向來並不放在眼裏的「蕞爾」小國——日本所打敗，這是極大的民族屈辱。而隨着軍事上的失敗而來的是更大的民族屈辱：清政府竟與日本簽訂了《馬關條約》，在這個條約中，清政府承認日本對朝鮮的殖民統治，割讓了台灣、澎湖和遼東半島等大片領土，並賠償日本軍費二億両白銀。這一民族的奇恥大辱在中國人民中引起了巨大的震動，特別是在當時進步的知識分子心中，更是引起極大的悲憤和憂思。《馬關條約》簽訂後，康有為便直言不諱地說自己「目擊國恥，憂思憤盈」（《上清帝第四書》），甚至感到自己「有靦面目，安能與共此大宇」（《中日和約之後》）。這之後，他和梁啟超鼓動了廣東、湖南的舉人上書，緊接着又聯合各省公車一千三百餘人上摺要求拒絕和議，呼籲光緒皇帝「下詔鼓天下之氣，遷都定天下之本，練兵強天下之勢，變法成天下之治」，在全國範圍內掀起維新運動。當時愛國知識分子的憂憤情緒，正像譚嗣同的詩歌所寫的：「世間無物抵春愁，合向蒼冥一哭休。四萬萬人齊下淚，天涯何處是神州。」[1]

這些憂國者是深刻的愛國者。他們的愛國特點與傳統的愛國者有明顯的不同。他們的愛國不是表現在謳歌祖國的強大與美麗，而是含淚揭露國家的缺陷，即民族靈魂中的弱點，從而激起全民族奮起治療的注意。這就是說，當時的愛國思潮主要是表現為憂國思潮。由於《馬關條約》簽訂之後，其他帝國主義國家又進一步瓜分中國，民族災難日益深重，因此這種帶有時代性特徵的愛國思潮進一步蔓延。當時帶着國家將亡的深切憂思的知識分子「遍天下」，幾乎所有進步的知識分子，都充滿着憂國情懷。關於這兩種不同形態的愛國者，梁啟超這樣分析過：「有憂國者，有愛國者，愛國者語憂國者曰：汝曷為好言國民之所短，曰：吾惟憂之故。憂國者語愛國者曰：汝曷為好言國民之所長，曰：吾惟愛之故。憂國

1 《譚嗣同全集》，第四八八頁，三聯書店，一九五四年版。

之言，使人作憤激之氣，愛國之言，使人厲進取之心，此真所長也。憂國之言，使人墮頹放之志。愛國之言，使人生保守之思，此其所短也。」[1] 又說：「今天下之可憂者，莫中國若。天下之可愛者，亦莫中國若。吾愈益憂之，則愈益愛之。愈益愛之，則愈益憂之。既欲哭之，又欲歌之。吾哭矣，誰歟踴者，吾歌矣，誰歟和者。」[2] 他還指出，憂國也有真假之分，真正的憂國者，應當是自責自望的救國者。他說：「以憂國憂天下者也。如真憂之，則必無辦事望人焉，以望諸己而已。必無辦事責人焉，以責諸己而已。各有不可諉之責分，各有可得為之權限，願我士大夫，皆稱其責望人之心，以自望自責，則天下事之可為之。」[3] 在梁啟超看來，真正要救國，要真正地分擔民族的憂煩，就應當求諸自己，而不是責備他人。只有這種不推諉責任，而勇於自責自救的愛國者，才是具有憂國精神的切實的愛國者。

第二節　論爭的歸結：父輩文化應受審判

自我認識並不是最後目的。自我認識是為了自我強大，自省是為了自強，自責是為了自立。那麼，甚麼是自立之「本」和自強之「道」呢？關於這個問題，近代的知識精英一直在探求着，爭論着。

維新派在「變法」失敗之後，已朦朧地認識到這個「本」就是國民，這個「道」就是國民品格的「更新」。梁啟超的《新民說》，就是國民品格更新命題的系統性闡述。但是，他們對這個問題的認識在很

1 《飲冰室合集》專集第二冊，第三九—四零頁。
2 同上，第四零頁。
3 《飲冰室合集》卷二，第二八頁。

大程度上還是很抽象的，特別是他們的更新之道，還是十分狹隘的。他們還企圖在舊的文化體系中借助外來文化的某些力量以尋找更新之道，但這只是烏托邦式的文化幻想。只有到了「五四」新文化運動，他們才真正地找到這個「本」，這個「本」，就是負載着文化的「人」。但不是舊文化體系所規範的那種意義的人，而是具有現代意義的人。在他們看來，中國的自強之道，就是迎接現代化的挑戰而走上世界強國的道路，而國家的現代化，首先是人的現代化。因此，改造人的精神素質，重塑國民的靈魂，便是開啟我們民族現代化大門的鑰匙。這就是「五四」時期中國知識分子找到的民族更新的突破點和生長點。

近代以來，知識精英中的「本」、「末」之爭，正是自強之道和自立之本逐步明確的過程。洋務派「中學為體，西學為用」的主張，把社會改革停留在器械、工藝的層面，他們實際上企圖以「物」為自強的突破點和生長點。而改良派比他們前進一大步的有兩個要點：一是把「物」推至「制度」的層面；二是注意到「人」的層面。因此，他們批評洋務派只注意治「標」，而不注意治「本」。維新派的救國邏輯是很明確的，那就是，在這個生存競爭、優勝劣汰的世界裏，中國的生存發展之道，只有靠自身的強大，而強大之道，一是要以君主立憲的資產階級國家制度代替封建的帝制，二是要改造國民精神，造就一代新民。因此，他們給國家強大所開的藥方便是這著名的三味：「一曰，鼓民力；二曰，開民智；三曰，新民德。」[1] 嚴復、梁啟超以及早期的魯迅，他們都認為只有把人變成「新民」，才是立國之本，救國之本。而那些主張把練兵、開礦、學習西方技術作為自強之道，乃是捨本求末。當時嚴復說：「此三者，

1 《嚴復集》第一冊，第二七頁，中華書局，一九八六年版。

自強之本也。不如是，則雖有伊尹、呂尚為之謀，吳起、李牧為之戰，亦將寢衰寢滅，必無有強之一日決也。雖然，無亦有其標者焉。然則治標奈何？練兵乎？籌餉乎？開礦乎？通鐵道乎？興商務乎？曰：是皆可為。有其本則皆立，無其本則皆廢。」[1]在嚴復看來，中國改革的關鍵顯然在於國民本身。既然如此，改革中的立廢，就應當以「本」為標準，有其本則立，無其本則廢。也就是有利於「鼓民力、開民智、新民德」者，就要立，否則就要廢。梁啟超也認為，只有民力、民智、民德綜合而成的國民獨具之特質，才是一個民族的「根柢」。按照梁啟超的救國邏輯，那就是一個國家要有新的面貌，關鍵在於「新民」，而要培育「新民」，關鍵又在於培育「新民」的獨立的品格。關於這點，他反覆地說。一八九九年，他在《論中國人種之將來》中說：「凡一國之存亡，必由其國民之自存自亡，而非他國能存之能亡之也。苟其國民無自存之性質，雖無一毫之他力以亡之，猶將亡也。苟其國民有自存之性質，雖有萬鈞之他力以亡之，猶將存也。」[2]同年，他在《論支那宗教改革》中又說：「凡一國之強弱興廢，全繫乎國民之智識與能力；而智識能力之進退增減，全繫乎國民之思想；思想之高下通塞，全繫乎國民之習慣與所信仰。」[3]一九零二年，他在《新民說》中再次說：「凡一國之能立於世界，必有其國民特具之特質，上自道德法律，下至風俗習慣，文學美術，皆有一種獨立之精神，祖父傳之，子孫繼之，然後群乃結，國乃成。斯實民族主義之根柢源泉也。我同胞能數千年立國於亞洲大陸，必具所具特質，有宏大高尚完美釐然異於群族者，吾人所當保存之而勿失墜也。」[4]

1 《嚴復集》第一冊，第三二頁，中華書局，一九八六年版。
2 《飲冰室合集》文集第二冊，之三，第四八頁。
3 同上，第五五頁。
4 《飲冰室合集》文集第三冊，第六頁。

嚴復、梁啟超這種救國邏輯，後來被許多革命家、思想家所接受，包括早期的魯迅，他在《摩羅詩力說》、《科學史教篇》、《文化偏至論》等早期的論文中，在論述救國的道路時，也反覆地說明，改革中國，切不可「捨本求末」，要抓住「根柢」，而他的「根柢」的含義，與嚴復、梁啟超所說的「本」、「根柢」是相同的。他指的也是立國之道，首先在於立人，在於鑄造國民新的特性。所以，他在《科學史教篇》中批評當時「舉國惟枝葉之求，而無一二士尋其本，則有源者日長，逐末者仍立撥耳。」他擔心舉國上下只追求枝葉，則所謂「振興實業」等等，而忘記尋求根本，即人的精神。而捨本逐末的國家則很快就會滅亡。在《文化偏至論》中他說：「歐美之強，莫不以是炫天下者，則根柢在人……是故將生存兩間，角逐列國是務，其首位在立人，人立而後凡事舉。」[1] 很明顯，魯迅當時的救國邏輯，與嚴復、梁啟超當時所提倡的救國邏輯是一致的，所以，魯迅的事業，其開始的出發點就在於改造國民的精神，重鑄國民的靈魂。

這種「治本」的思潮，到了「五四」新文化運動，便轉化為強大的人道主義思潮和個性解放思潮。這種轉化，實際上是「治本」思潮的具體化和現實化。

維新派儘管找到改造國民精神乃是自立之本的真理，但是，他們並沒有看到，在中國這樣一個幾千年形成的極其惡劣的人文環境中，在封建文化體系異常堅固與強大的條件下，僅借助一點西學的補充，就要更新國民的品格，只不過是一種文化烏托邦的空想。

「五四」的文化先驅者，特別是它的偉大代表魯迅，在這點上，具有最清醒的認識。他認識到舊的文

1 《魯迅全集》第一卷，人民文學出版社，一九八一年版。

化傳統根柢異常堅固，如果既要維護固有的社會組織結構和本位文化體系，又要完成國民靈魂的更新，是不可能的。因此，他不是像梁啟超和其他一些思想家那樣，熱心於中西文化表層的比較，也不是抽象地羅列我國民族性的弱點。他的偉大之處，就在於把國民性的改造和對封建宗法制度的批判及對各種封建主義文化觀念的批判結合起來，首先謀求中國人的生存和發展，謀求中國人民的精神從封建的社會結構和文化結構的巨大桎梏中解放出來。因此，他用自己的鋒利之筆，揭露封建宗法制度的虛偽、兇暴、醜惡等吃人的本質，揭露封建文化觀念吞食中國人民靈魂的罪惡，而且以其他文化先驅者難以企及的深度，揭露封建文化在中國人民心靈中造成的巨大創傷，把被封建文化體系所扭曲的、變態了的悲慘靈魂展示給世界看，給中國人自己看。他希望中國同胞看了之後會認識自己，會有所驚醒、有所覺悟，會正視自己的落後面與黑暗面，會不再那麼麻木，那麼不爭。他發現了阿Q（發現阿Q，這是中國現代思想文化史上的重大發現），他所展示的阿Q的靈魂正是需要治療、需要更新的悲慘而醜陋的靈魂。這部小說的偉大潛在意義就在於：靠阿Q這樣的靈魂是無法使自己的祖國強大和現代化的，而在未莊文化的土壤上又是無法改造這種靈魂的。祖國的自強自立之本，祖國走向現代化的起點，是拋卻阿Q式的靈魂，改造形成阿Q靈魂的文化——未莊文化——封建的和小生產的落後的文化，然後在一種新的人文環境中獲得民族生命的更新。

正是這樣，「五四」運動的文化先驅者都以空前激烈的思想和情感攻擊封建文化的人格代表孔子，並以一種徹底的逆向思維方法對他所代表的文化觀念展開批判；而且都在人道主義和個性主義的名義下，揭露這種文化「吃人」的罪惡，特別是在精神上造成人的靈魂的麻木、愚昧的罪惡。這種揭露，為中國人首先成其為人，開闢了現實的道路。這是中國人成為現代意義的中國人的最初的起點。

在這種揭露和批判的文化進程中，「五四」運動的先驅者有一個重要的功績，就是找到新的文化價值體系的支撐點和衡量人的道德行為的價值準尺，並以此衡量傳統的道德文化和道德行為。在我們古代文化的傳統觀念中，也承認人是道德的生物，而且我國又是一個最講道德的國家。但是，我們的文化觀念中卻缺乏一個衡量人的道德行為的科學的、合理的價值尺度，這種價值尺度就是對人的尊嚴、人的價值的一種充份尊重。衡量一個人道德行為到底好不好，首先應當看這個人的行為是不是充份尊重人的尊嚴和人的價值，是不是有利於人的生存和發展。沒有這種正確的尺度，就會造成畸形的、荒唐的道德。魯迅所極力批判的「二十四孝圖」，就是畸形道德的典型。「郭巨埋兒」被當成一種孝的道德典範，然而，這種道德是建立在一種踐踏人的生命、人的尊嚴、人的價值的基礎上的。而「曹娥投江」也是很荒唐的，曹娥對父親的孝順竟是毫無道理地毀滅自己的青春與生命。魯迅在《我之節烈觀》中展開批判的也正是封建的畸形道德。舊中國的婦女以「節烈」為最高道德，然而，只有用封建宗法觀念的尺度，即用「三從四德」的尺度來衡量節烈的行為，才是符合道德的。如果用「人」的尺度，用是否尊重人的生命和尊嚴的尺度來衡量「節烈」的行為，這種行為便是極不道德的，是完全畸形的道德。因此魯迅先生指出那些執行這種道德律令、強迫婦女去完成「節烈」行為的封建主義者乃是兇惡的「殺人團」，是最不道德的「殺人團」。魯迅當時用的是一種全新的價值尺度，這種尺度的發現和運用，正是「五四」新文化運動對我國社會進步的一種深刻的貢獻。

儘管傳統文化體系中也有「仁」這種類似人道主義的內容，但這並不是科學意義上的人道主義。科學意義上的人道主義，首先是承認人與人之間的人格平等，任何一個人，在他降生到大地之後，就是一個具有獨立人格價值的存在。而我國宗法文化觀念中，也講「人」，但它並不是把人視為一種具有獨立人格的存在。反之，它把人看成是整個封建宗法文化觀念系統中的一個固定點，人只是一種依附的、固定的存在。在舊傳統中，文化系統是交織的經緯線，經線是一種等級，緯線是階層，每個人都是在這樣一個經緯線上，或者說是在這種文化網絡和社會網絡當中的一個固定點。我尊重你這個人，是在承認這個網絡秩序的前提下尊重的，即尊重你在這個網絡中固定的位置。君君臣臣，父父子子，每一個人都固定於某一位置。但是，這種位置（前提）本身是不合理的，是毫無人格平等可言的。一者以另一者為綱，一者是另一者的附庸，這還有甚麼尊重可言呢？即使在家庭裏，父母愛孩子，也是從家族伸延的功利打算來「愛」孩子的，這種「愛」並不是現代意義上的愛，而是一種居高臨下的恩惠，一種施捨性的交易，它並不是尊重人本身的價值。因此，被愛者必須報答、報償，而報酬又是需要巨大的代價的，這就是拋棄自己的獨立人格，即只能作為施捨者的附庸。因此，這種「愛」，實際上包含着一種對上下尊卑關係的絕對確認。以這種確認為前提的「愛」，就不是人道主義意義上的「愛」了。而在現代文化系統裏，則要求建立尊重每個人的文化前提，即承認每一個個體的主體價值。這就是承認人不是一個固定點，而是一個自由點，不是一種依附的存在，而是一種獨立的，具有人格平等權利的存在。把人看成是一種獨立的存在，就使人獲得擺脱人身依附關係的自由。有的學者認為，中國古代文化中的一個很重要的精神是人文主義精神，這種觀點是值得商榷的，因為人文主義精神的核心是自由意識。而我國古代的文化，基本上是一種依附性、固定性很重的農業性質的文化，它恰恰缺乏這種自由意識。以「五四」為起點的現代文化，其特點，恰恰在於補充了自由意識。由於這種補充，人就開始從封建宗法網絡的固定位置上游離出來，然後被看成是一種自由的存在，與他人在人格上具有平等權利的存在。

在現代文化的眼光中，人不僅是一種社會的存在，而且還是一種心理的存在，一種情感的存在。人不僅在社會關係中具有獨立的價值，而且在心理上、感情上也具有獨立的價值。「五四」新文化運動對人的理解，已深入到這個層面。這種對人的見解，對於我國傳統文化來説，確實是極其深刻的革命。

這樣，在「五四」，便出現一種非常有趣的現象，一批偉大的愛國者，一批深情地愛着自己的祖國的中華兒女，卻表現出對自己民族的「不滿」，並萌動出很深切的「審父」意識。在歷史性的「文化法庭」中，他們無情地審判自己的父輩文化。由於對祖國愛得太切，對祖國的強大求之太急，這種審判，常常走上極端，以至宣判被稱為「東方文明」的父輩文化乃是「吃人的筵席」。這些父輩文化的勇敢審判者，在否定過去的時候，還重新考慮了「我們現在怎樣做父親」的問題，即作為新的一代長者，應當如何對待下一代的幼者。這是一個時代性問題。這不是個人如何做父親，而是作為民族新一代的人格代表應當怎麼辦。他們認為，不能再重複父輩帶給子輩以無窮盡的痛苦了，不能再重複「吃人」的悲劇了，不能再承襲「三綱五常」那一套虛偽的倫常觀念了，總之，是再也不能讓那種以血緣關係為基礎而建立起來的封建宗族制度繼續主宰中國人民的命運了。幾千年一貫制的乾坤應當轉動。一切愛國者，愛民族者，一切為了自己國家和民族興旺的中國人，都應當拋棄父輩文化中那些阻礙民族生存發展的糟粕。這是「五四」新文化運動的結論。因此，「五四」運動是一場真正的「文化革命」，是一場對父輩文化無情批判的文化革命。

第三節　獨特的思路：非文藝復興運動

「五四」新文化運動作為一場真正的文化革命，它不僅區別於近代思想家們的思路，而且也和我國古代歷朝知識分子——「士」的階層的思路不同，甚至與歐洲的文藝復興的思路也有重要的區別。總之，「五四」新文化運動是一次獨特的文化革命，它是中國文化史上的一個偉大的質變點，它給世界和中國人民提供了一種對傳統文化的全新認識，並開始了總體性和自救性的理性批判。正因為這樣，我們這本書選擇了「五四」文化運動所提供的審視點和豐富的思維材料作為自己的基地，然後從這基地出發，再度反思我國的傳統文化與人的現代化問題。

「五四」新文化運動的獨特思路和獨特性質，在以下三個方面突出地表現出來。

（一）它開始了中國文化史上一場真正意義上的、大規模的文化衝突。

「五四」運動的文化衝突是中西文化的衝突。在這之前，由於鴉片戰爭打破了我國文化格局的和諧，中西文化觀念的撞擊已經開始，洋務運動前前後後的夷夏之爭，戊戌維新時期的中學與西學之爭，都是文化撞擊的表現，但這些爭論遠沒有「五四」新文化運動具有如此巨大的規模和深刻的變革。如果說，在「五四」之前的幾次撞擊還帶有「論爭」性質的話，那麼，「五四」運動則完全是全局性的進攻性質，即完全是對我國本位文化全面的、激烈的、毫不留情的進擊。

在鴉片戰爭之前，我國的文化接受了某些外來文化，如印度的佛家文化，但仍然沒有走出東方文化的範疇。而且，儒家文化、道家文化、佛家文化，基本上是一種互補的、和諧的關係。儒家、道家文化是我國的「國粹」，佛家文化雖非本土文化，但也屬於東方文化的範疇。它和儒、道文化之間沒有根本上的衝突。印度的佛教文化，可以說是在論證上更為嚴密的並且已經形成思想體系的老莊文化。在老莊的哲學裏面，已包含着佛家思想的各種萌芽，佛家文化思想體系中的一些結論和一些出發點，在老莊的哲學王國裏都可以找到。所以，魯迅先生說「三教同源」、「三教合流」（即儒、道、釋三教合流），並不是沒有道理的。三教的合流，已成為我國古代文化的一個很有趣的現象。鴉片戰爭以後，西方文化打破了中國文化的和諧，產生了東西方兩大文化模式的衝突，而且隨着時代的向前推移，這種衝突愈演愈烈，到了「五四」時期，已經激化到了互不妥協的嚴重對抗。這些對抗的嚴重性，到了魯迅時代，他已不得不作這樣的宣言：「我們目下的當務之急是：一要生存，二要溫飽，三要發展。苟有阻礙這前途者，無論是古是今，是人是鬼，是《三墳》、《五典》，百宋千元，天球河圖，金人玉佛，祖傳丸散，秘製膏丹，全都踏倒它。」[1] 甚至號召青年不要讀中國書，不要讀線裝書。他甚至認為中國只有兩種抉擇：或拋棄古文而生存，或保存古文而死亡。他毫不諱言地說，他的工作就是要「刨祖墳」。「五四」新文化運動正是一場刨祖墳的革命運動，難怪那些淺薄的國粹主義者，要痛心疾首地詛咒文化革新家們是「數典忘祖」。

我國歷代知識分子中出現過一些異端思想家，他們確實也具有一些叛逆思想，而且也都對我國的傳統文化進行某些批評。但他們的異端思想，一般都是停留在形而上的思維層次上，並沒有廣泛地傳播，也沒有大規模的社會行為，如李贄，他的異端思想甚至是用「焚書」與「藏書」的名義包裹着的。他們並沒有企圖用自己的思想模式來重組社會結構，當然也沒有和實際的社會運動廣泛結合的實踐，因此，他們雖然有變革性的思想，但是並沒有導致革命性的文化運動，自然也沒有造成大規模的文化衝突。而近代的思想家們雖然已把自己的思想和社會運動結合起來（如康有為），但他們也沒有提出有別於我國傳統社會結構的新的社會結構模式，他的《大同書》所描述的大同理想社會，也不是一種現實的、理性

1《華蓋集．忽然想到》，見《魯迅全集》第三卷，第四五頁，人民文學出版社，一九八一年版。

的社會結構模式，而是一種帶有很濃的浪漫氣息的社會現想圖景。總的說來，他的思想還是試圖在已有的文化體系內調整社會的矛盾。因此，康有為的思想和他影響下的維新運動，並不是嚴格意義的社會文化革命運動。

即使是幾千年來的農民戰爭，也並不是真正意義上的文化革命。農民戰爭是不同階級之間的利益衝突，衝突的結果是一些階級勝利了，一些階級消滅了，然後是勝利的階級代表，實現了一次利益和權力的再分配。這種再分配並不是文化模式和社會結構模式的質變。儘管這種衝突和再分配帶有文化性質，但是它並不是和原來的文化模式的根本對抗，也不是在權力的再分配中完成文化上質的轉變。也就是說，新的利益集團與新的權力集團在確立他們的統治地位之後，並沒有同時確立新的文化觀念或新的文化模式，也沒有從根本上改變舊王朝的社會結構。因此，歷次農民戰爭，儘管在不同的歷史條件下，有不同的口號和不同的狀況，但是，他們的文化模式與行為模式都是同一的。也就是說，多次的農民起義，由於有相同的文化觀念，因此導致相同的行為模式，其結果使農民起義成為改朝換代的工具，而沒有導致文化價值系統的質的轉換。這樣，就形成一種巨大的悲劇，即農民起義的勝利，只是換把交椅，而重建的王朝，仍然是撿起被推翻的前一代王朝的政治體制和文化價值觀念。勝利者只為鞏固政權而努力，卻沒有為創造一種全新的文化模式而操心。魯迅先生諷刺的阿Q式的革命，就是沒有文化衝突的革命，因此，他所描述的當了皇帝之後的理想圖景是：要甚麼有甚麼，喜歡誰就是誰。農民階級與地主階級的鬥爭是劇烈的，但這是利益的鬥爭而不是文化的衝突。因此，歷次農民起義，不可能是真正意義上的文化革命。

近代以來，洋務派的夷夏之爭以及洋務派的「中學為體，西學為用」的口號，也不是革命意義上的文化衝突，它只是着眼於自身利益的策略之爭。洋務派只停留在生產工具特別是軍事器具的變革。他們並不是想利用外來的新文化來改造本國的文化系統，絕不謀求價值觀念的變革。他們是在完全肯定和保護本國文化基本精神的前提下（不觸動故國的文化觀念的前提下），允許引入西方的某些科學技術。他們完全是着眼於現實功利的一面，因此，改革只是停留在器械、工具的層次。改良派比洋務派的進步之處，是他們接觸到文化觀念，並已接觸到社會組織結構的變革。而孫中山比改良派更為徹底的，就在於他所領導的革命運動在打破原有的社會政治結構方面更為徹底。他們不喜歡英國式的君主立憲，而喜歡法國式的共和制度。但是，從文化的角度說，無論是改良派還是孫中山的革命派，他們觸動的主要還是表層的文化，即有形的文化，而對於深層的文化，即對我國的封建主義文化觀念，還沒有表現出改革與革命的徹底性。

「五四」新文化運動的先驅者，特別是它的偉大代表魯迅，恰恰是觸動了深層性的文化，而且表現出空前的徹底性。可以說，改良派的改良運動和孫中山的辛亥革命是近代文化革命的初級階段，而「五四」新文化運動則是近代文化革命的高級階段，因此，「五四」運動便成為中國文化進入現代歷史時期的標誌。正是這樣，我們才說「五四」新文化運動是一場徹底的文化革命。

（二）區別於歷代正統思想家對傳統文化的反省，而另闢一條全新的思路。

「五四」之前我國歷代的思想家，他們對父輩文化進行反省和檢討時，是一種「道德重整」式的思維路線。這種思維路線首先必須肯定一個「正」的前提和回歸點，即必須肯定一種絕對正確的先驗存在，然後反省在哪些方面背離這種存在。這種反省，是以一種先驗的理論框架為參照系，然後讓自己的一切行為去「就範」這種框架。

在歷代思想家看來，先哲先賢製造的道德規範是神聖不可侵犯的，人只有義務盡其畢生的精力去領悟它，順從它，而沒有權力去懷疑它，改變它。在他們看來，一切錯誤都是違背「古訓」的結果，一切社會弊端都是由於「人心不古」，而古訓本身是絕對不會錯的。因此，治國的根本就在於重整先驗的道德規範。國家的落後，不在於生產方式與生產工具的落後，不在於科學理性不健全，不在於制度的弊端和文化觀念的陳腐，而在於沒有把先賢先哲這些聖人的古訓貫徹到底。因此，中國古代的知識分子（士）就發生兩種基本悲劇：一種是馴服之「士」的悲劇，他們的一生就在「古訓」和「經典」上討生活，把自己的全部生命投入這些經典的註疏，自己則沒有任何創見和建樹；一種則是有些反省精神的知識分子的悲劇，但這種知識分子反省的參照系統仍然是古訓和經書，他們把社會的黑暗、政府的黑暗以及民族生機的退化等罪過，通通歸結為「人心不古」，即對祖宗之法、祖宗之理的背離，而拒不承認我們的生產工具的落後、觀念的落後和宗法制度的嚴重問題。因此，他們常常帶着重整道德的狂想，著書立說，企圖通過道德的重整挽回無可救藥的敗局。這樣，在每一次社會動亂之後，他們總結教訓，又總是歸結為違背古訓，結果是愈反省，原來的一套價值模式、道德規範反而愈來愈加鞏固。久而久之，便變成了神聖不可變易的教條，這些教條既窒息了自己的智慧，也窒息了民族的生機，從而導致了整個民族理性的退化，智力的下降，逐步落後於世界。

「五四」新文化運動中的文化先驅者與歷代思想家不同，他們不承認有一個先驗存在的絕對正確的道德規範，它對以孔子為代表的萬古不易的「正統」觀點提出總懷疑。「五四」文化運動，不是對某一個「正」的前提，令其完善，令其恢復權威，而是令其動搖，令其瓦解。他們對封建主義的禮治秩序、人格理想、價值模式進行了摧毀性的批判。他們的批判是直指「原始選擇」的思想體系——儒家的思想體系。

「五四」對孔夫子批判的強烈和徹底程度在世界思想文化史上是空前的。在文藝復興時期，人文主義者對神的批判，並不是直接詛咒上帝，他們仍然尊重上帝的形象，他們只是鞭撻上帝在人間的投影，即反對上帝的人間代表、人間機構，拒絕接受上帝的使者和上帝創造的世界。馬丁·路德的宗教改革，也承認上帝的權威，他們只是主張，每個人都有與上帝直接對話的權利。世界各國的思想文化衝突頻頻發生，但沒有一個思想家，在他死了幾千年之後，像孔夫子這樣，遭到整整一代民族知識分子的全面討伐和批判。孔子的這種厄運，是一種很特殊的精神現象。而這種特殊的精神現象，更反映了「五四」文化運動的特殊性質。

關於「五四」運動在文化上的突破性意義，我們在《沿着魯迅開闢的文化方向繼續探索》一文中指出：

> 魯迅對傳統文化理論體系和觀念體系作了我國古代知識分子未曾有過的全面反省。中國古代的知識分子並不是一點也沒有反省精神和批判勇氣的，但他們傾向於以「理」與「勢」相分離的觀點去看待傳統和現實。「勢」是指政治上的具體制度、人事關係與政治態勢等，「理」則是指存在於「勢」背後支撐並制約着「勢」的那一套理想模型、意識形態和文化價值觀念。在我國古代知識分子心目中，「理」高於「勢」，但又需要通過一定的「勢」表現出來。「理」是文、武、周公、孔、孟等聖人制定的萬古不易的真理，因此絕不可能發生錯誤，但「勢」是屬於具體實踐的問題，因此有可能吻合於「理」，但也有可能發生偏差。知識者即所謂「士」

的階層的全部使命就是防止「勢」對「理」的偏離，並且在偏離發生的時候挺身出來糾正它。持着這種「理」與「勢」相分離的觀點，中國古代讀書人幾乎沒有對自己認同的文化理論體系與價值觀念體系以及理論模式進行反省的習慣與能力。聖人說過的話，沒有人敢站出來說是錯的。他們總是跪在「理」的面前，並且心甘情願地成為「理」的奴隸。他們總是在肯定「理」的前提下，展開對「勢」的批判，從東漢的太學生運動到晚明東林黨人的反抗，都可以看到古代知識分子不惜拋頭灑血地為讓偏離了的「勢」再次回到「理」的軌道而奮鬥。但是，他們對「理」的近乎盲從的相信和不加反省的認同，使歷代知識分子的努力只能被限制在維護傳統秩序的「綱紀世界」的範圍內。從思想和學術多元化發展的意義上說，古代知識分子對「勢」的反省和批判，只是形成古代社會「天地君親師」中，「君」和「師」兩種勢力的相互制約和協調的作用，並沒有帶給我們民族以真正的進步。明清之際的王船山、戴震等思想家，對理學表示很大的懷疑並展開批判，戴震甚至極為尖銳地指出理學「殺人」，但他們也只是針對「宋儒」的程朱理學而發的。這種對封建文化的某個局部的突破是很寶貴的，但它並不是對傳統的整個「理」的文化體系進行懷疑。而魯迅與這些古代知識分子不同，他是對我國封建性的「理」進行整體性的總反省，以至揭示以仁義道德為核心的「理」的體系的吃人的本質，從而給封建的思想文化體系以全面的總批判。

（三）「五四」新文化運動不是「文藝復興」式的文化運動。

由於「五四」運動並不是一種撥亂反正式、道德重整式的文化運動，而是徹底地審判封建文化的運動，因此，當時的文化先驅者幾乎沒有採取甚麼「策略」，包括不採取在文化運動中常使用的「復古」策略。如果要勉強地説是「策略」，那麼，他們的策略，就是選擇一個「孔家店」作為封建文化的總體象徵，把號稱為「至聖先師」的孔夫子作為這種文化的人格代表加以撻伐。這些文化先驅者都有很深的舊學的根底，自幼熟讀經書，對孔夫子的「教導」早已背得滾瓜爛熟，因此，他們採取這種「策略」，對孔夫子進行反戈一擊，容易擊中要害，令其動搖。實際上，他們確實給以孔夫子為代表的舊文化以空前巨大的打擊。「五四」運動這種抓住某一古聖人作為舊文化的人格代表加以攻擊的「策略」，和文藝復興很不相同。「文藝復興」採取的策略是「復古」，即復興古希臘、古羅馬的文化，他們在復興古代燦爛文化的旗幟下，張揚嶄新的人文主義觀念，讓人帶着他們應有的尊嚴和價值在大地上崛起。他們把上帝世俗化，讓聖母也和平民一樣，赤身裸體地出現在人類的面前。這種「復古」的策略，在人類文化史上屢見不鮮，它是文化革新家常採取的策略。我國唐代散文家為了反對漢代六朝浮飾的形式主義文風，打的也是尊尚古道、提倡先秦兩漢古文的復古旗號。這也是在一個「復古」的旗幟下推行新文風和新觀念的文化運動。西方的文藝復興運動所採取的策略，也不完全是「策略」，他們所肯定的前提，如古希臘文化和古羅馬文化，確實是光輝的，他們的讚美是真誠的，而且，古希臘文化也確實包含着人文主義精神的胚胎。而「五四」運動，則不承認古代中有一個神聖的文化楷模，他們拒絕承認我國古代存在一個光輝燦爛的歷史文化時期。在這點上，「五四」甚至走到極端化的路上，他們的代表人物甚至公開宣佈要清算「四千年的舊賬」，毫不留情地向祖宗算賬和討債。這些批判封建「孝」道的先驅者，不僅從現實關係的意義上去批判「孝」道，而且從文化繼承的關係意義上，徹底地背棄「孝」道。他們拒絕對祖輩文化、父輩文化履行「孝道」，而且採取相反的離經叛道的態度。由此可見，「五四」文化運動的思路與文藝復興運動有很大的不同。

「五四」時代是一個真正區別於過去幾千年歷史的全新時代，既不是「做穩奴隸」的時代，也不是「連奴隸也做不得」的時代，而是一個真正的把人當作人的第三時代。只是在這點上，它是與文藝復興的文化精神相通的。

胡適在回顧和評述「五四」新文化運動的時候，多次地把「五四」新文化運動比成歐洲十四世紀的文藝復興運動。他在《中國文藝復興運動》的講演中解釋說：

> 三十幾年前的「五四」，與文藝有甚麼關係？……那個時候，有許多的名詞，有人叫作「文學革命」，也叫作「新文化思想運動」，也叫作「新思潮運動」。不過我個人倒希望，在歷史上——四十多年來的運動，把它叫作「中國文藝復興運動」。多年來在國外有人請我講演，提起這個四十年前所發生的運動，我總是用 Chinese Renaissance 這個名詞（中國文藝復興運動）。Renaissance 這個字的意思就是再生，等於一個人害病死了再重新更生。更生運動，再生運動，在西洋歷史上，叫做文藝復興運動。[1]

西方的文藝復興運動確實是一個帶有復活性質、更生性質、再生性質的文化運動。被復活的對象——古希臘、古羅馬文化，也是極其明確的。而且，這個運動本身就是在「復興古代文化」的旗號下進行的。

1 《胡適作品集》第二十四集，第一七八頁，台灣遠流出版公司版。

但我國的「五四」運動，卻不是在「復興古代文化」的旗號下進行的，相反，它是在打倒古代文化的極端旗幟下進行的。因此，從歷史的角度，從整體上說「五四」文化運動是一種文藝復興式的運動是不太確切的。

在「五四」文學運動中，沒有一個新文化先驅者打出「復興古代文化」的旗號，包括胡適也沒有這樣做。胡適認定「五四」是文藝復興的性質是運動過後才界定的。而且，他作這種界定時，並未着眼於「五四」運動的總體文化精神，而着眼於文學形式。他的思路是這樣的，在我國古代存在着一種燦爛的白話文學，但是，這種文學病死了。近一千年中，中國就不斷地發生致力於復活這種文學的活動，「五四」就是這種活動的繼續。他說：

> 加里佛尼亞大學請我做十次公開的講演。他們要一個題目：近千年來的中國文藝復興運動。從西曆紀元一千年到現在，將近一千年，從北宋開始到現在，這個九百多年，廣義的可以叫作文藝復興。一次文藝復興又遭遇到一種旁的勢力的挫折，又消滅了，又一次文藝復興，又消滅了。所以我們這個四十年前所提倡的文藝復興運動，也不過是這個一千年當中，中國文藝復興的歷史當中，一個潮流、一個部份、一個時代、一個大時代裏面的一個小時代。[1]

在胡適看來，宋以來產生的《三國演義》、《隋唐演義》、《封神演義》、《水滸傳》以及許多話本、彈詞、

1 《中國文藝復興運動》，見《胡適作品集》，第一八零頁。

戲曲，都是長期的復興白話文運動的產物，「五四」只是這種文藝復興運動的新階段。胡適的思想邏輯是清晰的：「五四」新文化運動是一場以白話文代替文言文的運動，而白話文在我國古代文學中已有許多寶藏，只是被文言文掩蓋和埋沒罷了，「五四」新文化運動，正是復興白話文的運動。如果從純文學形式着眼，這是説得過去的。但是，「五四」新文化運動並不僅僅是一個白話文代替文言文的運動。如果把「五四」新文化運動界定為白話文運動，本身就是片面的。因此，只有肯定這個片面的前提，「五四」文化運動才與文藝復興運動相似，而如果揚棄這個片面的前提，而是從歷史的角度着眼，即從「五四」文化運動的總體精神和基本思想路線着眼，那麼，「五四」新運動與文藝復興就太不相同了。

從歷史內容的角度説，歐洲文藝復興運動，它確實是要喚醒在歷史上曾經燦爛過的文化精神，即古希臘、古羅馬的文化精神，並以這種精神否定中世紀的極其黑暗的文化精神。因此，復興古代文化精神，不僅是它的策略，而且也是它的實質。而「五四」新文化運動則是與古代文化精神背道而馳的，它不是復興古代的文化精神，而是全面地、徹底地否定、批判古代的文化精神，它不承認中國古代歷史具有一種特別有益於民族的生存和發展的文化精神，值得仁人志士們去復興，去為之奮鬥。他們覺得唯一的出路，就是要與傳統決裂，重建新的文化模式，培育新的文化精神。

還應當説明的是，如果拋開歷史的角度，僅僅從文化運動的精神實質來説，「五四」新文化運動倒是與文藝復興運動相通的，這就是，東西方這兩次歷史性的文化運動，都是高舉「人」的旗幟，其戰略都在於對人的重新思考和重新發現。（這一點，本書將在後面的章節裏論證。）

第四節　反省的弱點：啟蒙性思索的短促

「五四」新文化運動中，在對傳統文化特別是對國民性病態的反省中，也存在着一些弱點，這些弱點，主要有下列幾個方面：

（一）儘管「五四」新文化運動對傳統採取一種「偏頗」的態度是必要的，如果沒有這種「偏頗」，就不足以撼動堅固的傳統，不足以打破傳統的穩定性結構，也就沒有我們今天「從容」選擇的可能。因此，在偏頗性的文化思潮中，有些從事文化革命的先行者確實走上了極端，他們在審視我國傳統文化時，摻和進比較嚴重的自賤自虐心理，覺得自己的民族甚麼都不如別的民族，百分之百不如人，從而產生一種徹底的悲觀主義，並導致「全盤西化」的結論。這種結論顯然是行不通的。近代以來，我國一些思想家對民族性弱點的自省，其初衷是探討我們民族的自強之道。打掉盲目的民族自大心理，正視自身的黑暗面，正視自身的傳統性弱點，才能完成民族心靈的開放和迎新，從而謙虛地學習別國的長處，趕上世界的先進步伐。而自虐心理違背這種初衷，它把自己的弱點誇大到無可救藥的地步，完全絕望的程度。這就會削弱以至喪失自強的信心，導致一個民族永恆的自卑。民族自大導致民族的自我封閉，長此以往，便形成一個民族的自我窒息，自我衰亡，使民族主體性在一種盲目的狀態中喪失；而民族自虐則導致民族的自我作踐，自我菲薄，以至喪失民族的自信心，這也是民族主體性的失落。因此，民族的自我懺悔，應當是堅持民族主體性的自我懺悔，而不是喪失民族主體性的自我懺悔。

（二）在對傳統文化的反思中，「五四」的文化精英們，儘管非常激烈和沉痛，但是，文化創造的實績仍然是不夠豐厚的。文化戰士們並未在歷史、哲學、文化等方面創造出大量的新的現代的文化經典。

戰鬥的緊迫感，使他們尚未產生現代經典意識，這與西方啟蒙運動相比，就顯出一種令人惋惜的弱點。反映「五四」時代精神的，除了文學中像魯迅的《狂人日記》、《阿Q正傳》等可作為重大實績之外，在其他領域，便很難找到經典性的論著。當時作為號角式的文章，如陳獨秀、胡適等，他們的文章雖產生很大的影響，但不是包容時代性精神的、可供後人不斷發掘的經典。可以說，當時普遍存在一個問題，就是缺乏創造現代經典的意識。連胡適自己也在《中國文藝復興運動》中承認他們是「提倡有心，創作無力」。他指的「創作」是小說、詩詞、戲劇等文藝作品。胡適說的是實話，當時除了魯迅在文藝創作上具有巨大的實績，而且其中有些作品（如《阿Q正傳》）成為現代文學的經典性作品，總的說來，經典性作品畢竟太少。而且，文學創作之外，在哲學、經濟學、歷史學、美學、心理學、社會學以及藝術方面，更缺乏經典作家和經典作品。只要比較一下西方文藝復興時期的經典就很清楚，從產生《神曲》（但丁）、《詩集》（彼特拉克）、《十日談》（薄伽丘）、《巨人傳》（拉伯雷）到產生達·芬奇、米開朗琪羅的繪畫到《君主論》（馬基雅維利）、《太陽城》（托馬索·康帕內拉）等社會科學經典作品，都反映了那個時代的文化巨人們的創造經典的意識是非常強烈的。他們的作品都帶有文化里程碑的性質，這些里程碑又不是孤零零的，它們形成了巨大的建築群，並共同地反映一個偉大的文化時代。而且，這些經典作品又共同形成一個文化上新的偉大傳統。與之相比，「五四」運動由於結束得過於匆忙，因此，經典性的作品還不夠豐富，而且，還很難說已經真正形成一種強大的傳統。以文學來說，文學史家儘管說應當繼承「五四」文學的戰鬥傳統，但是，這種說法並未完全積澱於民族的集體無意識中，因此，直至今天，一講到我國的文學傳統，大多數的人民仍然想起《三國演義》、《水滸傳》、《紅樓夢》等章回小說，想起古典詩詞，而不是想到「五四」時期的文學作品。這與俄國文學不同，俄羅斯文學在十九世紀就形成了強大的現實主義文學傳統，因此，蘇聯現在一提出文學傳統，就想到普希金、果戈理、契訶夫、托爾斯泰等。所以魯迅在「五四」時期毫不客氣地說，他的小說「顯示了『文學革命』的實績」[1]，這是因為除了他的小說之外，真正能顯示出新文化運動實績的實在太少。儘管魯迅小說的成就是輝煌的，但我們還是覺得太少。至於其他文化領域，反思的實績更是不足。這種狀況，使「五四」新文化運動的主要戰績表現在對舊文化體系的批判，而不是表現在對新的文化體系的建設上。

（三）由於民族文化水準較低，「五四」新文化運動中，對民族病態以及整個傳統文化的深刻認識和對人的自覺意識，還只是停留在少數人的範圍內，當時的文化先驅者在很大的程度上還帶有「先鋒派」的味道。因此，對於國民性的弱點，對於我們民族的苦難，這些「先鋒派」的知識分子已感到切膚之痛，大聲疾呼，但多數的群眾還是如閏土、祥林嫂似的麻木，精神狀態還十分封閉，他們還只是社會戲劇的看客。這種麻木的、封閉的，然而又是多數的力量，形成社會改革最難突破的廣闊層面，甚至形成巨大的社會黑染缸和消極性的同化力，使很多先進的改革者無能為力，而陷入深深的失望。「五四」新文化運動高潮過去之後，像魯迅這樣堅定的戰士，感到自己吶喊的空洞並陷入徬徨、孤獨、悲涼的巨大苦悶中，原因就在於此。當時許多知識分子感到醒來了但又無路可走的極大悲哀，他們發覺自己仍處於未醒的多數力量的包圍之中。中國的改革之困難也在於此。魯迅先生在小說《藥》裏所寫的夏瑜，就是「五四」運動的先覺者，但他們的血，最後還是被廣大的華老栓當作人血饅頭。夏瑜的悲劇，不在於被敵對的反動勢力砍斷了頭顱，流盡了鮮血，而在於多數人只是流血的看客，並不了解他們流血的意義。

1 《且介亭雜文二集．〈中國新文學大系〉小說二集序》。

可以說，「五四」新文化運動並沒有完成民族性的啟蒙。魯迅先生對這點感觸極深，他的小說《孤獨者》，他的雜文《娜拉走後怎麼辦》、《習慣與改革》都極其深刻地反映了先知先覺者陷入廣大的戲劇看客的包圍之中而失敗的悲劇。他在《娜拉走後怎麼辦》文中指出，中國人的多數不過是戲劇的看客。而在《習慣與改革》中，則意識到對於改革最麻煩的將是習慣的力量，多數的力量。這種多數的、麻木的、封閉性的力量，會形成一種強大的社會盲流，無聲無息地吞沒文化改革的成果。這些幾千年積澱而成的最堅固的文化層，使無數的文化革命者的頭顱撞得粉碎。

「五四」的文化先驅者為了改造傳統文化，意識到必須借用外來文化的巨大助力，這是對的，他們首先大力地引入外國的文化思潮也是必要的。另一方面，他們對傳統文化窒息民族生機這一點有痛切之感，因此，對傳統文化的攻擊異常激烈也是可以理解的。但是，在他們謀求把傳統型文化轉化為現代化文化的轉換中，一切都顯得十分匆促，因此，他們尚未認真研究傳統文化的歷史運動過程以及它的整體性內部結構，他們只着力於揭露和展示傳統文化的黑暗面和消極面，卻未能科學地回答造成這種黑暗面與消極面的根本原因，也未揭示各種文化要素的演化過程，更沒有找到傳統文化轉化為現代型文化的內部機制。他們完成了「提出問題」的歷史使命，而解決問題和建設新文化系統的歷史任務，特別是建設社會主義新文化系統的歷史任務，還有待於我們這一代和今後很多代人的共同完成。

（四）「五四」新文化運動對國民性弱點的反思和對人的重新思考，本來是在文化的層面上展開的，是帶着「形而上」特點思考的；這種文化運動，在於啟蒙人的自覺意識，重塑與現代社會相適應的新的國民靈魂。但是，由於當時民族災難過於深重，民族「救亡」的實際要求太迫切，不可能讓知識分子在形而上的層次上從容地思考。因此，先驅者們便紛紛地轉入實際的革命實踐活動，把精力放在救國的實際行動上。他們帶着滿腔救國的熱情，投身於各種形式的革命運動。在祖國處於水深火熱之中的時候，知識分子這種抉擇，正是一種民族責任感的高度表現。但由於他們轉入實際行動，因此，「五四」新文化運動中那些對民族弱點的思考，也就匆匆結束，對人及歷史文化的形而上的思考也無法深入。像陳獨秀這樣的急先鋒，一開始是鼓動革命者首先要着眼於國民性改造的，他說：「欲圖根本之救亡，所需乎國民性質行為之改善。」[1] 又說：「一國之民精神上物質上如此墮落，即人不伐我，亦有何顏面有何權利生存於世界。」[2] 但是，他從文化角度對國民性的探究尚未深入，就轉而投身於「救亡」的實際革命行動了。他很快地把改造國民性問題同「革新政治」聯繫在一起，後來，就轉入純粹的政治革命鬥爭實踐，而且很快地告別了「德謨克拉西」，而鼓動階級鬥爭學說和「勞動階級專政」的學說，組織無產階級政黨，高揚馬克思主義，成為站在時代急流最前列的革命家。除了他，李大釗等人也是這種道路的偉大代表，而且他接受馬克思主義更早。李大釗在「五四」時期的影響雖然沒有陳獨秀那麼大，但他的思想更為深刻，如果不是很快就投入實際的革命運動，他可能會贏得時間對國民性問題進行更深刻的研究和批判。我們這樣分析李大釗、陳獨秀的道路，並不是否認他們投身實踐的絕對必要性，而是從文化研究的角度說，由於「五四」一批最傑出的知識精英，鑒於更急切的民族利益的時代性要求，都自覺地服從這種要求而投入革命運動，這樣，他們就不可能從純文化的角度，對傳統文化「從容」地進行思考和反省，因此，在「五四」時期較深刻地探索國民性病態的時間和規模就很有限，不應作過高的估計。

「五四」新文化運動高潮過去之後，能像魯迅這樣堅持深入地解剖國民性病態，並在一生中幾乎不放

1 《我之愛國主義》，見《獨秀文存》卷四。

2 同上。

棄這個療治責任的，實在是個別的。「五四」之後，魯迅先生雖然也支持學生運動和實際的革命運動，但他仍然把主要精力放在思想文化的探究上，仍然有充份的時間進行形而上的思考，因此，今天作為「五四」時期全面反省傳統文化的偉大代表的，除了魯迅，找不到第二個人。我們認為，不能因為前期的魯迅還只是民主主義者而忽略他在「五四」時期的思想的深刻性，以及他在解剖國民性弱點中所提供的極為重要的思想觀念和思想材料。

在魯迅之後，由於優秀的中國知識分子更是把自己的思考和中國人民的解放鬥爭結合起來，把結束半封建半殖民地的舊制度作為自己的使命，因此，更無暇深入反省我國的傳統文化和改造國民性的問題。只有到了今天，我們才有「從容」的文化條件，可以重新思考這一切，並用馬克思主義的觀點和眼光審視這一切。可以說，我們真是時代的幸運兒。

第五節　當代新儒學的迷失：傳統理想主義

近年來，在研究傳統文化中，出現了一種復興儒家文化的思潮，其中提出較為系統的觀念的是杜維明先生。在他看來，中國現實生活中出現的某些流弊，究其文化原因，在於未能很好地保留和弘揚傳統文化，特別是儒家的政治理想和人生理想。在這樣的情況下，當代新儒家很自然地寄希望於「儒家第三期發展」，以儒學的復興補救時弊。這種見解，儘管帶有學術上的真誠，但離中國的現實要求還是太隔膜了。

本書的立論與當代新儒學的觀念有所不同。我們認為，在中國現代化過程中，負有歷史使命的中國知識分子應當為實現這一目標創造充份的文化條件，其中迫切和重要的工作是持續地反省和檢討我們的文化傳統。這是改造傳統文化，特別是從根本上改造儒家文化的立足點。從這個立足點出發，我們才能真正地認識傳統，真正地認識西方。否則，我們在對待傳統和對待西方上都可能迷失，或者迷失於全盤西化，或者迷失於對傳統的過份理想主義。我們所以這樣認為，主要有兩個原因。第一，中國的傳統文化是有嚴重弱點的，特別是它與現代精神的異質性。第二，從傳統到現代，存在着巨大的「文化落差」，我們現在仍然未能擺脱「文化落差」，它依然困擾着我們。在這種情況下，縱使傳統有某種生機，它也會被傳統本身所扼殺。另一方面，現代化建設需要今天的中國人在新的世界環境中勇於尋找、勇於追求、勇於創造，他們應當是具有主體精神的人。而我們的傳統文化恰恰缺乏這種精神。傳統文化精神，特別是對中國人民的精神面貌具有決定性影響的儒家文化精神和道家文化精神，最大的弊端就在於它告訴人們：不要尋找，不要追求，不要創造。儒家文化的精髓就在於它把中國封建宗法制度權力結構倫理化和神聖化，並把人的存在價值歸定為這種宗法結構形式的服從和服役，即使掌握某種權力，也應當服從與服役於這種政治形式。而道家的文化精神，特別是經過郭象改造和修正了的道家文化精神，又變成儒家文化的重大補充，最後，變成了與世推移，隨遇而安的苟且精神，變成一種馴化人生的處世指南，這種以退縮、迴避、逃入、遁隱的方式對付生存挑戰的哲學，與儒家哲學構成一種互補結構，造成中國人民嚴重的精神萎縮，而無法激起中國人民去勇敢進取，去努力追求自身的意志目標和民族的理想價值目標。因此，今天，克服傳統文化的消極面，剔除影響振奮民族精神的文化基因，不斷點燃中國人民內心熾熱的感情，對於建設社會主義現代化強國是十分迫切的。

當代新儒學對中國傳統的理想主義熱情以及他們復興儒學的文化主張，對於處於西方具體人文環境的人是可以理解的。西方發達的資本主義國家由於高度發展甚至是畸形發展的經濟和科學技術，已形成種種新的異化現象。比如技術的高度發展使人成為技術的奴隸，廣告的氾濫使人成為廣告的奴隸。為了擺脱這些異化現象，使人在新的歷史條件下克服異化和獲得新的自由，就必須尋找某些文化觀念來調整人與人及人與自然的關係。在尋找中，他們把眼光轉向東方文化，求助於儒家文化和道家文化的某些精神，以作社會和精神的調節劑，是可以理解的。這也許是不錯的藥方。但是，西方社會是進入後現代化的社會，與我們的具體國情不同。我們的國家正在踏入現代化的社會。我們的時代使命是，在社會主義所提供的有利條件下，努力調動全民族的人的積極性和首創精神，努力發展經濟和科學技術，我們的問題不是把人際關係修補得更加精密化，而是要調整和改革固有的社會關係，激起億萬人民的智慧潛能來共同擺脱貧窮，爭取民族的繁榮和富強。在這種歷史條件下，儒家和道家的基本文化精神都不利於我們這樣做。如果不看到東西文化需求的時代落差，就會脱離實際，紙上談兵。正因為這樣，我們在這部書中，對傳統文化，着眼於批評，着眼於尋找轉化的機制。

第二章

批判理性的成長

第一節　明末清初時期

如果不是拘泥於細節，那麼我們可以說「五四」時期是中國思想、文化史上創造性突破的時期。從此，一部思想文化史，就不僅有悠久的古典遺產，而且也有了輝煌的現代饋贈。「五四」新文化就是歷史留給我們的現代饋贈。當我們試圖重新理解和估價「五四」新文化的內涵的時候，有一個問題是不能迴避的，這就是「五四」新文化的創造有賴於批判理性的覺醒，它本身就是批判理性引導出來的結果。可以說，沒有高度自覺的自我批判精神和批判能力，新文化的誕生是不可思議的。因為新文化不是別的，其真正核心是重新估定一切價值。這種估定既包括傳統文化，也包括外來文化，但從後果來看，主要是傳統文化。現代文化的饋贈恰好就是對古代傳統文化的清理、反省和批判，從對自身的不滿與檢視中產生思想文化的突破。除非不談論「五四」，只要一談論「五四」就要和批判傳統聯繫起來。批判理性和它的創造物永遠是一體的，批判精神和批判能力所代表的批判理性是「五四」新文化的創造前提，而「五四」新文化又是這種批判理性最充份的表現。所以，在理解與解釋「五四」時期對國民性、民族性和傳統的清理、反省和批判之前，先追溯作為前提和工具的批判理性本身，是有益於深化對本題的認識的。

「五四」時期對國民性、民族性和傳統的清理、反省和批判，標誌着中華民族經過長久的苦難與挫折，終於使自己的自我批判精神和批判能力臻於成熟。歷史昭示我們，這種批判理性的成熟，經歷了一個很長的孕育階段。它至少在明末天主教傳入中國之後就有了萌芽，中間在清代中期一度沉寂，後來又在晚清期間得到愈來愈充份的發展，而「五四」則是這一長久積累的爆發。總之，它既是中國社會危機過程的產物，又是中國和西方衝突、回應西方挑戰過程的產物。這兩個過程愈向縱深展開，民族的覺醒愈提高，自我批判精神就愈高漲，批判能力就愈表現得深刻。就「五四」而言，它確實給人面目一新，一切都重新開始的感覺。可是這一切的背後，依然有一個連貫的、整體的歷史在支撐着，它之所以給人面目一新的感覺，之所以有一個新的開始，就是因為前人的歷史活動創下了基礎，準備了再度前進的必要條件。所以，從歷史演變的意義上說，「五四」時期思想、文化界熱烈而集中地思考反省民族本身的一系列問題，是可以通過追溯歷史加以說明的。

明朝萬曆二十八年（一六零零年），這一年年景平平，和往常一樣，雖然帝國境內各處小有騷動，或者暴民鋌而走險，或者揭竿起事，但很快又復歸平靜。它們畢竟沒有威脅到帝國的命脈。幾乎沒有人注意到，這一年悄悄地發生了兩件對中國而言意味深長的事情。第一件是英國東印度公司成立。雖然此公司介入中國並發生衝突是在兩個多世紀之後，但由於它的介入，大大改變了中國的歷史進程。第二件是這一年的年底，利瑪竇進京。這是中西交通史上的大事，可是朝野反應卻十分冷淡。利瑪竇幾經周折，終於得到皇帝的恩准，進京獻上天主聖像、聖母像、天主教經典、自鳴鐘和五洲圖。據《利瑪竇中國札記》記載，萬曆皇帝只對歐洲的風土人情、婚喪寶物感興趣。[1] 遺憾的是，沒有記下皇帝對那張五洲圖的反應，但從間接的史料推測，萬曆對五洲圖一定興味索然，更不用說理解它背後的預示：世界交通接觸的時代即將到來。萬曆同神父們的接觸都是間接地通過太監傳話進行的，萬曆想見利瑪竇一面，

1 《利瑪竇中國札記》第十二章，中華書局，一九八三年版。

但終於沒有行動，他派了兩個畫師畫了兩幅神父的身像。利瑪竇此後在北京住了十年，但與萬曆皇帝從未謀面。萬曆堅持他的規矩，不在太監和妃子之外的人前露面，頑固地堅持他從一五八五年開始的孤寂生活。利瑪竇在北京進行了傳教和傳播西方學術、文化的活動，但只引起徐光啟、李之藻等少數上層士大夫的關注和真正興趣。那時，歐洲正在進行文藝復興和宗教改革活動，歐洲人正在脱胎換骨。而利瑪竇西來，不過像一顆石子投進一溝死水，泛起幾絲漣漪便又復歸死寂。

當然，要求中國人作出強烈反應這一點似乎勉強。一來利瑪竇身無一卒，不像後來的列強，鴉片煙背後還有戰船和大炮。利瑪竇除了他能帶的「貢品」外，別無危險之物。他們和中國的接觸，不構成對帝國安全的威脅，只是文化上的交流，充其量是兩種文明在精神上的競爭。另外，萬曆正在與朝臣賭氣，置國事於不顧，即使他意識到這是不同凡響的事情，不同於朝鮮、琉球、安南、暹羅等屬國進貢的事情，也會置之不理。總而言之，整個帝國還沉睡在「天下第一」的夢幻之中，沒有把它當成一個認識世界的機會，沒有利用這個機會來糾正國際關係觀念的錯誤因襲。當時的明朝有做到這一點的機會，卻沒有實現它的能力。多少能從西方文化吸取靈感，進而分析中國問題的，只是個別人。

在這些個別人當中，最傑出的無疑是徐光啟。儘管他沒有強烈的批判意識，也沒有系統地檢討中國社會的問題，但他卻能用近代思想家、先覺之士少有的平靜心情尋求對當日政治文化弊病的解決之道。在這種冷靜的探究背後，更隱藏着他對當日西洋文化的洞見。他虛心地向傳教士學習，大量翻譯他們帶來的典籍，親身進行莊稼果木的科學實驗，把西洋的精蘊融會貫通。因此，他對政治文化的積弊的認識和所提出的解決辦法，都不同凡響。例如，在《擬上安邊御虜疏》中，他批評兵書和歷代將帥忽視戰爭取勝的重要因素——武器，武科考試和薦舉都不得法。「武科限於文墨，舉薦亂於毀譽也。兵書所稱，將帥所貴，不過權謀、陰陽、形勢、技巧。」[1] 徐光啟建議重整軍備，最重要的是發揮中國「火器」的長技。同時在這一奏疏中，他提出使國家從根本上富強的策略：「曰務農貴粟而已。古之強兵者，上如周公太公，下至管夷吾、商鞅之屬，各能見功於世，彼未有不從農事起者，如《周禮》、《三略》、《管子》、《開塞．耕戰書》，詳哉其言之也。顧道術有純駁，作用有偏正耳。而後世言及富強遂以管商目之，至不足比數。沿至唐宋以來，國不設農官，官不庇農政，士不言農學，民不專農業，弊也久矣。」[2] 嘉靖、萬曆年間，東南沿海時常發生「倭寇」事件，就是日本的武裝商船與沿海商民勾結，武裝入寇，搶掠、燒殺，皇朝的安全受到威脅，人民財產損失無數，當時朝廷士大夫分成主戰剿和主招撫兩派。但沒有人認真分析倭寇事件的原因。徐光啟作《海防迂說》，分析開國以來起而禁商，繼而限商的閉關式貿易政策，正是由於這種拙劣的貿易政策迫商為盜。「譬有積水於此，不得不通，決之使由正道則久而不溢；若塞其正道，必有旁出之竇；又塞其旁出之竇，則必潰而四出。貢舶、市舶，正道也。」[3] 如果當日朝廷執行「有無相易，邦國之常」的平等貿易政策，則可「不費一鏃，不損一人，海上帖然至今耳」[4]。一場擾攘數十年的邊患的實質，一朝為徐光啟點破。

徐光啟對上述三項問題的分析，尤其第二項，乍看似無新意，很可能認為它是傳統重農主義思想的延續，其實問題並不那麼簡單。徐光啟在用冷靜而客觀的方法觀察現實問題，他的分析滲透着實證精神。無疑他服膺儒學，但沒有當日士大夫過份強烈的道德意識，沒有那種高談性、理，不務實學的浮泛

1 《徐光啟集》卷一，上海古籍出版社，一九八四年版。
2 同上。
3 同上。
4 同上。

作風。他的實學，也不像清初思想家提倡「經世致用」的實用理性的實學，而是一種從具體問題入手，切實引導國家走向富強的實學。所以，他在重整軍備的設想中提出一個武器的問題；他的重農，並不單純給農業一種地位以貶抑商業，而是改良農作物品種和耕作方法，提高單位面積產量的重農，一句話，是在實驗科學的基礎上講求農業之道。因此，他的重農並不和重商矛盾。這還可從《海防迂說》中獲得證明。他的這種實證精神，當然得自他講求西學。《泰西水法序》有一段話講到他對西學的認識，他說：「余嘗謂其教必可以補儒易佛，而其諸條更有一種格物窮理之學，凡世間世外，萬事萬物之理，叩之無不河懸響答，絲分理解；退而思之，窮年累月，愈見其說之必然不可易也。」[1] 當日中國缺少的，不僅是格物窮理之學，而且是格物窮理的精神。隨着儒學的復興發展，隨着社會生活的道德化、倫理化，連粗識文字的人，也都講求性、理，講求「無極而太極」的形上之道，這樣，遠古遺風裏僅有的一點形而下精神便日漸萎縮，道德實踐便取代一切而成為中國人生的要義。這種情況使得一班朝廷命官，在水災、旱災面前束手無策，在舊曆法失靈的時候束手無策，以致入寇時也束手無策。徐光啟對當日政治文化積弊的批評，就暗含着他對時局的看法，他企圖通過鼓吹和光大這種形而下精神來扭轉中國文化演變中的這種逆轉勢頭。不過，他也意識到他的努力將付諸東流。儘管他的官愈做愈大，崇禎皇帝後來也非常器重他，但他的話沒有人聽，朝廷命官忙於勾心鬥角。早在萬曆四十六年復呂益軒的信和萬曆四十七年給他老師焦竑的信中，徐光啟就流露出悲觀情緒。不幸的是，事態的變化證明他的預感是有道理的。他一生中最光輝的貢獻是主持修訂久已失靈的曆法，但還未來得及頒佈施行，明朝就覆亡了，他的曆法

1 《徐光啟集》卷二，上海古籍出版社，一九八四年版。

竟由新統治者頒佈施行。

徐光啟還有一個和後來的洋務派非常一致甚至比洋務派還要激進的思想。當時的明朝已面臨內憂外患的難局，內憂就是政權內部的腐敗，外患則是清兵入寇。為了挽狂瀾於既倒，徐光啟看中了西洋火器的優勢，提議高薪延聘傳教士督造火器。崇禎三年，他上《西洋神器既見其益宜盡其用疏》：「惟盡用西術，乃能勝之。欲盡其術，必造我器盡如彼器，精我法盡如彼法，練我人盡如彼人而後可。」[1]他的同僚李之藻也曾上《奏為制勝務須西銃乞敕速取疏》，[2]指出中國勝於四夷的，惟火器這一「長技」。但當日對西術感興趣的人，都已意識到中國火器製造技術、工藝反而不如西洋了。徐光啟從萬曆年間上疏，歷天啟、崇禎三朝，可以說得上為西術奔走呼號。和晚清時代所不同的，是他們要借鑒西洋的技術優勢，不是為了對付西洋，而是為了驅逐清人勢力。他們的挑戰者不是日漸成長的工業文明，而是野性未改的遊牧文明。儘管徐光啟說出「盡用西術」，但他不會遇到後來人的那種自尊心處於兩難的境地，因為要過兩百年之後，西方人才既是老師，同時也是侵略者。

從中國人批判理性覺醒的開端中，我們可以看到一個有趣現象，就是這種覺醒總是和中國社會某種程度的社會危機聯繫在一起的，甚至危機的程度可以作為覺悟程度的標尺。與晚清的危機所不同的是，晚明的危機沒有亡國滅種的威脅，在中心民族與邊陲民族的對峙中，中國處於中心地位。如果在競爭中勝利，那不過戰勝了一個「野夷」；如果戰敗，充其量改朝換代。所以，對徐光啟而言，主要是挽救危局，提出建設性方案，而不是深挖社會問題。也許這是因為當時中國還保有的強大的文化優勢阻礙了徐

1 《徐光啟集》卷六，上海古籍出版社，一九八四年版。

2 《徐光啟集》，卷四附錄，上海古籍出版社，一九八四年版。

光啟對中國文化問題的認識。我們從他的許多方略中，確實可以看到他眼光犀利，智慧過人，但他卻把僅有的一點自我認識湮沒在各種為朝廷設計的方案裏，常常為論證他的方案的可行性才偶爾涉及政治、文化的積弊。換言之，他關心的首先不是深刻地認識中國，而是革新朝政。憑他對科學精神的理解和把握，他本來可以做得更加出色，如果他多點獨立意識而不是那麼依附於朝廷，他一定能給後人提供更多對中國的認識。比如徐光啟有一個利用天主教來「補儒易佛」的設想，但卻沒有論證和展開。站在今人的立場，我們有點為他惋惜。

崇禎十七年（一六四四年）清兵入京，崇禎帝自縊身死，統治中國將近三個世紀的明王朝無可挽回地崩潰了，代之而起的則是一個開化程度不高但蒸蒸日上的異族。這一大地易色的變故，深深地挫傷漢族士大夫的自尊心。他們生長於明朝，沐皇恩，當朝廷分崩離析、風雨飄搖的時候，正是他們身強力壯，為國為民大展宏圖的年紀，因此，他們毫不猶豫地獻身於抗清復明的悲壯事業。但具有諷刺意義的是，他們沒能改變這一頹勢，卻看見了歷史安排的最傷心的一幕悲劇：眼看着他們所認同的政治勢力徹底瓦解。現實的失敗迫使他們將剩餘的歲月和精力轉向哲學、歷史和其他學術領域，企圖通過與歷史和哲學對話的形式總結一朝興亡的經驗教訓，尋找出拯救生民的萬全之策。這些人裏邊首先應該提到的是王夫之、黃宗羲和顧炎武，他們被後代人稱為明清之際的思想家。

明清之際普遍高漲的反省思潮，除了和明王朝覆亡、異族入主中原這一背景直接相關外，值得指出的還有兩點。其一是晚明的異端思想。晚明時期，王陽明的心學已經被發展為具有革命性和煽動性的「危險思想」，激進的心學家懷疑傳統解釋的權威性，追求他們自己也說不清楚的「心靈解放」，這種知識分子內部出現的異端派別共同構成明代社會危機的一部份。他們的思想和舉動很容易被明清之際的思想家視為叛逆，在他們看來，這些人必須對明朝的覆亡負責。這種對晚明異端思想的反動又導致他們更加堅定對儒學的信念，認同儒學，發掘儒學來應付社會變化的挑戰。另外一點是他們個人的成長背景與徐光啟非常不同，徐身兼士大夫和科學家兩重身份，而王夫之、黃宗羲、顧炎武等人則是清一色的鑽研經書出身的士大夫。雖然他們進行了思考和反省，但內部的思想資源並不豐富。他們沒有新的思想做依憑，而以往所接受的思維訓練又束縛着他們，因此，他們只能把從現實中得來的靈感同古人的思想融合起來。所以他們對社會問題分析的價值取向更多地面向過去，而不像徐光啟更多地面向未來。和這一點相聯繫，他們在提出現實和社會問題的時候可以非常深刻，但他們的解決之道毫無例外是烏托邦，是蒙昧的泛道德主義。

王夫之在他一系列的哲學、歷史著作中，特別是《宋論》和《讀通鑒論》，真正接觸到中國歷朝政體，特別是近晚的政治體制中從來沒有解決好的矛盾：原則與策略的矛盾，即政府據以建立的理論根據與具體政治運作之間的矛盾。中國政體有很強烈的權力倫理化傾向，它從官員的考選標準，官員的薪金報酬，朝官與皇帝的關係，甚至機構的設置都體現出儒家精英政治的理想。例如皇帝同朝臣的關係就模仿家庭生活中的父子關係，官員被認定為民眾的僕人和父母官，所以就發放給少到不足以餬口的薪金，以示模範作用。總之，在政治結構和框架中灌注入道德和倫理。因此，它的結構原則是善與惡，凡善皆取，凡惡皆棄。但這僅僅是問題的一個方面。面對現實的、物質的東西時，卻不能不講利與害，例如財政稅收、勞役分派、戰爭動員、朝廷不同利益集團的爭奪，都不是甚麼善惡問題。在實際的政治運作中，被考慮的往往不是善惡而是利害，準確地說是善惡掩蓋下的利害，用通俗的話說就是陽儒陰法。王夫之看出中國政體的弊端，他知道，任何對利害的過份講求，都可能危害政體的組織原則，興利除弊固然可嘉，但它所鼓動的功利主義，最終可能構成對儒家倫理的致命打擊。站在這一立場，他強烈反對宋王安石和明張居正的改革，他甚至把北宋政權滅亡的責任歸咎於王安石。他的觀點驚人地保守，但他並不是站在對立的利益集團的立場反對變法，他的保守觀念建基於對中國政體內在矛盾性的認識。王夫之意識到在這樣的政體內，改革無異於加速它的滅亡。《宋論》卷二：「國家之政，見為利而亟興之，則奸因以售；見為害而亟除之，則眾競於器。」為甚麼呢？按照王夫之的看法，承平日久，政象必然產生流弊。在苛政出現的情勢下發動興利除害的改革，通過聚斂財富來救天下之敝，結果使已經「苛」的政更加「苛」，已經「怨」的民更加「怨」。《宋論》卷六：「苛政興，足以病國虐民，而尚未足以亡；政雖苛，猶然政也。上不任其君縱慾以殄物，下不恣其吏和法以戕人，民怨漸平，而亦相習以苟安矣。惟是苛政之興，眾論不許，而主張之者，理不勝而求贏於勢，急引與己同者以為援，群小乃起而應之，竭其虔矯之才、巧黠之慧，以為之效。於是汜濫波騰，以導諛宣淫蠱其君以毒天下，而善類壹空，莫之能挽。民乃益怨，釁乃倏生，敗亡沓至而不可御。」古代傳統政體下的改革，當然主要是迫於經濟和財政的壓力進行的，但是，鼓勵生產和開源節流，卻不得不尊重功利效益。看重功利效益，客觀上就使得忠、孝、節、義等正宗道德明碼貶值，再加上將尊重功利效益的思想轉化為政策強制推行，一定使本來就存在的統治階層的矛盾更加激化，「朋黨」間對立更加尖銳，政局從而一發而不可收拾。王夫之看到這種改革運動的悲劇性結局，因此，他站在保守的立場提出他的方案，以圖消弭傳統政體內部原則與策略的對立。他的方案很簡單：政治的徹底道德化。用他喜好的宋太宗的話說，「朕無他好，惟喜讀書」（《宋論》卷二）。用「讀書」來對付所有的矛盾和困擾，用修心養性來解決所有的人生問題，王夫之不愧為英勇的末代烏托邦主義者。但是，他和他同時代的人夢想愈強烈，就愈預示着中華民族從這種夢想裏走出來的過程，將更為漫長而艱難。

與王夫之關注政治組織結構及其運作不同，黃宗羲最傑出的地方是他覺察出傳統政治的理想和實際之間存在着巨大的裂痕，他希望能夠消除這種裂痕。在中國，黃宗羲之前大概沒有哪位思想家敢向權力本身提出疑問，有之，則從黃宗羲開始。政治理論家的藍圖是好的，但願君臣關係如父子，父慈子孝，君臣一家。但這種一廂情願的理想反過來卻助長了皇權的獨裁。沒有有效的政治制衡約束君權，單靠先儒教誨的那點道德自覺，往往使善良的願望化為泡影，或者化為助紂為虐的幫兇。君主利用子對父的責任義務來置臣於死地。父叫子亡，子不亡則不孝，明代的廷杖制度，君主的無限獨裁、特務政治的現實，實際上就是這種政治理論實踐的結果。黃宗羲比別人傑出的地方是他不再單純地認為這是實踐過程中的偏差，而問題正出在這種所謂善良的政治理論。「小儒規規焉，以君臣之義無所逃於天地之間，至桀紂之暴猶謂湯武不當誅也，而妄傳伯夷、叔齊無稽之事。乃兆人萬姓崩潰之血肉曾不異夫鼠首，豈天地之大於兆人萬姓之中獨私其一人一姓乎？」[1] 後世的統治者利用「小儒」的說教，「以為天下利害之權皆出於我。我以天下利盡歸於己，以天下之害盡歸於人，亦無不可。使天下之人不敢自私不敢自利，以我之大私為天下之公」，「凡天下之無地而得安寧者為君也，是以其未得之也，屠毒天下之肝腦，離散天下之子女，以博我一人之產業，曾不慘然。曰：『我固為子孫創業也。』其既得之也，敲剝天下之骨髓，離散天下之子女以奉我一人之淫樂，視為當然。曰：『此我產業之花息也。』然則，為天下之大害者，君而已矣。」[2] 黃宗羲希望出現健全的君臣關係，為人臣擺脫無條件的隸屬和服從。「我之出而

1《明夷待訪錄・原君》。

2 同上。

仕也，為天下非為君也，為萬民非為一姓也。吾以天下萬民起見，非其道即君以形聲強我未之敢從也，況於無形無聲乎！」[1]「君臣之義」的政治理論確實給獨裁政治大開綠燈。它的出發點是假定權力的善良，然後通過膨脹這種善良的權力解決現實問題。但它卻沒有想到權力的惡化，一旦惡的權力佔據政壇，就束手待斃，因為沒有制度去限制它。從善的假定變為惡的現實，這就是中國政治從理論到實際的轉化。從善開始走到惡，無數死在獨裁權力下的生命便是政治理論的實踐代價。不過黃宗羲還未能完全超越傳統政治理論的陰影。他還是迷信「三代」統治者為公不惜身的傳說，對賢人政治本身並不否定，他只想接受它善的一面而不願接受它惡的一面。因此，在一定程度內，他對權力的反省有自相矛盾的一面。權力怎樣從「三代」的善變為「三代」以下的惡，他就有意迴避回答。

明清之際思想家的思考和反省也有自己的特點。因為教育背景和戰亂的關係，使他們跟晚明生長起來的科學精神絕緣，他們觀察問題往往以擬想中的古代理想世界為參照，而現實中出現的弊端都可以歸因於背離遠古的理想。如果用歷史主義的眼光看，儒家所教導的組織國家、治理人民的那一套方法，在明清階段正在失去其生命力，它本身也處於僵化之中，政治化了的儒學之所以能在現實生活中繼續發揮主導作用，絕不是它本身生命力旺盛的證明，而是圍繞中原的邊陲文化太落後。一旦有一個比它強健的文明出現在它面前，情況就會立即改觀。在這樣的情況下，明清之際的思想家卻頑固地執着於儒學的治國平天下的方法，轉向傳統去尋求靈感，寄希望於傳統的再生，用古代的理想對照和批判現實，這不能不說是他們的局限性。很明顯，這是由於沒有一種新的眼光進入他們的視野所致。如果說曾經長期有效

1《明夷待訪錄・原臣》。

的社會生活組織原則正在解體的時候，往往伴生向後看的復古主義思潮是可以理解的話，那麼明清之際思想家發掘傳統，追懷遠古的理想世界也是可以理解的。但在尋求解決之道時，反而比晚明思想家遠為落後。推求內中原因，值得指出的是，他們思維方式的封閉、偏執，自然窒息了思想的生長，這也證明批判理性成長是十分困難的。

還必須補充說明，明清之際思想家擬想中的古代世界是他們自己根據經傳和自己對經傳的理解而獲得的，這些理解不可能和古人的理解完全一致。比如黃宗羲闡述君臣關係，顯然出於孟子嚮往的「民本」境界，出於孟子的平等思想，但相同的一個問題，在黃宗羲的論述下，卻多少帶上近代民主主義的色彩。關於古代理想世界的模型，他們之間的看法也不一致，例如王夫之對傳說中的唐堯虞舜的社會就很有微詞，他肯定的不是一個具體的社會模式，而是一套價值觀念，他不把過去作為不可企及的輝煌的時代來崇拜，但要求把古代的準則實施於現在。因此，他是一個更為頑固的文化保守主義者。

他們的反省帶有泛道德主義色彩。所謂泛道德主義是指他們觀察問題分析問題時，往往偏向道德倫理的判斷而缺少冷靜的探討。冷靜的分析需要高度的理性，雖然很難完全避免個人價值取向的影響，但至少不要讓價值的取向代替對事實的認識。也就是說，情緒化地認識事實是有害的。認識自己、自我批判也是如此。但我們在明清之際恰恰看到過份的情緒化和倫理化妨礙了批判理性的成長。王夫之覺察到中國政體的內在矛盾性，假設排除了泛道德主義的影響，他應該繼續探討造成這矛盾的原因，並且應該檢討精英政治的原則在現實生活中是否行得通，利多還是弊多，利與善是本來就不相容呢，還是在家族制度的生活中顯得不相容。回答這些在思考脈絡中順理成章的問題，顯然可以使他提出的問題更加深入。可是，事實上他沒有做到這點。承認道德倫理就是絕對的善，這一根深蒂固的信念使他不加思考就作出選擇，徹底地否定功利。這樣，他就把剛剛才提出的政體內在矛盾的命題解決了。準確地說，他不再深入探討下去，有意義的反省剛剛開始就意味着結束。泛道德主義阻礙他採取思想家必要的冷靜態度。大體上說，批判理性在明清之際尚處於開始接觸自身問題的階段，其反省的問題多屬於政治性問題或策略性問題。至於在這個基礎上怎樣追尋前因後果，怎樣站在文化的立場反觀自己的傳統，還有待於歷史條件的成熟。

晚明和清初是中國社會危機相當嚴重的時期，恰好在這時，西方文化學術開始通過少數傳教士在中國傳播。這兩項歷史的變化促成中國的先覺之士開始反省自己政治文化的積弊，這種反省雖然未曾提升到批判傳統的層面，但終究是在診斷社會的病態。他們的努力給後來者以啟發。特別是徐光啟的前洋務派思想，預示着中國人認識西方文化的艱難的起步——要從最直觀、最外露的工藝、技術層面開始。批判理性的成長在這個階段僅僅是開端。一般來說，開端過後應該是發展，但在中國，開端過後卻是漫長的沉寂。批判理性之火剛剛點燃便旋即熄滅，兩個世紀之後才又重新燃起。

第二節　鴉片戰爭和洋務運動時期

長時間演變醞釀成的明末社會危機，以非常簡單而又傳統的改朝換代的方式解決了。這種方式最根本之處就是以人口大規模減少緩衝了土地過度佔有與不足的矛盾。因社會動亂戰事頻繁，社會財富也急劇減少，原來商業經濟發展帶來的功利主義觀念和庸俗的都市生活方式也為之蕩然。在這個基礎上，社會回到循環起點的均一化狀態裏。表面看來，建設一個儒家理想的王國又有可能了，因為綱常倫理最完滿的體現就是不發達的均一化社會。但是，改朝換代的方式並不意味着一勞永逸地解決了社會矛盾，它們只是緩衝了矛盾而已，隨着人口的增加和經濟的復興，危機還會降臨到頭上。

清代的前期是矛盾暫時緩和了的太平盛世，尤其在康熙、乾隆的「雄才大略」經營之下，配以言論高壓政策，使得中國思想界進入沉寂的時期，認真的自我反省也進入低潮。清代前期，中國與西方的聯繫，還是斷斷續續地進行着，本來中國還是有機會通過接觸外國而認識自己，特別是在國與國打交道中理解國與國的平等原則，但我們馬上就會看到閉關封鎖的「世界帝國」意識如何阻礙中國人走向世界。

乾隆五十八年（一七九三年）秋季，英國使臣馬甘尼來華，請求准許通商，留人長駐中國以「照管」貿易，乾隆降敕諭斷然拒絕。拒絕的理由非常奇怪，他說：「此則與天朝體制不合，斷不可行。……若云仰慕天朝，欲其觀習教化，則天朝自有天朝禮法，與爾國各不相同。爾國所留之人，即能習學，爾國自有風俗制度，亦斷不能效法中國，即學會亦屬無用。」[1] 英國人要求的是建立外交關係以便於商業貿易，但乾隆所陳述的拒絕理由卻是兩國文化風俗上的差異。文化風俗的差異並不會妨礙建立外交關係，這在現代世界裏已經是常識，在當時具有長久貿易習慣的歐洲國家中也是常識，但乾隆卻不能分清這一點。他的敕諭表面上有禮貌，沒有貶斥英人的文化，但骨子卻存在着無限的文化優越感和中心意識。在這種愚昧意識支配下的乾隆只能接受前來朝貢的使臣，而不能接受建立平等外交的要求。總之，是用手築起高牆，自外於世界潮流。

當時英國還沒有足夠武力來敲開中國的大門，乾隆的愚昧還能欺騙自己。但在約半個世紀之後，朝

1《大清高宗純皇帝實錄》，卷一四三五。

廷就要為它的愚昧付出代價，中國就要被捲入災難之中。清政府的對外態度雖説只是官方反應，但它卻在相當大的程度上反映中國人的心態。從「世界帝國」的傲慢中清醒過來不僅是朝廷的事，也是多數知識者痛苦的過程。因為批判理性的成長首先要越過偏見和傲慢的限制，它意味着把中國放在世界面前來認識，而不是把中國當成世界帝國的中心。

經過一個多世紀的太平盛世之後，週期性的社會危機在嘉慶、道光年間重新降臨。用龔自珍的話説，就是「日之將夕，悲風驟至，人思燈燭，慘慘目光，吸飲莫氣，與夢為鄰」[1]的社會。不過，龔自珍還是用非常傳統的眼光看待晚清社會危機的。簡言之，這種危機可以歸結為土地過度佔有與過度不足，促成地主與農民的尖鋭矛盾。大量農戶背井離鄉，男耕女織的自然經濟模式受到強烈衝擊；由財富的過份集中造成統治階層的內部腐化，而底層農民嚴重貧困又導致宗法社會秩序無法維持。上下交攻，「天（統治階層）崩地（禮樂宗法制度）解」。但是，晚清危機不同於晚明危機的地方在於外來挑戰的嚴重性質。這時的西洋文明已經成長為生氣勃勃，咄咄逼人的怪物。傳教士靠儒冠儒服、卑恭屈膝、行賄送禮的手法打入中國的利瑪竇時代已經一去不復返了，代之而起的是以船堅炮利的武裝威脅與強迫就範的英吉利時代。手法的不同隱喻着文明的競爭，嚴復譯《天演論》流行之前，幾乎沒有一個中國人意識到文明之間爭取生存機會的競爭具有你死我活的嚴重性。這樣，主宰這一個時代的自我反省的，便不能不是洋務思潮。

洋務思潮的自我反省來源於一系列失敗的震動，並且僅僅把失敗看成暫時性技術劣勢的結果。

1 《尊隱》，見《龔自珍全集》，上海人民出版社，一九七五年版。

一八四零年和一八五六年的兩次鴉片戰爭，中國均以割地賠款的慘敗告終。最令人傷心的一幕是一八六零年英法聯軍攻陷北京，洗劫京城，焚毀圓明園，清室鼠竄熱河。雖然盡力反抗，但結局還是被迫簽訂《南京條約》、《天津條約》和《北京條約》等不平等條約。與此同時，國內的苦難生活又逼迫洪秀全起事金田（一八五一年），領導太平天國與清廷進行長達十三年的抗爭。連年的戰火，使全國首富的江淮地區滿目瘡痍，內憂外困的局面，迫使一部份士大夫和官僚正視困境。他們幾乎不約而同地認識到中國在技術、工藝方面的落後，並企圖通過經濟、軍事的實力自強以挽救頹局。

早在鴉片戰爭之前，龔自珍《送欽差大臣侯官林公序》裏已透露軍事技術的緊迫信息。他勸林則徐到廣東之後，「火器宜講求，京師火器營，乾隆中攻金川用之，不知施於海便否？廣州有巧工能造火器否？」「如帶廣州兵赴粵門，多帶巧匠，以便修整軍器。」[1] 林則徐在與英人交涉中也意識到帝國海防的落後，上《密陳夷務不能歇手片》，建議用關稅歲入的十分之一「製炮造船」。而魏源在戰爭期間精研天下大勢，廣收歷代中外人士論西洋的文章著作，比較分析，撰寫輯成《海國圖志》，他對中國科技、軍事的落後有切膚之痛。

> 英夷船炮在中國視為絕技，在西洋各國視為尋常。廣東互市二百年，始則奇技淫巧受之，繼則邪教毒煙受之，獨於行軍利器，則不一師其長技。是但肯受害，不肯受益也。[2]

1 《定庵文集補編》卷二。

2 《海國圖志．籌海第三．議戰》。

歐羅巴人，天文推算之密，工匠製作之巧，實逾前古。[1]

魏源把他的救國方略總結為「師夷長技以制夷」[2]。有清一代，坦率而明確地承認中國的技術劣勢和西洋技術優勢的，當自魏源始。這樣，經過多年沉寂之後的批判理性便開始復甦，復甦的思想直接啟發後來的洋務運動。

洋務運動的評價另當別論，但毫無疑問這個運動同認為中國積貧積弱這種認識有直接關係。曾國藩於咸豐十一年（一八六一年）上《覆陳購買外洋船炮摺》，說：「輪船之速，洋炮之遠，在英法則誇其所獨有，在中華則震於所罕見。若能陸續購買，據為己物，在中華則見慣而不驚，在英法亦漸失其所恃。」[3]「購買外洋船炮，則為今日救時之第一要務。」[4] 當時太平軍和清軍正在進行拉鋸戰，曾國藩、李鴻章等大員，在鎮壓「叛亂」中都感覺到槍支火炮的厲害。李鴻章在致曾國藩的信中說：「鴻章嘗往英法提督兵船，見其大炮之精純，子藥之細巧，器械之鮮明，隊伍之雄整，實非中國所能及。」[5] 在力量的對比與較量中他承認了自己的落後：

中國積弱，由於患貧。西洋方千里數百里之國，歲入財賦動以數萬萬計，無非取資於煤、

1 《海國圖志》卷二十七，《天主教考·下》。
2 《海國圖志·序》。
3 《曾國藩全集》奏稿，卷十四。
4 同上。
5 《李文忠公全集》奏稿，卷十五。

鐵、五金之礦，鐵路、電報、信局、丁口等稅。酌時度勢，若不早圖變計，擇其至要者，逐漸仿行，以貧交富，以弱敵強，未有不終受其敝者。[1]

把洋務派對技術、工藝的覺悟表述得最完整的是馮桂芬，他在《製洋器議》中認為中國為世界一等大國，地大物博，天時、地利、物產甲於地球，但尤有不如四鄰小國之處，今天我們要講求不如西洋之所在，因為「忌嫉之無益，文飾之不能，勉強之無庸」。一番研究之後，他發現，「以今論之，約有數端：人無棄材不如夷，地無遺利不如夷，君民不隔不如夷，名實必符不如夷」。這些不如，與整個體制無關，這是表面性問題，所以他緊接着說，「四者道在反求，惟皇上振刷紀綱，一轉移間耳，此無待於夷者也」。表面性問題的解決用不着求夷和師夷，只要反求諸千年不易的「道」，其身正，上行下效，問題就可以立時解決。但是，「至於軍旅之事，船堅炮利不如夷，有進無退不如夷，而人材健壯未必不如夷」。在這三項之中，第三項雙方半斤八兩，不分彼此，第二項雖不如，但可以自我改進。這兩項「道在反求而無待於夷，然則有待於夷者，獨船堅炮利一事耳」。[2] 中國真正實質性的落後是軍事技術。所以，馮桂芬非常讚賞魏源「師夷長技以制夷」的意見。

張之洞後來把洋務派對中國和西洋的估價概括為：「中學為內學，西學為外學；中學治身心，西學應世事。」[3] 中學，即傳統的儒教，不是無限優越的，它有自己的「勢力範圍」，準確地說，這個「勢

1 《李文忠公全集》朋僚函稿，卷十六。
2 《校邠廬抗議》下卷。
3 《勸學篇》，見《張文襄公全集》，卷二零三。

力範圍」被縮小了，主動讓出一部份給西學，雖然出讓的地盤極為有限，而且極不情願，但終究承認中學有所短，西學有所長。在這種面對自己進行反省的背景下，終於產生了長達三十多年的洋務運動，出現了我國的第一批近代企業。

洋務派的自強運動在甲午戰爭中受到致命的打擊。歷時十數年，費錢無算，作為自強象徵的北洋艦隊，一戰即潰，全軍覆沒。自強的幻影隨着沉沒的艦隊徹底破滅。始料不及的失敗結局雖然有許多戰術上的偶然因素所致，但也暴露了自強運動的局限性。這種局限性又反映了洋務派時期自我反省，自我認識的表面化。充滿謬誤、缺乏遠見卓識的自強運動，走向失敗是不奇怪的。

技術、工藝水平的自我反省的最大弊端就是它既割裂了自己的傳統，又割裂了西洋文化。技術、器具是一種文明最外露的物化形態，它是文明之樹上結出來的果。一方面它和產生它的文化母體有難以分割的關係，另一方面，它又是相對獨立的物質成果。把它作為物質成果看，它可以越過地理、意識形態和語言的限制，在世界範圍內傳播，它以無懈可擊的直接功利性效果迅速進入傳播地區。也就是說，傳播地區的人首先看重的是它直接功利性效果。技術、器具靠它的功利性而傳播，而它的傳入又加強功利意識。人們往往不是站在整體的立場，站在技術同某種文化母體相互關係的立場來認識技術，而是站在功利的立場來認識技術。這個時候儘管承認自己技術、工藝落後，但對技術本身的認識是膚淺的。魏源「師夷長技以制夷」的思想，並不是在整體地研究了西洋文化之後得出的，它得自於對康熙皇帝的一項壯舉的模仿，也可以說它不是新穎的思想，只是種族記憶的「回憶」。《聖武記》卷八《嘉慶東南靖海記》中，魏源力駁拒絕西洋長技的陳腐之見，說：「夫不借外洋之戰艦可也，不師外洋之長技，使兵威遠，見輕島夷，見輕屬國不可也。國初徵荷蘭夾板艘以攻台灣，命西洋南懷仁造火炮，以剿叛藩。先朝近事，典在冊府，擴而推之，敢告御侮。」從規模上說，晚清的自強運動遠遠超出晚明、清初學習西洋火炮的水平，但它基本上是徐光啟造火炮、康熙命西洋南懷仁造火炮模式的擴大，即「推而廣之」，時間過去了那麼長，思想認識卻沒有甚麼深化，依然停留在兩個多世紀以前的水平。用這簡陋的思想指導一個大規模的實踐活動，怎麼能不一敗塗地呢？

中國與西洋國力之間的差異背後隱含着一個深刻的文化問題：中國為甚麼未能臻至於強盛的行列，西洋又如何創造出如此強大的實力？兩次鴉片戰爭和太平天國的起事所標誌的時局危機，已產生出促使中國人一切從頭開始，改弦更張的挑戰，但中國卻沒有以改弦更張的勇氣應付挑戰，相反由於朝廷的腐敗而沉湎於「安內攘外」的迷夢中。不深慮國力差異背後隱含的問題，以對技術的片面化理解指導自強運動，這是不能從根本上解決問題的，當技術、工藝水平的反省進入具體化的實踐階段後，馬上就會產生因膚淺而帶來的混亂與困惑。洋務派辦的官辦企業，完全脫離技術成長所依賴的市場需求，產品不是商品，企業不計成本，大量的零部件購自西方列強。這種官僚企業完全靠巨額的財政撥款支撐着。官督商辦企業情況好一點，但也沒有解決好提供公平競爭的市場問題，入股商人對企業沒有決定權，一切聽從官僚的安排和管理。在官僚的支配下，這類企業也不能發揮自由企業的作用，它阻礙了民族資本的成長。同是自強維新，日本明治政府則採取國家扶持私人辦企業的政策，國家委派技術人員出洋考察，學成之後，再由國家出資採辦機器設備，出資建立廠房，由學成歸國的人管理企業。企業走上正常生產軌道之後即全部出售給私人。這兩種不同的自強辦法實際上反映了對技術的不同認識。明治政治家把技術作為一個整體來接受和輸入，既認識到技術的物質成果形式，也認識到同技術息息相關的文化體。技術連同產生孕育它的生產方式、文化環境一同移植進來。洋務政治家則只看見技術的物質成果形式，企圖在古典而腐朽的文官官僚體制下包容技術，像中體包容西學一樣，創出一種「中國式」的亦中亦西的官僚企業道路。這種割裂技術，誤解技術的做法，一開始就埋下失敗的禍根。

「中學為體，西學為用」的口號，表面上兼顧中西，融中西之長於一爐，實際上既沒有正確的技術觀，也割裂了自己的傳統。「體」和「用」本來是古典哲學的範疇，兼指一個事物的兩面，有體則必有用，有用則必有體。譬如禮樂刑政，有維持社會生活秩序的用，也自有其達成這種用的體。只有其體而無其用，則恰恰表明支配社會生活秩序體制的僵化，它不再能應付和解決現實社會的問題。禮樂刑政，傳統的典章制度，不能治兵，也不能致勝，更不能臻國家人民於富強，它只能被抽象成一種必須堅持的「體」。中國源遠流長的傳統在洋務政治家那裏轉化為盲目不講道理的情緒化的崇拜的偶像，這可以稱為對「體」的崇拜。洋務思想家在作自我反省的同時，也盲目地吹噓自己的傳統，他們對自己的傳統的認識，當然不是充份理智的，只是盲目地崇拜。有時他們指出自己在技術、工藝上的落後不是為認識它，而是為了反證自己的長處和西洋的短處。魏源說了一段西洋天文、技術的長處的話後，即補充道：「其議論誇詐遷怪，亦為異端之尤。國朝節取其技能而禁傳其學術，具存深意。」[1]

李鴻章非常武斷地認定「中體」優於西洋：「中國文武制度，事事遠出於西人之上，獨火器萬不能及。」[2]「中國文物制度，迥異外洋獉狉之俗，所以郅治保邦固丕基於勿壞者，固自有在。」[3] 曾任浙江巡撫的內閣學士梅啟照說：「泰西各國，一切政事皆無足取法，惟武備則極力講求。」[4] 中國傳統

1 《天主教考・下》見《海國圖志》卷二十七。
2 《籌辦夷務始末》同治朝，第四十八卷。
3 《李鴻章全集》奏稿，卷九《置辦外國鐵廠機器摺》。
4 《洋務運動資料》第二冊，第四八九頁。

的典章文物制度好，但從來沒有人論證出怎樣的好；西洋的船堅炮利強，但從來沒有人深究過怎樣強起來。中西長處短處的這種簡單排列對比的做法，除了反證出思維的直觀性外，還說明中國的士大夫真正陷入了無法擺脫的精神困境。中國的地位不斷下降，帝國的自信心受到慘重的打擊，他們需要通過簡潔而不需論證的前提來建立自信心，但通過這種方式建立起來的自信心卻是不切實際的虛假的自信心。在這種態度下，既曲解西洋，又曲解自己。

如果說，「中學為體，西學為用」可以代表鴉片戰爭和洋務運動時期對自己、對西方的認識水平的話，那麼，對比日本明治維新「文明開化」的口號，就可以看出差距。批判理性為狹隘的功利目的所蔽。恢復「天朝」權威，驅逐「外夷」，以建立一個漢官威儀、四夷來王的理想樂園的功利慾望，使洋務政治家把正在展開的文明之間的競爭這一天下大勢，簡化成中國積貧積弱這樣單純的實力問題。批判理性所能施展的範圍就只能局限於技術和工藝層面。事實證明，這種做法也不可能真正認識技術的本質，不能得到一個正確的技術觀。前文提到的馮桂芬，他的《製洋器議》已經意識到中國存在不少問題，至少不光是經濟和國力的問題。事實上靠振刷紀綱不可能解決這些問題，但他經過一番約化，得出結論說，只有船堅炮利求諸夷而其他一切難局可反求諸於「道」而解決。他之所以會這樣跨越分析證論簡化問題，除了歸結為他對古老的帝國夢想依然耿耿於懷之外，實在找不出更合理的解釋。狹隘的功利慾局限了一代人的眼光。需要跨越功利的限制，放棄對古老典章文物制度的一廂情願的單相思，才能使反省和思考更深入一層。當然，這並不是說技術、工藝層面的反省毫無是處。事實上，它為下一代人的覺醒提供了一個接觸西方文化的基礎。維新派的一代宗師康有為就從李鴻章辦的江南製造總局的譯書中得到不少靈感和新穎思想，從而大開眼界。思想精深的嚴復也乘洋務浪潮遠涉重洋，求學英倫。如果不是洋務政治家打開大門，中國的災難將更加深重。如果命運注定要這個民族為往昔的榮耀償還代價，注定要這個災難深重的民族穿越悠長的隧洞，那鴉片戰爭和洋務運動時期的技術、工藝層面的自我反省，雖然失之於直觀和表面化，但今天依然值得我們加以肯定，它是一個真正的起點。

第三節　戊戌維新和辛亥革命時期

既然開放了門戶，西洋的勢力及其思想文化不斷滲透進來，這勢必引起更深一層的反省。幾乎和洋務運動進行的同時，一些和西方接觸較多、比較了解西方文化的士大夫和知識分子，他們的認識水平就超出了洋務官員。遠在咸豐十年（一八六零年），中國第一位留美學生容閎向太平天國干王洪仁玕進七條建議，其中就有「創立銀行制度，及釐定度量衡標準」，「設立各種實業學校」[1]等主張，後來容閎應曾國藩之請，在江南製造局內的附設工兵學校推行其教育計劃。容閎具體的設想今天不得而知，但銀行制度的設立，的確是一個健全的市場經濟的關鍵步驟；而教育的推行，顯然有感於大多數人的蒙昧和傳統科舉取士制的弊端。他說他搞教育計劃的目的是，「借西方文明之學術以改良東方之文化」，「使此老大帝國，一變為少年新中國」。[2]容閎對西方文化的認識顯然不同於洋務官員。即使在洋務官員中，見解也不盡相同。郭嵩燾於光緒元年（一八七五年）上《條議海防事宜》說：「竊謂西洋立國有本有末，其本在朝廷政教，其末在商賈。造船、製器，相輔以益其強，又末中之一節也。故欲先通商賈之氣以立

1　《西學東漸記》第十章。
2　同上，第十六章。

循用西法之基，所謂其本未遑而姑務其末者。」[1]中國將來從本至末都要學西洋的，不過事有急緩先後，現在不能從本學起，只好從「通商賈之氣」，從造船製器開始。郭嵩燾的主張是比較接近自由經濟思想的。薛福成的《振百工說》，雖然有把現代技術當成文武周公時代的「工政」，當成諸葛亮時代的木牛流馬之虞，但他已經意識到在中國必須「先破去千年以來科舉之學之畦畛，朝野上下，皆漸化其賤工貴士之心」[2]。舉人強汝上文稱，「西洋之強豈專恃乎器哉？其官民甚和，其心志甚齊，其法制簡而肅……」[3]，即使是曾經認為「中國文物制度，事事遠出西人之上」的洋務派首領李鴻章，在晚年也意識到孔孟倫理的缺陷，並在非正式場合指出自古相傳的君臣、父子、夫妻、兄弟、朋友這五倫，已不適於「大地交通，國家種族之競爭愈烈」的時代。「吾之古倫理，愈不適應於世，而吾人猶泥之。此地方所以不發達，邦國之所以日受人侮也。」[4]他還看到西人以個人與邦國之關係為重，此「實吾國向者之倫理所不及也」[5]。這些屬於上一輩人的思考已經跨越了技術、工藝層面反省的限制。中國當日的問題遠不止國力積貧積弱這麼一點，在國力的背後還隱藏許多文化積弊。他們的這種認識，預示着一個更加深刻和持久的自我反省的時代的到來。

甲午海戰失敗後，中國陷於更深重的災難。一八九五年四月同日本簽訂《馬關條約》。條約規定，中國承認朝鮮「獨立自主」；割讓遼東半島及台灣、澎湖列島；賠償軍費庫平銀二萬萬兩；開沙市、重

1 《洋務運動資料》第一冊，第一三九頁。
2 《庸庵海外文編》卷三。
3 《洋務運動資料》第一冊，第三六一頁。
4 《李鴻章家書·諭玉兒》，第一一頁。
5 同上。

慶、蘇州、杭州為商埠；日本臣民得在中國通商口岸從事工商業活動。喪權辱國條約的簽訂和戰爭中的可恥敗績，引起朝野劇烈震動，集三十五年洋務運動之精華的北洋海陸軍毀於一旦，人們不能不想一想，這是為甚麼？「甲午之役，用葉志超、丁汝昌、龔照璵諸人，辱國喪師，為諸夷笑。由是談洋務者，漸為世所詬病。」[1] 在對洋務運動的「詬病」中，有情緒化的指責和謾罵，也有清醒的反省。後者自覺地檢討洋務派自強運動的弊病和洋務思想的誤見，他們的結論幾乎一致：中國在制度上落後了，必須進行政治體制和其他各項制度的改革。

光緒十四年（一八八八年），康有為上清帝第一書，這時他對國政和時局的見解還是感慨多於洞見，只是提出「變成法」「通下情」「慎左右」三條模糊主張。但光緒二十一年（一八九五年）的上清帝第二書（即公車上書），就形成了包括改變政治制度和教育制度在內的全面變法設想。變法的核心內容是用君主立憲制代替皇權專制。他的變法設想是建立在不同於洋務官員的時政見解之上的。他說：「夫中國大病，首在壅塞，氣鬱生疾，咽塞致死，能進補劑，宜除噎疾，使血通脈暢，體氣自強。今天下事皆文具而無實，吏皆奸詐而營私。上有德意而不宜，下有呼號而莫達。同此興作，並為至法，外夷行之而致效，中國行之而益弊，皆上下隔塞，民情不通所致也。」[2] 康有為用中醫人體理論來比喻分析政局，他的矛頭指向洋務官僚集團，由於他們的存在和把持權力，所有好的「興作」「至法」，行之而益弊。很顯然他在批評洋務運動。梁啟超發揮他老師的思想，於光緒二十二年七月，作《論變法不知本原之害》，全面檢討洋務運動。他說：「中興以後，講求洋務，三十餘年，創行新政，不一而足。然屢見敗

1 中國史學會主編《戊戌變法》第一冊，第三九九頁，上海人民出版社，一九五七年版。
2 康有為：《上清帝第二書》。

甽，莫克振救。若是新法之果無益於國人也！釋之曰：前此之言變法者，非真能變也。即吾向者所謂補苴罅漏，彌縫蟻穴，漂搖一至，同歸死亡。」[1] 他認為：「變法之本，在育人才；人才之興，在開學校；學校之立，在變科舉；而一切要其大成，在變官制。」[2] 梁啟超還特別反對「欲以震古爍今之事，責成於肉食官吏之手」[3]。同洋務派把中國的落後歸因於國力問題不一樣，維新派把中國的落後歸因於制度和寄生於這個制度的官僚集團。

譚嗣同思想比康有為、梁啟超更加激進，他透過皇權專制的淫威背後，揭示支撐這個酷政、苛政的可怕的忠孝理論。

> 中國積以威刑，鉗制天下，則不得不廣立名，為鉗制之器。如曰仁，則共名也，君父以責臣子，臣子亦可反之君父，於鉗制之術不便。故不能不有忠孝廉節，一切分別等衰之名，乃得以責臣子曰：爾胡不忠？爾胡不孝？是當放逐也，是當誅戮也！忠孝既為臣子之專名，則終必不能以此反之。雖或他有所據，意欲詰訴，而終不敵忠孝之名為名教之所上，反更益其罪曰怨望，曰觖望，曰怏怏，曰腹誹，曰訕謗，曰亡等，曰大逆不道。是則以為當放逐，放逐之而已矣；當誅戮，誅戮之而已矣。

1 《變法通議》，見《飲冰室合集》卷一。
2 同上。
3 同上。

譚嗣同不僅意識到制度對人的束縛與鉗制，而且還意識到這種制度所援據的意識形態。有形的束縛固然可憎可怕，但無形的束縛更可怕。他以過來人的痛苦體驗，倡導解放「仁學」，號召人們衝決無數枷鎖、羅網，解放自己。「初當衝決利祿之網羅，次衝決俗學若考據若辭章之網羅，次衝決全球群學之網羅，次衝決君主之網羅，次衝決倫常之網羅，次衝決天之網羅，次衝決全球群教之網羅，終將衝決佛法之網羅。」[1] 從學理上探討譚嗣同的解放「仁學」又另當別論，但無論如何他是有感於中國的重重黑暗而發的。重重網羅和重重網羅之下的人生就是當日的中國。而「網羅」則是凝重如鐵牢的中國的象徵。執着於自己的人生體驗和哲學探究，譚嗣同已經走到全面批判傳統的邊緣。

在當日的先覺者中，對中國時政問題有深刻見解的當數嚴復，他精於思索但怯於行動。也許因為他所慮太深所看太透，反而因此失去行動的能力。光緒二十四年（一八九八年）他譯赫胥黎的《天演論》正式出版（不過譯稿至遲在光緒二十一年（一八九五年）已完成），這部譯作帶給中國人觀察時局的新眼光。在林則徐、魏源的時代，中國人把洋人的東來還看作與十三世紀蒙古人南侵，明清之際荷蘭人侵佔台灣，葡萄牙人在澳門建立殖民據點差不多的一件事。只要發揚「國威」，把「夷人」逐出天朝，便可以太平無事。後來的洋務官員基本上承襲這種看法。直到《天演論》問世，陳腐的天朝中心意識才逐漸破除，「四夷來王」的美夢才多少有所醒悟。「物競」「天擇」的世界觀教會人們不用一廂情願的想法觀察種族與種族之間的競爭，每個種族在爭取生存的搏鬥中都有機會扮演一個角色，但大自然並不特別鍾愛哪一個角色，全看角色自己的主動性和創造性。有了這種認識才會產生出種族存亡的緊迫感和將

1 譚嗣同：《仁學》，見《譚嗣同全集》。

要退出歷史舞台的危機感。《天演論》的魅力全在於它給中國帶來從來沒有過的殘酷歷史觀，而晚清的歷史又恰好為這殘酷的歷史觀作了註腳。它使「五四」時期批判理性的成熟獲益良多。事實需要人們換一副眼光看它，它才會顯示出不同凡響的意義。《天演論》教給中國人一種特殊的眼光，從前中國人是為驅逐「夷」而忙碌，現在則為了救亡圖存而搏鬥。如果傳統不能幫助中國人在這場殘酷的競爭中取勝，那麼踢開它、拋棄它，又有甚麼不可以呢？從《天演論》世界觀到「五四」反省中國文化、國民性，應該說是很自然的伸延。

嚴復的《原強》就是用《天演論》的世界觀來分析中國問題的。他引述斯賓塞的話，說一個種族能否在競爭中獲「天擇」，端在智慧、體力、德行三者是否卓異：

> 由是而觀吾中國今日之民，其力、智、德三者，固何如乎？往者日本以寥寥數艦之舟師，區區數萬人之眾，一戰而剪我最親之藩屬，再戰而陪都動搖，三戰而奪我最堅之海口，四戰而威海之海軍熸矣。……當此之時，天子非不赫然震怒也，思改弦而更張之，乃內之則殿閣樞府以至六部九卿，外之則洎廿四行省之疆吏，旁皇咨求，卒無一人焉，足無以勝御侮折衝之任者。「猛虎深山」，徒虛論耳。兵連不及週年，公私掃地赤立，洋債而外，尚不能無撫閭閻，其財之匱也，又如此。
>
> 法弊之極，人各顧私。是以謀謨廟堂，佐上出令者，往往翹巧偽污濁之行，以為四方則效。……至於顧問獻替之臣，則不獨於時事大勢，瞢未有知，乃至本國本朝之事，其職分所應

知者，亦未嘗少紆其神慮。是故有時發憤論列，率皆唵嗥童，徒招侮虐，功罪得失，毀譽混淆。其有趨時者流，自許豪傑，則徒剽竊外洋之疑似，以熒惑我主上之聰明。其尤不肖者，且竊幸事之糾紛，得以因緣為利，求才亟則可僥倖而驟遷，興作多則可居閒而自潤。

他的結論是「民力已墮，民智已卑，民德已薄」。[1] 同是檢討洋務運動，同是企望這種檢討導致新制度的建立，嚴復就顯得比康有為和梁啟超深刻，他通過具體的分析，得出震動別人的結論。顯然，嚴復更關心普遍性的弱點和弊病，無論它體現在制度還是人格上。中國傳統文化與西洋文化是兩個具有高度異質性的文化，在價值取向上彼此有許多完全相反的選擇，嚴復憑他對西洋的了解，利用西洋的價值取向來映照對比中國傳統價值取向，所以他能夠避免就事論事，做到就事論理。嚴復解剖時政的文章大都有此特點。他還有一篇《救亡決論》主張廢科舉，分析八股之學的積弊，所論特別精彩。他說八股有三大害：「一曰錮智慧」，「二曰壞心術」，「三曰滋遊手」。歷代士人對科舉的不滿，多暗有懷才不遇的隘見，批評科舉難以選出真正人才。而嚴復特別強調科舉對思想自由、心靈想像的摧殘。這項反省顯然隱含西洋思想言論自由的理解背景。由此我們看到，批判理性的成長另一個重要的條件是異質性思想、文化的輸入。

戊戌維新由於慈禧太后發動宮廷政變而告結束。梁啟超死裏逃生、亡命日本之後，對中國問題的看法有了很大轉變。他感到中國最迫切需要革新的是國民，國民應當意識到自己的弱點，用新觀念和健

1 《侯官嚴氏叢刻》卷三。

康的思想洗刷身上的愚昧、無知和固執。關於自我反省思潮的這種變化，我們後面還要談到。維新失敗後對政制問題反省的勢頭並未減弱，主張以暴力手段推翻清朝統治的革命派繼續深挖傳統政治制度的實質，他們比維新派還要激進。因為維新派期望與皇帝合作。雖然他們要改良傳統制度，但不得不有所迴避。革命派則沒有維新派的顧忌，他們是朝廷的敵人，整個政體包括皇帝在內的寄生者，都是他們革命的對象。因此，他們特別痛恨愚昧而殘忍的獨裁統治。比如，章太炎在他的名文《駁康有為論革命書》中，承認今天的漢族「判渙無群，人自為私」[1]，道德水平比漢唐還要低下。同時，章太炎把這一點歸因於滿族入關二百多年來的奴化統治，中國淪為歐美奴隸的地位，作為統治者的清朝，應負全部責任。章太炎有極強的被迫害意識，他把文化問題簡化成種族問題。所以他認為「非種不鋤，良種不滋，敗群不除，善群不殖」[2]，他要驅逐滿族，光復禹域。鄒容也號召種族革命，但他的動機與章太炎略有不同，他沒有美化漢人自己建立的極權統治。「自秦始統一宇宙，悍然尊大，鞭笞宇內，私其國，奴其民，為專制政體，多援符瑞不經之說，愚弄黔首，矯誣天命，攬國人所有而獨得之，以保其子孫帝王萬世之業。」[3] 基於這種對專制政體的認識，鄒容鼓吹「掃除數千年種種之專制政體，脫去數千年種種之奴隸性質，誅絕五百萬有奇披毛戴角之滿洲種，洗盡二百六十年殘慘虐酷之大恥辱」[4]。革命派對傳統政體的反省過於情緒化，少冷靜的分析，多激情的迸發。今天，大概只有少數人認為造成專制政體的只是一批統治者，也不認為只要去掉這些統治者，就能變專制為民主。民主是長期訓練的結果，同樣，專制也

1 章太炎：《駁康有為論革命書》。
2 同上。
3 鄒容：《革命軍》。
4 同上。

有深廣基礎，在將這個基礎改造好之前，革命絕難實現它原來設想的目的。章太炎和鄒容那時多少有點理想主義。他們一邊反省專制，一邊崇拜革命。他們對革命企望太高，以為在革命的廢墟上面能馬上誕生一個天堂般的世界。對革命的過份崇拜反而使他們不去努力認清專制政體的根源，而流於口號式的吶喊。不過，對於一個苦難太深的民族，對於一個在向現代轉化過程中屢屢碰壁失利的民族，渴望一次血的晨浴來自新自己種族的靈魂，這種心情是不難理解的。

維新派和革命派在如何改造中國的問題上有根本的分歧，但他們都認為朝廷制度已經腐敗，需要改變，這點認識可以說是一致的。他們的反省集中在政治制度方面，這標誌着批判理性進入制度的層面。他們針對中國陳舊的政制提出改革方案。維新派的旗幟是「變法」。所謂「變法」，即改變成法，改變既成的規章制度；孫中山同盟會「驅除韃虜，恢復中華，創立民國，平均地權」的綱領，也體現了進行政治制度革命的思想。但兩者都幾乎沒有注意到伴隨政制的改變必須有一個思想和觀念的啟蒙，在進行制度更新的同時，必須進行人自身的更新。不過，毫無疑問，他們比洋務派思想要健全而且深刻得多。這既表現在對中國的認識上，也表現在對西方的認識上。他們不像洋務派那樣恪守「中學」，畫地為牢，而是敢於變革制度，創出新路。同時，他們還更加積極主動地向西方學習，敢於承認西方的進步並不只是技術、工藝，而且承認西方的文物制度也要比清朝陳腐的典章優越。他們看到，西方之所以富強，關鍵在於他們具有比清朝優越的制度。真正面對現實，正視危機，勇於解剖和反省自己就能帶來認識上的深化，而認識的深化又推進了中國的近代化進程。康有為要虛君，立制度局，搞君主立憲；孫中山接過民有、民治、民享的林肯精神，要搞民主共和。歷史的進步與批判理性的成長是一致的，一個勇於批判自己的民族才能爭取到較為光明的前途。

維新和革命的理想都未能付諸實現。戊戌維新僅僅維持了一百零三天，就以六君子的就義而結束；十三年之後的辛亥革命，也因為軍閥篡奪了果實，使得共和的旗幟很快地退化為一塊斑駁陸離的洋布。更加沉痛的失敗引起更加深沉的思考，批判理性借着現實的失敗而更趨成熟。先覺者被迫再次面對嚴峻的現實。梁啟超最先從尋求具體的現實變革中退出來，轉而思考人自身的問題。距維新失敗三年，梁啟超辦《新民叢報》，鼓吹「新民說」。一九零二年他作《論新民為今日中國第一急務》，他痛省過去，超脫「某甲誤國，某乙殃民，某之事件，政府失機，某之制度，官吏之溺職」[1]等多帶指責性的議論。他追根溯源，發現官吏的殘暴與政府的不良同國民的文明程度很有關係，種瓜得瓜，種豆得豆。在國政日非的時候怨天尤人是沒用的，惟有多反省自己：為甚麼沒有文明程度高的國民？他得出結論說：「苟有新民，何患無新制度，無新政府，無新國家。非爾者，則雖今日變一法，明日易一人，東塗西抹，學步效顰，吾未見其能濟也。夫吾國言新法數十年而效不睹者何也？則於新民之道未有留意焉者也。」[2]說得準確點，是先有新民才有新制度新政府，還是先有新制度新政府才有新民？這是很難作出選擇性回答的，因為它們互為因果。梁啟超鼓吹「新民說」，本意並不是要在兩者之間作出選擇性回答。思想界之所以轉而關注人的問題，這是歷史的補課，補維新與革命的課。包括後來「五四」時期反省傳統與人，這都不是把觀念抬到至高無上的地位，而作不切實際的空想，而是中國人在近代化進程中屢遭碰壁之後的唯一可能的選擇——必須以人和價值觀念的革新為新的出發點尋求歷史的突破。正因為這樣，梁啟超的「新民」命題，不但是維新失敗以後的思想主題，也是辛亥以後的思想主題。同時，梁啟超「新民」

1 《新民説》，見《飲冰室合集》第一冊。

2 同上。

的夢想要到「五四」時期以「傳統與人」這樣的討論方式展開，才得到進一步的實現。

陳獨秀在《新青年》一九一六年一月號發表一文，取名《一九一六年》，於新年來臨之際寓除舊佈新之意。他幾乎重述了梁啟超「新民說」的中心思想，但比梁啟超說得更沉痛，更動情。他同樣把人的自新擺在第一位，「蓋吾人自有史以迄一九一五年，於政治、於社會、於道德、於學術，所造之罪孽，所蒙之羞辱，雖傾江漢不可浣也。當此除舊佈新之際，理應從頭懺悔，改過自新。」「吾人首當一新其心血，以新人格；以新國家；以新社會；以新家庭；以新民族。」[1] 比陳獨秀更早，魯迅於一九零七年作《文化偏至論》[2]，抨擊晚清以來見物不見人的「武事」救國論和「製造商估立憲國會」之說，闡述興邦國，根本在於讓個人「發揚踔厲」。西方之富強，以實力炫耀天下，這只是「現象之末」，其「根柢在人」，「首在立人，人立而後凡事舉；若其道術，乃必尊個性而張精神」。魯迅這篇文章，從總結歐美富強之道的角度，明確提出人的自新的問題。同樣，民國七年，孫中山辭去大元帥職，潛心於《孫文學說》，總結革命失敗的教訓。他沉痛地說：「文奔走國事三十餘年，畢生學力盡萃於斯；精誠無間，百折不回；滿清之威力所不能屈，窮途之困苦所不能撓」；終於推翻帝制，但「不圖革命初成，黨人即起異議，謂予所主張者理想太高，不適中國之用」；「此革命之建設所以無成，而破壞之後國事更因之以日非也」；究其根源在於革命志士「多以思想錯誤而懈志也」。[3] 有了這點認識，孫中山針對「知易行難」的傳統，反其道而行之，揭出「知難行易」的心理建設學說。從維新失敗到「五四」前夕，來自

1 《獨秀文存》，卷一。
2 《墳》，見《魯迅全集》第一卷，人民文學出版社，一九八一年版。
3 《孫文學說》「序」，見《孫文學說》，第一頁。

各個方面的嚴肅而認真的反省，都一致意識到中國傳統思想、觀念落後了，人落後了。因為這種無形的更為可怕的落後，造成了戊戌維新的失敗，造成了辛亥革命的失敗，造成了海通以來喪權辱國一蹶不振的嚴重局面。

只有到了這個時候，民族的批判理性才完全成熟。它超出洋務派尋求技術、工藝更新的層次，也超出維新派和革命派謀求政治制度變革的層次，而進入觀念思想更新的層次，進入人的重新塑造所要求的精神世界全面更新的層次。從某種意義上説，中國的近代化需要在技術、制度、觀念這三個層次展開進行，它們是相互依賴、缺一不可的。然而，只有批判理性成熟到反省自己的文化傳統和價值觀念轉而進入追求靈魂和精神的更新，近代化的進程才進入實質性的階段。因為在衝突和競爭的時代，後進或處於發展途上的一方，如果自身並未能獲得現代的意識，批判理性未能照察和反省往昔的文化傳統和價值觀念，就不會整體地認識自己，也不可能真正認識作為挑戰者的西方，於是就不能在建設新國家的過程中把握技術和制度方面的改造。像洋務官員那樣對西方技術文化作機械式的切割，用官僚統制的辦法來搞現代工業，使國家的近代化備受挫折，走上膨脹官僚資本的歧路。或者像維新和革命那樣，離開觀念和思想的自新去作制度的改革，即使廢除舊制，那也是形式的改變，舊內容依然保留下來，名字改變了，實質還是一樣的，換湯不換藥。先覺之士痛感整體性的近代化被人為割裂的弊病，痛感到以往數十年的教訓，終於下定決心進行人的啟蒙。

批判理性的成熟，使歷史進入一個輝煌時期，即全面啟蒙的時期。當然二十世紀初發生在中國的啟蒙同十八世紀歐洲歷史上的啟蒙是有很大區別的。歐洲的啟蒙者是居高臨下地向民眾宣講新觀念，它並不太多地涉及自己的傳統。在中國，啟蒙主要是以反省批判傳統的形式展開的。批判理性以新的思想，新的觀念檢視古老的傳統文化，把那些不適應近代化的「國粹」拿出來示眾，傳統與人始終是注視的焦點，既有對古老歷史的批評，對聖人和聖人之徒的批評，也有對國民性格的批評。總而言之，「五四」時期思想界、文化界對傳統文化和國民性的反省與批判，是在批判理性逐步成長並達到新的覺悟這一背景下產生的，它的根本任務是面向民眾進行全民的啟蒙。

第四節　結語

中國人的批判理性從萌芽到成熟經過了相當漫長的歲月。在那麼漫長的歲月中才養成反省自己各個方面問題的自我批判精神和批判能力。即使從鴉片戰爭算起，也有六十餘年。這麼多年頭，可以說是太長了，付出的代價可以說是過於沉重了。有甚麼辦法呢？批判理性的自身成長面臨重重困境，幾經挫折，最後才達到深刻的反省境界。當然，走上崎嶇曲折之途的不僅僅是中國人的批判理性，近代化的進程也一樣曲折，而且它也是近代化過程的一個部份，我們不能苛求批判理性越過歷史演變的必經階段，奇蹟般地突然成熟起來。但是，像應該探索歷史演變曲折的原因一樣，也應該反省批判理性成長過程中屢遭困境的內部原因，以及它在成熟過程中的難點。

在中國，並非沒有自省的傳統，毋寧說中國的自省傳統是很發達的，至少古代經典的教導是如此。從孔子「吾日三省吾身」直到宋儒「求諸內」「返身內求」，甚至用閉目打坐、齋戒等儀式性舉動來達到自省目的。但這只是東方的道德自省傳統，它只涉及個人行為隱蔽動機的檢討。所以，無論怎樣閉目打坐，怎樣「求諸內」，這種道德自省均與他人無關，也與整個民族進步無關；道德自省關心的是個人的至善和成聖，很少關心民族的自新與進步。近代意義的批判理性同古代的道德自省毫無共同之處，它不是以外在的倫理準則來衡量個人行為的隱蔽動機，而是把民族的傳統作為思考對象，用新的觀念、新的思想、新的眼光去分析評價傳統；在批判傳統的背後，始終存在着追求全民族進步，擺脫落後狀況的強烈渴望。在多大程度上意識到新的觀念，新的思想和新的眼光，這對批判理性的成長是極為重要的，它幾乎決定了後者。因此，批判理性的成長遇到的第一個難點就是以開放的心靈和平等的態度對待外來文化的問題。沒有這一條就談不上學習他國的長處，也談不上嚴肅地正視自身的問題。漢民族在近代加入國際衝突與爭端之前，慣於以地理中心觀或文化中心的觀念來看待與異民族的交往，在國際舞台上慣於自認主角，很難給其他角色以應有的地位。這種盲目的世界觀極大地阻礙了自我批判精神的發展。要自我批判，就必須首先區分國際舞台上人我角色的界限，而不能將本來平等的諸角色混淆為自我中心的等級序列。在歷史上，中國人錯過了許多大發展的機遇，顯然與這種盲目有關。

從晚明到洋務自強運動期間，開放的心靈和平等的態度的育成都不能算是合格的。那時候在國際交往中，朝廷當局往往不知道怎樣本着平等精神處理彼此關係。華夷之辨的心理一直籠罩着統治者，即使是先覺之士也難以免俗。徐光啟在晚明是最具遠見卓識的，他的開放性心靈，在鴉片戰爭及洋務運動期間還找不出第二人。但晚明有晚明特殊的歷史條件。《利瑪竇中國札記》寫得清清楚楚，天主教會當時的力量有限，他們來到中國，裝成歸化漢族的樣子，儒冠儒服，以天主教義比附孔孟學說，包括使用賄賂手段才在中國站住腳跟。徐光啟在他的著作中就經常強調並讚賞傳教士的歸化性格。如果傳教士不是隱蔽自己的面目，大明王朝一定會趕他們出去，徐光啟也不會採取那麼開放的態度，中外文化交流史上光輝的一頁，就要推遲好些年才能載入史冊。晚明時期比較平靜的交流，是因為傳教士採取了屈就的策略。即使像徐光啟和李之藻這樣的官員也相當孤立，頑固守舊分子不斷地攻擊他們，甚至連西洋天文、曆法和數算之學也拒不接受，那種抱殘守缺和愚昧的態度真叫人吃驚。

嘉慶二十一年（一八一六年），類似的困惑再次發生。該年英國派阿美士德出使中國，要求開放口岸設立貿易點，並表示願意實行對等貿易，如中國派人使英，英方也同樣對待。但嘉慶和他的陪臣卻把國際雙邊貿易當成朝貢，堅持來使按清朝三跪九叩大禮才由皇帝接見，否則就逐出國門。在傳統禮節中，跪即表示承認自己地位低賤並完全服從長上的意思。顯然，生活在「天朝」的統治者，除了知道不同國度之間的朝貢準則之外，不知道有平等貿易準則。後來英國使者拒絕下跪，沒有求見嘉慶就回去了。

殖民主義者強大到可以用武力敲開中國大門的時候，中國人的處境就更加困難。西方既是中國主權的踐踏者，也是相互較量中的優勝者；它既是中國的敵人，也是中國的先生。這種境況的變化使得中國人更加難以認清外來文化的長處，也更不容易作自我批判。排外心理大大遏止了批判理性的成長。魏源當日意識到有「師夷長技」的必要實屬不易。其實，他最欣賞的還是「以夷攻夷」和「以夷款夷」。在克敵制勝的三條計策中，「師夷長技」排在最後。不難想像，所謂「以夷攻夷」「以夷款夷」的計策是何等荒謬，它不過是歷代王朝自以為得計的對付西北遊牧部落的晚清版，但強大的英吉利與遊牧部落相距何止萬里。連外國語文都不諳熟，怎樣才能實現「攻」和「款」的目的呢？這種無異於癡人說夢的計策最充份地反映了普遍存在的封閉的心靈和傲慢態度。魏源表達的不只是他個人的認識，而是當時算作最為進步的普遍願望。後來洋務派進行的自強運動，曲解西方技術文化，可以說在魏源時代就埋下禍根。因為傲慢，就覺得高人一等，不易反省自己；因為心靈的封閉，就不容易虛心向他人學習。批判理性從直觀的技術，工藝層面開始反省自己，而不能從更高的起點開始，這就表明了那種普遍障礙的強度。不得已開始搞現代企業的時候，把洋務叫做「夷務」，加上一層貶低的意思。在這種封閉的心態下認識自己，當然只能看到一些表面的問題，認識西方，也只能獲得直觀的印象罷了。自強運動遭到慘痛失敗，從主觀原因檢討，恐怕是洋務派根本就沒有誠意搞現代工業，至少沒有按照現代工業規律來搞工業。當然這和中國特殊的自然經濟傳統有關，但也應該指出，他們一開始就錯誤地認識現代工業和技術，而這卻是和封閉的心態聯繫在一起的。中國人自我反省，自我認識的最大障礙就是他們自己。

批判理性從鴉片戰爭和洋務運動時期對技術、工藝的覺悟提升到維新與革命時期對制度的覺悟，再提升到「五四」時期對傳統文化和國民性的覺悟，這種自我反省的階段性，很明顯地和先覺者對西方認識的階段性變化相聯繫的。愈正確地認識西方，在某種程度上就為愈正確認識自己準備了條件。從這裏我們看到，認識主體的自身成長，表現在對他人和對自己傳統的認識這樣兩個方面。所憑藉的思想觀念、價值尺度愈進步，就愈能認識自己和反省自己。在中國，啟蒙和自我反省聯繫在一起的原因就在這裏。形成新的觀念參照系統，這是批判理性成長的第二個關鍵所在。

鴉片戰爭和洋務運動時期，第一代的先覺者基本上是被內憂外困的時局逼着認識西方的。例如，他們所謂船堅炮利的認識，直接得於國力在戰爭中較量的體驗。以這種體驗為基礎，當然不可能認識技術的本質。他們求學的年紀，全受着清一色的經典訓練，當謀求用世的時候，不是步入壯年就是垂垂老矣，在這樣的年紀來一番思想上的脱胎換骨幾乎是不可能的。在第一次鴉片戰爭失敗那年（一八四二年），龔自珍已於前一年辭世，終年四十九歲；林則徐五十七歲，魏源四十八歲。同治四年（一八六五年）江南製造總局成立時，曾國藩五十四歲，李鴻章四十二歲，馮桂芬五十六歲，郭嵩燾四十七歲。而那時還未露頭角的第二代洋務運動領袖張之洞和劉坤一，也分別是二十八歲和三十五歲。當然，年齡能說明的問題很有限，但我們可以從年齡推知，經典教養對他們一生的影響太深，當他們進入變化和動盪的年代，思想早已定型，他們主要以經典教養來解釋世界。而他們對西方的認識又大都得自從政時的直接體驗，對這種體驗的加工和組織則是早年積澱下的經典教養。沒有甚麼新思想和新觀念，對外界認識就不全面，自我反省也就不深刻，這一點並不奇怪。

維新和革命時期，人們了解西方的條件好多了，留學生可以出國，在國內的學生也可以閱讀洋書，間接了解西方學術文化。像康有為、譚嗣同、梁啟超就讀了不少洋書，當然，那時的洋書很淺陋，多是關於兵、農、動、植和製造的。這些接觸的限制也影響到他們的思想。比起搞維新變法的那一批人，嚴復的年歲最大，但嚴復的思想精深，這與他留學英國兩年，在西方國家生活學習過大有關係。總之，接觸途徑的多樣化大大打開人們的眼界，文化學術上的接觸和觀念的輸入，使人們從更深一層地了解西方，這種了解又反過來使人們更深刻地認識自己。到了「五四」時期，文化學術接觸又比維新和革命時期深入一層。新文化運動主要人物陳獨秀、李大釗、胡適、魯迅、周作人都在國外留學過，或者他們求學時期在外國度過。他們既有憂國憂民的獻身精神，又有思想自由的空間，能夠盡量吸收異邦的精神養份以豐富和深化自己。直到這個時期，在他們這批知識分子身上，能夠全面檢討傳統文化和國民性的觀念參照系統——主體價值觀——才建立起來。下一代人比上一代人作出更深刻的反省，更看清自己積弊的癥結，這是因為下一代人比上一代人思想更進步，觀念更進步。批判理性成長的過程，同時也是觀念進步的過程。

一個民族也和一個人一樣，要說出別人不如自己的地方總是比較容易的，反過來正視自己則十分困難。這大概是人性裏根深蒂固的弱點。具備自我反省意識意味着同時兼具醫生與病人雙重身份，醫生與病人的那種距離感愈大就表明愈清醒。對自我批判和反省來說，拒不承認自己是病人，自我治療則無從談起，愈勇於承認，則愈可能找出癥結，從而治好病。但是，醫生與病人雙重身份的距離感增大，很可能引起心理紊亂。醫生的角色與病人的角色之間的對話所引起的混亂立刻導致以簡單的辦法解決：拒絕承認自己有病。由此可見，由自我反省而產生的心理危機，不但個人受不了，一個民族也可能受不了。事實上，「五四」時期與全面檢討、反省傳統文化和國民性的同時，就存在對立的潮流，要結束這種精神自虐與混亂，重新回到以孔孟經典為準繩的統一局面。傖父（即杜亞泉）在《東方雜誌》十五卷第四號（一九一八年四月）發表《迷亂之現代人心》一文，把新思潮輸入以來引起對孔孟經典的懷疑與否定視作「精神界之破產」，他號召重定「國是」，重立「國基」，以結束精神界的混亂，收束迷亂的人心。傖父這種論點的出現確實表明晚清以來民族心理的變化：由於持續的反省與檢討使醫生與病人的各自身份愈來愈明顯化，距離愈來愈增大，終於出現了對心理紊亂的盲目排斥。批判理性的成長給一個民族帶來意想不到的困惑。雖然今天看來這種困惑是不必要的，也是幼稚的，但它足以使一個民族不去正視自己，足以使一個民族回到均一化的自我陶醉狀態。

批判理性的成長常常是被迫的。因為只有強大的壓迫力才會使一個民族清醒過來，才會使一個民族克服醫生與病人雙重身份分離引起的恐懼與不安。從晚明到「五四」時期這段歷史，我們看到通常是在慘重的失敗之後才產生覺悟，覺悟的程度與失敗的程度是相等的。小失敗，則小覺悟；大失敗，則大覺悟；國將不國，亡國臨頭，才有根本的覺悟。小的失敗，產生於小的危機；大的失敗，產生於大的危機。危機與失敗都是外部的壓迫力。在中國的近代史上，失敗已經與批判理性的成長結下不解之緣。不管我們喜歡或不喜歡，都無力改變這個歷史事實。

當然，不論覺悟徹底與否，也不論反省深刻與否，既有覺悟，既有反省，都會為歷史貢獻出新的內容和新的進步。有洋務式的自省，才有促成近代工業的自強運動；有維新與革命的自省，才有變法與辛亥革命；有對傳統文化和國民性的反省，才有近代意義的啟蒙和現代意識的確立。愈是深刻的反省，它導致的貢獻便愈有長久的價值。「五四」時期的思考與反省，將幫助我們認識自己，也認識西方。在反省中確立的現代意識——主體價值觀，將為愈來愈多的人所認識，這場文化啟蒙的深刻性與意義，是與批判精神聯繫在一起的。從這個意義上說，中國的現代化將伴隨着持續不斷的自我反省和自我批判。歷史已經把它們放在一起了，不管願意不願意，它既是過去，也是現在和將來。

第三章
禮治秩序與主奴根性

第一節　西方文藝復興運動和「五四」運動對人的不同認識

各民族在歷史演變過程中都經歷一個如黑格爾所說的「普遍沉淪」的時期。在這個時期，人是依附性的存在，它不是依附於某種秩序共同體，就是依附於神。人無論作為一定社群的集合體還是作為個人，完全沒入無邊的普遍之海。在歐洲，這個「普遍沉淪」的時期就是中世紀；在中國，則是西周直到「五四」前夜的漫長時期。如果說「沉淪」是社會歷史的必經階段，那麼當新世紀蹣跚來臨的時候，掙扎着擺脱這沉重的束縛，奮鬥着把人從這沉淪中提升出來，是同樣不可避免的。十四、十五世紀意大利的文藝復興運動，無愧是歐洲歷史進入新世紀的第一步，而「五四」新文化運動則標誌着中國文化的轉機：要求結束人的「普遍沉淪」，大踏步地進入新世紀。

正因為歷史演變的相似之處，使人們把「五四」新文化運動與文藝復興相提並論。例如，為建設新文化作出過卓越貢獻的蔡元培在為《中國新文學大系》作的總序《中國的新文學運動》裏，就把文藝復興與「五四」新文學作比較概觀。雖然他單從文學立論，但也明確説到「五四」新文學是振弱起衰的「復興的開始」。如果僅從與舊傳統脱離標誌着文化發展新轉機的意義着眼，它們兩者確有共同之處，但是如果從各自與傳統的脱節和新轉機所蘊涵的具體歷史內容説，則它們都打上自己民族歷史道路的特殊的印痕。由於早期歷史演變的一系列選擇——價值觀念、組織制度、生產形態、生活習慣的選擇——極不相同而帶有高度的異質性，也由於一系列不同選擇構成各自穩固的傳統，因此它們雖然都進入漫長而黑暗的「普遍沉淪」，但所採取的具體歷史形式畢竟很不相同。正是這樣，在結束那個夢魘般的時代而開始新的歷史發展階段的時刻，它們各自對人自身的覺悟也是不同的。覺悟是歷史的產物。當然，我們在這裏不可能作文化歷史的比較研究，不可能探討歐洲與中國各自不同的歷史移行軌跡，而只想從歷史演變的轉型時期——文藝復興與「五四」——所產生的對人的不同覺悟入手，發現和揭示我們自己的傳統，哪怕僅僅是部份的發現也好。因為在我們看來，轉型時期的覺悟，真正折射着傳統。

文藝復興被譽為人的解放，毫無疑問，人的解放是文藝復興最重要的特徵。人從教會和神權統治的枷鎖中獲得解放，代替了神，人成為世界的中心，成為青春和生命本身。代表這種覺悟的就是文藝復興的人文主義思潮。肯定人、讚頌人就意味着否定神和貶斥神。從前打着神的旗號、代表神的權威的那些人，包括教士、神父和各種冠冕堂皇的偽君子，毫無例外地成為辛辣諷刺和猛烈抨擊的對象。於是我們就看到當時人文主義者對人的有趣認識：實際上人世間的人被分割為兩個部份，敢於追求自身價值的完善的人，和以道德教條與權威來謀私利的醜惡的人。凡是那些服從生命本身的自然衝動以求在社會活動中自覺實現的人，包括實現自然情慾的滿足和個人財產狀態的充份發展的人，就體現着嶄新的值得讚頌的美德。他們是新世界的建設者，也是理想的人格目標，因而也是完美無缺的人的象徵。反過來，凡是在美好的言辭、華麗的辭藻的掩飾下來謀求生命自然衝動滿足的人，借助神的教諭漁獵美色和財產的人，就是骯髒的偽君子，在他們身上體現着人世間的惡。人文主義者在那個時代不可能也不需要把民族或者說種族的整體人性作為一個整體來加以反思，他們沒必要通過改造民族性格的形式來實現一套價值準則代替另一套價值準則，只需要用他們的價值準則推翻取代教會代表的虛偽陳腐的道德就足夠了。因為他們有幸生活於這樣的時代，當他們鼓吹建立以人為中心的世界時，一種強有力的歷史力量支撐着他們，它們是實實在在的、有真人真事意義的生產方式和活動方式，這就是剛剛興起而有無限生命力的資本主義運動。它的破土成長足以摧毀那個舊的東西。生命，就是生命本身，它足以戰勝腐朽和垂死。青春的主題和生命的主題在文藝復興的藝術裏光芒四射，其堅實的基礎就是那個方興未艾的資本主義運動。

正是這個強有力的力量使人文主義者對人採取直率的看法：善惡的二元對立。資本主義作為一種運動只要求壓倒和取代封建制度，它並不排斥與傳統妥協，凡是它認為有利於自己生存發展的，哪怕它是傳統的，也不怕與它結成統一戰線；凡是對它生存發展不利的，就堅決打擊和排斥。一方面可以是你死我活的階級對立和階級鬥爭，另一方面又可以是傳統價值的發揚光大。比如，人文主義者並不反對宗教本身和神本身，他們只反對神在人世間的投影，信仰上帝和鼓吹以人為中心是毫不矛盾的，以人為中心的仁慈、博愛等道德觀念，內核裏還是古老的基督教原始教義。因此，否定神、貶斥神不應該理解為向神的存在挑戰，而應該理解為向神的現在形態挑戰。檢視人文主義者的理想人格，可以發現它實在是基督理想的光大。「復興」這個詞，準確地表達了這個運動的特徵。

向神的現在形態挑戰，意味着貶斥現世的教會權威和行為。人性惡全部集中在他們身上。在薄伽丘的《十日談》裏我們看到兩種人，善人和惡人。善人一般都是商人、手工業者和正面肯定自然情慾的男女，惡人則是那些天主教僧侶、教士和封建貴族。薄伽丘選擇前者而嘲笑後者，他的愛憎取捨態度一目了然，因為他把他準備嘲笑的人當成惡的化身，直接通過故事情節的發展為他們設計一個與他們標榜的道德教養相反的結局或處境。作為敍述者，我們看不出他與他敍述的事件有任何美學距離，他在正面提倡一些價值而抨擊抗議另一些價值。如果不是薄伽丘的敍述才能，加強諷刺、誇張的詼諧的喜劇效果，那麼《十日談》就會更像檄文而不是文學。他的短篇故事充份地表現了他對人的看法，即一類人是善的，而另一類則是惡的。有一種外在於自身的惡的存在，它是屬於別人的，人文主義者需要對此加以徹底抨擊和揭露。直率的對人的觀念影響了他直率的技巧和直率的文字風格。正如人的善惡對立一樣，短篇故事表明的讚頌性態度和抨擊性態度也是對立的。自己代表善而他人代表惡，這種惡又是與自己毫無關係而簡直就是對立不相容的，這實在是人文主義者對人的看法的重要之處。認識到這一點很重要，因為它可以解釋文藝復興運動的關鍵點：它們需要否定的只是具體的存在物，活生生的某種真人真事，而不是比較抽象的東西。人文主義者要反對封建制度以及代表神的現在形態的教會和僧侶，自然就賦予他們惡的意義，而他們自己是新生力量的代表，當然就取得了善。簡化的善惡二元對立，善歸屬於自己，惡則歸屬於他人。這種文藝復興時期對人的覺悟，是和當時資本主義制度代替封建制度的基本事實相聯繫的。文藝復興時期社會的許多方面都出現二元對立：神和人的對立，教會與世俗的對立，傳統道德和個人主義的對立，神性和自然情慾的對立等。這一切顯示着兩種勢力的搏鬥。「五四」時期的中國社會沒有上面所說的「基本事實」做基礎，它普遍渴望埋葬舊的東西，但又不知道將要誕生的新東西是甚麼，即使在觀念上明白，但究竟未能化為代表歷史方向的真人真事的現實存在。結果經歷了多次探索歷史道路的失敗之後產生了國民性格和價值觀念自我更新的文化運動，這個運動的真實對立面是自我和抽象的民族性、國民性，而不是他人或具體的存在物。徹底地面對自我進行自我反思，使「五四」區別於文藝復興（下面還會談到，「五四」新思潮倡導者對人的覺悟，不同於二元對立這種人文主義者的觀點）。

人文主義者對人的另一覺悟是個人主義觀念。當然個人主義的定義各有不同。文藝復興時期人文主義者的個人主義的核心是把個人當作一切的出發點，真正完成了對個人——不是散漫的個體——的發現。人是世界的中心，它最終落實在個人是一切的出發點上面。瑞士史學家布克哈特在其名著《意大利文藝復興時期的文化》中談到個人的覺醒：「人類只是作為一個種族、民族、黨派、家族或社團的一員——只是通過某些一般的範疇，而意識到自己。在意大利，這層紗幕最先煙消雲散；對於國家和這個世界上的一切事物做客觀的處理和考慮成為可能的了。同時，主觀方面也相應地強調表現了它自己；人成了精神的個體，並且也這樣來認識自己。」[1] 文藝復興時期的個人主義特別強調個人的特殊價值，完全撇開至少是暫時地撇開種族、民族、家族、黨派和社團來突出個人的價值，追求個人才能的施展。按照羅素的說法[2]，文藝復興在道德範圍內沒有甚麼成就可言。非但沒有甚麼道德成就可言，它完完全全是個人的大解放，打破既有的一切道德規範的大解放。這樣的時代有利於文學和藝術的發展，因此，它產生出像達·芬奇、米開朗琪羅、拉斐爾這樣一些多才多藝的巨人。他們都是個人主義的信徒。實現個人的價值（不論體現在事功方面或體現在藝術創作方面）是他們一生追求不渝的目標。個人主義信仰不再困擾於傳統政治學的命題：個體與團體的關係。生命變成由自己掌握和展開的過程。

個人主義觀念孕育出影響深遠的政治學「怪傑」馬基雅維利。他的政治哲學《君主論》最典型地表明他的個人主義。他曾執掌過佛羅倫薩政府的實權，後來因政壇失意，隱居鄉間，埋頭著書。他的這部《君主論》被後人貶為「不道德」的書，但卻是每一個想了解政治秘密的人的必讀之書。他完全否定任何人類道德的道德價值，也不去闡釋權力的合理性之類的理論問題，而是坦率地講述從政的手腕和權術。例如，他教導說：君主要有狐狸的狡猾和獅子的兇猛；有利可圖的時候就守信義，無利可圖時就不要守信義；必須顯得虔信宗教；要善於欺騙別人，而又裝出誠實君子的樣子。單單舉出這幾條就足以明

1 《意大利文藝復興時期的文化》，第一二五頁，商務印書館，一九八三年版。

2 羅素：《西方哲學史》下卷，第二章，商務印書館，一九八一年版。

白他的政治學的風格。他講述的完全是經驗層次的政治學。這樣說並不意味馬基雅維利的政治學沒有哲學背景，相反，他是在他的人生哲學指導下寫作的。他講解的手腕和權術，處處滲透着個人主義人生哲學。有勇氣承認權術的作用和重要性就隱含了這樣的前提：個人是最重要的，他在政治範圍內追逐的目標當然是第一位的，因為他要精心策劃和組織來實現自己追逐的目標。所以和目標比較，手段自然就是微不足道的。馬基雅維利否認道德本身的道德價值，把它降格為人類的種種功利之一。但他還是有正面的價值觀念的，這就是個人是一切的出發點的個人主義信仰。這種標準的個人主義，不但「五四」時期，就算今天中國人也很難從人生哲學的層次去認同它。我們看到「五四」時期在人的覺悟下，個人主義是有的，但它卻不是文藝復興式的個人主義。

正如上文所說的那樣，「五四」新思潮倡導者在對人的重新認識中，把無視人、剝奪人、壓迫人等社會的非人道問題當做民族自身的問題來思考和理解。他們也抨擊作為具體存在的黑暗勢力，揭露阻礙社會進步的封建統治和軍閥勢力，但他們並不單純把迫害和惡當作外在性的具體存在，而主要當作民族的自我問題。惡不僅屬於他人，也屬於自身。在這一點上，顯得和文藝復興人文主義者對人的認識很不相同。陳獨秀於一九一六年除舊佈新之際，與青年相號召的不是清除體現在別人身上的罪惡，不是推翻他人加給自己的壓迫，而是「從頭懺悔」全民族自己「所造之罪孽」。如果說從「普遍沉淪」中覺醒過來的時刻，都會感到有壓迫和惡的存在的話，人文主義者傾向於把壓迫和惡看成是外部的，而新思潮的倡導者則傾向於看成是內部的、自我的。罪孽不是異己性力量外加的，而是深植於自我內部的。應該說，這是偉大的覺悟。因為它不僅僅從「抗爭」的角度來看人的解放，而且是從文化的層次來看人的解放。悠久的傳統和有史以來民族自身所造成的罪孽，不可能期望一次抗爭或革命就能清除盡淨，就能使它向善轉化。如果不具備現代化的人的精神資質，沒有轉化傳統的能力，即使能掙脫具體的鎖鏈，即使能除去作為具體存在的惡，但無形的傳統很快又會把你染黑。從文化的層面追求人的解放和人性的更新，必然會遇到惡的自我性問題。因為雖然可以説一種具體的壓迫是別人強加給你的，但總不能説文化是別人為你設定的。文化是民族的「公共財產」。文化的病症必須要由全民族坦然承認，必須要由他們自我醫治。

「五四」新思潮倡導者在思考人的全面更新的時候，是以整體的眼光看人，尤其把民族看做整體。因此他們可以達到自我覺悟，或者説是「大我」的覺悟。以這種眼光觀察社會、觀察人，訴諸文學形式表述，最成功和最深刻的無疑是魯迅。任何觀點都是歷史的產物，我們不能改變這個事實。如果一個作家在人生與哲學觀上傾向於把自然與自我認同一體，他無形中就擺脱了道德的責任，而獲致個人心靈的解脱，這樣他很有可能寄託於淡泊、幽遠的藝術境界，他的藝術彷彿是與人生現實相脱離的。如果一個作家從個人的「厄運」與民族的「厄運」中僅僅感受到外在的壓迫力量，就會滋生起強烈的被迫害意識，這時候他的道德責任心就會驅使他作為一個角色直接在作品中出現，過份露骨的抨擊與揭露就會減低作品的藝術價值。作家的人生觀、哲學觀、社會觀，以及對人性的看法，是會和他的藝術技巧相融合的。魯迅不是我們説的那兩類作家。他一方面對民族的「厄運」，對國民性弱點有很深的體察。但另一方面，魯迅將民族的「厄運」與自我的「厄運」重疊起來，把屬於自我性的問題放大為社會的民族的普遍「厄運」來處理，同時強烈的道德關懷又使他把民族的「厄運」完全當作自我性的問題。因此，他能夠把國民、傳統、社會、文化上種種弊病與弱點的體察昇華為對罪惡的感受。在這點上，魯迅和陳獨秀是一樣的。人對罪惡的真正自覺包含了這樣的理智和感情的糾葛：悔恨與憎惡交加生出強烈的道德義憤，但在道德義憤中又夾帶着自我新生的渴望，這又是強烈的愛。因為終究是自我的罪惡，因此，除非企求新生，別無出路。道德義憤與強烈的愛形成難分難解的糾結。用魯迅的話形容就是「哀其不幸，怒其不爭」。這既不是全介入的態度，也不是超然的態度，似乎介於這兩者之間。美國學者韓南研究了魯迅小說技巧後認為，魯迅運用「譏刺的寫實」的模式很難得到成功，而運用得最自然的技巧是「性格反語」。他說：

> 反語和超然態度，對於像魯迅這樣充滿了道德義憤、教誨的熱情和個人良知的作家來說，是心理上和藝術上都必然會採取的東西。與過去時代著名諷刺作家們作一比較，就可以發現至少有這樣一些共同點：他們都滿懷着主要是道德的和教誨的熱情，並且用反語和通過代替作者的角色或面具來賦予這種熱情以更有效的藝術形式。強烈的感情，尤其是深切的憤怒，有時是會使藝術家過於興奮的，而反語和通過面具說話則是處理這種感情的最好方法，在同時代的所有作家之中，很好地把握住了這種方法的，幾乎只有魯迅一人。[1]

問題還應當推進一步：反語的技巧是和魯迅對人性的覺悟聯繫在一起的，對人的信念與認識融化在藝術技巧之中。

「五四」時期對「個人」的認識也明顯地不同於文藝復興。「五四」所強調的是個人精神卓異性，追求着個人精神創造的自由。如果說「五四」有個人主義，這種個人主義也不是和個人財產權聯繫在一起的

1 《國外魯迅研究論集》，第三三二—三三三頁，北京大學出版社，一九八一年版。

強調自我組織生命、自我掌握未來的個人主義，它只是知識界自由創造的呼聲。同是肯定個人，「五四」的肯定不同於洛克的「天賦人權」式的肯定，而更多傾向於尼采的「超人」。因為「天賦人權」式的個人主義，在本質上是為世俗的資本主義運動鳴鑼開道的，而「五四」的時代主題，則不是為這個世俗的運動鳴鑼開道，時代對這個世俗的運動採取自由放任態度：世俗的事由世俗的人自己去管吧。「五四」所關懷的只是國家和民族的命運，用後來的話說，就是「救亡圖存」。在存亡的緊急關頭，衝破重重束縛，激發個人熱情，個人主義自然是一件有力武器，但這時候的個人主義只是卓爾不群、超邁踔厲的個人主義。尼采在這方面是一代宗師，支持他對個人信念的是他對愚昧無知的群氓的唾棄和鄙視，而支持「五四」對個人信念的則是對國家與民族命運的深切關懷。大體上說，「個人」的覺醒在歐洲引導了一個持續的以謀取世俗幸福為目標的資本主義運動，而在中國則引導了一個以解脱民族苦難為目標的「救亡圖存」運動。

把無視人、剝奪人、壓迫人等社會的非人道問題當作民族自身的問題來思考，把罪和惡都理解為自我性、自身性問題的覺悟，同與民族命運深刻關懷相聯繫的個人的覺悟交匯融合，激盪出反思民族性、國民性的文化上的自我批判運動。前一種覺悟使批判理性從追求外部世界的實現返回內部審視自己的傳統，而後一種覺悟使這股批判自省的潮流保持在文化領域——這個領域對追求精神卓異性的先驅者給予最大限度思維空間與想像自由，從而引導了一個真正檢討本民族核心的價值觀念和與這套價值觀念相吻合的制度框架的運動。從這點來看，反思民族性與國民性並不是一個偶然的對傳統採取過火行為的運動。真理很可能隱含在反面：傳統必然要通過反思與檢討才能在未來的歲月中得到淨化與提升。民族性、國民性這些概念也不像後來學者所說的那樣，含有種族歧視的意義，恰恰相反，這些概念以及與它們相聯繫的反思活動，蘊涵着關懷民族命運的強烈感情，它的恨是從愛生發出來的恨。孕育「五四」文化批判運動的是當時對人的覺悟與感情，正如人文主義者對人的覺悟孕育了文藝復興的文化創造一樣。回過頭來思考一下文藝復興時期的文學、藝術、政治理論，無一不和那個時代對人的新覺悟相聯繫相適應。「五四」的先覺者對人的覺悟既有時代的烙印，他們的文學、隨筆、政論便不能不帶上文化批判的獨自特點。離開那個時代先覺者對人的認識，「五四」確乎有不可思議的一面，例如，為甚麼要使用國民性這種概念？為甚麼會激烈地反傳統？但是，一旦弄明白他們怎樣認識人，包括作為整體的人和個人，我們就會理解這個世紀初的文化批判運動。在可以預見的將來，對「五四」的文化批判本身的估價必然會成為學術界爭論的問題之一。但是，如果不是先理解了那個時代人的覺醒的特殊點，就無法理解「五四」影響深遠的文化批判運動，也就難以估價它們的意義。

第二節　「吃人」筵席的發現

一九二一年胡適給《吳虞文錄》作序，把吳虞喻為「中國思想界的清道夫」。應該說，不止吳虞，當時新思潮的倡導者包括陳獨秀、魯迅、胡適、李大釗、周作人等，都是思想界的清道夫。在有數千年積垢的傳統之路上，他們確實在奮力掃除。他們清除的第一批文化渣滓是甚麼呢？用當時的語言形容，就是「吃人的筵席」。

存在於中國大地上的「吃人」有種種不同。在個別場合是指綿延不絕的殘酷而野蠻的風俗，但更多的場合則是指對獨立人格和個人精神的束縛、否定和閹割，而有的時候，這兩者是重合起來的。因為在極度無視個人的尊嚴與剝皮寢食的風俗之間常常是無法劃分清楚界限的。作為日常行為方式的風俗往往折射着缺少「人」的文化的缺陷。正如周作人《吃烈士》一文說：「中國人本來是食人族，象徵地說有吃人的禮教，遇見要證據的實證派可以請他看歷史的事實，其中最冠冕的有南宋時一路吃着人臘去投奔江南行在的山東忠義之民。」又說：「前清時捉到行刺的革黨，正法後其心臟大都為官兵所炒而分吃，這在現在看去大有吃烈士的意味，但那時候也無非當作普通逆賊看，實行國粹的寢皮食肉法，以維護綱常，並不是如妖魔之於唐僧，視為十全大補的特品。若現今之吃烈士，則知其為——且正因其為烈士而吃之，此與歷來之吃法又截然不同者也。」[1] 文化精神上缺乏個性的尊嚴，野蠻的吃人風俗的流行就不足為奇了。也許這兩點之間冥冥相契，故取而喻之。「五四」時代，對「固有之精神文明」的種種「吃人」作了深刻的抨擊與刻劃。大體上說，有三個層次：「吃人」——食人者「吃人」，由上對下施以嚴酷的壓迫與淩辱；「吃人」——被人吃者也食人，自己既是被壓迫的對象，同時又去壓迫更不如己者，既是被吞噬者，又去吞噬比自己更弱的弱者，即《狂人日記》上說的「我亦吃人」；「吃人」——自食，對個性的自我壓抑，自我撲滅。這種不假外求，自我碾滅的自食，是中國人最可怕的「吃人」。「吃人」的方法雖有種種，但它的根本目標卻不變：取消「人」，讓人變成奴隸或主子。

魯迅在《狂人日記》中創造了一個有高度象徵性的藝術境界，暗示中國社會是食人者「吃人」的昏暗世界。狂人帶着變態的眼光，觀察到家族裏的親人以及相識者要準備策劃陰謀把他吃掉。大哥、陳老五、佃戶、趙貴翁，甚至於趙貴翁的狗，無不藏着一顆昏暗漆黑的食人之心。這個家族，整日裏幹的只

1 《周作人早期散文選》，第五八頁，上海文藝出版社，一九八四年版。

有一件事，就是如何吃人。狂人對他生存的環境深有戒備和敏感的直覺：「我翻開歷史一查，這歷史沒有年代，歪歪斜斜的每頁上都寫着『仁義道德』幾個字。我橫豎睡不着，仔細看了半夜，才從字縫裏看出來，滿本都寫着兩個字是『吃人』！」[1] 狂人所生活的那個小家族，其實就是傳統中國大社會的縮影。小家族裏的眾生要從肉體上吃人，其實就折射着傳統中國大社會的文物制度和意識形態對個性的扼殺與吞滅。就像那個小家族要吃掉與他們不一樣的狂人那樣，大社會也無時不在盡力撲殺個人的人格尊嚴與主體性：剪滅異端而同歸於「一」，除掉「大不敬」而同歸於「順」，凡是發「狂」者都在被食之列。魯迅後來說他寫《狂人日記》的意圖是暴露中國家族制度的罪惡，這是很貼切的解釋。中華帝國的支柱就是宗法家族制度，魯迅用簡潔的「吃人」兩字，就把它的本質形容出來。家族制度及其惰性的長期存在，構成對中國社會向現代形態過渡的巨大障礙，魯迅第一個以小說的形式對中國人生作出這樣的評論，向知識界和關心中國進步的人們提出這個問題，這表明他對中國社會有着極其深刻的觀察。

除了小說，魯迅還在他的許多論文、雜感裏控訴權勢者對弱小者、不幸者的摧殘。寫於《狂人日記》之後四個月的《我之節烈觀》一文裏，魯迅對歷史悠久並且愈演愈烈的反人道、滅絕人性的節烈風俗提出激烈的抨擊。強迫並在道德上鼓勵女子節烈，一成烈女就入正史，就豎牌坊，無論從哪方面說，這種做法是不尊重個性選擇的，也是違反人性的。但正是這種慘無人道的風俗在中國冠冕堂皇地「發揚光大」了兩千年。它不斷地得到權勢者的維護與褒揚，不斷地得到無聊文人的稱讚。它充份地體現了無視人權，壓抑人性，不惜以弱小者做殉葬犧牲的卑劣國民性——「主子意志」和「吃人」習慣。魯迅嚴正地

1《魯迅全集》第一卷，第四二五頁，人民文學出版社，一九八一年版。

說，要求女子節烈是「世上害己害人的昏迷和強暴」，「製造並玩賞別人苦痛的昏迷和強暴」。「社會上多數古人模模糊糊傳下來的道理，實在無理可講；能用歷史和數目的力量，擠死不合意的人。這一類無主名無意識的殺人團裏，古來不曉得死了多少人物；節烈女子，也就死在這裏。」[1] 一部份人壓迫另一部份人這種人類的不幸，和人的歷史一樣長久，但它們的具體表現形態卻有所不同。有時候是一個階級對另一個階級的壓迫，例如資本主義迅速發展的十八、十九世紀，英、法、德等國資產階級對無產階級的壓迫是相當殘酷的；有時卻是一個利益集團對另一個利益集團的壓迫，例如史書記載的比比皆是的勢力集團的傾軋和角鬥；有時則是「普通沉淪」對個性的壓迫，這就是魯迅在《我之節烈觀》中所講到的壓迫。從根本上說它是一種文化的壓迫。這種壓迫，超越階級、利益集團、性別的界限，而瀰漫滲透到人生的所有角落。不分年齡、階級、地位的差異，所有女性都受到「節烈」的壓迫。這種壓迫，力量更為深厚、持久和殘酷，因為它是文化的選擇，每一個人都無法逃於天地之間。「五四」時期有了對人的根本覺悟，新思潮倡導者反抗的壓迫，不僅是階級的壓迫或利益集團的壓迫，而且是文化的壓迫。他們所作的對「固有之精神文明」的批判，比階級的批判要深刻得多。陳勝、吳廣與天下相為號召的只是「滅暴秦」，反抗苛捐雜稅和超肉體忍耐的徭役，它僅僅涉及舊秩序解體時候的秩序重建問題。「五四」文化批判所要求的絕不是舊秩序的重建，而是文化的重建，即價值觀念的再估價與再選擇。只有站在這種立場上，才能估量「五四」先覺者對壓迫所作的批判的意義。

「五四」時代對壓迫所作的抨擊與批判具有特別的深刻性，在於它指向衍生無數具體的不合理現象

1《魯迅全集》第一卷，第一二四—一二五頁，人民文學出版社，一九八一年版。

的思想根源——傳統文化價值觀念。不僅魯迅是這樣的，陳獨秀、胡適、李大釗、吳虞、周作人等人也是這樣。李大釗在《東西文明根本之異點》一文說：「觀以倫理，東方親子間之關係切，西方親子間之關係疏。東人以犧牲自己為人生之本務，西人以滿足自己為人生之本務。故東方之道德在個性滅卻之維持，西方之道德在個性解放之運動。更觀以政治，東方想望英雄，其結果為專制政治，有世襲之天子，有忠順之百姓。政治現象毫無生機，幾於死體，依一人之意思，遏制眾人之慾望，使之順從。」[1] 站在今人的立場，李大釗的看法稍嫌簡單，但他對中國的見解依然是相當有道理的：傳統文化根本上就缺乏獨立的個性價值觀和人權意識。他在另一個地方從分析家族制度入手將這個問題講得更清楚：

看那二千餘年來支配中國人精神的孔門倫理——所謂綱常，所謂名教，所謂道德，所謂禮義，哪一樣不是損卑下以奉尊長？哪一樣不是犧牲被統治者的個性以事治者？哪一樣不是本着大家族制下子弟對於親長的精神？所以孔子的政治哲學，修身齊家治國平天下，「一以貫之」全是「以修身為本」；又是孔子所謂修身，不是使人完成他的個性，乃是使人犧牲他的個性。犧牲個性的第一步，就是盡「孝」。君臣關係的「忠」，完全是父子關係的「孝」的放大體；因為君主專制制度，完全是父權中心的大家族制度的發達體。至於夫婦關係，更把女性完全沒卻；女子要守貞操，而男子可以多妻蓄妾；女子要從一而終，而男子可以細故出妻；女子要為已死的丈夫守節，而男子可以再娶；就是親子關係的「孝」，女的一方還不能完全享受，因為

1 《守常文集》第三九頁，上海北新書局，一九五零年版。

伊是隸屬於父權之下的；所以女德重「三從」，在家從父，出外從夫，夫死從子。總觀孔門的倫理道德，於君臣關係，只用一個「忠」字，使臣的一方完全犧牲於君；於父子關係，只用一個「孝」字，使子的一方完全犧牲於父；於夫婦關係，只用幾個「順」「從」「貞節」的名辭，使妻的一方完全犧牲於夫，女子的一方完全犧牲於男子。孔門的倫理，是使子弟完全犧牲他自己以奉其尊上的倫理；孔門的道德，是與治者以絕對的權力，責被治者以片面的義務的道德。[1]

準確地說，傳統秩序不是絕對的「各守本份」式的等級秩序，而是有彈性的等級秩序。有的學者看到它的彈性的一面，就把它誇大成不存在着個性壓迫的民主式的秩序[2]，筆者對此不敢苟同。有彈性的等級制度秩序並不等於沒有對個性的壓迫，同樣，等級制（階層制）的存在，也不一定就存在着對個性的壓迫。問題在於等級制之外，是否還存在法律保護下公平競爭的機會？是否存在着可憑每個人的良心與理智掌握他自己生命的可能性？如果有，那這樣的社會雖然存在等級制，但這種等級制只體現社會生活組織的合理化精神，這種等級制，用韋伯的話說，就是「科層制」。如果沒有，那麼這種社會的等級制必然憑自然秩序或安排的秩序形成的，它對個體來說是先驗的，不可更改的。個體在它裏邊，是被定義、被掌握的。不論等級制有多大程度的彈性，並不影響它對個性的壓迫。

周作人有很豐富的民俗學、社會學、人類學知識，這些知識配合他對傳統文化無視個性的體察，形

1 《守常文集》，第五零頁，上海北新書局，一九五零年版。
2 錢穆：《中國傳統政治》，見《中國通史集論》，學風出版社。

成他文化批判的特點：他常常借當時社會發生的事件給予民俗學或社會學的評論，讓人從變態的日常事件中體味出文化的扭曲。周作人早期散文廣為流行，影響比較大，這同他能夠透過人情世態向人們提出文化扭曲問題的筆法很有關係。例如他的《祖先崇拜》、《重來》、《生活之藝術》、《拜腳商兌》、《風紀之柔脆》、《薩滿教的禮教思想》、《奴才禮讚》等散文，就結合種種具體世相，對中國人被嚴重扭曲人格觀念、性意識、審美觀等，給予揭露和批評。那麼多的墮落，那麼多的不平，那麼多的扭曲，都是因為無視「人」的尊嚴。

> 中國婦女恐怕還有三分之二裹着小腳，其原因則由於「否則沒有男人要」；如此情形，無論文章上學說上辯證得如何確切，事實上中國人仍不得不暫時被稱為世界上唯一的拜腳——而且是拜毀傷過的腳的民族。[1]

周作人這些話都是有感而發的。當時北京報紙，不時登出變態的男士讚美女性殘廢的雙足的新聞。四川督辦以維持風化為名，槍斃一個犯奸的學生，說是「以昭炯戒」。周作人抨擊這些偽君子：

> 他們的思想總不出兩性的交涉，而且以為在這一交涉裏，宇宙之存亡，日月之盈昃，家國之安危，人民之生死，皆系焉。只要女學生齋戒——一個月，我們姑且說，便風化可完而中國

1 《拜腳商兌》，見《周作人早期散文選》，第四七頁，上海文藝出版社，一九八四年版。

可保矣，否則七七四十九之內必將陸沉。這不是野蠻的薩滿教是甚麼？[1]

在一個人被閹割的社會，不僅有以醜為美的倒錯病，有禁慾與泛性奇妙結合的變態病，還有喪失人格、無藥可救的奴才病。這種自甘於跪在權勢者膝下討飯的奴才觸目皆是：

要嚴格的統計全數人口的比例，去和別國比較，還沒有人這樣辦過，我不知道到底成績如何，但略為玄學一點照我們的感覺說去，中國似乎當得起是最富於奴才的國。例呢，可以不別舉吧？姑且舉遠一點的，即如溥儀出宮時那班忠良的商民。……倘若奴才少幾個，中國怎麼會精神文明得像現在這個樣子，怎麼會這樣的幸福安吉？[2]

使思考的人痛苦，使沉淪的眾生更加沉淪的世態，不正是反映着文化的病態與扭曲麼？這些病態與扭曲最根本的一點就是閹割了「人」，束縛了個性——「吃人」。

「五四」時代的先覺者不僅體察到自上而下的壓迫，而且還把取消個性的扭曲暴露得更深一層：被壓迫的人也去壓迫別人，被別人吃的人也去吃別人；自己是更強者的奴隸，又是更弱者的主子。眾生滿足於或奴或主、或主或奴的境地，不想爭做一個「人」，不想逃脫那種境地，也不能逃脫。這是先覺者以銳利的批判眼光告訴我們的「吃人」種種之二。魯迅的《燈下漫筆》說得異常沉痛：「我們自己早已佈

1 《薩滿教的禮教思想》，見《周作人早期散文選》，第六五—六六頁，上海文藝出版社，一九八四年版。
2 《奴才禮讚》，見《周作人早期散文選》，第九一—九二頁，上海文藝出版社，一九八四年版。

置妥帖了，有貴賤，有大小，有上下。自己被人凌虐，但也可以凌虐別人；自己被人吃，但也可以吃別人。一級一級的制馭着，不能動彈，也不想動彈了。」[1]他引《左傳》昭公七年的話：「天有十日，人有十等。下所以事上，上所以共神也。故王臣公，公臣大夫，大夫臣士，士臣皁，皁臣輿，輿臣隸，隸臣僚，僚臣僕，僕臣台。」這段話所表述的是絕對等級制的思想，等級制後來演變得更具彈性，但人的狀況也更加可悲，正如魯迅深刻地評論的那樣：

> 但是「台」沒有臣，不是太苦了麼？無須擔心的，有比他更卑的妻，更弱的子在。而且其子也很有希望，他日長大，升而為「台」，便又有更卑更弱的妻子，供他驅使了。[2]

主子和奴才沒有絕對的分野和界線，視具體情形而定。有時候表現其奴性，有時候表現其主性，偏偏就沒有表現其「人」性的時候。一般來說，傳統社會結構有三條途徑加強和保證這種忽主忽奴的彈性。第一就是家族制度，因為它存在一個親代與子代的繼承問題，長輩對晚輩的壓迫通過肉體生命的自然淘汰而轉換，但無論怎樣轉換，個性是不能從家族制度中生長出來的。第二條途徑就是秦漢以來的官僚制度。官僚吃俸祿於國家，通過皇帝的授權進行統治，他也用得來的權力增殖家產，謀取錢財。因此，官僚具有依賴性和寄生性，他們的宦海沉浮取決於上級和皇帝的好惡。皇帝一句話，從萬戶侯就可以直跌入囚犯的行列，而布衣之士也可以青雲直上。這些依賴性和寄生性的職業統治者最明顯的兩副嘴臉就是對上

1《魯迅全集》第一卷，第二一五—二一六頁，人民文學出版社，一九八一年版。

2 同上。

逢迎巴結和對下神氣活現。主性與奴性集於一身。魯迅描畫的時而笑容可掬時而如兇神惡煞的叭兒狗形象[1]，最恰當地形容了官僚制度下的產物——官僚。第三條途徑是科舉制，它為每一個企望「兼濟」天下的村野之士開設通往權力殿堂的道路，提供大批「候補」官僚，在上層與下層之間實現利益的溝通。但是，這些實現統治的彈性「措施」並不等於承認個性，相反，個人在這個秩序中不論你做甚麼必須認同一個大前提，這就是後面要說到的禮治秩序。

魯迅把相互壓迫的國民稱做「殺人團」，落入這種悲慘境地的國民，你壓迫我，我壓迫他人，互相殺戮，互相吞噬。沒有人逃得出忽主忽奴的惡性循環的股掌之中。每一個人有時是屠戶，有時是牲口；既殺人，也被殺，總之，「天網恢恢，疏而不漏」，生老病死於這個人「吃人」的屠場。《狂人日記》後半部寫了狂人的覺悟，他意識到自己不幸生於這「吃人」的家族，「未必無意之中，不吃了我妹子的幾片肉，現在也輪到我自己……」「四千年來時時吃人的地方，今天才明白，我也在其中混了多年」[2]。狂人「有了四千年吃人履歷的我」的覺悟，代表了偉大的覺醒，中國人要告別過去，要毀壞這屠場，掀掉這「人肉筵宴」。

最殘暴的「吃人」莫過於自食。無論被別人「吃」或去「吃」別人，都是發生於不同個體之間的壓迫，而自食則以自己為吃的對象，陷入自我毀滅，它是更深層次上的「吃人」。詹姆士曾論述過一條心理學原理。他說人在開始作出某項選擇或行動時，總是像有負擔似的很費力，這是因為神經控制這項選

1 《論「費厄潑賴」應該緩行》，見《魯迅全集》第一卷，人民文學出版社，一九八一年版。

2 《魯迅全集》第一卷，第四三二頁，人民文學出版社，一九八一年版。

擇或行動還未形成慣性，但久而久之堅持做下去，就會很省力。[1] 用中國話說，就是習慣成自然。有利的選擇形成有利的慣性，而殘戕人性的選擇會形成殘戕人性的慣性。四千年來時時吃人，吃來吃去，習慣成自然，將野蠻的習慣積澱於自身，卻認為它天經地義；由外在的東西轉化為內在的東西，化為自覺行動，實際上進行自我摧殘但熟視無睹，當作理所當然而坦然接受。自我的殘戕使個人完全喪失精神自主性，變成高度麻木無知、逆來順受的木偶。魯迅筆下的祥林嫂就是這樣一位不能掌握自己命運、麻木到骨髓的人物。她一生備嚐艱辛，守寡之後被迫出來做傭人，又被原婆家的人劫去賣入深山。好容易經營起小家庭，生下一子，不久男人死於病，兒子死於狼，被迫再度出來當傭人。生活對於她可謂不公平之至，但她的精神世界卻翻不出半絲波瀾，如同一溝死水。她咀嚼着她的悲哀過日子：「我真傻，真的」，不斷地嘮叨自己悲慘身世，供那幫冷漠的聽客玩賞，用含辛茹苦一年勞動所得捐一條門檻，「給千人踏，萬人跨」，以贖清死丈夫的「罪孽」。甚至在生命走近盡頭的時刻，她關心的只是「人死了之後有沒有靈魂」。祥林嫂的死，固然有環境壓迫的因素，社會應當負責。但她自身與環境的壓迫認同，也是有責任的。她的死，不過是早已開始的精神自殺的必然結果，社會給她的不堪忍受的重負，包括精神的和物質的，她都把它們內化為自己的義務。通過這一轉化，賦不合理予合理性，但同時卻加速了自己的死亡。祥林嫂性格所揭示的，不僅是環境的壓迫，而且還有主動放棄人權而與環境認同的「自食」問題。祥林嫂性格應該說不只是她個人的，也是全民族的。

沒有自我意識，放棄自己應有的權利，不追求應該追求的理想，一切聽憑環境擺佈，心安理得地過

1　詹姆士：《心理學原理》中《習慣》，商務印書館，一九六三年版。

着螻蟻式的人生，借用魯迅《墓碣文》的説法，「抉心自食」[1]。自己本有心而不悟其價值，反而將它挖而食之。如果束縛僅僅來自環境的強迫，那個性只是深藏於層層重壓之下而並未泯滅，一旦解開束縛，它就會生長起來。但如果束縛不但來自環境，也來自內心，那即使解開束縛，個體還是不懂得如何掌握自己。因為他把最嚴酷的束縛自覺當成最自然的狀態。《墓碣文》中的「我」繞到墓後看見死屍，「胸腹俱破，中無心肝，而臉上卻絕不顯哀樂之狀」[2]。「自食」式的「吃人」最可怕在於它讓個體自動泯滅個性，結束「人」的狀態，把外在規範變成內在欲求，把外在束縛變成心靈束縛，把砒霜當成白糖。

魯迅曾經用一句話點破「吃人」的傳統文化：「沒有爭到過『人』的價格」。[3] 排除了「人」的歷史，只剩下可憐巴巴的「兩個時代」：「一、想做奴隸而不得的時代；二、暫時做穩了奴隸的時代。」[4] 概而言之，種種的「吃人」顯示了國民身上根深蒂固的弱點：主性與奴性，姑且合而稱之為主奴根性。所謂主性，是指那些無視基本人權，橫行無忌，虐殺無辜的劣根性；所謂奴性，是指那些自甘為奴隸，泯滅自我和良知，心甘情願處於非人的地位或處境的劣根性。無論為主或為奴，它們都典型地體現了對「人」的撲殺、壓縮、抑制。在由主子與奴隸組成的世界，不允許真正的「人」存在；在瀰漫着主奴根性的文化氛圍裏，不允許個性精神存在。這個世界只認識兩類怪物，一類主子，一類奴隸，而不認識真正意義的「人」。

國民性格的扭曲和病態，傳統是不能辭其責任的。「五四」新思潮的倡導者們在反思國民性，深挖

1 《魯迅全集》第二卷，第二零二頁，人民文學出版社，一九八一年版。
2 同上。
3 《魯迅全集》，第一卷，第二一二頁，人民文學出版社，一九八一年版。
4 同上，第二一三頁。

國民的主奴根性的同時，還探討了形成這種國民性的歷史文化的原因。他們幾乎一致意識到禮治秩序對個體的巨大壓抑和對社會生活進步的巨大障礙。「吃人的禮教」這一斷語在「五四」時代廣為流傳，說明當時已把「吃人」與禮教緊緊聯繫起來。雖然當時的論述在邏輯上不算嚴謹，但看得出來，先行者們已經不限於從現象上檢討國民性弱點，他們還通過反思國民性來尋求對傳統文化的重新認識，並通過探討國民性與傳統文化之間的聯繫來尋求文化建設的新起點。他們一邊反思國民性，一邊檢討儒家所代表的那個傳統。「打倒孔家店」的口號，就反映了理性批判中的感情傾向。實際上，「五四」新文化運動就是以向禮治秩序的挑戰為其開端的。陳獨秀發表《憲法與孔教》、《孔子之道與現代生活》，吳虞發表《家族制度為專制主義之根據論》、《吃人與禮教》、《儒家主張階級制度之害》，李大釗發表《孔子與憲法》、《自然的倫理觀與孔子》，以及魯迅為人熟知的一系列「隨感錄」與雜文等，這些文章雖然有民國以後黑暗的軍閥政治的現實背景，但它們依然是文化層面的反思。禮治秩序，用當時的語言說，即禮教，在模塑中國人的主奴根性中確實扮演了一個不同尋常的角色。

> 中國禮教，有「夫死不嫁」（見《郊特牲》）之義。男子之事二主，女子之事二夫，遂共目為失節，為奇辱。禮又於寡婦夜哭有戒（見《坊記》），友寡婦之子有戒（見《坊記》及《曲禮》）。國人遂以家庭名譽之故，強制其子媳孀居。不自由之名節，至悽慘之生涯，年年歲歲，使許多年富有為之婦女，身體精神俱呈異態者，乃孔子禮教之賜也！[1]

1 《孔子之道與現代生活》，見《陳獨秀文章選編》上，第一五四頁，三聯書店，一九八四年版。

孔二先生的禮教講到極點，就非殺人吃人不成功，真是慘酷極了！一部歷史裏面，講道德說仁義的人，時機一到，他就直接間接的都會吃起人肉來了。就是現在的人，或者也沒有做過吃人的事，但他們想吃人，想咬你幾口出氣的心，總未必打掃得乾乾淨淨！[1]

余謂孔子為歷代帝王專制之護符，聞者駭然，雖然，無駭也。孔子生於專制之社會，專制之時代，自不能不就當時之政治制度而立說，故其說確足以代表專制社會之道德，亦確足為專制君主所利用資以為護符也。歷代君主，莫不尊之祀之，奉為先師，崇為至聖。而孔子云者，遂非復個人之名稱，而為保護君主政治之偶像矣。[2]

「五四」時期的這些檢討，站在今人的立場來看，當然還嫌分析不完全科學，這包括他們使用的概念有的並不準確，某些論證也欠周密，特別是由於孔子與禮治秩序的闡述有過不同尋常的聯繫這一歷史原因，孔子就被當成「禍首」，因而議論起來就顯得偏激些。但是，他們試圖通過自覺地反省傳統文化來尋得國民性的病根，這一思路無疑是值得繼承的。甚至可以說，在這方面，「五四」先驅者的努力，只是個開端。「五四」以後，因為局勢轉變，這一自覺的開端過早地結束了。解放以後，奪取政權的勝利更加強了創造新制度可以根除傳統惡劣影響的錯覺，把文化層次的問題簡單地還原為舊政權的問題，

1 《吃人與禮教》，見《吳虞集》，第一七一頁，四川人民出版社，一九八五年版。

2 《自然的倫理觀與孔子》，見《李大釗選集》，第八零頁，人民出版社，一九七八年版。

於是隨着政權問題的解決，對文化傳統的理性批判工作也就停頓下來。今天，筆者所要做的就是繼承「五四」的思路，對傳統文化與國民性的關係給予更嚴密的論證。因為我們覺得，作為一種文化傳統的禮治秩序，它並不那麼簡單地就是封建制度的問題，實際上不能在它和封建制度之間簡單地畫上等號就了事。它比封建制度更內在、更深層。正因為這樣，當革命把封建制度推翻，建立起新制度之後，禮治秩序並不隨之消失，它還以各種方式滲透入新制度之中，像暗影一樣追逐、附着於本物身上。因此，在我們重新認識主奴根性之時，也需要重新認識禮治秩序，這樣才能對這種國民性給予更恰當的解釋。如果說「五四」時期的先驅者的文化批判過於執着感情的話，我們今天就應該更着重於理智的分析。

第三節　「文化的突破」（一）

儒家倫理除了對個體的道德成就表示嘉許之外，極不強調個性的價值（毋寧說它是束縛和否定個性價值的）。這個事實的背後，隱含着對人的設計意圖，即按照某種意圖或理想規定塵世間眾生的立身處世。這種對人的設計意圖和與它相為配合的文化秩序，共同構成對塵世眾生的模塑力量。這種力量就像具有一定形貌的模子，來到世間的人都要被鑄進這個既經設計好的模子。在他們長大成人之後，就會形成與模子相符的「成品」，這些「成品」，加入模塑力量再去塑造未經塑造的「原材料」。縱使有某些「未成品」或「半成品」起來反抗對它們的塑造，但是因為勢孤力寡終於難以抵擋在作加速運動的巨大慣性。現在我們要來探明清楚傳統的模塑力量如何塑造人、如何實現它的設計意圖，即如何形成國民的病態性格。這當然要追溯到這種力量形成的初始起點。在發展的岔道口作出的初次選擇也許是不那麼重要的，但它的初始取向如果是在此後的一系列選擇中被逐漸加強的話，那麼，初始選擇對於後來的慣性就無比重要。事實上，世界自成系統的文明，就是由於後來的一系列選擇反覆加強了初始選擇的力量，以至在後來的演變中形成自己的基本風貌。在這種情況下，初始選擇就成為規範後世的基本取向。歷史愈伸延，初始就愈顯得重要。舉個例子，儒家初創時不過是百家中的一家，孔子和各家的創始者一樣，為宣傳自己的理論，為以自己的理想「救世濟民」東奔西忙，恓恓惶惶不可終日。他有生之年，得意的日子並不多，更多的是「厄於陳，困於蔡」的艱難奮鬥和「子見南子」的尷尬場面。他死的時候也沒有統治者給他謚號與尊榮。後來經過「亞聖」孟子的發揮，漢武帝「罷黜百家，獨尊儒術」的肯定，儒學升為百家之首和唯一正統，孔子的地位也愈抬愈高，由「先師」而「文宣王」，由「文宣王」而「大成至聖文宣王」，而「萬世師表」，而人見之皆要跪拜的偶像。歷史的演變說明，儒學當初的取向後來得到加強，使得孔子教導的東西，成為奠定中華民族兩千多年的精神文明的基礎。如果當時中國社會能創出一條與儒學取向不同的路，那麼儒家的命運很可能就像今天的墨家、名家一樣。不過，假設歸假設，歷史歸歷史，儒學的取向畢竟成為模塑中國人的巨大力量。所以，要理解現在，就要反觀過去，反觀初始選擇——「文化的突破」。

能夠自成一體的文明，在早期發展中有兩個至關重要的階段：一個是「文字的突破」，然後是「文化的突破」。「文字的突破」俾使各種知識和經驗得以突破口傳的局限而大量積累流傳後世。文字發明之後又經過時間不等的歷史演變，迎來一個文化發展上的突進階段。這個階段如從思想史研究角度，又稱作「哲學的突破」。[1]

春秋之時，百家鵲起，爭鳴天下，造成思想史上一大高峰。但細觀各家所論，皆有所本，皆有所出。《漢書．藝文志》：

> 儒家者流，蓋出於司徒之官。助人君順陰陽，明教化者也。游文於六經之中，留意於仁義之際；祖述堯舜，憲章文武；宗師仲尼，以重其言。
>
> 道家者流，蓋出於史官，歷記成敗、存亡、禍福，古今之道。然後知秉要執本，清虛以自守，卑弱以自持。此君人南面之術也。
>
> 陰陽家者流，蓋出於羲和之官。敬順昊天，曆象日月星辰，敬授民時。
>
> 法家者流，蓋出於理官。信賞必罰，以輔禮制。《易》曰：「先王以明罰飭法」，此其所長也。
>
> 名家者流，蓋出於禮官。古者名位不正，禮數亦異。
>
> 墨家者流，蓋出於清廟之守。
>
> 縱橫家者流，蓋出於行人之官。

1 余英時：「近來不少社會學家、史學家、哲學家都注意到古代文明發展的過程中有一個思想上的突進階段，他們把這一階段稱為『哲學的突破』（Philosophic breakthrough）。」這是上文所說的「文字的突破」以後的另一個最重要的里程碑。以古代世界的幾個高級文化而論，希臘的哲學、以色列的宗教先知運動、印度的印度教和佛教、中國的先秦諸子，都是這一「突破」的具體歷史表現，後來希臘哲學和以色列的宗教合流而形成西方文化的傳統，而印度和中國則大體上沿着原來「突破」時的方向前進。所以今天我們往往還以這三支文化代表人類智慧的三大原型。（見《知識分子》一九八四年秋季號，《中國知識分子的創世紀》。）

雜家者流，蓋出於議官。

農家者流，蓋出於農稷之官。

小説家者流，蓋出於稗官。（這裏僅引述大要，均有所省略。）

自「文字突破」以來，社會上便出現了一批與文字打交道的人，他們以文字為自己的專業，掌握與文字有關的業務。見諸史書稱殷商以來的早期「讀書人」的名稱有：「卜人」「巫祝」「巫咸」「史」「疇人」「世官」。從中國歷史上看，「文化的突破」其實就是這些人以他們對時代的發現和靈感做基礎，重新解釋文字發明以來的傳統、所成就的高峰。我們可以設想，文字發明之後人類的知識和經驗都在加速積累，這些知識和經驗本身又存在着各個不同的質。在文化取得突破之前，不同質的知識和經驗還是共同組成一個完整的傳統的。當積累達到一定程度，文字發明以來的那個傳統就發生分化，某一家直接繼承這個傳統裏的某一支，進行着重新解釋，而另一家則繼承傳統裏的另一支，各家不同解釋形成激烈交鋒。春秋時代的百家爭鳴，嚴格地説，並不等同於現在的學術競爭。百家爭鳴在本質上是中國文明自有文字以來的傳統的分化和重新解釋。歷史在這種分化和重新解釋中進行選擇。所以，在爭鳴中引出的結果是儒家的取向規範後世兩千多年。

從社會變遷上説，「文化的突破」的實現，是通過由學在官府到學在民間的體制大轉變實現的。春秋時代百家鵲起之前，政事學問不分，無所仕則無所學。這個時候社會結構比較簡單，政治控制的規模不大，社會尚處於大氏族的階段，所以貴族統治者能夠壟斷學問，嚴密控制所有與文字有關的活動。章炳麟《檢論．訂孔上》：

且古者世祿，子就父學，為疇官。後世雖已變更，九流猶稱「家」。孟軻言法家拂士，荀卿稱家言邪學，百家無所竄，小家珍說之所願皆衰，其遺跡也。宦於大夫，謂之「宦御事師」。（《曲禮》：「宦御事師」。學亦作御。）言仕者又與學同。（《說文》：「仕，學也。」）明不仕則無所受書。周官賓興萬民，以禮、樂、射、御、書、數，六籍不與焉。（禮樂亦士庶常行者耳，必無《周官》之典。）尚就局於鄉遂。王畿方百萬里，被教者六分一耳。及管子制「五官技」，能為《詩》、《易》、《春秋》者，予之一馬之田，一金之衣。（《山權數》）氓庶之識故事者，若此其寡也。

中央權力的瓦解，原來禮樂征伐自天子出，變為禮樂征伐自諸侯出的「禮崩樂壞」，由「授土授民」的領主型經濟蛻變為土地自由轉移的地主型經濟的社會基礎大變動，使得原來在官府掌握學問政事的「疇人」「世官」重新面對現實，思考社會與人生問題，根據自己階級利益、集團利益的需要，根據自己所認同的價值，重新塑造理想的社會秩序。他們走出官府，或周遊列國，或開館授徒；向列國的統治者兜售自己深思熟慮的「治國藍圖」，向民間有志於「濟世救民」的士子傳播自己的學術。秦漢以來的歷史演變證明，在維護社會基本秩序方面，歷史還是選擇了儒家。其他諸家，或者作為補充，或者被淘汰，這是值得認真思考的。

誠如《漢書．藝文志》所言，儒家之學有所自出。它和今天學者個人創作的學術體系在性質上不同，它基本上不是個人的理性思考的成果，而是對有文字以來的文化積累進行整理、消化、提升。一句話，是重新塑造而出現的「文化突破」。孔子給人一個保守的形象，這與他的選擇有很大關係。孔子自稱「述而不作」「信而好古」，一生事業就是以所刪訂的「六籍」教授弟子。章太炎《檢論．訂孔上》說：「繼志述事，纘老之績，而布彰六籍，令人人知前世廢興，中夏所以垂統者，孔子也。」《史記．孔子世家》詳細記述了孔子當年重訂《禮》、《樂》，增刪《詩》、《書》和筆削《春秋》。孔子也不掩飾自己對傳統的偏好。《論語．陽貨》：「禮云，禮云，玉帛云乎哉！樂云，樂云，鐘鼓云乎哉！」《論語．八佾》：「周監於二代，鬱鬱乎文哉，吾從周。」對於孔子是否真正刪訂六籍，後世學人有不同看法，但可以肯定孔子非常熟悉舊籍，尤其對周公開創的文物制度具有極深的價值認同感。大體上說，以孔子為代表的儒家，對有文字以來的傳統有取有捨，所取的方面是周公定下的文物制度和它體現的價值觀；所捨的方面是殷商以來的巫術、原始宗教和迷信的傳統。

現代人類學研究證實，維持初民基本統治秩序有兩條途徑：一條是依靠對部落神、氏族神靈和圖騰的崇拜形成為成員接受和認可的秩序；另一條途徑是依靠血緣輩分的自然序列形成秩序。在實際的部落，氏族生活中，這兩條途徑往往是同時運用的。也就是說，兩種性質不同的維繫力量同時產生作用，血緣的力量和神靈的力量交織在一起，使一群人能夠按某種規則或意圖去攫取食物，抵禦敵人和避開天災，成為一個有組織、有秩序的社會。對人類來說，這是很現實的：有甚麼辦法把一個一個的個體「編織」起來？怎樣進行統治？按照韋伯的說法，「通過具有特殊含義的命令而使一部份人服從的可能性」就稱為統治。[1] 最初始、最深厚的可資利用的「可能性」之一就是血緣關係，因為親代對子代的撫育

1 韋伯：《社會和經濟組織的理論》，轉引自蘇國勳：《韋伯政治社會學思想述評》，《國外社會學》，一九八六年第一期。

和對行為的指導，就蘊涵着使之服從的因素。利用血緣關係達成「統治」，這並不是人類獨有的現象，哺乳動物的社會，完全就是血緣統治的。作為生物的人類利用血緣關係實現初民社會統治，這是很自然的。血緣關係無論對於動物還是對於人，是形成秩序的先驗的天然恩賜。初民的社會比哺乳動物的社會更加複雜，它發展出圖騰、神靈崇拜。這種崇拜或迷信從統治上講，就是個體放棄自己的意志，而以神的意志為意志，但神不直接説話，它通過巫師把啟示「告訴」少數人，實質上就是以少數人的意志為意志。人類通過設立一個與此岸相對的彼岸，就能為此岸統治的合法性作證。眾生跪在神靈的腳下，這不僅表明他們自願服從權力，而且少數人還為他們的權力建立起合法性信仰。在初民生活中，神靈權力似乎比血緣權力發揮出更大的作用，因為通過超自然界的設立所形成的合法性的信仰要比子代對親代的服從牢固得多。章太炎《檢論．原教》：「生民之初，必方士為政。是故黃帝相鬼容區，而禹、益以庋縣治山。印度之摩醯首羅，日本之天孫，西方猶大之禮金牛，此五洲上世之所同也。」中國社會在武王伐紂、周公創制之前還籠罩在神秘的超自然崇拜的氛圍之中，但同時血緣因素也逐漸得到加強。

根據出土物證和文獻記載，商、周的占卜非常盛行，而商尤甚，幾乎無事不卜。《史記．龜策列傳》：

> 自古聖王，將建國受命，興動事業，何嘗不寶卜筮以助善？唐虞以上，不可記已。自三代之興，各據禎祥：塗山之兆從，而夏啟世；飛燕之卜順，故殷興；百穀之筮吉，故周王。王者決定諸疑，參以卜筮，斷以蓍龜，不易之道也。

《尚書．洪範》：

> 立時人作筮：三人占，則從二人之言。汝則有大疑，謀及乃心，謀及卿士，謀及庶人，謀及卜筮。汝則從，龜從，筮從，卿士從，庶民從，是之謂大同；身其康強，子孫其逢吉。汝則從，龜從，筮從，卿士逆，庶民逆，吉；卿士從，龜從，筮從，汝則逆，庶民逆，吉；庶民從，龜從，筮從，汝則逆，卿士逆，吉；汝則從，龜從，筮從，卿士逆，庶民逆，作內吉，作外凶。龜筮共違於人，周靜吉，用作凶。

龜筮的決斷比人的決斷更有權威，雖有人事的努力但最終還是匍匐在超自然的權力下面，聽命於神的啟示。據羅振玉、王襄諸人的研究[1]，商人的貞卜大別有十二類：

第一，卜祭之類。

第二，卜告之類。

第三，卜享之類。

第四，卜行止之類。

第五，卜田漁之類。

1 羅振玉：《殷墟書契考釋》，王襄：《簠室殷契徵文》，及《安陽發掘報告》，羅別為九類，王別為十二類，《安陽發掘報告》斟酌羅王之說主為十二類。

第六，卜征伐之類。

第七，卜年之類。

第八，卜雨之類。風、雪、霿（霧）附焉。

第九，卜霽之類。

第十，卜瘳之類。

第十一，卜旬之類。

第十二，雜卜之類，凡不屬於上列之十一類，及不易識別之辭，皆入此類。

這十二類包括了戰事、生產、天象、祭祀等重大活動，神靈的啟示滲透商人生活的幾乎所有領域，殷商可稱為占卜的國度。《周禮．春官》記載周人所卜：

以邦事作龜之八命：一曰征，二曰象，三曰與，四曰謀，五曰果，六曰至，七曰雨，八曰瘳。

若有祭事，則奉龜以往，旅亦如之，喪亦如之。

上述出土物證的研究與文獻，足以印證章太炎《檢論．原教》的一段話：

自夏、殷以往，其民則椎魯無理，而聖人亦下漸之以濟民行。何者？眇論之旨，非更千百年，弗能闡懌，時為之也。當是時也，見夫蕪夷之萎於燕，貉之不逾汶，鯨魚、彗星之更生死，與其他之眩不可解者，以為必有鬼神司之。故天事不諭，而巫咸相之術興；覼生不迴，而聖人以神道設教。

周代商而興，社會發生了一項影響深遠的變化，中華民族走到歷史的岔道口，它選擇了一條獨特的路徑。這關鍵性的一步，成了一個不能更改的起點，孔子和儒家就是沿着這個起點去「發揚光大」，終於讓中國歷史演出一幕自成一體的悲喜劇。這項關鍵性的選擇是甚麼呢？就是周朝統治者吸取殷商滅亡的教訓，為解決權力繼承而創始的宗法制度。周公的創制在本質上是弱化神靈權力而強化血緣權力，由神道設教轉向尊尊親親。維繫初民社會的兩條基本紐帶，由於周公的創制，從上層開始強行推廣宗法制度，逐漸普及到下層，原始的古老的但隱而不彰的血緣根基終於表面化、同定化為一種制度，它取代神道設教成為主流。從此，神靈的色彩、宗教的色彩漸漸淡化，它們原有的構成統治秩序的功能漸漸消失，從權力的合法性信仰轉變為愚民們攘災祛病的可憐願望的寄託。墨家敵不過儒家並不是學理上的原因，而是有一個基層運動支撐着儒家，這就是自周公創制以來逐步加速的宗法制度普及運動。在神靈與血緣之間，中國的天平倒向了血緣這一側。王國維最先意識到中國社會商周之際所發生的歷史性變化的意義，並在《殷周制度論》中給予詳細而正確的解釋。

眾所周知，殷商的權力傳授採取「兄終弟及」的辦法，兄弟一輩傳盡之後，以「父死子繼」的辦法以濟窮。《史記·殷本紀》：

湯崩，太子太丁，未立而卒；於是乃立太丁之弟外丙，是為帝外丙。帝外丙即位二年崩，立外丙之弟中壬，是為帝中壬。

兄弟傳盡之後，繼以子承父，實行起來的時候，所傳之子，多非兄之子，而為弟之子，更完全沒有嫡庶之分。王國維《殷周制度論》：

自成湯至於帝辛，三十帝中，以弟繼兄者凡十四帝。其以子繼父者，亦非兄之子，而多為弟之子。……故商人祀其先王，兄弟同禮。即先王之未立者，其禮亦同。是未嘗有嫡庶之別也。

血緣關係要按照一定次序排列加以嚴格規定，才能達成有效的統治，觀商人的繼統法，有利用血緣關係之意，惜其制度未能完善。從人的自然壽命來説，兄弟屬於同輩，年齡相差不致太大。「兄終弟及」的繼統法使每人在位的時間不長，接替回數增多，特別對於疆域遼闊的大帝國來説，不利於統治的鞏固。其二，在「兄終弟及」前提下的「父死子繼」的辦法，因為沒有嚴格的嫡庶之別，容易引起爭奪繼承權的內訌。相傳商朝仲丁之後有九世之亂，就是由此引起的。因為存在人為可以爭取的漏洞，諸子可以爭而繼之。這種繼統法的罅漏，實為統治集團的大害。在一個小疆域內還能夠容忍，隨着大一統規模的逐漸出現和成熟，商人的繼統法變得很難適應，必須加以改變。周公創制，作出三項重要改革，將人類血緣關係的自然序列化為嚴密的統治秩序。第一，廢除「兄終弟及」的繼統法，採行「父死子繼」之制。周公相武王克滅殷紂，用力最多，功勞亦大，按前代之制，本應繼武王而立。但周公立成王。成王年幼，由他攝政，後又返政於成王。王國維說：「自是以後，子繼之法，遂為百王不易之制矣。」[1]第二，嚴嫡庶之分。古人實行多妻制，子有嫡出，有庶出，權力究竟傳給嫡子還是傳給庶子，這還是個未決的問題。周公採商人「兄終弟及」之意，以長幼相及的排列來定嫡庶之別，所以隨「父死子繼」，必然要輔之以嫡庶的分別。第三，訂立嫡立庶的兩原則，當嫡子不止一人，或嫡不存，只有庶子，而庶子又不止一人的時候，就要依靠立嫡立庶的原則來決定。周人有兩個不成文的習慣：立子以貴不以長，立嫡以長不以賢。周人的繼統法原意只是解決權力的垂直傳授，它當初未必包含橫向普及由皂隸以至權貴組成相同宗法家族結構的意思。但周人的繼統法的核心是師法血緣關係以形成穩定秩序。這種利用血統關係以收統治效用的缺口一打開，就一發不可收拾，因為它的施行對社會秩序的穩定有極大幫助，由繼統法順利演變為宗法制。

王國維說：「商人無嫡庶之制，故不能有宗法。借日有之，不過合一族之人，奉其族之貴且賢者而宗之，其所宗之人，固非一定而不可易，如周之大宗小宗也。周人嫡庶之制，本為天子諸侯繼統法而設。復以此制通於大夫以下，則不為君統，而為宗統，於是宗法生焉。」[2]有助於形成穩定秩序的巨大利益在解決繼統的過程中被無意發現。這一發現終於引導中國社會走上一條特別的道路。後來儒家的「文化的突破」，就是建築在周公創制這一社會結構的「突破」的基礎上的。由此而論，春秋戰國之際的社會變遷，可以認為它不是結構質的變化，只是量的變化，由周代大氏族的宗法結構縮小為家族的宗法結構，構成社會的基本單元由大氏族分解為相對小的家族，而結構規則不變。經濟結構的變遷也是這樣，

1 《殷周制度論》，見《觀堂集林》卷十。
2 同上。

由領主經濟變為地主經濟。春秋戰國之交的社會變遷，曾經被不切實際地誇大，而對於真正的起點商周之際則沒有足夠的重視。

周谷城論宗法制的實質說：「宗法制於天然的血統關係中，利用『尊祖』的情緒，培植『敬宗』的習慣。倘繼祖之宗，被諸支庶所敬，則是無形之中，收了統治的效用；這於建立社會秩序，何等重要！」[1] 他還把宗法制概括成兩個項目：第一，「政治組織與家族組織合一」；第二，「宗教與政治合一」。[2] 先說第一點，父子關係、兄弟關係都是血緣關係，但借用這些關係以確立權力的繼承，這就是家族與政治重合在一起了。權力可以有大有小，但只要在家族中取得「長」的地位，就能在家族範圍內施行權力。如果家族的社會地位很低，那麼「長」的權力只能及「長」之下的幾個人。如果家族的社會地位高，以至貴為皇族，那麼「長」的權力就會及於全疆域。當血緣關係超出家庭而達於家族之時，就自動帶上極強的統治色彩。周初大封同姓，「授土授民」，這是第一次在全國範圍內將家族組織與政治組織作結合起來的嘗試。這種嘗試把封建（「授土授民」）的政治與父子兄弟的血統扭合在一起。

天子和所封的諸侯，都是子承父制，一代，二代，三代永遠傳下去。若諸侯的嫡次子被封為卿大夫，則另有一稱呼，曰「別子」。別子死，嫡長子承其位稱「大宗」，它們都是「百世不遷」的，意即所尊之祖，仍為原來「別子為祖」的祖。但小宗傳到第五代，就要將小宗所尊之祖遷到遠祖所在的廟裏去。因為如果不遷，久而久之，小宗就有與大宗平行分立的可能，看不出貴賤，宗法內部的從屬關係就會瓦解，收不到統治的效用。「祖遷於上，宗易於下」，這是宗法制很關鍵的一着。其次說第二點。宗

1 《中國通史》上冊，第七二—七三頁，上海人民出版社，一九八一年版。

2 同上，第七四頁。

法裏面的貴賤等級安排只是制定者的主觀願望，它還需要通過一套外在的儀式將它客觀化和合理化。這套儀式就是紛繁複雜的祭祀。人人祭祀，人人如此祭祀，固定下來，萬世不易，主觀的願望就變成天然合理的秩序。所以宗法制的第二個特點是祭祀儀式與權力統治相結合。祭祀的規則非常複雜。僅舉其大端。這就是《禮記．王制》上說的「支子不祭」。宗子有主祭的特權，而支子無權主祭，但他不能不尊祖，要尊祖，就只有敬宗子。這樣宗子的地位就因主祭而重要起來。宗子主祭特權規定配合小宗五世遷祖的規定，尊卑就大定了。《禮記．大傳》：「別子為祖，繼別為宗，繼稱者為小宗。有百世不遷之宗，有五世則遷之宗。百世不遷者，別子之後也。宗，其繼別子者，百世不遷者也。宗，其繼高祖者，五世則遷者也。尊祖故敬宗；敬宗，尊祖之義也。」

宗法世系表：

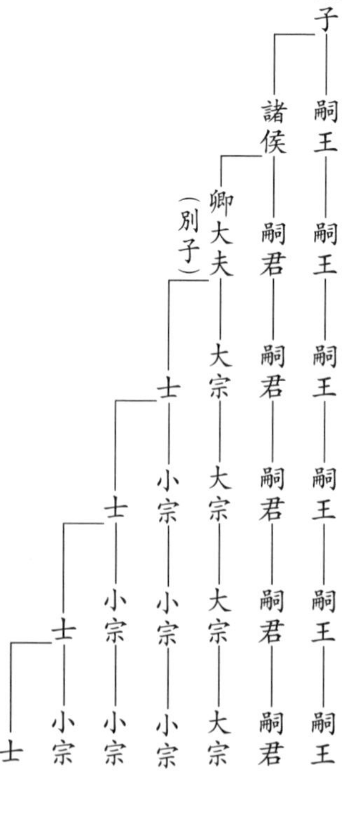

周初在大氏族（統治階層）範圍內施行宗法制，在很大程度上帶有初創與嘗試的色彩，它還有許多未完善的地方，後面將要討論到。但在周朝以後的歷史演變中，宗法制自天子以至庶人都普及了，都按照相同的結構規則去整頓人倫秩序。上至王公權貴，下至皂隸庶人都按照宗法制的精神組織生活，社會的上層和下層，雖然規模不可同日而語，但它們卻是同構的。所以，儘管周以來中國長期存在奴隸和奴隸勞動，但這種奴隸同羅馬帝國「會說話的工具」的奴隸根本不同。直到二世紀，羅馬帝國開始禁止隨便殺奴隸的時候起，奴隸才成立家庭，生育子女。[1] 而中國的奴隸，只是因為社會地位低下，才被稱為奴，他們一直是按宗法制精神組織生活的。在由奴隸組成的社會，同樣存在家族共同體與家長統治，他們同樣遵守宗法制要求的道德標準。到了戰國年間，家族制度已經相當普及。《左傳》桓公二年師服說：「吾聞國家之立也，本大而末小，是以能固。故天子建國，諸侯立家，卿置側室，大夫有貳宗，士有隸子弟，庶人工商各有分親，皆有等衰，是以民服事其上而下無覬覦。」「等衰」云云，是指王公權貴與皂隸庶人的「本」「末」的差等，而所謂「分親」則指共通的家族共同體與家族制度。

由繼統法而漸漸橫向擴展出宗法制，並開始在周的疆域內推廣施行，這只是初步的起點。它還有許多環節未能完善，「天有十日，人有十等」的過份嚴密沒有彈性的制度只能施行在社會生活還比較簡單的周朝。工具進步了，生產力提高了，通過「授土授民」的方式建立一個統治網的辦法就行不通；人口增加，政府管理職能複雜化了，單依賴一個大氏族去管理國家就辦不到。凡此種種都是使得周王朝式微的因素。那麼，周公的創制比起後來有甚麼不完善的地方呢？第一，還沒有從理論上給宗法制找到本源

1 馬克垚：《西歐封建經濟形態研究》第一章「從奴隸制向封建制的過渡」，人民出版社，一九八五年版。

的根據，換言之，那時還沒有解決憑甚麼這樣的邏輯論證，證明眾生必須按照宗法制度的樣子去生活的問題。從這一點說，周初的宗法制是未經哲學上本源論證的宗法制，它是不牢固的。就是說，它未能和一套學理相結合。就像一個人雖然在行動，但他並未找出理由說明自己為甚麼要這樣而不是那樣行動，即未能達到理論的自覺或哲學的自覺。第二，大一統規模的國家是不能通過絕對的君權來實現長久統治的，一個持續穩定的統治結構需要皇帝與百官之間的良好合作。周公將人際關係絕對權力化，維持周天子的無限獨裁。「溥天之下，莫非王土，率土之濱，莫非王臣。」（《詩經·小雅·四月》）這套辦法，可以行於周代，但不可行於秦漢以下，因為它根本上缺乏一套理論和制度使君權與臣權之間達到某種妥協與平衡，特別是當一種統治秩序無可挽救地腐敗解體下去的時候，有一套與宗法制度相適應的政治理論，它既能起到重建被擾亂的宗法制度的作用，又能為否定腐敗秩序作出合理的邏輯證明。就是說，從形成家族制度到如何在家族制度基礎上組織一個大一統規模的國家，中間還有許多過渡，許多未備的環節。「國」與「家」的同構雖然基本上奠定下來，但畢竟規模不同。秦朝祚短，二世而亡，就是因為過渡的措施和中間環節的建設未跟上去，過份運用絕對化的權力。第三，這是最關鍵的一點，周公的創制，大體上是將權力疊加在血緣關係上面，即倫理的權力化，把血統關係發展成赤裸裸的統治。其實，要將權力與血緣真正成功地扭合在一起，它還需要一個相反的運動：即權力的倫理化來提升、弱化人間的統治，使個體對服從不僅出於強制，而且要出於主動認可。這就需要一套完整的有益於宗法制度的倫理體系去灌注個體的靈魂，讓眾生通過道德自覺主動認同現存秩序，使赤裸裸的權力關係轉化成文質彬彬的倫理順從。倫理的權力化過程需要一個權力的倫理化過程去補充它、配合它和提升它，給那種存在着的秩序一個合理的靈魂。因此兒子在現實中必須無條件順從父親不僅是一種秩序，而且也把它解釋為兒子的先天的義務；妻子在現實中必須無條件順從丈夫不僅是一種統治，而且也把它解釋為女性的先天的德行。一句話，野蠻與溫文爾雅得到絕妙的配合，如果個體能夠潛移默化地在灑掃應對之中認同那套倫理體系，那攀附在血統關係上的權力豈不顯得合乎倫理欲求多了嗎？以這一點反觀周朝的情況，它雖然比神道設教的殷商「鬱鬱乎文哉」，但比起秦漢以下，則野蠻、獰厲得多了。因為那時缺少一個權力倫理化的運動，缺少一個倫理體系來提升宗法制。所以，雖然已經在血緣基礎上建立了統治，卻不得不靠等級森嚴的繁複的祭祀活動來支撐中央權力，靠外在儀式維持統治。比如說，西周時期重要的禮器鼎，被明確規定使用的等級。「天子九鼎，諸侯七，大夫五，元士三。」[1] 又，「禮有以文為貴者。天子龍袞，諸侯黼，大夫黻，士玄衣纁。」[2] 通過儀式的不等規模來區別尊卑貴賤。一般來說，秦漢以下體現禮治的儀式還是相當重要的，但它只是外在的一面，還有一個內在的道德倫理體系去和它配合，而且愈到近晚後者愈扮演重要的角色，不像西周時期缺少一個內在的方面去和它配合，因而顯得生硬和赤裸裸。留心察究自儒家取得「文化的突破」以下的情形，就可以發現，倫理權力化和權力倫理化是一個持續的互動過程，雙方都不能離開對方而孤立存在。不過有時天平傾向這一邊，有時則傾向那一邊。因為社會生活變得愈來愈複雜，禮治的外在方面——倫理權力化——需要不斷調整，例如漢的禮儀不可能和西周一模一樣，明清之於漢，又有所損益；禮治的內在方面——權力倫理化——也需要不斷調整，宋儒為倫理體系尋找本體論證便是最好的例子。

周公制禮作樂而留下的未竟之業，被孔子和儒家出色地繼承了；他未能完成的那些不完善的地方，

1 《中國古代青銅器小辭典》「青銅禮器」條，文物出版社，一九八零年版。

2 《禮記正義》卷二十三《禮器》。

被孔子和儒家完滿地完成了。中國歷史的「文化的突破」的缺口是周人打開的，但真正的完成者是孔子和儒家。周人只開始了序幕，序幕完結之後就要由孔子和儒家來主演，其中孔子是最重要的主角。李澤厚在《孔子再評價》一文中說：孔子的「思想對中國民族起了其他任何思想學說所難以比擬的巨大作用」[1]。孔子確實太重要了。他的重要在於歷史選擇了他。正是這種選擇，孔子和儒家完成了周公開始的「文化的突破」，創造出一套嚴密制度與周密論證觀念形態相結合的政治文化——禮治秩序。為了敍述上的便利，暫且按下權力倫理化這一禮治的內在方面的論述，先談談儒家如何為宗法製作本源論證以及如何尋找一套理論來協調和限制君權。

在舊時代，人文學術的主要職能是給新出現的統治秩序作論證，給予它存在合理性的理論根據。那些未經論證的統治秩序就像人間的私生子，找不到一個存在的合法性依據，無論歷史還是統治者都要讓新出現的秩序認一個意識形態意義上的「父親」，由它再來賦予現存秩序的合法性依據。正如上文所說的那樣，自周公創制以來，宗法制始終就沒有認過「父親」，它是憑空出世的。社會發展到秦漢時期，除了已經形成的家族共同體和家族制度以外，還有一個龐大的官僚制度要作合法性論證，就是說這項應由「讀書人」來完成的大業更加迫切地擺在面前。諸漢儒應運而生，應時而起，主要由他們特別是董仲舒完成了這項「千秋大業」。

周人由神道設教轉向尊尊親親，文化演變路向的選擇向血緣根基這一邊擺動，神靈、宗教的那一邊受到抑制，這一重大變化必然使得神的地位下降。由有意志主宰人間萬事萬物的人格神降為若有若無不

1 《李澤厚哲學美學文選》，第二一四頁，湖南人民出版社，一九八五年版。

再佔據人們意識中心的存在。《詩經．商頌．玄鳥》是一篇殷商的頌詞：

> 天命玄鳥，降而生商。宅殷土芒芒，古帝命武湯。正域彼四方，方命厥後。奄有九有，商之先後。受命不殆，在武丁孫子。……殷受命咸宜，百祿是何。

這首頌詞篇幅不長，但屢言「天」「帝」等神性十足的概念，由此看出殷商人神道設教的氣氛還是很濃的。那時的「天」「帝」「神」概念是賦有主宰人間一切的性格的。但到了墨子的時代，墨子十分生氣地抱怨人們不信鬼神，特作《明鬼篇》，講述許多鬼神靈驗的事，企圖讓人們恢復古代鬼神信仰。孔子的態度就更加開明。《論語．雍也》：「敬鬼神而遠之。」《八佾》：「祭如在，祭神如神在。」《先進》：「未能事人，焉能事鬼？」孔子也言天，但所言的天，似乎和殷人有較大差別。「五十而知天命」的「天」和「天不生仲尼」的「天」，似乎都是冥冥之中只可體驗不能明言的東西，相當於後人說「命」和「運」的意思。如果是嚴格的神性信仰，則不應說年五十而後知。神道設教的降格和淡化，在西周以來相當長時間內，是與尊尊親親的逐步生長相適應的。神性信仰過份發達有害於宗法制度。試想，如果眾生都集合在上帝的旗幟下，兒孫晚輩與父輩尊長豈不取得信徒意義上的平等了嗎？社會如傾向於這種方式發展，尊長和父兄的權力就要受到削弱。

不過，「天」這個殷商時代的神性信仰概念在漢代得到諸儒的改造，成了為宗法制和官僚制論證的有效工具。「天人合一」和「天人之際」的講求在漢代主要是這樣一個論證過程：人間的一切冠以一個超人間的存在，證明人間的一切不是憑空而來的。它之所以存在，是由於有一個超人間派生它。所以人間的一切都是合理。人間秩序經過這樣一番「明媒正娶」手續之後，便取得了合法性。懷疑現存秩序、否認現存秩序就是反「天」，而反「天」是要論死罪的。這時候，「天」（超人間）真正和「人」（人間）合一了。從此，宗法制和官僚制徹底擺脱了「私生子」的困惑，找到一個精神上的「父親」，而這主要是漢儒特別是董仲舒的「功勞」。

董仲舒對「天」的最大改造是他不孤立言天，把天和人配合起來，論證天象與人事微妙的配對關係。他的「天」有兩重性格，一方面是自然界的天，日、月、山、川、雷、電、風、火。因為它存在自然性格，它才能與人事的繁複項目相為配合。但另一方面，當它們和人事配合起來之時，又萌生了一重神秘的超自然性格。因為天象與人事經過董仲舒的「拉郎配」，使人事顯得不同尋常，它是人根據天象暗示創造出來的，但「天」到底是甚麼，董仲舒並不回答。「天」因帶上這重疑問而有神秘性。人還是要跪在天之下的，不過，它不是上帝式的天，而是神秘的天。《春秋繁露．人副天數》由人及於天：

> 人之身，首坌而員，象天容也，髮，象星辰也。耳目戾戾，象日月也。鼻口呼吸，象風氣也。胸中達知，象神明也。腹胞實虛，象百物也。……天地之符，陰陽之副，常設於身，身猶天也，數與之相參，故命與之相連也。

又《春秋繁露．為人者天》：

> 人之人本於天。天亦人之曾祖父也。此人之所以乃上類天也。人之形體，化天數而成。人

之血氣，化天志而仁。人之德行，化天理而義。人之好惡，化天之暖晴。人之喜怒，化天之寒暑。……天之副在乎人。

董仲舒這些人體與天象的比附，以今天自然科學知識論，實在荒誕不經。董仲舒當年發明這種「天人合一」之時，是出於老實態度呢還是心另有所算？我們不能起董仲舒於地下。但是歷史證實，「天人合一」主要是人間秩序合法性的邏輯推演步驟：既然天是人的曾祖父，那麼人間宗法制與官僚制的創設，也就是出於這位曾祖父的啟示。《春秋繁露．基義》：

君臣父子夫婦之義，皆取諸陰陽之道。君為陽，臣為陰；父為陽，子為陰；夫為陽，妻為陰。……仁義制度之數，盡取之天。天為君而覆露之，地為臣而持載之。陽為夫而生之，陰為婦而助之。春為父而生之，夏為子而養之，秋為死而棺之，冬為痛而喪之。王道之三綱，可求於天。

又《白虎通義．三綱六紀》：

何謂綱紀？綱者，張也。紀者，理也。大者為綱，小者為理。所以張理上下，整齊人道也。人皆懷五常之性，有親愛之心，是以綱紀為化。若羅綱之有紀綱，而萬目張也。《詩》云：「亹亹文王，綱紀四方。」君臣父子夫婦，六人也。所稱三綱何？一陰一陽謂之道。

陽得陰而成，陰得陽而序，剛柔相配，故六人為三綱。人世間的宗法制度強制規定，卑者對尊者的無限責任，是出於上天的安排，人之序本於天之序。董仲舒通過這樣的生硬比附，使人之序戴上了合法性的桂冠，獲得了神聖不可侵犯性。「天人合一」，即天之序與人之序的胡亂比附是董仲舒的整個體系的根本特點。他的體系背後隱藏着這樣的思路：為人間宗法秩序作本源論證。他不但拿宗法制核心三綱與陰陽之道比附，還拿官制、繼承、刑辟、攝政、嫁娶等具體制度與天象（五行）比附。《白虎通義．五行》：

父死子繼何法？法木終火王也。兄死弟及何法？夏之承春也。善善及子孫何法？春生待夏復長也。惡惡止其身何法？法秋煞不待冬。主幼臣攝政何法？法土用事於季孟之間也。子復仇何法？法土勝水，水勝火也。子順父、妻順夫、臣順君何法？法地順天也。男不離父母何法？法火不離木也。女離父母何法？法水流去金也。娶妻親迎何法？法日入陽下陰也。……

又《春秋繁露．官制象天》：

王者制官，三公、九卿、二十七大夫、八十一元士、凡百二十人，而列臣備矣。吾聞聖王所取儀金（法）天之大經，三起而成，四轉而終。官制亦然者，此其儀與？三人而為一選，儀於三月而為一時也。四選而止，儀於四時而終也。三公者，王之所以自持也。天以三成之，王以三自持。立成數以為植，而四重之，其可以無失矣。備天數以參事，治謹於道之意也。

董仲舒的這一套「天人合一」論，毫無道理，但很有效用。有了他的論證，宗法制度之統，才穩固地建立起來。馮友蘭評論説：「『君為臣綱，父為子綱，夫為妻綱』，於是臣、子、妻，即成為君、父、夫之附屬品。此點，在形上學中亦立有根據。董仲舒以為『君臣父子夫婦之義，皆取諸陰陽之道』，《白虎通義》亦然。蓋儒家本以當時君臣、男女、父子之關係，類推以説陰陽之關係；及陰陽之關係如彼所説，而當時君臣、男女、父子之關係，乃更見其合理矣。」[1] 董仲舒對宗法制和官僚制的貢獻就在於他為它們的存在作出合理性證明。「天不變，道亦不變。」人間所行之道有待於天，本源於天，只要天依然有陰陽五行，人間秩序就是不可動搖的。

董仲舒那套體系在漢代還算官方哲學，但漢以後就不大為人提起。這一點並未減輕他在「文化的突破」上的重要性。經過漢代數百年的統治，人之序本於天之序的意識已經深入人心、視為公理，他的結論已經化為社會上普遍的常識，這時他的論證過程反而無足輕重。

自從董仲舒講求「天人之際」，給人間秩序戴上「天」這頂桂冠之後，「天」就成為異端難以突破的巨大屏障，同時也成為中國社會走向進步、擺脱人身束縛的沉重枷鎖。任何對人間秩序的挑戰，對「忠」「孝」「節」「義」等道德的違反，都被冠以「無法無天」「反天」「大逆不道」的罪名，從李贄到譚嗣同，舊中國真不知有多少異端死於「天」之下。人間的秩序愈經過形而上學的論證，就愈增加

1 《中周哲學史》上冊，第五二二頁，商務印書館，一九四七年版。

其合法性，而合法性的建立，則無情地窒息了這個社會的懷疑精神。沒有懷疑精神，沒有對未知和理想的追求，就不會有突破。困於既成的秩序，這個社會就失去應變的能力，當變化強加到這個社會頭上的時候，對現存秩序認同的力量就會成為狂熱的衛道。這種衛道行為甚至會變成失去理智的本能衝動。中國的傳統裏嚴重缺乏懷疑精神，不善於反省，漢儒們對宗法秩序所作的形而上論證而產生的迷信現存一切的理性的墮落，是造成這種傳統缺陷的一個重要因素。

中國社會在「文化的突破」階段出現的一個重要變化，就是產生了一套旨在保持宗法結構穩定的政治理論。家族結構在小範圍內保持穩定還是比較容易做到的，但要將它的原則全面地推廣到國家政權形式中去，達成家與國的同構，就要經過一些中間環節的創設。比如，在家族生活中，家長的專權和腐敗雖然會造成家勢的衰敗，但不至於馬上分崩離析，下一代的接替可能制止這種不利的趨勢，即使分家析產，兒孫們也會創造自己的家族生活。但家族制度的原則推廣到國家政權組織形式就有所不同，皇帝的專制和腐敗如果沒有別的機制來制止它，就會造成國家的混亂與戰爭，嚴重的甚至連家族結構都有可能解體。看來國和家是相依為命的：家族結構要穩定不變，就要一個穩定而統一的帝國行政來保護它，而帝國自己想長久保持統治，就必須將家族制度的原則完全滲透到自己的組織形式中去。能夠在這兩者的相互依賴中，搭起溝通的橋樑而最為成功的只有中國。

古羅馬社會也是實行家族制度的，但是他們卻未能建立起與家同構的國家政權形式，因為他們找不到兩者接通的途徑。所以，家族制度的解體和個人獨立精神的發展比中國早得多。在家族生活範圍之外，父親和兒子平權，一同參加選舉，一同參加作戰，而且如果兒子屢立軍功，升為將軍，就可能指揮父親。由於國家生活中的平權，導致法律對個人財產權的承認與保護，國家賞賜給個人的財產不屬於家族共同佔有，只有私人財產。在古羅馬社會組織家族生活與組織國家依循的不是同一原則，毋寧說兩者處於對立的地位。[1]

儒家所成就的政治理論最重要的一點是對霸權實行某種限制，防備它因自身的腐敗而影響家族制度，就是說把國家的政治運作死死地捆縛在家族制度和宗法制度的戰車上。掌握着全國最高權力的人雖然在萬人之上，但他依然是一個奴隸，他不隸屬於具體的人，而是隸屬於「神聖」的宗法結構。他的存在價值取決於他能否運用權力來維持這個結構的穩定。如果他不能夠做到這一點，那麼他的大運也就告終，由別的「豪傑」取而代之。儒家這套政治理論使中國人不僅僅奴役於具體的壓迫形式，而且奴役於一個結構。只有它是不變的，誰也不能突破它為社會尋找新的出路。具體的壓迫形式可以打破，但結構卻打不破，無論甚麼時候建立起來的體制必然是體現結構的壓迫形式。超越於具體壓迫形式之上的宗法結構的形成，得益於儒家政治理論。

儒家這套使國家政權臣服於家族制度的政治理論主要有兩點：一是「天人感應」，一是「造反有理」。人之序既然本於天之序，那麼天怎樣把它的意願告訴統治者呢？主要通過天象的災異與人民的哀怨反映出來。政治如有不良，天象馬上起相應的變化；如有不測之災，那就證明政治不清平，人君需要

1 梁治平：「在古代羅馬，家族的重要僅僅表現在所謂『私法』方面，一時轉入『公法』領域，家族即告消失。父與子在城中一同選舉，在戰場上並肩作戰，並無差等。甚至，兒子做了將軍，可能會指揮其父，做了高級官吏，則可能審理其父的契約案件，懲罰其父的失職行為。這是因為，羅馬國家一開始就與血緣關係相分離，並愈來愈變成為家族的對立物。一個人積極完成他對國家所負的義務，就可能削弱其父的權威。在羅馬法律史上，最早由『家父權』之下解放出來的個人的財產形式是軍人和文官所獲得的『特有產』。這種純屬個人財產，只是因為國家的特許才得以出現。最初，這只是一些例外，但它畢竟是一個封閉系統中的缺口，就是通過這個缺口，傳統社會模式才逐漸瓦解乃至最終崩潰的。」（《「從身份到契約」：社會關係的革命》，《讀書》一九八六年第六期。關於羅馬社會的情況，還可參閱馬克垚：《西歐封建經濟形態研究》，人民出版社，一九八五年版。）

「罪己」檢討。天象變化與人間政治相通就叫作「天人感應」。在天、君、民三位一體中，天授權於君，君本天意定人間秩序於民，民與君則不相通，民的好惡向背沒有一套近代式的選舉制度直接反映給君，它通過神秘的天降災來譴告人君。儒家「天人感應」的說法，其直接效用就是嚇唬人君，讓他乖乖地和能體會天的喜怒哀樂的百官和士合作，讓他更好地用權來鞏固家族制度。董仲舒《春秋繁露．必仁且智》：

> 其大略之類，天地之物，有不常之變者，謂之異；小者謂之災。災常先至而異乃隨之。災者，天之譴也；異者，天之威也。譴之而不知，乃畏之以威。《詩》曰：「畏天之威」，殆此謂也。凡災異之本，盡生於國家之失。國家之失，乃始萌芽，而天出災害以譴告之。譴告之而不知變，乃見怪異以驚駭之。驚駭之尚不知畏恐，其殃咎乃至。以此見天意之仁而不欲陷人也。

又《漢書．董仲舒傳》董仲舒說：

> 刑罰不中，則生邪氣。邪氣積於下，怨惡畜於上。上下不和，則陰陽繆戾而妖孽生矣。此災異所緣而起也。

「天人感應」理論的確嚇住了歷朝君主，除開少數鋌而走險的亡國之君不算，他們確實被罩在命運的恐懼之中。在大遂私慾之餘，不得不想想災異的警告。人君的恐懼不是一般的恐懼，而是無形的無處不在的恐懼。濫殺功臣殘忍無道的朱元璋，手中權力不可謂小，但他的遺詔表明他在三十一年皇帝生涯中無日不在戰戰兢兢中過日子：「朕膺天命三十一年，憂危積心，日勤不怠。」[1] 他憂慮的是「天」通過「民」降災於他的朝廷。

如果人君不聽災異的警告，「天人感應」無效，那就要「造反有理」，像梁山好漢那樣「替天行道」，抬出「天」來為自己的正義證明。因為統治的政治實踐表明，「天」已經遺棄他，「天」要在群雄並起的「豪傑」之中另選一人做代表。《孟子．梁惠王下》的一段對話：

> 齊宣王問曰：「湯放桀，武王伐紂，有諸？」孟子對曰：「於傳有之。」曰：「臣弒其君可乎？」曰：「賊仁者謂之賊，賊義者謂之殘，殘賊之人謂之一夫，聞誅一夫紂矣，未聞弒君也。」

由「君」到「一夫」不過一步之差，落入「一夫」之列，就落入國人皆曰可殺之列。關鍵在於能否保證仁義的施行，亦即保證家族宗法制度不因政治的腐敗而受威脅。從理論上說，一姓的君王統治萬代，傳諸無窮，是允許的。因政治上的穩定反而有助於家族制度的鞏固。但在現實中無法做到，改朝換代經常發生。這一方面是因為統治者的腐敗，另一方面也是由於地主經濟結構在具體運作時會積累下愈來愈尖

1 轉引自吳晗：《朱元璋傳》，第二九九頁，三聯書店，一九八零年版。

銳的人口與土地、農民與地方的矛盾，即使統治者有心解決，但也往往回天乏術。週期性的動亂、戰爭使人口大規模減少，這才有可能在戰亂之後重建舊秩序。這種情況客觀上要求政治理論家作出解釋，為榮膺天命奪權上台的新統治者證明。孟子「誅一夫」理論，就是這種「造反」理論。它順利地解決了宗法結構恆定不變與具體統治形式週期更新的矛盾。在「造反有理」傳統下的中國歷史，一方面是轟轟烈烈的「揭竿而起」「替天行道」，另一方面是社會結構制度、思想模式依然在傳統的死胡同裏沒有半點生機。董仲舒總結說：

> 今所謂新王必改制者，非改其道，非變其理。受命於天，易姓更王，非繼前王而王也。若一因前制，修故業，而無所改，是與繼前王而王者無以別。受命之君，天之所大顯也。事父者承意，事君者儀志，事天亦然。今天大顯已，物襲所代而率與同，則不顯不明，非天志。故必徙居處，更稱號，改正朔，易服色者，無他焉，不敢不順天志而明自顯也。若夫大綱人倫，道理政治，教化習俗，文義，盡如故。亦何改哉？故王者有改制之名，無易道之實。孔子曰：「無為而治，其舜乎！」言其主堯之道而已，此非不易之效與？[1]

「有改制之名，無易道之實」，一語道盡數千年歷史真相。有所改的只是服色、正朔、居處等形式皮毛之處，絲毫未變的是「天不變，道亦不變」的「道」。萬古不易的「道」，有時和這些服色、正朔、居

1 《春秋繁露．楚莊王》。

處統合在一起，有時和那些服色、正朔、居處統合在一起。不論外觀形式怎樣變化，它始終能和一種外觀形式結合成嚴密的制度。

第四節 「文化的突破」（二）

春秋和秦漢時期「文化的突破」，除了上面論述到的兩個方面外，還有最重要的一個方面，它主要由孔子、孟子來完成。他們通過自己的講學與闡述，對宗法制度進行理論上的闡釋與提升，把宗法制度下的人際關係作理論上的概括與總結，形成一套完整的倫理道德體系。這項「突破」對中國歷史影響極大，它不但給宗法制度灌注了靈魂與血液，使它從單純依靠外在的強制性的禮儀來維持，過渡到由外在性的禮儀與內在性的倫理共同維持，外在的規範化為內心的自覺，而且由於這套倫理道德體系的存在，宗法化的人身依附關係得以突破血緣範圍而擴展到所有人際關係，舉凡有「人倫」存在的地方都被宗法化、仿家族化，所有社會生活的組織形式，如軍隊、行政體制、作坊、商業制度、村落共同體等，都按照宗法化、仿家族化的方式來安排與進行。經過這番對宗法制度與家族制度的改造與提升，最終使中國形成一套完整的禮治秩序，這是中國特有的社會與文化的秩序，它既有家族制度與宗法制度做基礎，又成功地將宗法制與家族制的精神推廣到國家政權的組織與行政風格中，同時又有一套對它們進行概括與提升的倫理體系，這幾樣東西共同架構了一個禮治的文化秩序。

周公制禮作樂形成的一套宗法性統治秩序，它只是借助人群的血緣聯繫構造倫理化的權力體系，這個體系未曾脫去它的野性與獰厲。因為人群的血緣聯繫未能得到鍛造與理論闡釋的純化，人際血緣親情還未從隱而不彰的狀態上升為具有明確倫理規範性的狀態。所以，儘管權力關係疊加在血緣聯繫之上，但它們還是未能融為一體。是孔子及其儒家對人倫的孜孜講求，終於使宗法性統治秩序脱去野性的外衣，換上似乎溫文爾雅的「人文」古裝。通過對字源本義的考察和引申的分析，我們可以清楚地了解孔子和儒家苦心孤詣地提升宗法制與家族制的理論過程。「孝」「仁」「忠」「義」，這些在古代看來神聖不可侵犯的倫理範疇，最初起源的時候只有一些十分原始的意義，它們只代表人際關係一些原始的規定與評價，到了儒家的「文化的突破」它們才被賦予系統的倫理內容。

孝。《説文》：「善事父母者。從老省，從子。子承老也。」段玉裁引《禮記．祭統》，「孝者，畜也」，並註：「順於道，不逆於倫，是謂之畜。」張舜徽《説文解字約注》：「桂馥曰：『《釋名》：「孝，好也」，愛好父母如所説好也』。」張按：「孝、好二字雙聲，故《釋名》即以好訓孝。今俗説子女之有孝行者，恒謂其『對父母很好』，即善事父母之意。」從字形和漢代人解釋看出，孝，本是子輩服侍父母，父母對其行為作出「好」的評價。它既未上升到個體的自覺，也未能把它作為天地間的絕對義務，即未把「孝」建基在父輩對子輩終身享有的絕對權力之上。本來，只要人類社會存在一天，子輩對父輩的尊敬及其關懷，都應作為正面道德準則來肯定。不僅中國，《聖經》也多處提到「孝」，如，《舊約．出埃及記》：「當孝敬父母。」《舊約．利未記》：「你們各人都當孝敬父母。」《新約．以弗所書》：「你們做兒女的，要在主裏聽從父母。」但儒家所説的「孝」和作為子輩尊重敬愛父輩的「孝」有相當不同。前者意味着父權的絕對獨裁與子輩的絕對屈從，並且把這種屈從説成人生天地間的絕對義務。

《論語．學而》：

其為人也孝弟，而好犯上者，鮮矣；不好犯上，而好作亂者，未之有也。

子曰：「父在，觀其志；父沒，觀其行；三年無改於父之道，可謂孝矣。」（朱熹《集注》：「觀此足以知其人之善惡，然又必能三年無改於父之道，乃見其孝，不然，則所行雖善，亦不得為孝矣。」）

《論語．為政》：

子游問孝。子曰：「今之孝者，是謂能養。至於犬馬，皆能有養；不敬，何以別乎？」（朱熹《集注》：「甚言不敬之罪，所以深警之也。」）

又《孟子．離婁上》：

天下大悅而將歸己。視天下悅而歸己，猶草芥也，惟舜為然。不得乎親，不可以為人；不順乎親，不可以為子，舜盡事親之道而瞽瞍厎豫，瞽瞍厎豫而天下化，瞽瞍厎豫而天下之為父子者定，此之謂大孝。

瞽瞍是傳說中舜的父親，為人頑固而企圖殺舜。按朱熹的解釋：「厎，致也。豫，悅樂也。」就是說，舜對這位想殺自己的父親，還百般設法使他高興快樂。這樣才能「為父子者定」，才叫作「大孝」。朱熹《集注》引李氏之言：「盡事親之道，其為子職，不見父母之非而已。」又《孝經．三才章》：

夫孝，天之經也，地之義也。

又《孝經．五刑章》：

五刑之屬三千，而罪莫大於不孝。

洛克說：「就約束兒女不得從事任何可以損害、冒犯、擾亂或危害其生身父母的快樂或生命的事情，使他們對於給他們以生命和生活快樂的父母，盡一切保護、解救、援助和安慰的責任。任何國家、任何自由都不能解除兒女的這種義務。然而這絕不是給予父母一種命令兒女的權力，或一種可以制定法律並任意處置他們的生命或自由的權威。應該尊崇、敬禮、感恩和幫助是一回事，要求一種絕對的服從和屈從是另一回事。」[1] 至少從西周開始中國人就將這兩件不同的事情混為一談，或者說，他們喪失了甄別這兩件事情的理性能力。孔子和儒家把本來就混為一談的事情系統化、理論化，使有可能萌生的區分它

1 《論父權》，見《政府論》，第四一—四二頁，商務印書館，一九八一年版。

們的理性能力壓抑在重重束縛之中。儒家對宗法制下的父子親緣關係的提升表現在三個方面：第一，把「孝」說成絕對的個體倫理自覺。「三年無改父之道」，像孟子所解釋的舜對其父的孝親行為，即使面對殺頭之災，為人子也不能不恪盡「天職」。第二，在理論上明確規定「孝」的標準是無限延長的父權。父母對兒女的權力，只應局限在兒女未成年時的撫育與管教（在現代社會相當的撫育與管教已讓給社會），才是合理的。宗法制與家族制已使父權誇大到奪去兒女生命的程度和延長到兒女成年獨立的年紀，儒家更以這種不合理地誇大和延長的權力作「孝」的標準。第三，在「孝」的真實內涵裏，兒女處於絕對卑下的地位，他們沒有任何可以獨立享有的權利。因為只要稍微逸出父權標準，就要蒙受諸罪之首的「不孝」。

仁。《說文》：「親也。從人二。」段註：「人也，讀如相人偶之人。」又，「按人耦猶言爾我親密之詞。獨則無耦。耦則相親。故其字從人二」。張舜徽《說文解字約注》引朱駿聲文：「古語『相人偶』者，諧合耦俱，彼此親密之辭也。」張按：「以今語釋之，仁從人從二，即二人以上群居之關係也。人在天地間為最能群居之動物，故古人直以仁解之。仁之本義，蓋但為親比之意，亦即群居之意。」張舜徽所解甚確。「仁」最原始的意義就是人群居在一起。群居得好，自然是融洽，相親相愛，所以又引申為親。不過要講人最能群居，卻是不對。根據生物學的研究，許多生物，如螞蟻、蜂等其群居的社會化程度較之人有過之而無不及。牠們的社會結構和組織嚴密度，遠勝於人。按「仁」字本義，螞蟻和蜂類昆蟲，要比人仁得多。古人生物學知識積累不夠，遂以為唯人能群居（即結成社會），亦唯人能仁。

孔子關於「仁」的理論，遠比「群居」和「親比」複雜得多，他對在人倫親情的諸範疇的改造，其中對「仁」所下功夫最多，其創造性也最大。[1] 限於論題，我們不能詳說。最值得注意的是，「仁」從群居狀況經過孔子的提升、改造，上升為諸德之首，它比「孝」「忠」「義」「禮」等似乎更佔據重要的地位。這是深有緣故的。「孝」「忠」「義」等道德範疇，雖然很重要，但畢竟只局限於人倫關係的某一類型。「禮」雖然對人際關係有多方面的涉及，但畢竟偏向於儀式性的外在規定。「仁」則不受上述限制，因為它原意的「群居」就囊括了人倫關係的所有類型，孔子和諸儒從裏面發展出來的仁學理論當然就不會受特定類型的限制，而對所有類型有全面的適應性和指導意義。因為它涉及和規範的是宗法社會倫理學中心的議題：個體如何與群體（社會）保持自覺的協調與投入。儒家以他們特有的理論架構，回答了上述疑問。諸儒的論述中有兩個不同的層次特別重要。其一，個體面對被秩序化的群體應承擔無限的道德責任。個體在完成這個無限的道德責任過程中，使自己完全和道德理想所企望的理想人格重合起來，個體達到這種境界就叫作仁。「士不可以不弘毅，任重而道遠。仁以為己任，不亦重乎？死而後已，不亦遠乎？」（《論語．泰伯》）「志士仁人，無求生以害仁，有殺身以成仁。」（《論語．衛靈公》）「君子無終日之間違仁，造次必於是，顛沛必於是。」（《論語．里仁》）「求仁而得仁，又何怨？」（《論語，述而》）「三軍可奪帥也，匹夫不可奪志也。」（《論語．子罕》）「歲寒，然後知松柏之後凋也。」（《論語．子罕》）和前述「孝」的問題一樣，在世界所有偉大的文明中，個體對群體的自覺責任與使命都受到正面肯定，這一點亦不為講求「仁」的儒家獨佔。任何文明如果沒有為倫理所肯定的這根精神文柱，它就不會延續到現代，也不會創造出燦爛的文化。儒家之主張個體承擔無限道德責任，對人類文

1 李澤厚：「構成這個思想模式和仁學結構的四因素分別是（一）血緣基礎，（二）心理原則，（三）人道主義，（四）個體人格。其整體特徵則是（五）實踐理性。」見《孔子再評價》，《李澤厚哲學美學文選》。李澤厚對仁的結構所論甚精，請參閱。

明史具有相當貢獻。但以今人眼光看，它肯定不能適應現代的社會。因為個體僅僅通過對群體的倫理意識而自覺到自己需要承擔無限道德責任，對個人來說，這僅僅是理性之外的自覺，而不是理性之內的自覺。儒家對個體所主張的道德承擔，最終使個體缺乏對群體秩序的理性批判精神。像飛蛾撲燈一樣，被鼓舞起來的道德勇氣非常可嘉，常常導致個體悲劇性的毀滅和群體的災難。受到仁學理論的塑造，中國近代史上有識之士蜂起尋求擺脱民族厄運的方法。但屢試屢挫，最有承擔的勇氣但無事功，這同普遍缺乏理性之內的自覺有極大關係。理性的缺乏，使中國民族遲遲未能認識現代潮流的實質。

其二，個體與群體相比較，處於絕對卑微渺小的地位，群體秩序則處於絕對優先的地位。[1]「克己復禮為仁。」（《論語．顏淵》）「樊遲問仁。子曰：『居處恭，執事敬，與人忠。』」（《論語．子路》）在宗法社會中怎樣才能達到人際關係的協調？除了個體需要有維護它的熱情之外，最好就是每一個個體都「無爭」「無欲」「無我」，個體完全與群體的要求企望相一致，以至個體完全沒入群體之中。荀子論禮的起源時說：「禮起於何也？曰，人生而有欲，欲而不得，則不能無求，求而無度量分界，則不能不爭。爭則亂，亂則窮。先王惡其亂也，故制禮義以分之。」（《荀子．禮論》）禮在外，故只講群體的制裁。禮內化為仁，仁在內，故講個體修養，但它講的不是個人的自由與權利。故儒家倫理體系中只有個體而無個性。無個性，個體對群體秩序便只有絕對屈從，只有渾然與其同體。因為個體屈從，群體就君臨其上。孔子和諸儒對「群居」意義的「仁」的提升與改造，為社會創造了實現比原始「群居」高一層的「自覺的群居」的可能性。中國歷史除去兵荒馬亂不計，社會就是「無欲無我」的一群人和一

1 仁的理論的這方面思想，在孔子和諸儒中已有相當規模，到了宋儒手裏，發展到極限的地步，「存天理，滅人欲」，人的一生被規定為克除私慾的過程。

群人擠在一起的「群居」社會。

忠。《說文》：「忠，敬也。」段註：「敬者，肅也。未有盡心而不敬者。」從「忠」字的字形和訓意看，當指初民在祭祀本族圖騰或先王先公時的肅穆起敬、誠心誠意的心情，正像孔子所說，「祭如在，祭神如神在」（《論語．八佾》）的那種戰戰兢兢、一絲不苟的誠信之情。所以在先秦典籍中，「忠」也常常與「信」同義。《左傳．桓公六年》：「所謂道，忠於民而信於神。」又，「上思利民，忠也」。「忠於民」與「信於神」並列，君主與民的欲求保持一致而曰「忠」。這種場合的「忠」，就是內心誠信的意思。初民的祭祀對象都與他們有一種本根和血緣的聯繫，作為後輩自然對祖神肅穆敬畏，這是很可以理解的。儒家對「忠」的改造與提升，不僅使「忠」脫離了血緣的狹小範圍，進入非血緣的人際關係，而且把「忠」變成行政關係中下級對上級的絕對服從的道德義務範疇。也就是說，由作為血緣情感的肅穆敬畏發展為人身依附的強制義務。《論語．學而》：「為人謀而不忠乎？」《八佾》：「君使臣以禮，臣事君以忠。」《荀子．臣道》：「請問為人臣，日以勤待君，忠順而不懈。」又，《臣道》：「逆命而利君謂之忠。」《忠經．冢臣章第三》：「夫忠者，豈惟奉君忘身，徇國忘家，正色直辭，臨難死節已矣，在乎沈謀潛運，正國安人，任賢以為理，端委而自化。」又，《辨忠章第十四》：「大哉忠之為用也，施之於邇，則可以保家邦，施之於遠，則可以極天地。故明王為國，必先辨忠。」又，《證應章第十六》：「善莫大於作忠，惡莫大於不忠。忠則福祿至焉，不忠則刑罰加焉。」儒家改造了「忠」，使它特別能適用於大一統天下的官僚制度。一姓統轄百官，他們來自全國各地，血緣聯繫雖可借助聯姻締結，但終究有限。有一種主張人身依附的大道理替皇帝協調他與百官的關係，協調百官之間的關係，這正是人君求之不得的好處。所以歷代人君都要大大地鼓吹「忠」這種道德。

義。《說文》：「義，己之威義也。從我，從羊。」段註：「義之本訓謂禮容各得其宜。禮容得宜則善矣。」段玉裁所解甚確。《釋名》：「義，宜也。裁制事物使合宜也。」韓愈《原道》：「行而宜之，之謂義。」其中「義」字釋為宜，當屬後起之義。而《尚書．康誥》：「用其義刑義殺。」似用本義。本來，自己的行為、儀表，切合禮的規定，這就可以叫作義。因為符合禮容，看起來彬彬有禮，且有威儀。但行為和儀表，是否真正從內心被領悟，當成人生中崇高的不可須臾離開的自身使命，這在使用「義」字本義的時代是不存在的。儒家把作為外在行為、儀表的義提升轉化為一個重要倫理範疇。他們致力於這樣的努力，就是要把外在的行為規範內化為人心自覺欲求。因此，外在的行為規範就不能說它是外於人的，必須反過來，說它們根源於人的本心，是不待證明的東西。《孟子．公孫丑上》：「羞惡之心，義之端也。」又，《告子上》：「仁義忠信，樂善不倦，此天爵也。」《告子上》章有一段孟子與告子辯論的對話：

> 告子曰：「食色，性也。仁，內也，非外也；義，外也，非內也。」孟子曰：「何以謂仁內義外也？」曰：「彼長而我長之，非有長於我也；猶彼白而我白之，從其白於外也，故謂之外也。」曰：「異於白馬之白也，無以異於白人之白也；不識長馬之長也，無以異於長人之長與？且謂長者義乎？長之者義乎？」

有人疑孟子最後的話有闕文。朱子在《集注》中釋作：「白馬白人，所謂彼白而我白之也；長馬長人，所謂彼長而我長之也。白馬白人不異，而長馬長人不同，是乃所謂義也。義不在彼之長，而在我長之之心，則義之非外明矣。」朱註甚得孟子之心。孟子一口咬定：「仁義禮智，非由外鑠我也，我固有之也，弗思耳矣。」（《孟子·告子上》）儒家對「義」的轉化與提升與對「仁」的轉化與提升有相同之處，都是由外翻而入內，成為對個體的道德人格理想。仁義常並舉，但仁多側於個體與群體協調的場合，義則只涉及個體行為。它與外部世界的協調沒有多大關係，只在個體面臨行動的選擇時，義就起着重要的規範作用。《禮記·禮運》：「君死社稷之謂義。」又，「義者，臣子死節乎君親之難也」。個體行動的選擇應絕對順從義的標準，就是服從君親，服從社稷，用今人的話，就是服從「大局」。社稷的「大局」是個體的「小局」無法比擬的，個體在它面前就一定要「成仁取義」。成仁之日，便是取義之時。

上面我們把「孝」「仁」「忠」「義」這幾個儒家最重要的道德範疇拿來分析，看看儒家如何對它們進行改造與提升，如何通過這項「突破」性的轉化而構成完整的倫理體系。其實，「文化的突破」是一個相當長的歷史過程，我們的簡化分析只是試圖提示一個思路，即在一個廣寬的歷史背景下理解儒家，理解他們當年承擔的使命。上述分析不包括儒家體系的全部，即使提到的「孝」「仁」「忠」「義」諸倫理範疇，也只能是點到即止。因為更詳細的窮根究底不是本書的範圍。

從整體上說，儒家幾項重要的突破，其中當數提煉與鑄成一個完整的倫理體系最重要。有了一個倫理體系，宗法制度、家族制度和人身依附的推廣就不受血緣的局限。比如在西周時期，諸侯要臣服於天子，這是因為諸侯與天子存在血緣聯繫，天子是全國的大宗主。秦漢以下官僚制產生，百官與天子僅僅是行政上的僚屬，沒有血緣關係可供利用。但由於有「忠」的倫理範疇，百官之間、百官與人君之間的統轄關係，就可以維繫住。行政上的僚屬關係就轉化成人身依附。社會生活日益繁複，許多以前未有的新組織形式和生活形式會被創造出來，這些組織形式與生活形式，例如書院、商店、作坊、行伍等，作為機構是不能直接宗法化的，因為參與的人來自四面八方，不像家族那樣有血緣基礎。但是，由於有了高度理論化的倫理範疇，就可以依傍「孝」「忠」「信」「義」這些範疇來規範機構中各個分子之間的關係，用這些標準去衡量要求他們。這樣，那些新的組織形式和生活形式，雖然不是家族，卻可以家族化，雖然沒有血緣聯繫，卻可以宗法化。認識這一點，對於理解中國社會和中國文化至關重要。自從宋代大消費都市出現以來，真正家族生活在每個人的生活空間中所佔比例就在下降，中國人愈來愈多地參與到外家族生活空間裏來；自從鴉片戰爭以來，家族制度和宗法制度就迅速崩潰。新中國成立前夕，「百分之八十以上的農民中，由父母子結合成的三角，即基本家庭形式，是最為普遍。聯合很多基本家庭而成的大家庭大多是發生在市鎮裏」[1]。但這只是事情的一個方面，儒生們世世代代的不懈努力，使理論化的倫理體系日益成熟，這樣就賦予了禮治秩序彈性和適應性，它不僅能容納地主經濟水平的生產力，還能容納一定程度工業生產水平的生產力。隨着愈來愈繁複的組織形式和生活形式不斷改變自己的形態。儘管嚴格的家族制度不再發展，甚至日漸衰落，但不斷的家族化和宗法化在中國歷史上從來沒有停止過。每一種新機構和新形式一出現，立即被家族化、宗法化，納入既定的禮治秩序的軌道。這是近古時期中國歷史停滯的原因之一。一個成熟的倫理體系的出現，使禮治文化有極強的模塑能力，家族制度圈外的機構和形式，也能被它改造成家族化、宗法化的機構和形式，而從屬於禮治文化。

中國社會在「文化的突破」階段，產生了倫理權力化和權力倫理化的互動。前者依傍人類社會的血緣（也包括地緣和各種類型的人倫關係）聯繫創造出均一化的權力統治秩序，後者則在這個基礎上作倫

1 費孝通：《生育制度》，第八八—八九頁，天津人民出版社，一九八一年版。

理化、道德化的提升與轉化。這個互動創生了一個完整的文化結構。家族共同體和家族制度是這個結構中的基礎部份，而宗法化的官僚制度和權力結構則是基礎部份的推廣，高度理論化的倫理體系是基礎部份和推廣部份的靈魂。這三者組合在一起，便組成一種文化體，我們稱這種文化體為「禮治秩序」。我們覺得，從一個文化體的生成和結構來剖析它，比較容易從整體上把握。恰好「禮」字在儒家典籍中有多重含義，能夠完整地標出這個文化體的總特徵。

《說文》：「禮，履也。所目事神致福也。從示從豐。」段註：「禮有五經，莫重於祭。故禮字從示，豐者行禮之器。」「禮」最原始的字義是祭儀。章太炎《檢論．禮隆殺論》：「禮者，法度之通名，大別則官制，刑法、儀式是也。」但「禮」還有一個含義就是指經儒家闡揚過的各種倫理範疇的統稱。禮之外囊括所有的制度形式，禮之內囊括各種倫理範疇，合起來就是一個以禮為特徵的文化體。《禮記．禮運》：

何謂人情，喜怒哀懼愛惡欲，七者弗學而能。何謂人義？父慈、子孝、兄良、弟悌、夫義、婦聽、長惠、幼順、君仁、臣忠，十者謂之人義。講信，修睦，謂之人利。爭奪相殺，謂之人患。故聖人之所以治人七情，修十義，講信，修睦，尚辭讓，去爭奪，捨禮何以治之。飲食男女，人之大慾存焉。死之貧苦，人之大惡存焉。故欲惡者，心之大端也。人藏其心，不可測度也。美惡皆在其心，不見其色也。欲一以窮之，捨禮何以哉。

儒家對人情的機微有極深的究察，他們從一個過份實用的出發點，創造出以控制人情人欲為特點的一套文化。由於儒家所致力的「文化的突破」，中國社會走上禮治這一條路，形成一套禮治秩序。選擇了禮治的價值取向的文化，在潛移默化中引導、影響、模塑着中國人的心靈、思維、性格。下面我們就來討論這些問題。

第五節　禮治秩序與個人

禮治文化完全沒有宗教文化向外超越的色彩，也沒有完整的人格神的概念。雖然「天」的概念兼有自然性與神秘性二重性格，但它本質上是個沒有神性的概念，只作為人間秩序的本源根據而存在。當個體性的道德修養臻至於「仁」的境界，完全把外在規範化入為自覺的內心欲求時，也就是個人行為完全和人間秩序重合一致的時候，「天」也就是你自己的道德內心。宗教文化因為設定個人無法完全企及、無法完全與它重合一致的神，人與神之間就存在一條永遠不能跨越的鴻溝；人生的遙遠目標，永遠是無法達到的彼岸。人不論怎樣完美，他最多只能是「先知」「主教」，不可能是神。神在人面前是全能的、無所不知的、法力無邊的，人在神面前則是卑微的、有罪的、渺小的。禮治文化則跟宗教文化不同，不存在神，人用不着匍匐在全能的、無所不知的神的腳下哀嘆人的卑微和渺小。人可以面對他自己，嘗試與外在的行為規範認同一致，進而成聖成仁。為個體性人生設計的與社會秩序認同一致的路向的這種差別，使禮治文化贏得非神性的「人文性」的好名聲。本來，作為東西方比較文化研究的一個方面的對比，使用「人文」或「人文主義」這樣的概念指稱禮治文化的某一方面特徵並無不可，但不幸的是事情常常被誇大，神性與人文性的區別本來只意味着禮治文化與宗教文化的個體人生通往各自境界的不同取向或路向，現在人文性卻被誇大為禮治文化的整體特徵，好像禮治文化就充份肯定人的自由、主體性與個性，似乎禮治文化充滿了人性的美好。事實恐怕不是這麼一廂情願的。

不錯，中國的聖賢先哲充份地談論到人，給人在宇宙中一個很崇高的地位。《老子·二十五章》：「故道大，天大，地大，人亦大。」四大之中，人居其一，遠高於物。《禮記·禮運》：「人者，其天地之德，陰陽之交，鬼神之會，五行之秀氣也。」又，《禮運》：「人者，天地之心也，五行之端也，食味別聲被色而生者也。」《春秋繁露·立元神》：「天地人，萬物之本也。天生之，地養之，人成之。」天地在宇宙中的地位雖比人略優，然對人而言，只是不能言語的人的本根或原始。聖賢先哲為了說明人而追溯到天地，實在不過假借天地而抬高人，所以孔子說：「天地之性人為貴。」這些對人在宇宙中位置的見解，從好的方面說，它不過是從文字到文字的理想主義見解，理想主義的見解固然有其合理的成份，但它在歷史裏只不過是被埋藏在深處的隱而不彰的微弱的潛流，並未有化為真人真事的歷史實在，我們不排除微弱的潛流會在未來的思想界滋潤人道主義、民主主義的思想巨流，但卻不能認為空想就是實在，中國的制度和生活真的就體現人的尊嚴與自由。翻開歷史一查就能給我們明確的解答。從壞的方面說，肯定人在宇宙中的位置，不過是後來一套人倫關係論、三綱五常論的邏輯起點。這個邏輯起點同人的尊嚴與自由並無聯繫，僅僅由於需要說明人倫大道理的絕對不容置疑性，才需要借助一個起點來展開。既然「天地之性人為貴」，貴在哪裏呢？當然貴在人有道德，講倫理，而不是貴在人秉有不容侵犯的自由與尊嚴。《禮記·曲禮上》：「人而無禮，雖能言，不亦禽獸之心乎？」《孟子·滕文公下》：「無父無君，是為禽獸也。」人之為人完全不在於對人的能力、尊嚴、自由、稟賦之權利有充份的體認與自信，而僅僅在於人可以創造一個人倫空間讓自己生活於其間。沒有人倫來附麗，來增值自己，就可以把這些人當禽獸處理。這種對人尊貴性的認識及其邏輯起點，推廣到歷史裏，就釀成慘絕人寰的悲劇：以理殺人。現在講起來美妙動聽，但殺起人來比刀槍還厲害。「中國八百年的理學工夫居然看不見二萬萬婦女纏足的慘無人道。」[1] 在這裏我們不是要思想家服罪受過，但至少可以明白談論到人的尊貴這一點與肯定人的尊嚴和自由不是必然地聯繫在一起的。關鍵是從這個邏輯起點出發想構築甚麼。中國的聖賢先哲所構築的那套禮治秩序，恰恰不是為了人的尊嚴與自由，反過來是壓抑和抹殺人的自由與個性。事情就是這樣有點不可思議，由承認人的尊貴性為邏輯起點的禮治文化，恰好完成對人的自由與個性的最大程度的損害。

禮治秩序對社會中的個體實現了精心巧妙的組織與確定，然而可惜的是它對個體的組織與確定，不是讓他們最大限度地發揮生命的潛能，不是讓個體自我負責地實現生命的過程。相反，卻把個體「長幼有序」地固定化，使其身在其中而不能動彈，沒有個性的出路。當然，完全固定化在禮治秩序裏面，對個體來說也是一條出路，不過它不是一條能實現個性尊嚴與主體自由的通路，而是一條聖賢先哲早就安排好的通路：磨掉你的個性，同人間的禮治秩序合一認同。我們認為，國民性格的不健全，特別是「五四」新思潮倡導者抨擊和痛恨的主奴根性，本質上正是喪失個性尊嚴與主體自由之後發生的雙重人格的表現。

禮治秩序是血緣關係或準血緣關係與權力統治的疊加混合，父權擴展為治權，治權又帶上父權的色彩；人倫關係強化為尊重名份的人身依附，尊貴者因卑賤者的片面無限義務取得人身控制權，而控制權

1　胡適：《我們對於近代西洋文明的態度》，見《胡適哲學思想資料選》上冊，第三一三頁，華東師範大學出版社，一九八一年版。

本身則抹上一層「仁仁親親」的油彩。中國社會親權與治權的疊加混合造成了一個十分嚴重的混淆：把政治權力與親權這兩種各有不同目標與功能的東西混在一起，創出混合型權力，既失去了政治權力中明確的責任與權利的劃分，也失去了親權的純潔與感情特徵。在這種禮治型權力之下，個人首先失去作為人的充份成長的可能性，個人的兒童期被無限延長。身心發育即使達到成年期之後，個體依然被認為是不能取得獨立人格、需要不停地「教」與「養」下去的「兒童」。在家族生活中，成人兒童化體現在父權無所不在的滲透，在公眾生活中，它體現在卑賤者對高貴者的奴隸般的人身依附，也體現在面對皇權的匍匐跪拜。簡言之，權力者治下之民，恰如一群身心都未能充份發展與成長的「兒童」，權力者之上又有更高的權力者，大家都是一級依附一級的自然（年齡）上的成人、精神上的幼兒。

人在兒童期是不能獨立的。兒童在成人管照下簡直可以說是整齊劃一。禮治文化成功地做到了成人兒童化，社會也可以取得仿兒童社會的秩序效果，但代價卻是犧牲了個性尊嚴與主體自由。個人的一生不可能是由他自己負責、自己組織、自己實現的過程，而是被規定、被組織、被強制壓抑生長的過程。生命的獨立意識在剛剛萌動走向成熟的時候，就被無情地扼殺，個體被無情地兒童化。實現着這種成人兒童化功能的，就是禮治秩序。

為了求得禮治秩序將成人兒童化的更深一層的理解，讓我們對比分析一下家庭結構與家族結構。家庭在人類學有明確的界說：「這是個親子所構成的生育社群。親子指它的結構，生育指它的功能。親子是雙系的，兼指父母雙方；子女限於配偶所出生的孩子。」[1]家庭還有其他功能，比如它是消費單位，

1 費孝通：《鄉土中國》，第三七頁，三聯書店，一九八五年版。

父母除了養育兒女之外，還負擔一部份教化的責任。但它的主要功能卻是生育。因此，家庭是暫時性的親緣合作。父母辛苦經營，養育兒女，兒女長大成人，脫離父母而去，再去經營他們自己的家庭事業。兒女獨立之後，親代與子代之間在人格上完全平等獨立，再也沒有超越感情聯繫上的權力控制關係。政治權力與親權在實行家庭制的社會是有明確區分的。再者，在家庭中父與母各對兒女負一半責任，平等合作，不存在父權排斥母權或以哪種權力為主的問題。家庭之所以能夠維繫住，主要出於男女雙方純粹的感情聯繫。在一個實行家庭制而又以契約方式組織公民公眾生活的社會，是不可能將成人兒童化的。人在達到成年之時就掌握自己的命運，他要獨立地對今後的人生負責。同時，這樣的社會也不需要兒童化成人，因為它尋找到一種理性的方式分隔開父權與政治權力。在這種意義上，盧梭的話是有問題的。他說：「一切社會之中最古老而又唯一自然的社會，就是家庭……我們不妨認為家庭是政治社會原始的模型，首領就是父親的影子，人民就是孩子的影子。」[1] 如果父親兼有政治社會首領的責任，而兒子扮演人民的角色，家庭構成政治社會的原始模型，這種家庭，就不是上面所說的家庭（family），而是擴大了的家庭（expanded family），即我們下面要討論到的家族。儘管「最少的家族也可以等於家庭」[2]。盧梭的時代，社會人類學尚未發達，家庭與家族在功能上的不同還未被充份認識到，所以才有盧梭這種看法，亦可能盧梭意指中的家庭，就是擴大了的家庭。

　　家族與家庭雖一字之差，卻有極大的差別。家庭的基本結構是父、母、兒女三角，家族沿着這個基本結構指示的方向外推擴大，包羅了高、曾、祖、父、子、孫、曾孫等數代人在內的血親集團。形態上

1 《社會契約論》，第九—一零頁，商務印書館，一九八零年版。
2 費孝通：《鄉土中國》，第三九頁，三聯書店，一九八五年版。

的差異，引起性質上的變化。生育的功能反而退居到很次要的位置，而賦有政治、宗教、經濟等複雜功能，變成事業社群。「凡是政治、經濟、宗教等事物都需要長期綿續性的，這個基本社群絕不能像西洋的家庭一般是臨時性的。家必須是綿續的，不因個人的長成而分裂，不因個人的死亡而結束，於是家的性質變成了族。氏族本是長期的，和我們的家一般。我稱我們這種社群作小家族，也表示了這種長期性在內，和家庭的臨時性相對照。」[1] 家大業大，不同世代的聚居也會多些，唐代張公藝九世同居，這是相當規模的大家族了。家小業小，可能僅限於親子兩代人之間的合作。雖然限於兩代，但它完成的主要是綿延不絕的事業，而不是暫時性的生育。所以這兩代組織起來的血親集團不是家庭而是家族。

在家族結構中，除了父子、兄弟、夫妻這些人倫關係外，還加上了叔嫂、婆媳、公媳、堂兄弟、堂姐妹等關係，就人倫關係的複雜度而言，家族要比家庭複雜得多。但更重要的是這些人倫關係在家族結構中要發生質變：親緣聯繫的概念要讓位於統治的概念，除了存在各種倫序之外，更重要的要對這些倫序進行一番辨貴賤、明親疏、別父子、識遠近、知上下的工夫，經過不停地整頓使之「長幼有序」，這番工夫有效地保證了親緣關係與政治統治疊加在一起，達到《禮記．大傳》中說的「親親也，尊尊也，長長也，男女有別」的基本要求，只有這樣，家族才能作為事業社群實現它的政治、經濟、宗教的功能。

辨貴賤、明親疏、別父子、識遠近、知上下的過程，就是把個人固定在禮治秩序中的過程，即取消和壓抑個性尊嚴與主體自由的過程。在家族共同生活中，成員在未成年之前不必說，即使成年之後亦處於人格未成年的狀態。家族結構要求曾、祖、父、子、孫簡明的單系繼替與統治，單系的繼替與統治要

1 費孝通：《鄉土中國》，第三九—四零頁，三聯書店，一九八五年版。

通過晚輩的成年期無限延長來實現，即使兒子已經到了成年獨立的年紀，也不讓他獨立，而是把他收歸自己膝下，讓他依賴自己，通過成年期無限延長的方法建立家族生活共同體，也通過成年期無限延長的方法造成獨立人格不發展狀態，好來維護家族制度和禮治秩序。如果子輩在成年後馬上獨立，只與親代保持人格平等的感情來往，則家族結構無法維持。「家無二主，尊無二上。」（《禮記．坊記》）以人格獨立的方式向家長挑戰，「主」多了，家長就不能治理，「上」多了，就無尊。要維持家族結構，要保證廣泛的人身依附，就要使賤、疏、子、遠、下的一方失去人格獨立的地位，停留在兒童期的狀態，聽從貴、親、父、近、上的一方的訓導。只有通過成人兒童化，才可能既實現無條件的順從和絕對權威的確立，又在雙方之間保持比較親密的血緣或近似血緣的感情。家族結構和禮治秩序下的個人，普遍面臨不能充份成長的悲哀。

成年期之後依然匍匐在家長的權威之下，不能掌握自己的命運，不能得到充份的成長，這在中國社會隨處可見。失去個性尊嚴與主體自由的扭曲性格，當是中國社會最嚴重也最頑固的性格病。流傳下來的家訓、家範記載了古人家族行事的原則，它們毫無例外強調尊者的權威與卑者的無條件順從。上下之間的關係，完全沒有契約社會人事關係裏的那種平等精神。朱熹《朱子家禮》：「凡諸卑幼，事無大小，毋得專行，必咨稟於家長。」司馬光《家範》：「妻子臣妾，猶百姓徒役也。」又，「一舉足而不敢忘父母……一出言而不敢忘父母」。又，「色（父母的臉色）不忘乎目，聲（父母的聲音）不絕乎耳，（父母的）心志嗜慾不忘乎心」。要求兒女尊敬父母這是合理的，但發展到唯父母是從，並且終身依附，這裏面就包含中國文化的深層觀念：人作為個人根本就沒有資格享有自足的獨立，因而不配賦予他個性與自由；相反，個人的生命與價值只有在禮治秩序中人與人相互依附共處於未成年的狀態才能體現出來。

完全沒有人格獨立意識的家訓、家範就充份透露了這方面的信息。龐尚鵬《龐氏家訓》：「蓋父母視家人，勢分本為獨尊，事權得以專制，使挈其綱領，內外肅然，誰敢不從令？若仁柔姑息，動多愆違，以致紛紛效尤，誰執其咎哉？」《禮記．內則》：「父母怒不悅，而撻之流血，不敢疾怨，起敬起孝。」魏禧《日錄》：「父母即欲以非禮殺子，子不當怨，蓋我本無身，因父母而後有，殺之，不過與未生一樣。」因為都處於精神上未成年狀態，所以就要嚴加管教。但獨尊的管教本身並不是以獨立人格與被管教者發生關係，他本身同處於未成年狀態，因為他只是禮治秩序的工具，而且僅僅意識到自己是一個工具。一方面任意地迫害，另一方面逆來順受，全都缺少主體意識與自由。在沒有「人」的文化氛圍之下，產生二十四孝的故事，可以說是很自然的。

> 郭巨，河內温人。父沒，分財二千萬為兩分與兩弟。己獨取母供養寄住。鄰有凶宅，無人居者，共推與之居，無禍患。妻產男，慮養之則妨供養，乃令妻抱兒，欲掘地埋之，於土中得金一釜，上有鐵券云：「賜孝子郭巨。」巨還宅主，宅主不敢受。遂以聞官，官依券題還巨。遂得兼養兒。[1]

這則故事給人最直觀的印象是殘忍無道。「道德」模範郭巨，決定將親生嬰兒活埋掉，以此表現自己「感天動地」的「孝」。透過這個殘忍無道的故事，我們看到的是獨立人格極端不發展的狀況。新生

1 《太平御覽》卷四一一，引劉向《孝子圖》。

嬰兒當然不是「人」，只是附屬於郭巨的一件物，所以可以隨時捐獻出來作犧牲。郭巨自己絲毫沒有獨立人格的意識，他甘心情願做附屬於父母的無人性的物。不把別人當人，也不把自己當成人，所以隨時可以高高興興地出賣別人的生命。當然故事沒有說郭巨父母知道「埋兒」之後的反應，但以「埋兒」之孝來襯托父母在家族中的地位，父母也被處理成沒有人格的主子。在故事編者的頭腦裏，根本就沒有人格獨立不獨立的概念，只有相互之間的人身依附。正因為整個傳統文化缺少必要的個性尊嚴的觀念，殘戕生命的故事、人格扭曲的故事才會被堂堂正正地當成正面道德教材推廣民間，深入人心。

人格的未成年或者說成人的兒童化，不但反映在民族正面接受的道德教訓上，而且還反映在民俗和制度上。比如中國社會完全沒有隱私權的觀念，個人不能享有一塊他人不能涉足的領地，個人不存在一個他人不能侵犯的空間。缺乏隱私權觀念的背後隱藏着一個前提：個人不能自律自制地掌握他自己，即根本不承認個人人格獨立的可能性。連與個體人生關係最密切而且標誌着個人在各方面都成熟的婚姻，也完全是由父母做主的。「父母之命，媒妁之言」，個體在命運面前完全是無能無力的。個人不是在度過他的兒童期之後走向成熟，獨立於父母，並以獨立的姿態服務於社會，他在父母、在長上面前，永遠是個兒童，或者更準確地說是「孫子」。

或許有人會說，在家族生活的範圍內，確乎存在着人格的未成年，但在公眾政治生活中是否也存在呢？我們的答案是肯定的。禮治秩序對個性的壓抑無所不在，人身依附不僅存在於家族，也存在於政治社會。《漢書．叔孫通傳》非常詳細地記載了他為劉邦制定朝儀禮樂的經過。劉邦經過秦末大動亂之後僥倖得了天下，但他起自布衣，完全不懂朝儀禮樂，群臣覲見或宴樂的時候，「飲爭功，醉或妄呼，拔劍擊柱」，像一班無賴或流氓。叔孫通是當朝大儒，他早在未得志之時就四處「禮失求諸野」，這次損益夏、商、周禮，頒朝制儀，練訓月餘之外，果然有一新氣象。

> 漢七年，長樂宮成，諸侯群臣朝。十月。儀：先平明，謁者治禮，引以次入殿門，廷中陳車騎戍卒衛官，設兵，張旗志。傳曰「趨」。殿下郎中俠陛，陛數百人。功臣列侯諸將軍軍吏以次陳西方，東向；文官丞相以下陳東方，西向。大行設九賓，臚句傳。於是皇帝輦出房，百官執戟傳警，引諸侯王以下至吏六百石以次奉賀。自諸侯王以下莫不震恐肅敬。至禮畢，盡伏，置法酒。諸侍坐殿上皆伏抑首，以尊卑次起上壽。觴九行，謁者言「罷酒」。御史執法舉不如儀者輒引去。竟朝置灑，無敢嘩失禮者。於是高帝曰：「吾乃今日知為皇帝之貴也。」拜通為奉常，賜金五百斤。（《漢書．叔孫通傳》）

細細品味一下班固繪形繪聲的敍述，像不像一班幼童在嚴師督訓之下做規則嚴整的遊戲？百官在皇帝面前有一點人格的獨立嗎？完全沒有。可惜我們沒有一個文化博物館將這套朝儀保留下來。如果今人能親臨其境，一定能領略其中三昧，看到一幫叩頭、跪拜如儀、恭敬規矩的老兒童的形象。朝儀雖然是外在性的儀式規範，但透過它卻表現了內在的文化精神和價值觀念。以叔孫通制定的朝儀為例，它反映出壓制個性尊嚴的文化精神和無視獨立人格的價值觀。然而，與後來的歷朝比起來，漢朝還算不錯，「兒化」的程度不算十分嚴重。漢代君臣議政時，臣子還有位可坐，到了宋代，臣子的座位被撤掉，只能跪在地下與皇帝對話，年老體衰的大臣支持不了長時間的問答，以致昏倒地上。到了明代，情況更加嚴重，皇帝「君父」的觀念牢牢確立，人君既是當朝的皇帝也是群臣百官的父親，臣子的人格更加卑下。最充份表現「君父」觀念的是廷杖制度。從宰輔以至蟻民，只要被認為行為不敬，犯了法，就被捆縛四肢，剝去衣服，趴在金鑾殿上或公堂上，在眾目睽睽之下，接受數十或數百下的杖責。明清的廷杖，比起人類的其他刑罰「傑作」，不算太野蠻，但廷杖制度的特點是通過傷害你的人格自尊來確立權威統治。就像《紅樓夢》描寫賈政打寶玉那樣，賈政根本不承認寶玉有獨立的人格，廷杖制度的存在就反映了中國人人格尊嚴的不存在。不過禮治文化對個性尊嚴的傷害和對主體自由的壓制，不是用法西斯赤裸裸的權力方式實現的，而是通過成人兒童化，讓個體停留在人格未成年狀態的方式達到目的的。

談到禮治秩序對個性的壓抑，還應當進一步討論個人財產權的問題。文化對個性的肯定、承認和鼓勵，從基本和實用的層次說，就表現在對個人財產權的法律肯定。個人如果未能在經濟活動中做到自律自制與自我組織，那個人的個性表現將會是無力的和很有限的。歷代的統治者，愈到近晚就愈敢於踐踏人的尊嚴與人格，由叔孫通的朝儀到明清廷杖，中國人的人格愈來愈萎縮，一個重要原因就是傳統文化中完全沒有個人財產權的觀念，也不存在充份的私有制。不能在此基礎上形成與愈來愈獨裁的王權相互抗衡的力量，結果普遍性的皇權愈來愈大。個人作為一種力量微弱到受廷杖鞭打的時候，連一點呻吟也喊不出的程度，根本不能提升到反抗的局面。個人財產權的嚴重缺乏，使中國社會不能在重重的人身依附中打開一個缺口，開出一條「由身份到契約」（梅因語）、在近代的轉化階段加入世界潮流的通路。

人類自身對個人財產權的肯定經過了一個很漫長的過程。羅馬國家早期，家長的「家父權」是很大的，他對家裏的一切成員享有絕對支配權，妻在夫面前沒有任何權利，兒女不論結婚與否，只要與父共同生活就沒有獨立能力，不准簽訂契約和買賣財產，子女的收穫物盡歸父親所有。這時候個人財產權還未曾萌芽。後來由於國家以土地或金錢等實物形式獎賞替國家服務獲得軍功或事功的羅馬公民，這些財產以「特有產」的形式歸屬得者，不受「家父權」支配，受國家法律保護，而且可以依遺囑繼承，這樣才在人類歷史上萌生出完全的私有制。最初在羅馬社會不完全的家長佔有是主要的財產形式，「特有產」這種純屬個人的財產形式屬於少數的例外。後來這個例外愈來愈擴展，家長的絕對支配權日益解體，兒子從事獨立經濟活動，取得獨立的權利能力，不受「家父權」管制可以簽訂契約和買賣財產。隨着個人財產權被肯定和逐漸生長，羅馬國家開始制定法律保護個人財產權，例如，「商人、高利貸者、土地收買者便經常不遵守有關規定來購買要式轉移物，也有的高利貸者常常逼迫無支付能力的債務人不按過去的規定變賣自己的財產。最高裁制官通過告示來竭力保護財產獲得者的利益，並防止他人對這種財產的侵害，從而形成了最高裁判官所有權」[1]。另外，羅馬國家前期財產繼承方面，主要是法定繼承，即死亡者的財產與債務由兒子繼承，沒有兒子則由死者兄弟繼承，如此按血緣親疏類推。這種繼承法反映了「家父權」的財產所有形式，後來則出現遺囑繼承，遺囑繼承要經過法律手續才能生效，但這種繼承法規定可以將財產隨意贈給設定的繼承人，突破財產繼承依一定血緣關係相連的舊制，反映了個人財產權得到充份肯定與尊重的事實。羅馬社會創出的個人財產權後來經過文藝復興、宗教改革、工業革命等一系列社會變革，遂成為不可動搖的公認準則。個性尊嚴與主體自由要得到充份的肯定，實在有待於這條準則的確立。

當然，也可以說，不論「家父權」的財產形式還是個人財產形式，本質上都是私有制。但它們對社會進步的貢獻不可同日而語。「家父權」的財產形式，帶有濃厚的原始和血緣的質素，不利於個性的成

---

1 《外國法制史》，第六一頁，北京大學出版社，一九八二年版。

長，也不利於生產力的更大進步。過去探討財產形式問題，不注意甄別兩者的差異，籠統曰之私有制。現在我們討論到禮治文化對個性的壓抑，則不能不多少涉及財產形式問題。另外，就「家父權」的財產形式而言，它只是不完全私有制，按古老中國的定義，一人為私，二人為公，這種不完全私有制倒是有幾分「原始社會主義」精神。實際上它確實起到幾分抑制所得分配不均的功能，只不過不實行於非血緣範圍而實行於血緣社會的小圈子。中國人的人格被壓縮的狀態和傳統社會黎民不飢不寒「五十者可以衣帛」，「七十者可以食肉」（《孟子．梁惠王上》）的僅夠充飢果腹的匱乏經濟，無不與這種不完全私有制有直接關係。

在中國歷史上，周朝行分封制，全國土地資財歸天子一人擁有，他以「授土授民」的方式頒給諸侯王，諸侯王再封給以下的卿大夫。《詩經．小雅．四月》：「溥天之下，莫非王土，率土之濱，莫非王臣。」周末社會動亂，「禮崩樂壞」，分封的土地和新墾的土地被據為私有，而且可以買賣。商鞅入秦改革，其中就有「廢井田，開阡陌」和「有軍功者，各以率受上爵」兩條。[1]在形式上這有點像羅馬國家的「特有產」，但有沒有民法來保護這些因個人努力而獲得的財產，千載以下，不得而知。或許商鞅的改革曾經打開一個缺口，而後來終於失敗而被堵死。不論怎麼說，商鞅的改革並未導致個人財產權的確立，這是肯定的。至於商鞅改革時的具體情況因史料不足，姑且存而不論。秦漢以下，禮治秩序牢牢確立，家族制度成為社會基礎結構，個人財產權的觀念和事實都無法生長，直到辛亥革命之前，中國歷史上很難說存在着個人財產權，辛亥革命之後，這種個人權利亦未受到法律的充份保護。理解這一點，

1 杜佑：《通典．田制》和《史記．商君列傳》。

我們對中國社會種種「吃人」現象就不會感到驚奇，因為個人從來都是被剝奪的對象。

傳統禮制規定，只要與父母同居住，子女、兒媳、兒孫不得有私財，不能擅自買賣財產，所得盡輸於家長。《禮記．曲禮上》：「父母存，不許友以死，不有私財。」《清律輯注》：「一戶之內，所有田糧，家長主之；所有錢財，家長專之。」司馬光《涑水家儀》：「凡為人子者，毋得蓄私財。俸祿及田宅收入，盡歸之父母，當用則請而用之，不敢私假，不敢私與。」唐律規定：祖父母、父母甚至曾高祖在世，子孫別立戶籍，分異財產者，徒刑三年；卑幼不由尊長，私輒用當家財物者，十匹笞十，十匹加一等罪，直到杖打一百。又《鄭氏規範》：「子孫倘有私置田產，私積貨泉，事跡顯然彰著，眾得言之家長，家長率眾告於祠堂，擊鼓聲罪而榜於壁，更赴其所，與親朋告語之所私，便即拘納公堂。」宋趙鼎《家訓筆錄》第十九條規定：「諸位子弟，不得於管田處取租課。如有違者，重行戒約及時。私取錢物，於分給內克除外，更令倍罰。」上面所引的幾條資料，不過是極少的一部份，反映除家長外均無財產支配權狀況的資料，在正史、野史、縣誌中也找得到許多。子女不敢有私財總是被當做孝行之一記錄下來的。

子女沒有財產支配權，家長是不是有個人財產權呢？也沒有。照我們理解，個人財產權是法律（公法）保護下的個人對他所得的財產擁有的所有權。因此他可以通過買賣、讓渡、遺囑贈予、指定繼承的方式處理自己的財產。但中國歷史上的不完全私有制不能滿足這些條件。家長雖然有權支配財產，但準確地說家長的這種權力只局限於公平地管理這些財產。家長不能如個人財產權狀態下那樣任意處置家財。這在財產的繼承上有明確表示。歷史上普遍實行的是諸子平分制繼承（除貴族爵位由嫡長子孫繼承外）。這種繼承法背後的思路是，家族的財產是成員共有的，不過由於管理上的方便由一位家長代行。人死之後，則由諸成員平分。我們說中國歷史上的財產形式包含原始社會主義精神的因素，這是理由之一。費孝通曾舉例説明諸子平均繼承法：

一家共有兩個兒子，長子成家後要求獨立時，這家財將分成四部份：第一部份是留給父母的，稱養老田；另外提出一部份來給長子，稱長子田；餘下來的平均分為兩份，分給兩個兒子。從表面上看，這種分法似乎偏待長子。我曾把這意思説給當地的人聽。他們卻並不承認，覺得這樣才公平。他們的理由是這樣：長子田的多少是看長子在家裏的貢獻多少而定。長子在年齡上自然較大，比幼子工作得早。在沒有分家的時期，他所出的力是全家共同享受的。若是他在分家時和他的弟弟得到相同的田地，不是否認了他以往的功勞了麼？而且事實上，幼子還是和他父母一起住的，他供養他的父母，同時也就耕種他們的養老田。在長子已分了家之後，幼子和父母共同經營所掙得的田，長子也就無權過問了。在這時，長子有兩份田：長子田和自己名份中的田；幼子也有兩份田：父母的養老田和自己名份中的田。兩人所有田的數目也不致相差太遠。一直要到父母死的時候，養老田出賣了辦理喪事，幼子所經營的田才比長子為少。可是，因為父母常和幼子住在一起，很多動產卻會暗地裏傳遞給在身邊的幼子。這樣實現了同胞間的平等原則。[1]

「平等原則」體現了家族共有觀念（家族制度所行的是單系繼承，共有之中自然排斥了女性）。父母在

1 費孝通：《生育制度》，第一六六頁，天津人民出版社，一九八一年版。

世，諸子合力經營，委託輩分最大的家長託管，託管不下去的時候，平均分戶析產。說它「平等」，容易混淆，其實最好還是稱「均等」，即孔子「不患貧而患不均」的「均」字。怎樣在分戶析產時做到「均」，在古代中國是個望而生畏的難題，諸子常因「不均」而打得頭破血流，乃至訴訟破家。家長不能隨意指定人繼承家產，怎能說他擁有個人財產權呢？

傳統中國的財產不完全私有還表現在即使不是個人而是家族私有，但也沒有完整的法律來保護家族的私有。土地和其他產業的產權自由轉移在秦漢以下司空見慣，亦為官方所允許。但這種自由轉移有多少屬於自由買賣，有多少屬於權勢壓力下的巧取豪奪，筆者沒有作過統計，不敢一口斷定。後代學者稱產權轉移為自由買賣，但史書卻稱之「兼併」。「兼併」兩字能反映出歷史的真實狀態。產權的轉移在中國是沒有法律保護的，它有商品買賣的成份在內，卻不完全。土豪、劣紳、惡霸、地主，常常運用自己的權勢與地位，與官府勾結，不論他人願意不願意，把弱小無告者的土地財產連買帶奪，「轉移」過來。平心而論，這種「轉移」能叫做充份的商品買賣嗎？了解一下那些集權力與財富於一身的大官僚、大地主的發家史，裏面真不知窩藏着多少骯髒的勾當。史官良心不死，用「兼併」兩字來指中國的產權轉移，那是恰當不過的了。

皇權的干預也是私有不完全的表現。皇帝至高無上，他保持着對任何人的任何財產的最高裁奪權。不論子民將手中的財產攥得多麼緊，一道諭旨下來，有罪的，固然罪有應得；無罪的，也要籍沒家產，連誅九族。《紅樓夢》的賈家，好不排場，花起銀子來如流水，更兼祖上有軍功，子孫世襲，他們能「所有」自己的家產嗎？皇帝下令抄家，豪門貴宅立時貼上封條，白花花的銀子全部輸入官庫。在皇帝的最高裁奪權面前，甚麼是個人財產權呢？皇親國戚，只要看上全國範圍內的好地方，就可以借皇帝的名義收歸「皇有」，生活在那裏的小民百姓只好自認倒霉。當然，從歷史上觀察，皇帝的最高裁奪權運用起來有兩種情況，一種是用來搜刮民脂民膏，另一種是用來對付危害皇朝整體利益的大貪官污吏。但無論哪種情況，它的存在即表明沒有個人的財產權。財產的所有不是落實到個人，沒有完整的訴訟程序來監督財產的產權轉移，沒有獨立的法律系統保護財產擁有人的利益。在這種情況下，究竟在甚麼意義上説中國的私有權呢？私有到底意味着甚麼呢？中國歷史上的不完全私有制能和現代社會的個人財產權相提並論嗎？中國歷史上如果真的有羅馬國家那種私有權（個人財產權），人權的被剝奪就不會那麼漫長和殘酷，人被「吃」得就不會那麼慘絕人寰，「人」的覺醒就會來得快些。社會從古代形態過渡到現代形態，本來應在古代社會的發展期內孕育某些打破它的條件或缺口，這樣社會在進入過渡期就不會那麼痛苦和飽經挫折。個人財產權的萌芽是一個最重要的條件和最有意義的缺口，但中國社會恰恰沒有。相反，禮治文化創造許多機制抑制個人財產權的生長。所以，個人財產權的肯定，對中國不是退步而是必要的進步。

禮治秩序將人的個性壓抑在重重束縛之下，猶如置身於一個不能展開的封閉空間，在個人的現實性的活動和事功方面是這樣，在個人的精神性活動方面也是這樣。一般來說，古代社會的各項制度設施，都有一套學理為它們的合理性作證明。就是說，作為對宇宙人生一種見解的學理，總是和政治權力的運作密切結合在一起的，形成一套官方意識形態。在西方中世紀，這套官方意識形態是基督教神學理論；秦漢以下的中國，政治化的儒家的綱常倫理則成了中國的官方意識形態。成了意識形態的學理就不是純粹的學術理論，因為它本身已經同權力統治相結合，為統治者服務。同時它作為對宇宙人生的一種見解也失去了往昔的生氣活潑，制度基本結構的不變性使它僵化和萎縮。意識形態的統治追求思想界和精神領域的劃一化，扼殺其他思想見解，這種情況在中國也無例外。能夠允許道家和佛家思想的存在，並不證明中國沒有學術思想的禁錮，恰恰相反，這兩種思想從「在野」的角度補充綱常倫理的不足，它們充填了作為正式官方意識形態的綱常倫理未能伸展到的精神角落。二者的思想扮演的是準意識形態的角色。

思想的創造要求突破框框，而意識形態的劃一化卻設置框框。個人的精神努力只能局限於被圈定的狹小範圍，精神探險者被迫到一條狹窄的崎嶇之途。這種對精神個性的自由的不利局面形成了思想的「註釋」情形。後代的人沒有能力也不屑於追求坦露自己精神個性的境界，卻去依傍幾部經典，為它們作註，一窩蜂地「我註六經」。馮友蘭《中國哲學史》將中國哲學分成「子學時代」（自孔子至淮南王）與「經學時代」（自董仲舒至康有為）。「經學時代」哲學的特點是依傍前人，即使微有新意，亦不敢獨標是自己的創作，古代經典在後人眼裏成了不可企及的頂峰，言必稱孔孟。「在經學時代中，諸哲學家無論有無新見，皆須依傍古代即子學時代哲學家之名，大部份依傍經學之名，以發佈其所見，其所見亦多以古代即子學時代之哲學中之術語表出之。此時諸哲學家所釀之酒，無論新舊，皆裝於古代哲學，大部份為經學之舊瓶內。」[1] 學者們的「註釋」與他們不敢獨創的心態，都是精神個性備受束縛的表現。現代社會的組織結構，已經成功地做到了學理內容與政治形式的分離。政治形式不必經過某種學理的論證，而是通過公民的契約同意就能形成。在這種組織結構之下，不存在官定的意識形態，它能容納任何學理內容。學術上的創新和反對既定權威，於是就成為學術進步的必要前提。以此來反觀古代，它將政治的

1 馮友蘭：《中國哲學史》上冊，第四九二頁，商務印書館，一九四七年版。

運作與固定一種學理相結合，於是就不得不「統制思想」，異議、歧見和反對就不能被容忍。因為任何其他學理的提出，都被視為對整個社會秩序的破壞。在這種情況下，學者的正常努力當然全被擠到「註釋」上面，它既安全又名利兼得，可惜缺乏精神個性。

社會愈來愈失去它昔日的活力與朝氣而變得愈來愈僵化的時候，思想的統制與禁錮就會加強。正如風燭殘年的老人禁不起半絲風寒，歲月使他要借助外部措施來彌補內部生命力的不足。中國社會愈到後期，思想統制的手法也越加血腥與殘酷，意識形態結構對社會進步的抑制就越加表現出來。董仲舒助漢武帝確立儒家獨尊地位，儒家由「野」而「朝」，由學術思想而意識形態。這之後至唐代的相當長一段時間，思想統制是通過官學提倡、獎勵和士大夫的自覺等方式溫和地進行的。唐宋以後，意識形態的思想統制表現出大規模的制度化趨向，官方不僅正面提倡鼓勵儒學教育，而且以科舉制度的方式將它固定下來。傳說唐太宗看到一班進士魚貫入殿，樂得自言自語，「天下英雄盡入我彀中」。科舉制之所以會使「英雄」入彀，就是因為社會通過具體措施使思想統治制度化。歸宗儒學，意味着財富、權力與地位；反叛儒學，則意味着飢餓、貧窮和死亡。科舉制的創設，使中國社會的思想統制發展到成熟階段，民間的私塾教育和書院教育成了為科舉制服務的附庸。從此，不僅「英雄」入彀，所有想當「英雄」的村野之士也得入彀。自從有了科舉制，金榜題名與名落孫山都是一樣的，衣錦還鄉的狀元郎與貧窮潦倒的老貢生沒有甚麼差別，他們都是沒有精神個性、沒有靈魂的軀殼。所不同的是在這些被製造出來的軀殼中，少數人富而且貴，多數人貧而且窮。被科舉制掏空了靈魂與個性的軀殼，就像陳獨秀早年應試時在考場看到的那位「怪物」一樣：

有一件事給我的印象最深，考頭場時，看見一位徐州的大胖子，一條大辮子盤在頭頂上，全身一絲不掛，腳踏一雙破鞋，手裏捧着試卷，在如火的長巷中走來走去，走着走着，上下大小腦袋左右搖晃着，拖長着怪聲念他那得意的好文章，念到最得意處，用力把大腿一拍，翹起大拇指叫道：「好！今科必中！」[1]

科舉制所造就的就是這類沒有任何靈性的「今科必中」的怪物。梁啟超說到傳統的教育：

八股猶以為未足，而又設為割裂截搭、連上犯下之禁，使人入於其中，銷磨數十年之精神，猶未能盡其伎倆，而遑及他事。猶以為未足，禁其用後世事、後世語，務驅此數百萬侁侁衿纓之士，使束書不覯，胸無一字，並中國往事且不識，更奚論外國？並日用應酬且不解，更奚論經世？」[2]

除了科舉制度從正面完成思想統制之外，意識形態結構的凝固和僵化必然使它走向思想迫害。人類的個性，追求掌握自己生命的渴望深深地根植於人的良知與理智之中，僵化的和不利於個性生長的文化可以壓制它、埋沒它，但卻不能最終取消它。當精神個性的生長與意識形態結構形成對抗或不相容的姿態時，統治者就會求諸思想迫害的手法。明末異端思想家李贄被羅織罪名下獄，自刎身亡，在中國歷史

1 陳獨秀：《實庵自傳》，見《陳獨秀文章選編》下冊，第五六三頁，三聯書店，一九八四年版。
2 梁啟超：《中國積弱淵源論》，見《梁啟超選集》，第一四一頁，上海人民出版社，一九八四年版。

上開了思想迫害之先。清代的文字獄更將明末的思想迫害「發揚光大」。令人驚異的是清代的文字獄往往不是因為抗衡正統的異端思想或種族仇恨，而是因為一些莫須有的罪名，就會生出殺人成百上千的駭人聽聞的事件。對於這樣的思想迫害，我們只好用「殺雞儆猴」的古代道理來解釋。雞所以被殺，不在於牠是否真正有罪，而在於有一大批猴子存在，不用死亡來使牠們恐懼就可能壞了現在的秩序，雞不過被偶然選中充當犧牲者。比起西方中世紀的宗教裁判，清代思想迫害更加殘酷和神經質。布魯諾之受火刑，因為他的學說確為宗教所不容，伽利略之認錯悔過，因為他確實發現了悖於教義的真理。而中國的文字獄，根本不要證據，根本不必審判，莫名其妙不知不覺中就可以被說成犯下逆天大罪，然後送上斷頭台，死而不知其罪。這種神經質的思想迫害使中國思想界蒙上難以癒合的「傷痕」和擺脫不掉的陰影。

梅因把人類社會從古代形態到現代形態的變遷概括為「從身份到契約」的公式。他說：

> 所有進步社會的運動在有一點上是一致的，在運動發展的過程中，其特點是家族依附的逐步消滅以及代之而起的個人義務的增長。……用以逐步代替源自「家族」各種權利義務上那種相互關係形式的……關係就是「契約」。……可以說，所有進步社會的運動，到此處為止，是一個「從身份到契約」的運動。[1]

契約是基於自由合意產生的關係，它的存在前提是承認所有參與契約的人法理上人人平等，每一個人都

1 《古代法》，第九六—九七頁，商務印書館，一九八四年版。

是自律自足的個體，個人是這個社會最小的單位。和他人發生法權關係的時候，任何人或任何組織都無法也無權取代個人。因人與人相互間存在契約，所以就有憲法、法庭、行政系統、監察系統、訴訟程序等一系列組織設施。個人意識和個性正是在這樣的文化環境中獲得充份生長，在這裏文化不再抑制人的個性，而是肯定、鼓勵和幫助每個人發揮他的聰明和才智，個人意識、人格尊嚴和主體自由的健康存在是社會發展的基礎。身份社會則不然，身份是在人身依附關係中社會強加給個體的尊卑名份。願意也罷，不願意也罷，你不得不接受。在傳統中國的身份社會中，家族是最小單位。管理最小單位的機構，稱作「戶部」，就是一個象徵。個人或私，在大眾語彙上完全是個醜陋的詞。段玉裁《說文解字注》：私，「倉頡作字，自營為私，背私為公」。偽古文《尚書．周官》就有「以公滅私」的說法。這種情況多少證明中國社會不從法理上觀察個人，固無獨立人格和個人權利的觀念；只從道德倫理上觀察個人，固私意味着絕對的罪惡。無私無欲在身份社會意味着個人完全馴服於社會強加給他的尊卑名份，意味着他能夠主動認同社會的行為規範。身份社會的存在基礎就是「存天理，滅人欲」的公意識畸形發達，沒有人格尊嚴和主體自由。

傳統的禮治秩序在實行束縛主體和扼殺個性的時候，比起西方來要嚴密周全得多。猶太教的絕對人格神觀念（在上帝面前人人平等），希臘時期的民主政制和羅馬法，這些早期的文化創設是後來突破中世紀藩籬的缺口。中國社會的演變，沒有創出相類似的條件。相反，人身依附仗着極端發達的血緣意識而更加牢固，仗着自成體系的綱常倫理觀念而益壽延年，仗着個人財產權的前古無有而飛揚跋扈。個人在重重依附之中不能動彈，被釘死在禮治秩序這個藩籬上。用「五四」時期形象化的說法就是「吃人」，用理論化的說法就是扼殺個性，取消獨立人格和尊嚴。禮治秩序對個人的這種模塑形成了可怕的取向：

把個人推進依附的深淵。自覺或不自覺的依附就在性格上發生變態和扭曲，這種眾多人的變態和扭曲的性格的集合就是主奴根性。這樣我們又回到了前面討論的國民性格問題。有了上述的傳統文化的探討，就可能解開國民性格那種主奴根性的謎。

第六節　失去個性的扭曲

社會作為人類相互作用形成的社群存在狀態，是先於具體的人和存在，個人對社會而言可以說是被給定的。不論你樂意不樂意，生而有身就得面對這個存在狀態，長而成人就得作為整個存在狀態中的一個細微部份繼續影響並給定下一代人。從這個意義上未嘗不可以說社會決定人；個人作為被給定的存在對存在本身無能為力，談論主體是複雜的。然而，僅僅理解到這裏為止是不夠的。我們不僅應該關注作為社群存在狀態的社會，而且更應該關注逐漸生成的人的創造物的社會。僅僅把社會理解為是甚麼是不夠的，還應當深究它如何生成。如果它的生成向着為人的全面發展提供條件，個性就能憑藉這些條件發揮其聰明才智，個人就能為自己做主，掌握自己的命運，實現高尚的生活目標。這時候，個人就不是被給定的，而是主體。一般來說，古代社會生成的文化條件都是極其不利於個性生長的，毋寧說它在不斷地打擊和扼殺個性。個人不論在哪個意義上都是被給定的和被掌握的。社會與個性處於絕對的對抗狀態，這時候的社會還未找尋出一條途徑，溝通個性的完成與社會的發展的聯繫，以個性的充份完成去推動社會的進步。文化條件對個性的殘戕與扼殺，終於使人的性格發生變形與扭曲。國民性格的扭曲反證出文化的病態。

如果我們把主體自由主要理解為個人對自我生命的自律自足的把握，個性正是自我自由地實現其生命目的而表現出來的自主性與獨立性的話，那麼，個性正如尼．列昂捷夫說的那樣：「個性的發展必須以需要的轉變作為創造的前提，而創造是沒有限度的。」[1] 禮治秩序恰恰沒有提供「需要的轉變」的前提，更不用說它對個人創造性的限制。相反，禮治秩序以「禮」的行為模式強求每一個人都遵守、承認。這種行為模式的根本精神就是要每一個人都按照規定給他的尊卑名份去行事。假如他為父，他就可以役使他的子；假如他為子，他就要服從任何形式的奴役；假如他為長輩之子而又是晚輩之父，那就集暴戾與馴從於一身。假如他為官，他就可以魚肉臣民；假如他為臣民，他就要服從上司的魚肉；假如他是大官的臣下而又是更卑者的官，他就集奴顏婢膝和虎狼之性於一身。「天有十日，人有十等」，由上而下一級一級地排下來，人是上一級的奴才和下一級的主子。一個禮治文化的社會，便把人扭曲到這種程度；失去個性的人們，在「長幼有序」中被規定、指派為主子和奴才這兩種角色，被模塑成可怕的「雙重人格」（dual personality）。性格的表現往返於兩個極端之間：既可以此，也可以彼，全看具體的場合而定。

個人獨立人格的尊嚴被無情地否定，個人能做的行動選擇被限制在——禮制規範——極小的範圍裏，除了重複上一代人的命運幾乎不能作主體的選擇。在這種情形下，被扭曲的「雙重人格」不可避免地發生，它所體現的不是個人性格的暫時性表現，而是普遍且嚴重的文化病。

1 《活動．意識．個性》，第一七零頁，上海譯文出版社，一九八二年版。

假如是怯弱的人民，則即使如何鼓舞也不會有面臨強敵的決心；然而引起的憤火卻在，仍不能不尋一個發洩的地方，這地方，就是眼見得比他們更弱的人民。[1]

勇者憤怒，抽刀向更強者；怯者憤怒，卻抽刀向更弱者，不可救藥的民族中，一定有許多英雄，是向孩子們瞪眼。這些孱頭們。[2]

他們是羊，同時也是兇獸；但遇見比他更兇的兇獸時便現羊樣，遇見比他更弱的羊時便現兇獸樣。[3]

但是在黃金世界還未到來之前，人們恐怕總不免同時含有這兩種性質，只看發現時候的情形怎樣，就顯出勇敢和卑怯的大區別來。可惜中國人但對於羊顯兇獸相，而對於兇獸則顯羊相，所以即使顯着兇獸相，也還是卑怯的國民。這樣下去，一定要完結的。[4]

專制者的反面就是奴才，有權時無所不為，失勢時卻奴性十足。……做主子時以一切別人

1 魯迅：《墳・雜憶》。
2 魯迅：《華蓋集・雜感》。
3 魯迅：《華蓋集・忽然想到》七。
4 同上。

> 為奴才，則有了主子一定以奴才自命；這是天經地義，無可動搖的。[1]

禮治文化用吞噬人的個性的方式形成秩序，於是就結出上述魯迅所說的苦果。

作為藝術形象，刻劃和暴露國民主奴根性最生動和深刻的是阿Q。早在阿Q剛登場出現在未莊的時候，就很有點「羊相」。趙太爺兒子中了秀才，未莊最有身份的人家裏有喜，阿Q就很得意地去認本家。雖然趙太爺不識阿Q的「抬舉」，打了他一個大嘴巴，但這一打，使阿Q出了名，成了「孔府裏的太宰」，趙太爺下過箸，未莊的阿七阿八之類，便不敢妄動了。此後阿Q得意了許多年，但直到死，他都是一副「羊相」。革命不成，被捉入衙門，他一見「一個滿頭剃得精光的老頭子」危坐公堂，「便知道這人一定有些來歷，膝關節立刻自然而然的寬鬆，便跪了下去」，別人要他「站着說，不要跪」，可是阿Q「總覺得站不住，身不由己的蹲了下去，而且終於趁勢改為跪下了」。有身份的人，阿Q非常尊敬，敬到不講自己的人格去拍馬屁，給趙太爺附驥尾。而且阿Q對官府的印象「格外深」，深到根本不想自己有罪無罪，只要被帶上公堂，雙膝自然寬鬆發軟。直到他雙手發抖地畫了圓圈被拉出去殺頭，他沒有過過「人」的日子，從來不知道獨立的人格尊嚴為何物。他的死是屈辱死。然而，阿Q又不只顯「羊相」，也很有些「兇獸相」。只要他和王胡、小D之類卑而下之的小人物對壘，「兇獸相」就情不自禁顯露出來。例如某天他和王胡並坐捉蝨子，阿Q於王胡就很「看不上眼」。「這王胡，又癩又胡，別人都叫他王癩胡，阿Q卻刪去了一個癩字，然而非常渺視他。阿Q的意思，以為癩是不足為奇的，只有這一部絡

---

1 魯迅：《南腔北調集・諺語》。

腮鬍子，實在太新奇，令人看不上眼，他於是並排坐下去。倘是別的閒人們，阿Q本不敢大意坐下去。但這王胡的旁邊，他有甚麼怕呢？老實說，他肯坐下去，簡直還是抬舉他。」王胡的蝨子比他大，咬得比他響，阿Q就受不了，頓時破口大罵，演出一場龍虎鬥。阿Q對小D更鄙夷和憎恨。當年小D謀了他的飯碗，阿Q便「怒目而視」，罵小D是「畜生」。後來「革命」了，他又不准小D「革命」。他看見「小D也將辮子盤在頭頂上了，而且居然用一枝竹筷，阿Q萬料不到他敢這樣做，自己也決不准他這樣做！小D是甚麼東西呢？他很想即刻揪住他，拗斷他的竹筷，放下他的辮子，並且批他幾個嘴巴，聊且懲罰他忘了生辰八字，也敢來做革命黨的罪。但他終於饒放了，單是怒目而視的吐一口唾沫道：『呸！』」對於「阿Q本來視若草芥的」小尼姑之流，阿Q的「兇獸相」就更「兇」。賭錢輸得精光，就往小尼姑臉上抓一把，以他人的痛苦作自己屈辱之補償。還振振有詞：「和尚動得，我動不得？」阿Q在趙太爺眼裏本不算東西，他夠卑賤的了，但阿Q在他眼裏的「草芥」面前，自詡主子，借用種種方便得點小便宜。阿Q陷於分裂的雙重人格，根本就沒有屬於他自己的「自我」，他那種分裂的人格全看處於具體情景而游移變化：忽主子，忽奴才。

失去個性的扭曲，在治亂交替因循的中國歷史上得到充份的表現。一方面轟轟烈烈起義，興師問罪，「替天行道」，「湯武革命」，毀壞既成的秩序，重新分配財富；另一方面又像死一樣寂靜，騷動僅僅是騷動，並未帶來不同尋常的結果，「替天行道」之後不過是舊秩序的重建。舊主子被清算，換一幫新主子；舊奴隸僥倖做了主子，立即製造一批新奴隸。正如魯迅所說的暫時做穩了奴隸和想做奴隸而不得的時代交替循環。孫悟空翻筋斗，十萬八千里，終不出如來佛手心；「替天行道」熱鬧哄哄，但終於「天不變，道亦不變」。從國民性格來檢討，主奴根性在這種悲劇性的循環裏起很大作用，它把人死死地限制在「禮治秩序」的框框裏，「人」被吞噬盡了，不能從社會的變動中生長。「革命」初起，就抱着「彼可取而代之也」的念頭；稍為有點氣象，就不忘享受榮華富貴；及到「革命」成功，就完全恢復老樣子。人在進行主動的歷史活動時不是為了自身和社會的發展尋求新的出路，而只是「禮治秩序」的工具。這裏面固然有歷史的悲劇性，但也有人的悲劇性。人的眼光與理性被死死地限制住，即使在變革可能來到面前時，也抓不住機會。

主奴根性所產生的悲劇在《阿Q正傳》裏有精彩的刻劃。第七章寫到阿Q不堪壓迫，要去「革命」，但他心目中的「革命」是甚麼呢？其實也很簡單。「東西……直走進去打開箱子來：元寶，洋錢，洋紗衫……秀才娘子的一張寧式床先搬到土谷祠，此外便擺了錢家的桌椅——或者也就用趙家的罷。自己是不動手的了，叫小D來搬，要搬得快，搬得不快打嘴巴……」除了財富的夢想之外，還有殺趙太爺、假洋鬼子和娶吳媽之類。阿Q式的革命，命固然是革了，但究其實不過取而代之，並不是真正的革命意識。即使阿Q革命成功，他除了變成未莊的新趙太爺、新假洋鬼子以外，沒有別的出路。不論甚麼形式的取代，它都以默認禮治秩序為前提。民諺「卅年媳婦熬成婆」，「皇帝輪流做，今年到我家」，反映的正是取代意識。「熬」和「做」並不等於禮治秩序發生變化，只是人在其中扮演的角色發生變換而已。禮治秩序不改變，國民主奴根性不祛除，「誅一夫」也好，「救民於水火，解民於倒懸」也好，結局終不免有一夫，民還是墜入水火，陷於倒懸。

禮治秩序對個性的壓抑和對個人主體地位的否認主要是通過人身依附實現的。人與人之間，一級依附着一級；級與級之間，不是平等的關係，而是領有與被領有的關係。個人不但不能掌握自己，反而要馴從上級，作為這種奴顏婢膝的馴從的補償，可以役使下級。獨立而完整的人格就這樣被分裂開：一面仰着向上，一面俯着向下；一面做主，一面做奴。獨立的個性消失於俯仰之間，泯滅於主奴之際。胡適聯繫家族制度對國民的奴性作了很深入的揭示：

吾國之家族制，實亦有大害，以其養成一種依賴性也。吾國家庭，父母視子婦如一種養老存款（old age pension），以為子婦必須養親，此一種依賴性也。子婦視父母遺產為固有，此又一依賴性也。甚至兄弟相倚依，以為兄弟有相助之責。再甚至一族一黨，三親六戚，無不相倚依。一人成佛，一族飛升，一子成名，六親聚啖之，如蟻之附骨，不以為恥而以為當然，此何等奴性！真亡國之根也！[1]

胡適單就家族制與人的依賴心理和奴性作論述，其實不只奴性，還有主性，還有對人的壓迫。

人身依附的人際關係，既有依賴的一面，亦有壓迫的一面。依附的真正核心是人格的不平等，是尊卑的規定。傳統社會裏的真正親情，常常被不講感情的尊卑所壓倒，「孝」表面上是兒子對父輩的尊敬，但實際上「孝」變成殺人刀子。吳虞《說孝》一文，很深入地剖析了儒家的「孝」在歷史上演成的殘酷性，統治者忠孝並用，父君並尊，「以遂他們專制的私心」，這種「麻木不仁的禮教，數千年來不知冤枉害死多少無辜的，真正可為痛哭呀！」[2] 魯迅更形象地把舊中國比喻為「安排給闊人享用的人肉的筵

1 胡適：《藏暉室札記》，一九一四年六月七日。
2 《吳虞文錄》，第一七頁，亞東圖書館，一九二三年版。

宴」[1]。這種環境「使人們各各分離，遂不能再感到別人的痛苦，並且因為自己各有奴使別人，吃掉別人的希望，便也就忘卻自己同有被奴使被吃掉的將來。於是大小無數的人肉的筵宴，即從有文明以來一直排到現在，人們就在這會場中吃人，被吃，以兇人的愚妄的歡呼，將悲慘的弱者的呼號遮掩，更不消說女人和小兒」[2]。在吞噬個性的人身依附裏，不僅使人有被吃掉的將來，也有正在吃別人的野蠻的眼前歡樂。在「吃人」環境熏習出來的國民，既有馴從的奴性，也有役使的主性。下面一段刻劃主奴根性深入骨髓的舊官僚的話很有代表性：「中國之官愈貴而愈賤。其出也，武夫前呵，從者塞途，非不赫赫可畏也；然其逢迎於上官之前則如妓女，奔走於上官之門則如僕隸，其畏之也如虎狼，其敬之也如鬼神，得上官一笑則作數日喜，遇上官一怒則作數日戚，甚至上官之皂隸、上官之雞犬，亦見面起敬，不敢少拂焉。且也，上官之上更有上官，其受之於人者亦莫不施之於人。即位至督撫，尚書，其卑污詬賤，屈膝逢迎者，曾不少減焉。」[3]

要從主奴根性的深淵中解脱出來，要放下禮治秩序的沉重包袱，除了中國的全面現代化沒有別的出路。只有從古代形態過渡到現代形態，社會才能給個人提供一個適合個性生長和發揮作用的環境。作為這個過渡的關鍵性一步，「五四」時期思想界提倡個性精神、個性解放，用今天的眼光看依然是有針對性的。陳獨秀當年將「自主的而非奴隸的」寫在《新青年》發刊詞《敬告青年》上，作為六大希望之首[4]，在新時代即將來臨之時向青年們提出來，也是深有意味的。因為它正切中傳統文化和國民性格的

1 《魯迅全集》第一卷，第二一七頁，人民文學出版社，一九八一年版。

2 同上。

3 《辛亥革命前十年間時論選集》，見《說國民》第一卷，上冊，第七六頁，三聯書店，一九七八年版。

4 其餘五個方面分別為：「進步的而非保守的」「進取的而非退隱的」「世界的而非鎖國的」「實利的而非虛文的」「科學的而非想像的」。

積弊。中國社會要創出創造性地轉化傳統的生機，個性精神的生長是一個不能迴避的過程。陳獨秀以其對中國命運的深切關懷，鼓勵青年向奴隸意識宣戰：

忠孝節義，奴隸之道德也；輕刑薄賦，奴隸之幸福也；稱頌功德，奴隸之文章也；拜爵賜第，奴隸之光榮也；豐碑高墓，奴隸之紀念物也。以其是非榮辱，聽命他人，不以自身為本位，則個人獨立平等之人格，消滅無存，其一切善惡行為，勢不能訴之自身意志而課以功過；謂之奴隸，誰曰不宜？

舊時代應該成為過去，青年應當有新的開始：

我有手足，自謀温飽；我有口舌，自陳好惡；我有心思，自崇所信；絕不認他人之越俎，亦不應主我而奴他人。蓋自認為獨立自主之人格以上，一切操行，一切權利，一切信仰，惟有聽命各自固有之智能，斷無盲從隸屬他人之理。

後來陳獨秀在《孔子之道與現代生活》一文，發展了他早期的個人主義思想，明確提出「個人財產獨立」的問題。他意識到西洋的個人主義，不但指倫理上的個人人格獨立，更兼指經濟上的財產獨立。「現代倫理學上之個人人格獨立，與經濟學上之個人財產獨立，互相證明，其說遂至不可搖動；而社會風紀，物質文明，因此大進。」[1] 也許到今天為止還有爭議，仁者見仁，智者見智，但陳獨秀在他早年的一系列文章裏，無疑為中國文化的建設提出重大問題。當然，後來新文化運動並沒有照陳獨秀的預想發展，他的思想也在變化，形勢的急變更是超出了預料。一個很有意義的課題剛剛提出，還未來得及充份討論，就被忘記，更新的興趣又在吸引着人們的注意力。綜觀現代中國的歷史，急遽的社會變遷使一些關係社會發展的基本問題沒有被透徹地討論過，主體自由或者説個人主義，正是這些基本問題中的一個。這不能不説是令人遺憾的。

傳統是活的。在今天，我們已經完全看不見冠禮、祭禮、士相見禮等傳統禮制，也沒有人遵守斬縗、齊縗、絲麻、大功、小功等煩瑣的葬禮，家族制度更被革命化洪流沖得土崩瓦解，核心家庭（即由親子組成的家庭）已經成為最普遍的基層生活形式，體現在服飾、禮儀方面的尊卑更是完全看不見了，七十六年前，辛亥革命把皇帝趕跑，政體已是共和。從上述意義看傳統是過去了，我們今天對它們已經很生疏和隔膜，不用説家族制度，新長大的一輩恐怕對親戚的稱謂都十分陌生。然而，這是不是意味着我們民族完全擺脱了傳統的陰影呢？任何一個嚴肅地反思他自己和民族命運的人恐怕都沒有勇氣説這句話。也就是説，惰性還在發生作用，陰影還存在。

正如我們上面説過的那樣，禮治秩序或者説禮治文化並不單純是一個典章規矩的具體結構問題，更重要的是典章規矩背後暗含的思路，制約具體結構的深層結構。換言之，禮治秩序有與具體典章規矩重合的一面，也有與具體典章規矩不重合的一面。倫理權力化與權力倫理化的頑強的互動，並不隨革命

1 《陳獨秀文章選編》上冊，第一五三頁，三聯書店，一九八四年版。

消除了具體典章規矩而消失得無影無蹤；相反，當你構築某項自以為與過去毫無關係的新制度，創造某種前無古人的新設施的時候，倫理權力化與權力倫理化的互動就會通過人的活動滲透到新制度、新設施中。這時候，你希望看到一個與過去毫無瓜葛的新世界，但你只能看到一個與傳統的頑固惰性相互交織的半新半舊的世界，因為我們可以宣佈一天之內廢除舊制度，但不能廢除生活在傳統中的人。傳統通過對人的模塑延續它的生命，人這個時候在傳統面前就只擔當媒介的角色，傳統作為基因通過媒介綿延下去。

禮治秩序或者禮治文化的核心精神，不是某種具體行為，諸如葬禮、冠禮、祭禮、士相見禮等，甚至也不是嚴格的家族制度。這些只是構成古典傳統的「硬件」，它的「軟件」是人倫關係的權力化與名份化。權力化與名份化了的人倫關係，其情感交流的功能就被壓縮到很有限的小範圍，而主要承擔起政治社會的功能。反過來說，只要使情感交流帶上政治社會的那種統治功能，巧妙地利用人倫關係，就可以構成近似的禮治秩序。中國古代的聖賢先哲，他們的良苦用心和致力目標，就是巧妙地利用人倫關係，他們在一個生產力不太發達的落後基礎上實現了目的。在生產力相對發達的基礎上重複他們的目標並不是完全沒有可能的。

洛克說：

> 政治權力和父權這兩種權力是截然不同而有區別的，是建立在不同的基礎上而又各有其不同的目標的，因此每一個作為父親的臣民，對於他的兒女具有和君主對於他的兒女同樣多的父權；而每一個有父母的君主，對其父母應當盡到和他的最微賤的臣民對於他們的父母同樣多的

孝道和服從的義務；因此父權不能包括一個君主或官長對他的臣民的那種統轄權的任何部份或任何程度。」[1]

長久的歷史因襲重負，從公元前八世紀左右開始的倫理權力化和權力倫理化的互動，就使中國社會的政治與倫理不清不楚地糾纏在一起，政治權力與親權從來就沒有稍為清楚地劃分過。

還有，由於禮治秩序的模塑和人身依附的惰性，主奴根性依然不同程度地存在。來自心靈深處的障礙往往更可怕地阻攔住人們的前進，有的時候外在的障礙已經多少地消除，存在着發展的可能性，但那種嚴重的自我扭曲就可能使個人看不清面前的機會，不能以獨立主體參與介入這個變化中的世界。這有點像籠子和鳥的關係：籠子的存在固然鎖住了鳥，使牠不能自由飛翔，但籠中的生活日久天長，一旦去掉籠子，鳥便不知該往哪裏飛，大自然的美好也許還不如籠中的悠閒與舒適，牠很可能再次選擇籠子。事情就是這樣相互纏繞：文化塑造人，人創造文化。在走向現代化的轉變過程中，每一個人都作為選擇者承擔責任，這說明人的內心的解放是一個更為艱巨和長久的任務。儘管推翻了舊制度，創設了新制度，我們今天依然存在一個文化重建的問題，禮治秩序的頑固影響和主奴根性既是文化重建的巨大障礙，也是民族走向現代化的巨大障礙。

1 洛克：《政府論》下篇，第四四—四五頁，商務印書館，一九八一年版。

第四章

尋求解脱的代價

第一節　生的悲哀

「五四」時期思想文化界對國民性的檢討，除了深刻地反省主奴根性外，另一個反省主題就是關於阿Q性問題。對阿Q性的深入反思，主要是由魯迅作出的。他通過他的不朽小說《阿Q正傳》為我們貢獻了一個阿Q。這不是一般的貢獻，而是貢獻了一項對中國獨特的發現。過去人們按照「阿Q模式」來生活，不但不感覺到其中的悲哀，而且還覺得超脫，覺得高邁，覺得看破了紅塵而沾沾自喜。沒有人指出，「阿Q模式」是有嚴重問題的，沒有人站出來大喝一聲，精神勝利法是要不得的。直到有了《阿Q正傳》，才豎起一面自省的鏡子。誇張兼漫畫化的筆法，同情與憤怒相交織的態度，使阿Q這顆「國民的靈魂」異常清晰地凸現出來。每個人都可以在這裏邊發現自己，反思自己的生活道路。於是，沉默和得意被打破了，代之以震恐和緊張。魯迅後來在俄譯本序裏明白說出《阿Q正傳》的意圖，是要畫出一個像壓在大石下的草一樣已有四千年之久的「沉默的國民的魂靈」。讀者的反應和魯迅的表白都可以作證，小說是要給我們勾勒一個以供自我認識的國民的靈魂。這個靈魂到底是甚麼呢？小說畢竟是訴諸審美和形象的，它的豐富意蘊要經由批評的發掘才能還原到邏輯的理性的層次。這項批評的發掘工作並未完結。我們對阿Q性的認識，是為我們對自己民族的傳統的「理性自覺」的程度所左右的，只有充份的「理性自覺」，《阿Q正傳》中勾勒國民靈魂的意義，才會為我們把握。

魯迅把「阿Q模式」或阿Q性概稱為精神勝利法。那麼，精神勝利法的內核是甚麼呢？阿Q以甚麼思路為背景支持這個「法」呢？還是先看一看阿Q的所作所為，它會給我們啟示。阿Q的一生是徹底大失敗的一生，從他出現在未莊，被地保叫到趙太爺家，吃了個大嘴巴的時候起，一直到在公堂上畫了圓圈抬出去「大團圓」時止，他一生備受損害與欺淩。當然，他在「中興」即革命的時候真是得意過幾天，——未莊也有幾個閒人怕他，但那都是好景不長利令智昏的得意。與他備受損害與欺淩的客觀狀況極不相稱的是，他主觀上並未意識到自己的大失敗，而且每次客觀上的失敗他都能迅速地翻為心理上的勝利。對阿Q來說，這是真正的、自足的勝利。他愈失敗就愈勝利，失敗不僅是勝利的起點，而且是勝利的根據。他靠的只是一件法寶——精神勝利法。

有一次阿Q跟未莊的閒人打起來，「被人揪住黃辮子，在壁上碰了四五個響頭，閒人這才心滿意足的得勝的走了。阿Q站了一刻，心裏想，『我總算被兒子打了，現在的世界真不像樣……』於是也心滿意足的得勝的走了。」與敵手相逢，力量不支而橫遭敗績，這是不奇怪的。而暫時的敗績並不等於永無希望，應當是總結失敗的教訓，從頭開始，直到取勝。可是阿Q並不謀求發展，通過改變外在世界實現自己的願望，而是返求諸己，將不切實際胡思亂想當成現實，認甚麼就是甚麼，忘去挨打的痛苦，將敵手視作兒子，自己就是老子，於是就滿足了主觀幻想裏的優勢。後來，閒人不准他說兒子打老子，要他被打之後說人打畜生。阿Q似乎山窮水盡了，他雙手「捏住了自己的辮根，歪着頭，說道：『打蟲豸，好不好？我是蟲豸——還不放麼？』」閒人給他碰了五六個響頭，以為他這回遭了瘟，一定會真心實意地認輸了。「然而不到十秒鐘，阿Q也心滿意足的得勝的走了，他覺得他是第一個能夠自輕自賤的人，除了『自輕自賤』不算外，餘下的就是『第一個』。狀元不也是『第一個』麼？『你算甚麼東西』呢？」阿Q掌握了這個克服制敵的妙法之後，便成了世上永遠得意自足的勝利的英雄，人生的厄運與悲哀，與他無緣；對待失敗與不幸，他永遠是兵來將擋，水來土掩，不過擋兵之將與掩水之土並不是主體的行動，而只是毫無根據，毫無效果的主觀幻想勝利。阿Q帶着他這件征服世界，征服怨敵的幻想「法寶」走向人生，走進社會。他得到甚麼呢？顯然甚麼也不會得到——除了自欺欺人。這件「法寶」就像毒餌，誘他上鈎，並且漸漸地把毒素注入他的體內，吞噬他的靈魂，引導他走上末路，直到墳墓。臨行「大團圓」的時候，阿Q不是還想說一句「二十年之後又是……」嗎？可惜屠刀已下，世界頓時一團漆黑，阿Q再也無法重溫幻想勝利的美夢了。阿Q的生命史可以劃分為極不平衡的兩個層面：在行動的、物質的、客觀的層面，他愈來愈走下坡路，一生備嚐艱辛與欺凌，除了人生的辛酸與恥辱，我們不能找到其他任何東西；可是在幻想的、精神的、主觀的層面，他愈來愈高昂奮發，他沒有任何辛酸感與恥辱感，永遠是一副勝利者的英雄模樣。如果說人生真的有甚麼悲哀的話，任何肉體的、精神的痛苦與磨難都算不了甚麼，因為痛苦與磨難並不等於主體的被征服，只要內心不被征服，就有一絲奮鬥求生的希望和可能。阿Q才算真正的悲哀，因為阿Q的生的悲哀是無可救藥的，悲哀到連他自己都不知道悲哀為何物。對着阿Q那副不變的勝利者的模樣，你除了為他深感悲哀之外還能做些甚麼呢？

精神勝利法不僅是個體處理自己同外部世界關係時的一種精神現象，而且（準確地說），它也是一種宇宙觀和人生觀。這種宇宙觀和人生觀認定，人對周圍世界的看法和所有判斷只取決於內心裏自己同自己達成的契約，根本不存在客觀意義上的客觀性。外部約束力對那種「自我契約」是無能為力的，任何對自我的行動、動作、打擊，一句話利與不利的刺激，它們實際上只不過是自我心象的幻形，根本不是甚麼刺激。就是說，主觀和客觀之間不存在穩定的可供檢驗的關係，客觀的東西移入主觀而形成的知識、概念、判斷是沒有客觀性的。比如，阿Q明明挨了閒人的揍，五六個響頭撞得牆上還發出聲來，但阿Q至死不肯承認失敗，恰恰相反，他認為勝利卻在他一邊。這反映出阿Q意識深處的思路，客觀性的刺激由於只有幻象或虛擬的意義，因此它就完全掌握在自我手裏，自我想怎樣構成這個幻象就怎樣構成這個幻象，被構成的幻象就轉化成客觀性的刺激，幻象代替了刺激。但實際上客觀性的刺激依然存在，只不過被一個可使自我感到滿足的幻象代替罷了。阿Q的失敗依然存在，改變不了，只不過他自己並不覺得，相反認定自己是勝利罷了。正因為這種阿Q式的宇宙觀、人生觀，在主觀與客觀之間的關係問題上採取了獨自的、特殊的論點，根本否認主觀要受客觀的約束與檢驗，客觀對主觀的意義被貶到無限小，所以它才能順理成章形成對待外來刺激的「妙法」，改變了內心中自己同自己達成的契約，改變世界在自我內心中的形象就等於改變了世界。精神勝利法通俗地講就是神話式的用幻想、一廂情願的暢想去改造世界的方法。因此，那種於事無補的幼稚的自我滿足，在這種宇宙觀、人生觀那裏就可以看成是真實的自我對周圍世界的勝利。世界沒有獨立的實在，實在是由名去名它的，因為人名了它，它才看起來是實在，於是改變了它的名，就是改變了實在，這就是精神勝利法的全部訣竅。

從科學的立場看，人類能夠在經驗活動的層次證實有一個獨立於認識者意志之外的世界存在，而且人類經由實踐能夠逐步接近真理。因此，人類認識獨立實在的時候，雖然可以充份地想像與假設，可以在經驗材料的組合上自由運用概念和概念連合，但它最終要受到檢驗的制約，如果與經驗不符，人類是不能修改經驗以屈就概念體系的，而要修改、重構自己的概念體系以謀求它與經驗的符合。這就是說，主觀方面的自由是有限度的，不能像脱繮的野馬隨意馳騁，主觀能動性運用得得當與否，最後由經驗這位法官裁斷。唯其有限度，唯其有繩墨，唯其有裁斷，人類才能創造出推動文明進步的知識系統。以這點反觀阿Q的精神勝利法，我們清楚地知道，它對人類的認識的模式作了兩樣修改。首先，它不承認經驗——實踐檢驗活動——的客觀性。取消了這個環節，主觀和客觀之間的關係就非常隨意和漫無節制，任何毫無價值的幻想都被當成真實的而加以尊奉；任何來自客觀世界的信息都可以摒之耳目之外。其次，它把人類的主觀能動性誇張到無限的程度，以致這一人類驕傲的秉性墮落為卑劣的隨意性。對人類的主觀方面作無限誇張，表面上似乎非常重視開發主體價值，重視你自己的思維個性，其實不然。無限誇張的結果不是導致主觀能動性的正常展開和成熟，而是催促它走向死亡。就像阿Q那樣，根本不具備正確評價客觀世界的能力。主觀方面的無限膨脹導致個人喪失清醒的理智，思想不反映客觀實際，個人因「無心」而返回自然，變成無主體性的自然存在物，等同於無知無識的物。精神勝利法其實是通過無限誇張主觀能力而最終取消個性主體性，撲滅自己而歸於自然。阿Q作為一個小說人物，是作者虛構出來的，自然不存在於真實的世界。可是故事的全部意味不僅僅是供娛樂消遣的。這個虛構人物悲慘的命運，集合了我們民族那種阿Q式的對待生存挑戰的態度和方式（當然也可以說它是人類性的，不過可能在漢民族身上阿Q的「根」特別深）。通過阿Q這個形象的概括與放大，千百年來習慣成自然的文化心理習性，突然以可笑的文學形式出現在我們面前，使我們意識到習慣成自然的精神勝利法的荒謬性。除了《阿Q正傳》，在中國還有大量的民諺、俗語、笑話、史實、文學作品，反映出眾生的阿Q相——生的悲哀。不過，新文化運動之前，由於對國民性格沒有深刻而徹底的反思，人們一般以欣賞、讚嘆、取樂的態度對待阿Q式的人生，幾乎沒有持尖銳批判態度的，反而以為在這一切實際上很幼稚的做法裏寓含了甚麼了不起，輕易不示人的「秘法」。

比如，某人被盜而丟了一筆錢財，就會在心理上自我安慰，排解情憤，說是「散財消災」；吃了虧又無從伸冤時就想起「君子報仇，十年不晚」，與仇人對罵而力不及對手，即以「雞不和狗鬥」來收場。這些事都是在普通日常生活裏可以經常看到的。不過所遇到的這些事在人生裏均屬微不足道，不妨以酸葡萄精神來「苦中作樂」。又如，中國傳統中的避諱，也體現了阿Q精神，它是對對象的敬畏與精神勝利法雜糅起來的怪物。明明死了，卻說「仙去」，明明被逐，卻說「巡狩」；尊祖或聖人或皇上的名字要避免直說出來，不得已的時候即要缺筆；將軍屢戰屢敗，則改成屢敗屢戰，彷彿一改就英勇許多。阿Q也是避諱的，頭上有癩瘡疤，於是諱「亮」「光」「明」等，別人一說，也要紅臉，傷了他的尊嚴。又如，宋史說到徽、欽二帝被金人捉去當俘虜的時候，卻改成「徽欽北狩」——二位皇上往北方打獵去了。但宋徽宗卻肯說實話：「天遙地遠，萬水千山，知他故宮何處？」（見《燕山亭》）

《資治通鑒．唐紀》記載郭子儀一件逸事：「子儀嘗奏除州縣官一人，不報，僚佐相謂曰：『以令公勳德，奏一屬吏而不從，何宰相之不知體！』子儀聞之，謂僚佐曰：『自兵興以來，方鎮武臣多跋扈，凡有所求，朝廷常委曲從之，此無他，乃疑之也。今子儀所奏事，人主以其不可行而置之，是不以武臣相待而親厚之也；諸君可賀矣，又何怪焉？』」以情理推之，郭子儀不致愚蠢到這地步：他的提議不獲准反而證明人主對他「親厚」。大概是以他的身份不好在僚佐面前交賬，只得聊作戲言，安慰自己。據說晚清時洋人進京，不肯屈從跪拜禮，有傷天朝國威，於皇上的面子也很不好過。臣下只好曲解說，洋人沒有膝蓋，跪不下，妥協了之。又，晚清戰敗議和時，不讓洋人走正門，從旁門進出，這叫沒他們的面子。這些做法雖然在事實方面不能戰勝對手，但在精神上卻作了自我安慰。

中國古代文士在坎坷潦倒之際也很有點酸葡萄精神，面臨嚴峻挑戰的關頭，他們很少想起與命運搏鬥，幾乎不見有魯濱遜的開拓氣概，也沒有亞哈船長（《白鯨》）的奮鬥精神，他們更多地求助於老莊，求助於精神退回到自我時的自足。

功名竹帛非我事，存亡貴賤付皇天。

——鮑照

時運不齊，命途多舛，馮唐易老，李廣難封，屈賈誼於長沙，非無聖主，竄梁鴻於海曲，豈乏明時？所賴君子安貧，達人知命。

——王勃

我有平生志，醉後為君陳：人生百歲期，七十有幾人？浮榮及虛位，皆是身之賓。惟有衣與食，此事粗關身。苟免飢寒外，餘物盡浮雲。

——白居易

考一考這些文士的生平，有很多與他們的詩文對不上號的地方。他們的實際生活，並不像詩文所寫那樣清高。鮑照出身貧寒，自稱「北州衰淪，身地孤賤」（《侍郎上疏》），但他並非不慕權貴，為亂軍所殺之前依附臨海王劉子頊，做過幾任前軍參軍，「投軀報明主」是他的理想，只因生在門閥特權之世而適出身微賤，終其生不能如願以償，所以就更多懷才不遇的牢騷。王勃也是如此，死時僅二十八歲，他根本沒有正正經經「安貧」、「知命」，在《澗底寒松賦》中表白說「徒志遠而心屈，遂才高而位下」。在內心極想得意而實際不得意時，就以「安貧」、「知命」來安慰自己。白居易則恐怕更甚，他的「平生志」是「應帝王」、「作宰輔」。歷任諫官的時候，屢屢上書言政；言政還嫌不夠，要詩為「補察時政」服務，他以身作則，寫了大量兼「勸」兼「刺」的新樂府。他那套儒家烏托邦在實際政治中並未能行得通，為此他屢受打擊、貶官。晚年奉事佛老，「身之賓」的說法，不過用來慰藉備受創傷的心靈，把晚年的心情誇張為「平生志」來自命清高。

中國人生中的「阿Q陰影」，往往體現在兩個方面。一方面，內心想實現某個目標但又無能力去實現，或即使努力了仍無法達到時，就極力辯解說那個目標沒有價值，用否認目標的價值來證明自己站在一個更高的境界。其實他的內心深處依然認同那個目標。潛在的認可與表面的否認同時存在於一個人的內心，就表現得非常不協調：內心分裂。不能忠實於自己而對待一個客觀事件，經常需要自己欺騙自己，這是人生可哀的一個方面。另一方面，在慾望受到打擊的時候又極力從自身一方找理由，否認受到打擊，否認失敗。兩者的表現有所不同，前者多從否認對象的價值入手，後者多從肯定自身的充足理由入手。但實質都一樣，致力於自欺欺人。這種「阿Q陰影」，否定實踐活動的客觀性，導致了主觀與客觀關係的紊亂。

文人直接表白自我心情時，多少還有點掩飾，而小說故事往往更充份地表現了這種紊亂，因為無意識的流露更能清楚地反映民族文化心理。清初小說家李漁寫過一篇小說《鶴歸樓》，插有一則短故事以為全篇的「綱領」，轉錄如下：

> 近日有個富民出門作客，歇在飯店之中，時當酷夏，蚊聲如雷，自己懸了紗帳，臥在其中，但聞轟轟之聲，不見噉噉之狀。回想在家的樂處，丫鬟打扇，伴當驅蚊，連這種惡聲也無由入耳，就不覺怨悵起來。另有一個窮人，與他同房宿歇，不但沒有紗帳，連單被也不見一條，睡到半夜，被蚊虻叮不過，只得起來行走，在他紗帳外面跑來跑去，竟像被人趕逐的一

般，要使渾身的肌肉動而不靜，省得蚊虻着體。富民看見此狀，甚有憐憫之心。不想那個窮人不但不叫苦，還自己稱讚，説他是個福人，把「快活」二字叫不絕口。富民驚詫不已，問他：「勞苦異常，哪些快樂？」那窮人道：「我起先也曾怨苦，忽然想到一處，就不覺快活起來。」富民問他：「想到哪一處？」窮人道：「想到牢獄之中罪人受苦的形狀，此時上了枷床，渾身的肢體動彈不得，就被蚊虻叮死，也只好做露筋娘娘，要學我這舒展自由、往來無礙的光景，怎得能夠？所以身雖勞碌，心境一毫不苦，不知不覺就自家得意起來。」富人聽了，不覺通身汗下，才曉得睡在帳裏思念家中的不是。

若還世上的苦人都用了這個法子，把地獄認作天堂，逆旅翻為順境，黃連樹下也好彈琴，陋巷之中盡堪行樂，不但容顏不老，鬚鬢難皤，連那禍患休嘉，也會潛消暗長。

李漁十分欣賞這位窮人的「憶苦思甜」法。其實並不「甜」，被蚊虻叮得睡不成覺，哪有甜的道理？只因為他身懷絕技，諳熟那個「把地獄認作天堂」的法子，才自認快活。幸好這位窮人遇到的是蚊子，儘管苦中作樂，叫一夜快活，但那只不過一夜不睡，除此之外，不受甚麼損失。但如果遇到的不是蚊子呢？或許像阿Q那樣要大團圓了，保不准他也會來一句，「二十年之後又是一條……」

精神勝利或精神逃入，表現在中國人生的各個方面，國民自覺不自覺地用它對付生活的痛苦和生存的挑戰，但在漫長的古典時代，人們並未察覺所謂精神勝利法實際上只是精神陷阱。掉入這個陷阱，就走上自我毀滅的窮途。直到「五四」時代，新思潮的倡導者才對它進行了徹底的反思與批判。除魯迅外，

「五四」前後東西文化問題論戰時，陳獨秀、李大釗均撰文指出中國傳統文化「靜」的精神[1]，這些批評兼指儒道。雖然不算十分深入，但已經反省了民族傳統文化中那種以退縮、迴避、逃入、遁隱等方式對付生存挑戰的基本精神。胡適在《中國古代哲學史》中對莊子哲學有許多精深而中肯的批評，下文還要提及。與對於禮治秩序主奴根性的批評一樣，對精神勝利、精神逃入與老莊式宇宙觀、人生觀的批評，構成「五四」時期文化批評，對傳統反思的另一大基本主題，它們的深刻意義在於指出中國人生精神中的自我毀滅的悲哀方面，促使世人從這些千年的美夢中覺醒過來。

從生理的角度看，精神勝利或精神逃入確實具有有機體自我防衛和保護的功能。有機體為了防止外界的刺激引起情緒上的過份波動，以致失去各種生理系統的平衡而導致紊亂，不得不作出自我欺騙以化解外界的刺激。因此，人類的自我欺騙不僅有文化的因素，也有本能的因素，它是人類的通病。但文化的作用在於修正或引導本能，並把它抑制在一定的限度內。可惜老莊式的宇宙觀、人生觀未能真正實現其作用。由於過份地重視有機體的自保與自衛，使得本能中的自保與自衛在文化中極大地膨脹，並為文化的選擇所加強，成為中國人在生活中對付挑戰的「文法規則」。文化的選擇把本能的定勢推向極端，忘卻了自己對本能進行修正和引導的使命，結果使有機體從自保和自衛出發，走向自毀和自滅。所以，對精神勝利法的檢討，主要的不是生理學的問題，而是文化批評的問題，它涉及根柢深厚的傳統宇宙觀

1 陳獨秀在《東西民族根本思想之差異》中寫道：「東洋民族以安息為本位，儒者不尚力爭，何況於戰；老氏之教，不尚賢，使民不爭，以佳兵為不祥之器。……安息為中國民族一貫之精神。」李大釗在《東西文明根本之異點》中寫道：「東人持厭世主義（Pessimism），以為無論何物皆無競爭之價值，個性之生存不甚重要。……東人既以個性之生存為不甚重要，則事事一聽之天命，是謂定命主義（Fatalism）。……東方之聖人是由生活中逃出，是由人間以向實在，而欲化人間為實在者也。……東方教主告誡眾生以由生活解脫之事實，其教義以清靜寂滅為人生之究竟。」

和人生價值觀。因為作為人生的「文法規則」，總有周全的哲學論據去支持它的；我們要了解「文法規則」——精神勝利法——就要了解和分析支持它的哲學論據。

第二節　有限與無限

美國神學家保羅．蒂利希用「終極關懷」這個詞指稱人企求擺脱與生俱來的有限性，渴望最終「獲救」而作出的理智奉獻或委身。「終極關懷」本身包含了對人生意義問題的解答。[1]人本身是個謎，在諸謎之中最有意思的是人注定要委身於「終極關懷」，這是一個萬古恆同的命題。古代如此，當代如此，可以斷定，將來也是如此。每一個人都在自己生命歷程開始的時候，以自我選擇作出回答。自古就有的宗教、巫術、主義等實際上都以各自的方式啟發和引導眾生歸屬自己認定的人生價值論，委身自己所倡導的「終極關懷」。用比喻的語言，宇宙好比茫茫大海，人生在大海上面漂流，不作任何選擇，不指向任何「終極關懷」，就等於沒有任何目標和方向，完全順從海流的流向；作出選擇，委身於某種「終極關懷」——宗教也好，主義也好，長生之術也好——就等於給你一個目標和方向，有了目標和方向你就不會覺得生存是盲目的、無意義的。人之所以追求「獲救」，實際上就是自己賦予自己的生存一種意義，通過「賦予」而走出生存的困境。不過，在實際上，人不可能不選擇，不可能不賦予自身意義，除非有勇氣走出人類社會，把自己還原為動物或野蠻人。因為只要在文明社會，生存本身就是選擇。人來到這

1　賓克萊：《理想的衝突——西方社會中變化着的價值觀念》第六章，商務印書館，一九八三年版。

個社會就落入了為擺脱自身有限性而掙扎的生存困境。

人為甚麼注定要選擇，注定要以某種人生理想論來作為自己人生價值的依歸呢？從最淺的道理說，任何個體都是有限的。「生年不滿百，常懷千歲憂」。數十年的人生匆匆走過，其間還有無數老、病、死的生理痛苦的困擾，無數挫折、失敗、庸碌等精神痛苦的困擾，真正體驗到快樂與滿足的時日並不多。但個體又是追求無限的，他意識到生的短暫即意味着他企求超越自身的有限性。如果他滿足於有限的生命，也就是說，他不知道他是有限的，那就和動物一樣了。有限與無限作為生存的基本衝突同時被人意識到，同時存在於生命之內。這種有限和無限的糾纏與衝突使人類落入生存困境，注定要通過思考與選擇來平息生命的內部衝突。叔本華說：「大自然的內在本質就是不斷的追求掙扎，無目標無休止的追求掙扎；那麼，在我們考察動物和人的時候，這就更明顯地出現在我們眼前了。欲求和掙扎是人的全部本質，完全可以和不能解脱的口渴相比擬。但是一切欲求的基地卻是需要，缺陷，也就是痛苦；所以，人從來就是痛苦的，由於他的本質就是落在痛苦的手心裏的。」[1] 人生的有限性與無限性相衝突、相激盪產生的生之痛苦，的確是人類最普遍的精神現象。當然，委身某種「終極關懷」，選擇某種人生理想能否最終解決有限與無限的衝突，這是帶有神秘性質的人生體驗問題，不是邏輯論證能完成的任務。但是，有限與無限的矛盾的確是所有宗教教義、準教義，人生價值論、巫術思想的出發點。它就像一個永恆的提問，所有的神學家、思想家、先知、傳道士、巫師都圍着它打轉轉，以自己的一得之見來回答這個永恆的疑問。不同的人物有不同的答案，但那些基本答案卻構成一個民族的傳統文化的基本部份，產

1 《作為意志和表象的世界》，第四二七頁，商務印書館，一九八二年版。

生深遠影響。

在上一章我們討論到周秦之際的「文化的突破」，其中講到的是儒家，這其實是敘述上安排的方便。發生在中國的「文化的突破」，至少應該包括道家。從歷史上觀察，儒道兩家影響最大，法家講究的統治術和嚴刑峻法思想，秦漢以後便融入政治化的儒家裏面，可以不論；墨家先秦時期很流行，但後人無傳，幾乎煙消雲散；其他各家闡發的都是些枝節問題，構不成古典傳統中的基本部份，充其量不過是傳統巨流中的細流。儒家給予中國社會影響最大，因為它成就的不僅是一種理論、一種思想，而且是一種制度，它能使它的思想落實到制度上並提升制度，因而構成維繫整個社會正常運轉的秩序框架。後人可以不贊同儒家的思想，可以自尋出路，但他沒有辦法改變主要由儒家闡釋的這個秩序框架。當然，這不是説儒家的理論思想部份，即它的人生價值論沒有影響。儒家的人生價值更多地體現在它為社會設定的制度框架之中。與儒家不同，道家對中國社會的基本制度方面毫無影響，它的用力處不在這方面。道家是不能「用」世的。史書載漢文、景之世「無為而治」，這個「治」只是政策權宜的意思，制度還是儒家的。但道家能用「生」。在個體性人生這方面，道家「勢力範圍」很大。道家的創始者老子與莊子對人生的有限與無限思考得非常深入，他們有一套比孔孟還要周全的哲學論證來支持他們自認為「應該是」的人生方式。他們提倡的這種人生方式比起儒家更具有普遍性和可實行性，後來又通過佛教的流傳和融合變得更易於深入民間。因此，它能潛移默化深入到各個階層的人生。要談論到中國人生，不能不提道家。

老子對人的生存困境思考得極深極細。班固《漢書．藝文志》説道家出於史官，但從文獻上看，沒有學理師承或沿襲的痕跡。不像孔子以繼承周統為使命，從承襲、訂正、闡釋先朝典章文物制度成就自己的學説。《老子》五千言基本上是老聃個人對人生作冥思苦想而得出的結論。他在中國思想史上獨自開闢了一個源頭。因為他緊扣着上文所說的人生的永恆疑問，系統而獨創地提出自己的答案。老子通過獨特的方式——個人性的冥想創立學說——來參與到春秋戰國之際的「文化的突破」。

所有自成系統的人生哲學，都要以「形而上」的哲學論據來支持「形而下」的理想人生方式。「形而上」的論證是為「形而下」的實踐服務的，《老子》亦不例外。五千言大道理中最核心、最具有獨創性的哲學概念就是「道」。由「道」往下向人生落實，才派生出主張「無為」的治道、「無心」的生道與「貴生」的養生術。派生出來的這些具有實踐意義的具體方式，都從屬於核心概念「道」，都來源於核心概念「道」。關於老子哲學這兩部份的關係，張岱年說：「老子的貢獻，在其宇宙論；其人生論，是從其宇宙論衍生來的。」[1] 陳鼓應說：「『道』是老子哲學的中心觀念，他們整個哲學系統都是由他所預設的『道』而展開的。」[2] 又說：「老子的整個哲學系統的發展，可以說是由宇宙論伸展到人生論，再由人生論延伸到政治論。」[3]

那麼，「道」到底是甚麼呢？「道」是老子對宇宙本根，即宇宙究竟所以然的一種預設，它的用意不在回答宇宙是物的還是心的。在《老子》文脈裏，「道」有時近乎物的性質，有時近乎心的性質，隨文意而轉移。因為「道」只是老子對宇宙本根的設定，而不是對物理實在的一種研究結果，我們沒有辦法用科學手段去檢驗它的真偽，從科學的角度贊同他的說法或反駁他的說法，只能就「形而上」論「形而下」。先看看老子自己是怎樣界定「道」的。關於「道」，老子也說得神神秘秘、恍恍惚惚。

1 《中國哲學大綱》，第二八三頁，中國社會科學出版社，一九八五年版。
2 《老子譯注及評介》，第二頁，中華書局，一九八三年版。
3 同上，第一頁。

二十五章：

有物混成，先天地生。寂兮寥兮，獨立而不改，周行而不殆，可以為天地母。吾不知其名，強字之曰「道」，強為之名曰「大」。

老子論「道」，處處拿現實世界作背景來對比暗示。人能以經驗體察到現實世界（天、地），「道」卻比它先，超越於經驗體察的範圍，「道」比現實世界（天、地）具有無限的性質和絕對的含義：萬物相互對待而「道」高高在上獨立不改；萬物都有生死榮枯的變遷而「道」則永行不消竭。唯其如此，「道」的存在狀態更非感覺經驗所能及。

十四章：

視之不見，名曰「夷」；聽之不聞，名曰「希」；搏之不得，名曰「微」。此三者，不可致詰，故混而為一。其上不皦，其下不昧，繩繩不可名，復歸於無物。是謂無狀之狀，無物之象，是謂惚恍。迎之不見其首，隨之不見其後。

王弼在「故混而為一」句下註：「無狀無象，無聲無響。故能無所不通，無所不往，不得而知，更以我耳目體不知為名。故不可致詰，混而為一也。」「道」因為是絕對的、無限的，任何有限的語言均不能把它形容出來。

二十一章：

> 「道」之為物，惟恍惟惚。惚兮恍兮，其中有象；恍兮惚兮，其中有物。窈兮冥兮，其中有精；其精甚真，其中有信。

「道」有象、物、精、信的一面，又有無形、無聲、無嗅、超感覺、非感覺的一面。總之，老子強調「道」亦有亦無、非無非有的特徵。因為「道」有這樣的特徵，連人的語言表達對它都無能為力。《老子．第一章》：「道可道，非常道，名可名，非常名。」陳鼓應將此句譯為：「可以用言詞表達的道，就不是常『道』；可以說得出來的名，就不是常『名』。」[1] 任何語言表達都意味着人對事物進行分門別類。比方說「人」，就間接地暗示還有其他動植物；說「我」，就間接暗示還存在「你」「他」以及非我的所有存在。老子對「道」也是廣設譬喻，多方申說，但仍覺得不能盡意，以為人有語言之妙，仍不能窮內心意味。語言就是割裂，開口便落俗套。但不要忘記，老子的「道」也是用語言說出來的，如果真的相信語言不能曲盡「道」的美妙，他就不應該寫下五千言，因為他落入悖論之中：先說言辭不能表達「道」，然後又用言詞申說他的「道」。

老子還在具體方面發揮他這種把存在世界「大而化之」的思想。第二章：「天下皆知美之為美，斯惡已，皆知善之為善，斯不善已。故有無相生，難易相成，長短相較，高下相傾，音聲相和，前後相

1 《老子譯注及評介》，第六二頁，中華書局，一九八三年版。

隨。」知道美之為美，就把它（美）同惡區別開來，所以言美則暗示惡；知道善之為善，就把它（善）同不善區別開來，所以言善則暗示不善。在指出人類價值判斷、具有主觀性質這一點，老子是有功勞的。但價值判斷又不完全是純主觀的，它是主觀與客觀以一定方式合作的產物。老子將價值判斷中的主觀因素加以無限誇大，以為知美，這就是惡；知善，這就是不善。這就十分荒謬了，尤其荒謬的是老子將基於價值判斷、具有主觀性的認識推及實在判斷，「高下」「長短」等亦是可以隨意「渾渾」的。抽去標準，說「高下」「長短」是相對的，這當然不錯，但在同一個檢驗標準之下，長、短、高、下都可以有絕對的答案。人類的科學知識正是以這種一絲不苟的嚴肅態度和實驗作風才獲得長足進步的。如果真像老子所說，此亦一是非，彼亦一是非，優哉游哉，無為而無不為，我們就只能抱着「務虛」哲學，而永遠不會有「務實」的科學。

當然，老子把存在世界抹去任何區別，「大而化之」，這是有用意的。從論證上說，他既設定一個亦有亦無、非無非有的「道」，規定宇宙的本根和究竟所以然，他就不得不進一步說明存在世界也是如「道」一般沒有區別、沒有界限，只是一團渾渾噩噩的存在物，甚至連存在的資格都夠不上，充其量只是現象，最高的真實只是神秘的「道」，但是這一切又是為引出下文——「絕聖棄智」的人生觀所必需的哲學論據。錢鍾書《老子王弼注三》：「顧神秘宗以為大道絕對待而泯區別。故老子亦不僅謂知美則別有惡在，知善則別有不善在；且謂知美、『斯』即是惡，知善、『斯』即非善，欲息棄美善之知，大而化之。」[1]「息棄美善之知」，推而廣之，息棄所有精確地認識自然與人類自身的知識，這才是最高

1 《管錐編》第二冊，第四一一頁，中華書局，一九七九年版。

的「智」——進入道的境界的「智」。既然宇宙的究竟所以然是「寂兮寥兮」「惚兮恍兮」「窈兮冥兮」，存在的世界又是一團渾沌的假象，人事的努力，有甚麼用呢？逆潮而動不如順潮而動，與其違反自然，不如「我自然」。人事的一切都是「道」制約的，即使你想違反「道」，違反自然，也是徒勞的。老子通過他精心構想和預設的「道」，向生靈發出召喚，號召眾生向「道」回歸，向「道」靠攏，切勿庸庸碌碌地迷失自己。陳鼓應說：「老子哲學的理論基礎是由『道』這個觀念開展出來的，而『道』的問題，事實上只是一個虛擬的問題。『道』所具有的種種特性和作用，都是老子所預設的。老子所預設的『道』，其實就是他在經驗世界中所體悟的道理，而把這些所體悟的道理，統統附託給所謂『道』，以作為它的特性和作用。當然，我們也可以視為『道』是人的內在生命的呼聲，它乃是應合人的內在生命之需求與願望所開展出來的一種理論。」[1]

人是世上唯一一種清楚地知道他將來要死的生物，對死的發現使人類陷入普遍的生存困境。一方面，因為任何個體都知道他的存在是暫時的，於是圍繞着周圍的一切也是暫時的，一旦個體不存在，圍繞着他的其他存在便毫無意義。另一方面，正是對生命的暫時性、有限性的發現和覺悟，使得個體不能安於暫時性和有限性的生存現狀，從生命內部發出強大的追求無限、追求永恆、追求不朽的激情。用無限、用永恆、用不朽灌注我們實際上只有短短幾十年的生命，把從渾渾沌沌不知自己為何物的低境界提升到個體的自足存在的高境界。也就是說，活着，不僅意味着一個血肉之軀的存在，而且意味着合目的的創造進程。從老子預設「道」的苦心孤詣，我們可以理解到兩千年前的老子對人的生存困境有多麼強

1 《老子譯注及評介》，第一頁，中華書局，一九八三年版。

烈的感受和直覺。生是絕對的痛苦，生命的暫時性不僅有時間的含義，而且因為它的時間含義徹底地否定了我們欲求的滿足，滿足轉眼變成不滿足，快樂轉眼又被不快樂否定。人的滿足感、快樂感被人自身對生命暫時性的體悟頃刻間轉化為不滿足、不快樂的感覺。生命就是這樣落入永遠痛苦，與生相伴的痛苦糾纏裏面。生年不永的哀嘆需要安頓，人生痛苦經驗需要解脱，無論從積極的轉化生命的層面還是從消極的解脱痛苦的層面，「道」的設定都是為了解決這個共同的生存困境，解決人生有限和無限的衝突。老子沒有過多地從個體方面申説生命暫時性的感嘆和痛苦經驗的悲哀，他在它們的對立面虛擬一個與它們相反的「道」，就像創造一個遙遙相對的彼岸向眾生招魂。老子「形而上」的「道」所具有的無限性、永恆性、超越性和絕對快樂境界，無一不是反襯「形而下」的人生界的有限性、暫時性和絕對痛苦。

人生的有限與無限的衝突，是最像哲學的哲學問題。老子對此作了深刻的思考，他通過虛設一個泯區別、絕對待的大而化之的「道」，把它作為宇宙的最高真實和究竟所以然，召喚眾生向「道」回歸的方式解決這個問題。其實，化解人生有限與無限的衝突可以有許多方式，老子哲學只是其中之一，它具有很濃的東方色調。同時，老子在道家哲學的展開上只是開了個頭，還有許多白點等待後來者填補。比如，上文説到的，老子較少論到個體體驗即是明顯的罅漏。

莊子承繼老子的思路，把老子原來顯而未彰的觀點加以發揮放大。莊子特別重視個體人生對有限、暫時的體驗，並從這些實實在在的人生經驗出發，引導眾生歸向超邁的「道」的境界。正因為如此，莊子對老子詳加發揮的「道」，雖有論列，但所論不多，在其體系上地位亦不十分突出。莊子很善於在具體的寓言、譬説中融會老子「道」的思想，把亦有亦無、非無非有的「道」轉化成美學形象，企求通過神秘體驗讓人從中獲得共鳴。《莊子》不僅給人理論的説服力，而且還把它的理論具體化為人生情景。

唯其如此，我們對道家哲學的偏見與盲目就看得更清楚。

莊子和老子一樣，都是對生命有大愛的人，這種愛與其說根源於對生命本身的珍視，倒不如說根源於對生命有限性與暫時性的異常強烈的直覺。所以他對生命的熾熱感情，是通過否定生命的現存形態表現出來的。《齊物論》這樣形容人生：

> 一受其成形，不化以待盡。與物相刃相靡，其行進如馳，而莫之能止，不亦悲乎！終身役之而不見其成功，苶然疲役而不知其所歸，可不哀邪！人謂之不死，奚益！其形化，其心與之然，可不謂大哀乎？人之生也，固若是芒乎？其我獨芒，而人亦有不芒者乎？

人一旦受形有身，知道個體的存在是暫時的，不能復歸於道的境界以等待生命的極盡，自我與外物相互磨擦而不能停止，終身就像服勞役一樣，疲憊痛苦不堪而不知回頭。這樣的人生，有甚麼意義呢？人的心靈隨着形體勞碌奔波，這不是可以說大悲哀嗎？人的生，為甚麼這麼昏昧呢？莊子對此岸人生的描繪表現出他的智慧與偏見。實際上人生是否被外物所役，關鍵不在於自我是否參與與執着客觀界，而在於自我能否賦予它超乎現實的意義。莊子的話固然有極大的煽動力，但也包含危險的苗頭。推到極端，人生就變成他借長梧子的話形容的那樣：

> 夢飲酒者，旦而哭泣；夢哭泣者，旦而田獵。方其夢也，不知其夢也。夢之中又佔其夢焉，覺而後知其夢也。且有大覺而後知此其大夢也。而愚者自以為覺，竊竊然知之。君乎，牧

乎，固哉！丘也與女，皆夢也；予謂女夢，亦夢也。（《齊物論》）

人生到頭來統統都是一場虛幻的夢。不過，像老子以「道」的超邁無限反襯現實人生的庸俗有限一樣，莊子也以對生命現實形態的貶低暗示一個理想境界。他愈貶低現實形態的人生，就愈可以感受到他對生命的大愛。因為他的真實意圖並不是想否定生命，而是以他獨特的方式化解人生有限與無限的衝突。

《莊子》首篇《逍遙遊》虛構了兩個寓言故事，暗示兩種截然相反的生活態度和人生觀。其實它們是莊子內心有限與無限的激烈衝突的投射。特別是大鵬鳥的寓言，賦予了老子形而上的「道」具體的美學形象。先看大鵬的寓言：

> 北冥有魚，其名為鯤。鯤之大，不知其幾千里也。化而為鳥，其名為鵬，鵬之背，不知其幾千里也；怒而飛，其翼若垂天之雲，是鳥也，海運則將徙於南冥。南冥者，天池也。《齊諧》者，志怪者也。《諧》之言曰：「鵬之徙於南冥也，水擊三千里，摶扶搖而上者九萬里，去以六月息者也。野馬也，塵埃也，生物之以息相吹也。天之蒼蒼，其正色邪？其遠而無所至極邪？其視下也，亦若是則已矣。」

與大鵬相比，蜩和學鳩的生活天地就十分低俗，不及大鵬萬分之一。但牠們卻不自知可笑，反而譏笑大鵬：

蜩與學鳩笑之曰：「我決起而飛，搶榆枋而止，時則不至而控於地而已矣，奚以之九萬里而南為？」適莽蒼者，三餐而反，腹猶果然；適百里者，宿舂糧；適千里者，三月聚糧。之二蟲又何知！

二蟲所以不及大鵬，是因為牠們執着於自我欲求，滿足於暫時的俗生活。「搶榆枋而止」的狹窄天地限制了二蟲的視野，牠們將虛幻的有限生命當成實實在在的，而這在莊子看來是十分沒有價值的，執着於自我欲求實際上是無知而且可笑的。真正的生活應該像大鵬那樣：徹底擺脱自我欲求的束縛，獲得身心的解放，只有這樣才能生活在無限的宇宙，生活在絕對自由的宇宙。不過，從寓言意義上看，大鵬與二蟲之間並沒有絕對的不可逾越的界限，假如二蟲能夠破除自我中心，自小知轉變為大知，牠們也能像大鵬一樣飛離塵世，臻至高邁的明道境界。

人生需要超越，有限性與無限性的衝突需要通過自己的人生去化解，但，是不是一定要像莊子寓言所暗示的，一定要完全破除自我中心，克除主體欲求的方式才能做到？老莊對此給予肯定的回答。《逍遙遊》：「至人無己，神人無功，聖人無名。」老莊所提示的，不失為濟世良方，但這種濟世良方的副作用卻是很大的。與萬物神遊，固然值得欽羨，但為躋身於與萬物神遊的道者行列，要無視許多人生的挑戰，要迴避許多創造的機會，一句話要自欺，最終要為此付出生存的代價。玄言高論，講得頭頭是道，但人生卻是實在的，挑戰是不能迴避的，不能去之而強為之去，結果反為玄言高論所害。

莊子注重從個體人生體驗方面說明「道」的超邁境界，這就開啟了另一條從主觀和心的方面論證宇宙本根和宇宙究竟所以然的道路。老子從虛設「道」的存在入手，做了道家人生論的奠基工作；佛教禪宗則從心的方面入手，做了同樣工作。在兩者之間，莊子可說是橋樑或過渡。陳鼓應說，莊子哲學「直接激發了魏晉玄學及禪宗的思辨」[1]。確實，虛設形而上的存在物作論證，遠不如從心的方面來得簡明。老子講得很模糊，不易領會的地方，莊子用寓言直觀地表現出來，但純從心理方面立論，就更容易說清楚。例如：《老子》二章說到美惡對等和「有無相生」等「六門」時，王弼註：「喜怒同根，是非同門，故不可得而偏舉也。」從主觀方面註釋老子客觀論證，所說的問題都是一樣的，但王弼的話簡明得多。佛教禪宗以其論證嚴密又易於領會，在基層社會廣為流行。可以說直到佛教傳入中國並完全融為傳統文化的一部份為止，老莊式的人生觀才具備一個周密的本體論證。

佛教哲學從人的主觀方面直探宇宙的本根，它不作外在於心的形而上預設。如果說它們的論證有多少形而上預設的性質，那就表現在對人的認識結構的認識上面。在佛教教義裏面，將人的心靈構造分九個層次，簡稱之為「九識論」，如果用梯形圖表示：[2]

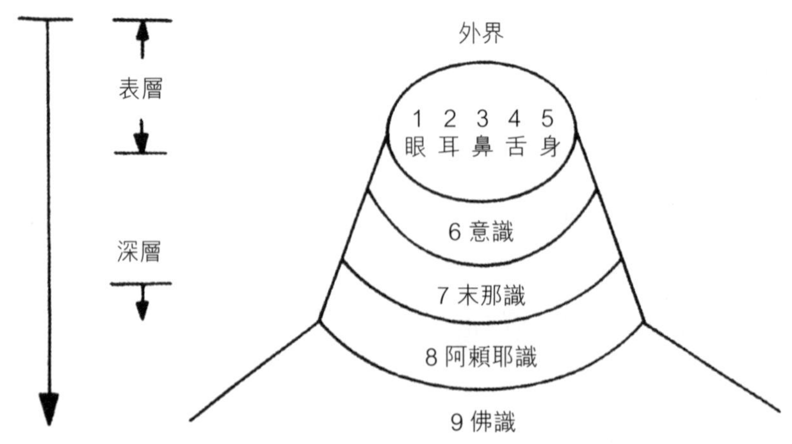

1《莊子今注今譯》「修訂版前言」，中華書局，一九八三年版。

2 轉錄自野崎至亮：《境涯革命》，光書房，昭和五十七年版。

按照佛哲學的分析，眼、耳、鼻、舌、身這五識是心的窗口，人通過這個窗口與外界接觸，窺望並了解宇宙的所以然。所以造化天然規定人是受動的。「愛別離苦」「怨憎會苦」「求不得苦」「五陰盛苦」，這四苦說明人的感覺系統被外界牽引受動的情況。但人感覺到的各種苦、愁、惱或愛、樂顯然是不真實的。不但同一件事各個人所感不同，即使同一個人，在不同心境、不同年齡所感亦不同，所以不能把五官感覺當作宇宙的本根。作為第六識的意識只起着綜合五官感覺的作用，它本身也不是真實的。第七識自我，又稱末那識，有點像普通心理學上說的自我意識和深層心理學上的自我之意，兼指人的思維、思考，萌生我之為我的識。末那識引導人把自己作為中心，在接觸外界時產生物我分別與善惡取捨，同時末那識還藏隱着許多自私和陰暗的污垢，比如性慾本能等。人之有「我愛」「我癡」「我慢」「我執」這四煩惱，最根本之處在於末那識的誘惑。顯然不能把對宇宙本根的認識建立在末那識之上。第八識阿賴耶識，「阿賴耶」為梵語譯音，意為積或積存的意思。佛教教義認為人有轉回，前世、前前世，乃至無量劫以前，你所幹下的善事和惡事，即所有「宿業」，都積存於阿賴耶識之中，這其中當然也包括有生以來所有歷練與經驗。對人來說，它起着「記憶」的功能。第九識佛識，梵音為「阿瑪喇」，意為沒有污垢、潔淨無塵的意思。它藏在人心的最底層，不經過一番冥想、禪定、悟道的工夫，絕對不會浮現上來，發揮出來；它超越個人，無限廣大，實際上它就是無邊廣大的宇宙的最高真實和本根，宇宙的究竟所以然就在於法力無邊的佛識。

佛教哲學從這種對心靈構造的認識引導出極端唯心主義的結論。把宇宙本根和究竟所以然安放在本心，因而外界客觀存在就變成心靈的附庸和隨從；心及其變化調度指揮着客觀外界事物。人只要鼓動起法力無邊的本心，宇宙便彷彿被玩之於股掌之上。用梁啟超的話借指佛哲學宇宙觀倒是很貼切的：

境者心造也。一切物境皆虛幻，惟心所造之境為真實。同一夜也，瓊筵羽觴，清歌妙舞，繡簾半開，素手相攜，則有餘樂；勞人思婦，對影獨坐，促織鳴壁，楓葉繞船，則有餘悲。同一風雨夜也，三兩知己，圍爐茅屋，談今道故，飲酒擊劍，則有餘興；獨客遠行，馬頭郎當，峭寒侵肌，流潦妨轂，則有餘悶。……然天下豈有物境哉，但有心境而已！戴綠眼鏡者，所見物一切皆綠；戴黃眼鏡者，所見物一切皆黃；口含黃連者，所食物一切皆苦；口含蜜飴者，所食物一切皆甜。一切物果綠耶？果黃耶？果苦耶？果甜耶？一切物非綠、非黃、非苦、非甜，一切物亦綠、亦黃、亦苦、亦甜，一切物即綠、即黃、即苦、即甜。然則綠也、黃也、苦也、甜也，其分別不在物而在我，故曰三界惟心。[1]

人認識外界事物或者作審美觀賞，當然有不同程度和不同方式的主觀因素滲透其中，構成認識或構成審美靜觀，主觀和客觀兩方面都缺一不可，但是把主觀方面誇大到「三界惟心」「萬法惟識」的程度，當然是自欺欺人。傳說兩僧在辯論風吹幡動，一僧說「風動」，另一僧說「幡動」。各有各的理，相持不下，六祖大師出來主持公道：「非風動，非幡動，仁者心自動。」這種一躍以超異同的省力回答，同《高僧傳》卷二載鳩摩羅什說「心有分別，故鉢有輕重」如出一轍。

既然主觀的心具有扭轉乾坤、再造宇宙的神力，那麼真正的佛心（即佛識）是怎樣的呢？真正的佛心同老子的「道」境界一樣，「惚兮恍兮」「寂兮寥兮」，沒有一切分別，除去所有揀擇，泯滅任何愛惡，

1 《梁啟超選集》，第一零四—一零五頁，上海人民出版社，一九八四年版。

具體說來，就是沒有任何塵世的雜念，像明鏡一樣澄澈透亮，一塵不染。

> 萬法本閒人自鬧。[1]
>
> 一切法皆從心生。心無所生，法無所住。[2]
>
> 一心不生，萬法無咎。[3]
>
> 至道無他，唯嫌揀擇，但莫憎愛，洞然明白。[4]

內心本來有一塊可以達到至境的「洞天福地」，因為迷亂的心搞得自己亂了方寸，遠離了閒靜本心。因此世界就沸沸揚揚，好不熱鬧，因此人生就充滿痛苦，於是，達到極樂彼岸的方法就是要在內心恢復本心的地位，克去那些世間邪念，使那個平時我們無從察覺的澄澈明淨的佛識統治充實我們所有精神空間。

老子和莊子說在你的身外有一個沒有差別、大而化之的「道」作為宇宙最高真實而存在，佛教哲學說這個宇宙最高真實不在心外而在你的內心深處。作為本體論證，兩者的目的和意義都是一樣的，只是所採取的方法有別。唯物和唯心的對立，在這兩家本體論證中毫無意義，相反，思想史表明，唯物和唯心親密地結成了「統一戰線」，共同塑造老莊式的人生觀。

1《五燈會元》卷二，南陽慧忠禪師，中華書局，一九八四年版。
2《五燈會元》卷三，南嶽懷讓禪師，中華書局，一九八四年版。
3《五燈會元》卷十九，徑山宗杲禪師，中華書局，一九八四年版。
4《五燈會元》卷一，僧燦信心銘，中華書局，一九八四年版。

人生的有限性與無限性的糾纏，暫時和永恆的交織，引出對宇宙本根和究竟所以然的無窮冥想，引出此岸世界與彼岸世界截然兩分。如果抱着維特根斯坦那種邏輯實證主義的態度，就應該對這類不該説的問題保持緘默，但人類怎麼能做到完全而充份的理性？哲學，尤其是人生哲學，就是要對那個不該説的東西説三道四，所有教人怎樣為人處世，怎樣灑掃應對，怎樣舉手投足的小道理，都是從説三道四的大道理裏面引出來的。影響大道理背後的那個東西正是人類自己，因為人生的有限性與無限性問題的提起，從根本上説是個非理性的問題，不可能以理性的方式去解決，所以不能説而強為之説，就有了種種形而上的大道理。甚至連維特根斯坦倡導的對不該説的問題保持緘默本身亦是一種大道理，不過他意在劃清理性與非理性的界限，希望人們更多地以理性支配生活，不要跌入非理性的泥潭。

大道理的成立，即把宇宙本根説成此而不説成彼的哲學見解，雖有幾分隨意，比如《老子》五千言最初就是個人深思的結果，但它一旦被廣泛接受，就會通過制約一系列小道理而發生持久的影響。就像給定一個基本框架，形形色色的小道理就只能在框架內活動，大道理規定着小道理的基本風格。老子預設了一個泯差別、等異同、同對待的無為的「道」，佛教哲學預設一個潔淨無塵、等同大化的「佛識」，它們的人生論（小道理）都從這裏衍生出來：「道」無為，人也應該無為；「道」沒有差別、異同、對待，人生也應該去除差別、異同、對待；「佛識」沒有塵，人也應該擯除自我欲求的誘惑；「佛識」沒有愛憎、善惡，人也應該沒有愛憎、善惡。就是説，佛老宇宙論的這種基本特徵決定佛老人生論退縮、返回自身的基本風格。無論具體的人生表現得多麼勇敢剛毅與懦弱戀生，其根本上是精神龜縮的行為，在礙除自我中達到個體的永生。基督教設定一個實存並統治宇宙的上帝以為本根，同時認定人生而有罪，以一生來贖罪才能最終「獲救」。這一套基督教教義決定基督式人生自我完善和以行動來實現完善的基本風格。即使在中世紀禁慾主義時期，「自我的獲救」這一理路還是隱隱可見的，尤其是自我的行動性始終沒有被否定，後來發生宗教改革運動，出現了宗教的「人世轉向」，把自我獲救的場所從苦行的旅途、修道院、佈道場轉移到產業、商業等有益於民生的領域，但這種新人生裏，自我與行動性的風格還是貫串着，並且發揚光大了。反觀佛老宇宙觀，一開始就將此岸世界與彼岸世界連在一起，早早就完成了「人世轉向」，強調以個體泯滅自我的精神努力來開創屬於自己的精神彼岸，在碌碌紅塵中脫度自己。這種自我（獨立人格）晚熟而智慧早熟的宇宙觀，給中國人生投下可怕的陰影。對於生活在貧窮、疾病、天災、人禍紛至沓來的這個世界的大多數人，他們首先要面對的是生存鬥爭，以自己的努力改善生存環境，而這一切，沒有自我的執着，沒有慾望的伸張，只能敗多勝少，只能苟延生命。要過「悟道」的生活，使精神活動臻於優游自在，無妨無礙的境地，貴族式的物質條件是必不可少的，落後的古代農業，到底能供給多少人過這樣的生活呢？極其超越的智慧，落在一個完全不適合它發生正面作用的現實基礎上，在嚴峻的生存挑戰面前一味退縮，在痛苦面前一味以精神的自我努力化解它。人生就是這樣被漸漸引入歧途。

第三節　通往無限的歧途

《列子．說符》：

> 人有濱河而居者，習於水，勇於泅，操舟鬻渡，利供百口。裹糧就學者成徒，而溺死者幾半。本學泅，不學溺，而利害如此。

偉大的古代思想家，為人生問題深思熟慮，創立博大精深的哲學體系，當然懷有超度眾生的宏願。但事情的後果往往有違賢哲們的初衷，就像上面那個故事說的，眾徒慕「操舟鬻渡，利供百口」而來，「本學泅，不學溺」，奈何「溺死者幾半」！初意讓人解脱痛苦，提升生命，生活得更加優游自然，奈何滋生出苟延殘喘，不思奮發的烏龜式的人生！我們今天不是要把卑劣國民性格的責任統統往千年以前的賢哲們身上推，他們當初也未必會料到有如此局面。倘若起老莊於地下，他們看到阿Q那副神態動作，那副飄飄然欲仙的樣子，一定痛心疾首。賢哲是不能為後來承擔罪名的，責任必須由今人來承擔，而認識傳統人生觀及人生方式的局限性，正是今人承擔歷史責任的方式之一。

無妨無礙、優哉游哉、超越塵世的無限至境是令人羨慕的。理由很簡單，文明帶來的一切並不都是幸福。技術的進步，禮儀規範的成熟，古代國家形態的出現，更加劇了人類對財富和地位的爭奪，戰爭這種人類相互殘殺的怪物正隨着文明的進步而升級，流血、死亡、飢餓像空氣一樣充斥人間。殘酷的現實慘象更加劇了人對自身有限性的體悟。愈是深深地體悟到有限性的人生危機，就愈要渴求進入無限的境界化解危機。傳説釋迦牟尼二十九歲放棄貴族王子生活出家證道，其原因是在一個偶然的機會裏他和僕人作了「四門遊觀」，即出王城的四個城門，看到老人、病人、死人、僧人，他突然感到自己的青春也要衰老的，即使貴為王子，也是會被歲月之流沖進老人、病人、死人的行列的。正是這種人生的恐懼感和危機感，使釋迦牟尼萌發了出家證道的動機。然而，企求歸企求，人生的實情歸人生的實情。強要進入佛老所描繪的無限化境，就像魯迅説的那樣，拔着自己的頭髮而想離開地球，想得愈切，所受的皮肉之苦便愈多。因為人不可能泯滅主體自我而創造出健全的生活。沒有欲求的伸張，沒有自我的參與，個體固然可以虛擬自己生活在一個沒有矛盾、沒有差別、沒有痛苦的混混沌沌的自足天地，但客觀的矛盾，生存的挑戰總要找上門來的。逃之不得，除之不能，而又不肯放棄「得道成仙」的妙想，不得已只好欺騙自己，以自身的損害或毀滅為代價，換得客觀挑戰與「得道成仙」妙想之間的暫時平衡。以「天人合一」的無限開始，以自殘自滅的歧途告終。

具體地說，解脱人生痛苦通往無限至境的歧途分作兩個方面。其一，「心齋」：在精神上磪滅自我意識，泯滅主體欲求，對精神性的自我生命「大徹大悟」。其二，「貴生」：即全軀保命，講究服食、房中術等長生久視之道。如果説人是靈與肉，心與身完整結合的話，中國傳統文化對它們採取完全不同的「策略」：對於人的靈和心的那一面盡量抑制、去除、泯滅它們；而對於肉與身的那一面則盡量扶持、講究和讓它滿足。所以，與肉、與身相連的感官享受的一切——烹飪、服飾、宮室、園林、長生術、房中術——在中國異常發達，而與靈和心相連的精神性的一面——獨立人格、自我意識、科學人生、自我超越——則極度萎縮。用《老子》三章「虛其心，實其腹；弱其志，強其骨」的話，最能把傳統文化的這種靈肉反差表現出來。「心齋」和「貴生」這兩個極端並不矛盾，相反，它倒很貼切地體現了佛老所界定的無限化境的精神實質。因為解脱所追求的不是基督教那種外在超越，而只是所謂「成仙」，通俗地說，就是生活得優哉游哉。「心齋」則哀樂不能入；「貴生」則滿足感官享受，兩者都十分優哉游哉，並不背得道成仙的初衷，它們都是佛老宇宙論圖式落實在人生界的生存方式。下面分別詳釋之。

老子和莊子都曾經把無限而神秘的「道」具體化，讓它體現在人的身上，以一個描繪出來的理想人的舉止談吐風度來為世作則。這樣，「道」就不是形而上的虛託或亦有亦無、非無非有不可捉摸的東西，而是體現為有血有肉的人的行為、態度，至少給世人提供有形有貌的一個外觀形象。通過這種理想人的描繪，架接「道」同人生實踐相聯結的橋樑。《老子》十五章對體道之士的描繪傾向渾樸恬靜，不如《莊子·大宗師》「真人」那樣超邁淩越。莊子以浪漫的筆法，融入文學的幻想，更兼其驚俗的詞采，筆下的理想人自然別開生面：

> 古之真人，不知説生，不知惡生；其出不訢，其入不距；翛然而往，翛然而來而已矣。不忘其所始，不求其所終；受而喜之，忘而復之，是之謂不以心損道，不以人助天。是之謂真人。
>
> 若然者，其心忘，其容寂，其顙頯；淒然似秋，煖然似春，喜怒通四時，與物各有宜而莫知其極。

老子這樣形容心目中理想人：

> 古之善為士者，微妙玄通，深不可識，夫唯不可識，故強為之容。豫焉若冬涉川，猶兮若畏四鄰。儼兮其若容，渙兮若冰之將釋。敦兮其若樸，曠兮其若谷，混兮其若濁。孰能濁以靜之徐清，孰能安以久動之徐生。

莊、老筆下的理想人物雖有不同，但剝除其神神秘秘的文學形容和誇張，精神實質確有共同之處，即強調順應自然。這裏的「自然」，不僅是一個名詞，説那些體道之士如自然萬物那樣渾樸不用智巧，而且也是一個形容詞，形容體道之上自然而然對待周遭事變。這些與宇宙（即「道」）合一的「微妙玄通」「獨與天地精神往來」的理想人就是塵世人生的嚮往和楷模，他們的生活才是最富價值和最有意義的。為了達到這一最高的善，道家和佛哲學啟發眾生從兩方面入手。第一，去知識，滅心智，自忘形骸。第二，無欲求，無衝動，精神自足。無智無識，沒有充足的理智，就不能認識周圍的世界，為阿Q式的精神逃入準備條件；無欲求，陶醉於精神上的自得其樂，就走上了自我欺騙的歧途。兩者互為作用便是阿Q精神勝利法。

一般來說，佛老並不反對智，那些悟道的「真人」或禪師總是被譽為具有超凡智慧的人。但是，如果因此就認為他們主張研究自然規律、社會規律，重視以知識改善人類生活就完全錯了。因為他們認為的「智慧」和我們今天所說的知識是完全不同的概念。佛老所說的智慧只與神秘的「道」和「佛識」有關，而且「道」的秘密與「佛識」都是先天就埋藏在人心內，不過平日被自我和各種邪見所蔽，不能發揮出來罷了。通過一番證道的修煉功夫，先驗智慧便會自然而然發揮出來。如果說佛老的智慧也算知識的話，它應歸入人生哲學一類的神秘知識。它們和今人所說的科學實證的知識、改進生活環境的技術知識以及典章制度的知識是十分不同的。同時他們認為自己闡發的神秘知識才算唯一真正的知識，後一種知識簡直就是等而下之的小道，甚至是有妨他們的「大道」的小道。《莊子·天下篇》擔心，「道術將為天下裂」，純正的「道術」將被這些小道搞得四分五裂。

推求客觀的知識，首先要求實事求是的態度，以主體精神面對客觀規律，承認客觀規律是不以意志為轉移的。儘管人類認識能力有限，推求到的知識也是受限制的，但它們確實是反映了事物運動的規律，因而在它們描繪的範圍是絕對的。但是佛老人生觀十分排斥求實的態度，排斥面對客觀的主體精神和拒絕承認知識的絕對性。而認為這一切都是有害於冥冥中的悟道，有害於進入「已而不知其然」（《莊子．齊物論》）的境地。因為追求確實的知識，首先就把本來不分彼此的宇宙分了彼此，以自己的一孔之見來窺視大道，不但不能得到大道，反而自己被成見所蔽了。《莊子．齊物論》：

> 物無非彼，物無非是。自彼則不見，自是則知之。故曰彼出於是，是亦因彼。彼是方生之說也，雖然，方生方死，方死方生；方可方不可，方不可方可。因是因非，因非因是。……是亦彼也，彼亦是也。彼亦一定非，此亦一是非。

世界就是這樣一團混沌，沒有不是「此」，亦沒有不是「彼」；彼是出於此，此亦出於彼。而且世上的事物隨起就隨滅，隨滅就隨起；說它不可，它就變成可；剛說它可，它就變成不可；有理由認為是，就有理由認為非；有理由認為非，就有理由認為是。所以說，此就是彼，彼就是此；彼有它的是非，此亦有它的是非。這種極端的相對主義是中國傳統「人生辯證法」的精髓。它貌似全面，貌似辯證，但它抽去了人認識世界、認識事物的基點——客觀的求實態度。人生的要務就不是以清醒的理智燭照萬物，認識自己，不是致力於發現事物的運動規律，發明技術的改進生活，而是以無可無不可的滑頭主義與世沉浮，以一團混沌的玄言高理來陶然自樂。佛老人生觀基本出發點是建築在極端相對主義宇宙觀上的，除了「照之於天」的玄言是真知外，其他各家見解都是既有理由認為它是，又有理由認為它非的東西。「天下莫大於秋毫之末，而大山為小；莫壽於殤子，而彭祖為天。」（《齊物論》）

心智的運作使人對客觀事物下判斷，一下判斷就打破了宇宙的「本然」面貌，產生各種分別、是非、善惡。佛老人生觀認為這樣就墮入成見之中。特別是認知心靈的運作追求征服自然界，把對事物所下的判斷訴諸行動，形成為技術，這樣就產生了「機事」。有了「機事」，人就有「機心」，迷於「機心」，就永遠達不到那個「本來面目」。為了使眾生進入宇宙的「本然」，看到那個「本來面目」，就應該放棄自己的「機心」，毀掉「機事」，過一種自然而簡樸的生活，完全不用認知心靈，不需要知識，只要自然而然就行了。這叫做「非不能也，是不為也」。《莊子．天地篇》有一則有名的寓言，充份表現了傳統人生觀對知識、認知的擯斥：

> 子貢南遊於楚，反於晉，過漢陰，見一丈人將為圃畦，鑿隧而入井，抱甕而出灌，搰搰然用力甚多而見功寡。子貢曰：「有械於此，一日浸百畦，用力甚寡而見功多，夫子不欲乎？」為圃者仰而視之曰：「奈何？」曰：「鑿木為機，後重前輕，挈水若抽；數如泆湯，其名為槔。」為圃者忿然作色而笑曰：「吾聞之吾師，有機械者必有機事，有機事者必有機心。機心存於胸中，則純白不備；純白不備，則神生不定；神生之不定者，道之所不載也。吾非不知，羞而不為也」。[1]

用轆轤提水，當然比抱甕取水效率高，圃者也知道這一點。但他就是不為，害怕「機心」存於胸中，搞得心神不寧，不能與萬物合而為一。

通往無限化境只有一條道路，就是「絕聖棄智」。不要像子貢那樣以人工妄為來投機取巧，不要執

1 李約瑟在他的《中國科技史》「緒論」中曾引這則寓言，來說明傳統文化對技術進步的鄙視與阻礙。中國不能產生現代科技，這是個很大的論題，但道、佛的宇宙觀可以提供部份解釋。

着於是是非非的爭論。天下的風氣這樣頹喪，民眾遠離了淳樸的大道，世間紛起各種糾紛、爭奪，相互非議，相互欺侮，追究根源都是由於人們愛用智巧。拋棄了智巧，不用思慮，閉目沉靜於內心冥想，天下自然就太平。佛老教人悟道參禪，滅心智而至於坐忘，這是他們的不二法門。《莊子．在宥篇》借廣成子的話說明怎樣可以達到「至道」：

無視無聽，抱神以靜，形將自正。必靜必清，無勞汝形，無搖汝精，乃可以長生。目無所見，耳無所聞，心無所知，汝神將守形，形乃長生。慎汝內，閉汝外，多知為敗。

不要與「外物」發生關係。目有所見，耳有所聞，心有所想，就會魂不守舍。感官與「外物」相聯的所有途徑都要「閉」起來，「多知」有害「至道」。不要「多知」而要「無知」，最好的辦法就是讓自己一團混沌。《老子》二十章現身說法：「俗人昭昭，我獨昏昏；俗人察察，我獨悶悶。」四十九章說聖人的統治術是「渾其心」和「孩之」。《關尹子．三極》說的也是這一秘傳：「利害心愈明則親不睦，賢愚心愈明則友不交，是非心愈明則事不成，好醜心愈明則物不契，是以聖人渾之。」《無能子．真修第七》倡言對那些「民之有心者」，「研之以無，澄之以虛」，這樣天下就「莫能與之爭」。《莊子．天地篇》把這種「若愚若昏」的修養術和統治術稱作「渾沌氏之術」。佛氏亦教人不要有「取捨」，世間本空，分別亦空，以心智分別世界只能招來貪欲的虛妄。而堵住欲流的最可靠的心靈堤壩就是「嫌揀擇」「無分別」「等對待」。

老子很喜歡把人處於無知無識、若愚若昏的狀態比作嬰兒，以為這是修養達成的很高境界。十章：

「專氣致柔，能如嬰兒乎？」二十章：「沌沌兮，如嬰兒之未孩。」二十八章：「常德不離，復歸於嬰兒。」四十九章：「聖人皆孩之。」五十五章：「含德之厚，比於赤子。」老子這個譬喻用得十分貼切，恰到好處概括出佛老宇宙觀、人生觀所追求的哲人狀態。所以，它除了純譬喻的運用外，還有一重文化象徵意義。嬰兒時期不但是人的人格未成熟時期，而且也是知識真空或接近真空的時期。人成長的自然趨勢是人格的成熟和知識的豐富，就是說成年期是對嬰兒及兒童期的否定，人有這樣一個否定才進入健全的階段。佛老人生價值觀希望人們的人格和知識都永遠停留在嬰兒時期，實際上就是從文化上號召人們倒退回搖籃時期，回到嬰兒階段。佛老為眾生準備的一套文化，可以說是讓眾生嬰兒化的文化。嬰兒與無知連在一起，而無知，則是通往極樂天堂的階梯。

無知無識是進入天國的第一步，但這還不夠，還必須「無欲」，徹底喪失對「外物」的任何興趣。按照佛教教義，人之所以為貪欲束縛，起因於人分別世界。《維摩詰所說經》：「欲貪以虛妄分別為本。」但虛妄分別本身就已經錯了，欲求訴諸行動就錯上加錯。當然，要強在認知與欲求之間分因果，也許是做不到的。因為它們是互相包含而且又互為因果的。但無論怎麼說佛老人生論和所安排的人生方式，既要除知，又要滅欲。《老子》六十七章自詡有「三寶」，第三寶就是「不敢為天下先」。十三章說：「及吾無身，吾有何患？」三章說：「常使民無知無欲。使夫智者不敢為也。」老子這方面的思想較多地體現在他「退一步而求生」的「辯證法」上。老子初欲教人後起佔先，即世俗所謂吃小虧佔大便宜。如七章「後其身而身先，外其身而身存」；又如二十二章「曲則全，枉則直，窪則盈，敝則新，少則多，多則惑」。當然，後起能否佔先，吃了小虧能否佔大便宜，這是一個實行的問題。老子在「無欲」這個問題上，只提起一個頭。他既說不為「天下先」，又要「佔先」，這是他不能自圓其說的地方。可能因為老子初意不全在人生論上，他的這些「辯證法」思想亦兼暗指統治技巧和戰爭技巧。

到了莊子和釋氏，「無欲」「寡欲」「清心」的人生論被大加發揮。《莊子．齊物論》借南郭子綦的寓言，為人樹立起一個形如槁木、心如死灰的體道之士的形象。他所以能「安時而處順，哀樂不能入」（《養生主》），是因為他掌握一件「秘密武器」——「吾喪我」，破去自我，與萬物神遊，就臻於「物化」的境地。《莊子．大宗師》：

顏回曰：「回益矣。」仲尼曰：「何謂也？」曰：「回忘仁義矣。」曰：「可矣，猶未也！」它日復見，曰：「回益矣。」曰：「何謂也？」曰：「回忘禮樂矣。」曰：「可矣，猶未也！」它日復見，曰：「回益矣，」曰：「何謂也？」曰：「回坐忘矣。」仲尼蹴然曰：「何謂坐忘？」顏回曰：「墮肢體，黜聰明，離形去知，同於大通。此謂坐忘。」

「坐忘」就是遺忘一切。顏回忘了仁義，忘了禮樂。孔子覺得「猶未也」，直到把甚麼都忘了，忘了自己肢體欲望，忘了自己機智聰明，才與天合一。又《莊子．人間世》：

若一志，無聽之以耳，而聽之以心。無聽之以心，而聽之以氣。聽止於耳，心止於符。氣也者，虛而待物者也。唯道集虛。虛者，心齋也。

專心致志，讓精神回到自身，捨外專內。但用內在的心思欲求還不行，要順任自然，以自己的氣感應自然的氣，也就是說要忘記一切，這就是「心齋」。在《莊子》的寓言和比喻裏，肢體殘缺的人往往智慧極高。例如，《德充符》篇的王駘、申徒嘉、叔山無趾等。莊子寫他們正因為形體殘缺，才得到精神上的「全」，外面的殘與內面的全聯繫在一起。莊子這種寓言比喻內含一層很深的暗示意義：形體健全自以為大丈夫，就汲汲於用世，四出奔走，與物相刃相靡，當然就沒有好下場；形體殘缺，用世不成，收束自己的心智與欲求，專志於內心冥想，結果形體缺陷反促成精神生命的健全，達到生死一如、是非平齊的境界。《抱朴子》內篇《道意》一段話最能體現「無欲」與「得福」的關係：「人能淡默恬愉，不染不移，養其心以無欲，頤其神以粹素。掃滌誘慕，收之以正。除難求之思，遣害真之累。薄善怒之邪，滅愛惡之端，則不請福而福來，不禳禍而禍去矣。」

佛教禪宗對人的自我內心有很深的認識，這一點我們在前面已經討論過了。按照其教義，人的自我，即末那識，簡直被定義為最黑暗、最骯髒的東西，它是人痛苦、煩惱的根源和阻礙人進入極樂天國的罪人。例如，人生的「愛別離苦」「怨憎會苦」「求不得苦」「五陰盛苦」和對於老、病、死的憂慮和恐懼，完全是因為自我支配着人生，把人拖入塵世的苦海深淵。因此，捨棄自我，莫起慾念自然就成了不易的途徑。除分別法，捨揀擇見，泯愛惡心，亦即是要捨棄自我，從意志衝突、執着和參與中撤離出來。佛教又主張「即心成佛」，能否成佛，關鍵在於能否戰勝你自己。佛教指給世人通往天國的天路歷程，實際上就是一場對自我的宣戰，並最後摒除自我的歷程。「天下本無事，庸人自擾之。」你動了慾念去擾了甚麼東西，就會引出無窮是非、愛惡，你不去擾它，一念不生，你自己就太平無事，天下就安靜無爭。所以，不要有痛苦，不要有行動，關鍵是不要有欲求。如《天隱子．坐望七》：「何謂不行？曰：心不動故。」

李澤厚說：「莊子是通過『心齋』『坐忘』等來泯物我、同死生、超利害、一壽夭，而並不是通過主動選擇和現實行動來取得個人獨立的。」[1] 取消主動選擇和現實行動，企求以此進入虛設的無限通道和極樂至境，這不僅是莊子的特點，而且是佛老所代表的傳統宇宙論、人生論及其引導的人生方式的特點。這一套解脫之道，雖不像禮治秩序那樣能夠透過具體的典章文物制度直接模塑人，但它能透過一套自成體系的人生理論潛移默化地灌輸到人生中，它相對地隱而不見，但也因此見得深廣與頑固。

上文已經說過，阿Q精神勝利法的內核是把外部世界看成是意識內部自己同自己達成的契約。這種奇特的性格和心理其實寓含了兩個方面：它首先把世界看成可依主觀想像、幻想而轉移的；其次主動棄除改變生存環境以適合生存和發展的興趣和能力。不錯，阿Q也去尼姑庵「革命」，上城裏偷東西實腹充飢，但這些行動毫無一絲主動選擇的精神，充其量只能算作謀生本能的機械動作。既不求正確地認識世界，也不求以主動選擇和行動實現欲求，這兩方面的「共同合作」滋生出阿Q式的性格和心理。毫無疑問，它們根源於佛老這條「根」。宇宙是一團混沌，事物都是沒有區別，這樣說也行，那樣說也行，於是阿Q就可以振振有詞，「我們先前比你闊多啦！」「兒子打老子」，「狀元不也是『第一個』麼？你算是甚麼東西呢？」李漁筆下那個貧民就可以在蚊蟲叮身之時大叫「快活」。既然只有「形如槁木，心如死灰」「嗒焉似喪其耦」，才能體驗到真正的生命快樂，才能真正天人合一。於是阿Q一貧如洗依然心安理得，乃至被抬出去殺頭，依然「臨危不懼」，想起「二十年之後又是一條……」，於是李漁就有「黃連樹下也好彈琴，陋巷之中盡堪行樂」的感嘆。

1《中國古代思想史論》，第一八八頁，人民出版社，一九八五年版。

主體的尺度是人作出主動選擇和現實行動唯一可靠的依據。茫茫渾沌的宇宙，由於產生了相對於客體的主體，它才成了人的認識對象。作為主體性存在的人，對於這個認識對象，生分別法，萌揀擇見，然後才能有知，才可以言識；面對充滿騷動和衝突的世界，有了主體意識，才能識別善惡，才能依主體尺度判別利與害。選擇出於判斷，正確的選擇出於正確的判斷，而判斷之為正確就是依賴主體尺度為參照。取消主體與自我，就談不上主觀與客觀，更不能作出通過行動期望取得成功的判斷。傳統的宇宙觀和人生觀正是在這最基本的方面悖逆人類生活的自然趨勢，悖逆人最自然的人性，使人喪失主體與自我，走上通往無限的歧途。

老莊和佛教禪宗初意讓人沉迷於神秘境界，以獲得個體身心的徹底解放，成就徹底反叛現存秩序的獨立而飄逸的人格，但它們的教理在歷史發展中最終塑造了民族性的性格和心理的劣根性——阿Q精神勝利法，這確是一件令人深思的事情。當然，闡發一套宇宙觀和人生價值論，並不就等於某種民族性格和心理。但兩者之間又確有某種聯繫，精神勝利法背後的潛在思路就是佛老的宇宙觀和人生價值論，換言之，那套隱蔽的宇宙論和人生論在支配或誘發精神勝利法，就像一條「語法規則」，規定了千變萬化的言語表達方式。從歷史的推移變化上說，我們的確看到可悲的演變過程：精神勝利法從觀念形態的東西演變成民族性格的病症，從個別的思想與行為的形態演變為普遍的習以為常的思想與行為。愈到後來，佛老哲理愈失去其哲學論據的色彩，轉而流為自我欺騙與陶醉的狡辯，流為庸俗的「處世精義」。

遠在莊子及其門徒發揮老子的論旨，把關於「道」的思想應用於人生，自以為表露自己孤傲的人格的時候，就多少露出一點阿Q相：「呼我牛也而謂之牛，呼我馬也而謂之馬」（《天道》），「不樂壽，不哀夭；不榮通，不醜窮」（《天地》），「知其不可奈何而安之若命」（《人間世》）。這些話，正如張岱年說的，莊子的神秘境界「只是一種空虛的自我安慰和自我陶醉」[1]。不過，莊子終究是偉人和天才，天才只創造法則讓別人遵守，他自己是不受限制的，也不準備實行自己一套理論。莊子妻死，曾否鼓盆嗚大道，於史無考。但《史記．莊子列傳》記他：「其言洸洋自恣以適己，故自王公大人不能器之。」楚威王請他去做官，他對來使說：「子獨不見郊祭之牲牛乎？養食之數歲，衣以文繡以入太廟，當是之時，雖欲為孤豚，豈可得乎？」這些超越流俗的言行，究竟不失先驅的精神個性。如按他的理論，應該安之若素去做「牛」才能自圓其說。

常言說，大師之後，跳蚤繼起，旗手之下，庸人蟻聚。徵諸老莊思想庸俗化、實用化、普及化的史實，可驗證這種說法是不欺人的。《老子》書中關於政治方面的思想，即黃老道德在後世見諸施行轉而為申韓的刑名苛政，轉而為敲骨吸髓的「猛虎」政治和殺人盈野的特務政治。而老莊的宇宙人生哲理同樣不能避免這種命運，它們在後世轉變為庸俗的「處世指南」和精神勝利法。

大體上以晉人向秀、郭象註莊為標誌，這個庸俗化、實用化、普及化的過程就基本完成。郭本《莊子注》在晉以後，即成了最流行的權威註本。郭象體達的莊生之旨，長期被認為是《莊子》的本意，後世的文人學士多通過郭註本讀《莊子》，由他們再把郭象的莊子形象傳達到平民百姓之中。郭象重新解釋《莊子》，突出兩個方面：一是把控制社會的基本秩序納入老莊「天道」「自然」的範疇，人間的統治秩序不但是不可動搖的，而且也是個體應當順應、服從、歸化的，這樣便是符合「道」的無為要旨；二是把《莊子》裏面極端相對主義觀念和迴避矛盾、退縮自省的生活態度具體地發展為應付生活矛盾及

1 《中國哲學大綱》，第三零二頁，中國社會科學出版社，一九八二年版。

衝突的方法，即發展為自欺欺人的精神勝利法。

老莊所預設的「道」，的確包含了他們對人生永恆命題——有限與無限——的冥思苦想，融會了他們自己真切的人生經驗。作為一種哲學，他們致力的是個體人格的完成，超群脫俗的理想人格（不論它包含了多少不實際的幻想乃至妄想）始終是他們熱切追求的。因此，老莊特別是莊子洋溢着強烈的反叛世俗、傲視眾生的不羈不馴的獨立精神。但是到了郭象註莊的時候，這種精神消失殆盡，而代之以與世推移、隨遇而安的苟且精神。郭象的時代，中國社會「文化的突破」的階段早已過去，基本選擇變動的可能性已成陳跡，幾經選擇之後由儒家大體規定的禮治秩序已經牢牢地扎根，變成結構社會、組織生活的基本規範。在這種大勢之下，支持道家創始人追求凌越超邁的完善人格的那一套理論，不說它本身的玄言不實，即使能見諸在人生中施行，它也面臨一個與現實「對話」，調整基本框架的問題。所謂儒道互補正是在這樣的基礎上實現的，經過庸俗化、實用化的老莊哲理，才能和儒——禮治秩序——實現互補。魏以前，很少有人稱引《莊子》，老子也只以「政治顧問」的形象出現在宮闈密室。但魏晉玄學大盛，幾乎同時出現王弼註老，向秀、郭象註莊，這就透露了老莊哲理玄言同現實的這種對話。

郭象擴大了老莊關於自然的概念，把「尊尊」「親親」「男女有別，長幼有序」的人間秩序也看成自然。這樣返歸自然、同入大化的郭象式老莊哲理，自然而然包括了認同和臣服於人世間的禮治秩序的內容。「臣能親事，主能用臣；斧能刻木而工能用斧；各當其能，則天理自然，非有為也。」（《莊子．天道注》）「明夫尊卑先後之序，固有物之所不能無也。」（《莊子．天道注》）「禮者，世之所以自行耳，非我制。」（《莊子．大宗師注》）「天地者，萬物之總名也。天地以萬物為體，而萬物必以自然為正，自然者，不為而自然者也。」（《莊子．逍遙遊注》）老莊論「道」，均強調其惚惚恍恍，若有若無的特徵，郭象說「天地」是「萬物之總名」，當然就包括三綱五常、仁義道德之類。因此，「不為」就不僅是老莊「無為」的意思，而且更兼含不違反現存秩序的意思。「無為者，自然為君，非邪也。」（《莊子·天地注》）「無為也，則天下各以其無為應之。」（《莊子·天地注》）亦即是對外於個體的「萬物」順其自然，以自然而然「應之」。郭象註莊往往參與己意，曲解莊子，來發揮他的新無為主義和苟且哲學。本來《逍遙遊》篇中大鵬同蜩、學鳩的寓言，暗喻兩種人生態度與人生方式，莊子的褒貶取捨是十分明顯的。但郭象卻認為：「夫小大雖殊，而放於自得之場，則物任其性，事稱其能，各當其分，逍遙一也，豈容勝負於其間哉。」（《莊子·逍遙遊注》）換句話說，大鵬體大力大，牠飛九萬里，這是「大人者」的逍遙；蜩與學鳩體小力少，「搶榆枋而止」，安於時命，這是「小人者」的逍遙，兩者並無高下。「理有至分，物有定極，各足稱事，其濟一也。若乃失乎忘生之生而營生於至當之外，事不任力，動不稱情，則雖垂天之翼不能無窮，決起之飛不能無困矣。」（《莊子·逍遙遊注》）「苟足於其性，則雖大鵬無以自貴於小鳥，小鳥無羨於天池，而榮願有餘矣。故大小雖殊，逍遙一也。」（《莊子·逍遙遊注》）郭象透過他的解釋向人們兜售其「歸順哲學」和「馴化哲學」。在尊卑名份各有等差的禮治秩序中，每個人都被編排上一定的「定份」，充任固定的角色。統治者有統治者的「定份」，士大夫有士大夫的「定份」，愚民百姓有愚民百姓的「定份」，參與各種「定份」的人安於其位，天下就各得其樂，就各樂於各的「逍遙」。「大人者」，「終日見形而神氣無變，俯仰萬機而淡然自若」（《莊子·大宗師注》）。就是他們的逍遙；「小人者」，「無羨於天池」，就是他們的逍遙。郭象註莊，不像一位發現真理的「先知」，而更像傳授甚麼「應世寶訓」的說客。郭象生年，當過主簿，官不大不小，也算掌實權的「秘書長」，深知「內聖外王」之不易，洞識治理愚民之艱難。老莊哲理恰好在這個時候就派上了用場，有俾實用。「知其極，則毫分不可相跂，天下又何所悲乎哉！夫物未嘗以大欲小，而必以小羨大，故舉小大之殊各有定分，非羨欲所及，則羨欲之累可以絕矣。夫悲生於累，累絕則悲去，悲去而性命不安者，未之有也。」（《莊子．逍遙遊注》）

極端相對主義的宇宙觀和「喪我」「克己」的人生價值觀，可以引導出截然相反的兩種人生：英勇無畏、視死如歸的人生和苟且偷生、自我陶醉的人生。佛學在明清時代曾經塑造出前一種人生，最典型的代表就是譚嗣同。但這只是極少數充滿危機感的先知先覺之士從中悟出的，而且真正身體力行去實踐它的人極少。老莊哲理和佛教教義在漫長的歷史中助長着塑造苟且偷生、自我陶醉的人生的作用。其中關鍵是禮治秩序成為不可動搖、不可迴避的事實，臨到每一個人頭上，誰也無法逃脫出這天地之間，直到晚近時代社會結構陷入危機，才有人能突破這道防線。因此，創始人對人生永恆命題的思考和闡發的哲理，就在後來的歷史裏把眾生送上通往無限的歧途。郭象註莊實際上不只是他與莊子的對話，也是歷史變化的標誌。

擴大了自然的概念，很自然就把苟且偷生、苦中作樂、自我陶醉那一套納入人生中來。郭象註莊滿本都在闡揚與世沉浮的妥協人生。「人之生也，可不服牛乘馬乎？服牛乘馬，可不穿落之乎？牛馬不辭穿落者，天命之固當也。苟當乎天命，則雖寄之人事，而本在乎天也。」（《莊子．秋水注》）牛穿鼻、馬絡首，而為人用，這也是本之於天。喻於人事，則上治下，下事上，也是「天命之固當」，我們也應安之若素。「達生之情者不務生之所無以為，達命之情者不務命之所無奈何也，全其自然而已。」（《莊子．養生主注》）「既稟之自然，其理已足。則雖沉思以免難，或明戒以避禍，物無妄然，皆天地之會，至理所趣。必自思之，非我思也；必自不思，非我不思也。或思而免之，或思而不免，或不思而免之，或不思而不免。凡此皆非我也，又奚為哉？任之而自至也。」（《莊子．德充符注》）「苟知性命之固當，則雖死生窮達，千變萬化，淡然自若而和理在身矣。」（《莊子．德充符注》）這同阿Q被抬上無篷車，泰然自若，「似乎覺得人生天地間，大約本來有時也未免要殺頭的」有甚麼兩樣？郭象的教理和阿Q的所作所為表面上是放達死生，無可無不可，但我們切不可把它們看作為崇高目的視死如歸的無畏人生態度。前者是對自我生命自戮的惡果，是把具有自我意識和主體性的人還原為物的表現，而後者則是不能屈服的剛強人格的表現。

要達到物我兩忘的境界，個體固然要泯區別、等對待、齊物我、一生死、同壽夭。但塵世生活中，常常你要「無為」，物卻不許你「無為」；你要迴避矛盾，矛盾卻不迴避你；你要躲身虛妄的空間，造化卻把你推入紅塵滾滾的人世。這時候該怎麼辦呢？郭象教人以精神勝利法應之。既然世上所有的一切都是合理而自然的，你受到多少傷害或不平等待遇，只要你真心把它們看成合理而自然的，就不會為怨憤所傷，就會怡然自樂。「夫安於所傷，則傷不能傷；傷不能傷，而物亦不傷之也。」（《莊子．逍遙遊注》）事實上已經被損傷了，但主觀上不把它當作損傷，則雖損傷而不損傷，這樣就永遠不受損傷——精神上不察覺損傷而已。「忘，故能有，若有之，則不能救其忘矣。故有者，非有之而有也，忘而有之也。」（《莊子．刻意注》）物我兩忘，才能最充足、最富有。如果專注於事物或為財富吸引，那就不算充足和富有。充足和富有是把甚麼都忘卻了的時候才是真的存在的。「夫安於命者，無往而非逍遙矣，故雖匡、陳、羑里，無異於紫極閒堂也。」（《莊子．秋水注》）知足常樂、隨遇而安者，處處都是他的天堂。所以孔子厄於匡、陳，文王拘於羑里，他們就像身處紫極閒堂一樣逍遙。郭象轉售給愚民百姓的這些妙法，就是典型的精神勝利法。這種妙法，在阿Q，是以連珠妙語和親身行跡表現出來，在郭象，則是以理論化的語言把它當作處世藥方介紹給人。一理論，一實行；一原因，一結果。但究其實都是一樣的。錢鍾書評鳩摩羅什「心有分別，故鉢有輕重」之說，「因果顛倒，幾何不如閉目以滅色相、塞耳以息音聲哉？嚴復評點《老子》二十章云：非洲鴕鳥之被逐而無復之也，則埋其頭目於沙，以不見害者為無害。老氏『絕學』之道，豈異此乎！」[1]

以一個「認」字來改變世界面貌的處世法——不見害為無害，不見傷為無傷，不覺苦為無苦的精神勝利法，經過郭象註莊始告成熟。它們或者表現在民諺俗語，或者表現在現實人生，或者表現在學者對人生哲理的探究。直到二十世紀三四十年代，馮友蘭作「貞元之際所著書」，還深深地蒙受傳統宇宙觀、人生觀的影響，還把精神勝利法作為「處世法」向世人推薦。馮友蘭說：「有怒而無『所』怒，則其怒即無所着。如一人無緣無故打我一嘴巴，我因而怒，並時常對此人懷恨。此即有『所』怒，此怒即有所着。此人打我一嘴巴之事，是隨時即成過去，而此人則不能隨時即成過去。所以此人如成為我之『所』怒，我之怒如着在此人身上，則此事雖過，而我心中亦常留一怒，如此則我的怒即不能『冰消霧釋』，而我的心亦不能如『鑒空衡平』矣。」[2] 怎樣才能「鑒空衡平」和「冰消霧釋」呢？「能把自己放在天地萬物中，與萬物一般看，則『我的』成份，可以去掉。一人打我一嘴巴時，我的心境正如我看此人打別人一嘴巴。如此則我雖有怒，而不為怒所累。」[3] 打嘴巴不過是個比喻，人生天地間大約還會遇到比打嘴巴嚴重得多的挑戰。猝然臨之而不驚，無故加之而不怒的鎮靜態度是值得佩服的。但鎮靜而同時

1 《管錐編》第二冊，第四一四頁，中華書局，一九七零年版。
2 《新世訓》，第一四零頁，開明書店，一九四一年版。
3 同上，第一四零——一四一頁。

抱有面對真理的勇氣時，才是真正的鎮靜，否則只是呆然、木然。被打了嘴巴而幻想此嘴巴打在別人身上，難保不像阿Q那樣即將「咔嚓」殺頭的時候，幻想這一聲「咔嚓」是殺在別人脖子上。

從宇宙人生的大哲理到「有裨實用」的處世法，從追求無限的人生到走入歧途，首先是末流的變本忘源的結果。但末流的變本忘源放在歷史裏觀察，它就不單是後人對創始人的大哲理任意曲解的問題。曲解固然是曲解，但曲解體現社會對理論的需求，因為存在着曲解的需求，曲解才不可避免地發生。如果要追溯起這裏面複雜的歷史原因的話，除了上面提到過的社會方面的原因——沒有人能夠真正突破「文化突破」之後形成的禮治秩序，思想和理論要想超越這個基本社會規範是不可能的，它只有和現實合作，重新建構自己的基礎，才能延續自己的血脈——之外，我們還可以補充一點個人方面的原因。退一步說，道家創始人追求的無限超越的人生即使並不是不可能的，但只要它是真實而不自欺，它就需要個體具備這樣的前提：解決物質生活條件，至少不憂衣食。設想一下，在生產技術那麼落後的古代，能給多少人提供享受貴族式生活的條件。魯迅作《魏晉風度及文章與藥及酒之關係》時（一九二七年），還相信陶淵明真的是窮到衣服破爛不堪，居然還吟出「採菊東籬下，悠然見南山」的佳句，但後來就不相信了。魯迅說：

……魏晉人的豪放瀟灑的風姿，也彷彿在眼前浮動。由此想到阮嗣宗的聽到步兵廚善釀酒，就求為步兵校尉；陶淵明的做了彭澤令，就教官田都種粳，以便做酒，因了太太的抗議，這才種了一點粳。這真是天趣盎然，決非現在的「站在雲端裏吶喊」者們所能望其項背。但是，「雅」要想到適可而止，再想便不行。例如阮嗣宗可以求做步兵校尉，陶淵明補了彭澤令，他

> 們的地位，就不是一個平常人，要「雅」，也還是要地位。「採菊東籬下，悠然見南山」，是淵明的好句，但我們在上海學起來可就難了。沒有南山，我們還可以改作「悠然見洋房」或「悠然見煙囱」的，然而要租一所院子裏有點竹籬，可以種菊的房子，租錢就每月總得一百兩……吃飯呢？要另外想法子生發，否則，他只好「飢來驅我去，不知竟何之」。[1]

這段話寫於一九三四年。誰都知道雅是高致的，都想享雅的福氣。但紅塵碌碌，一日三餐，開門七件事，柴米油鹽醬醋茶，談何容易。在《隱士》一文，魯迅又說：「凡是有名的隱士，他總是已經有了『悠哉游哉，聊以卒歲』的幸福的。倘不然，朝砍柴，晝耕田，晚澆菜，夜織屨，又哪有吸煙品茗，吟詩作文的閒暇；陶淵明先生是我們中國赫赫有名的大隱，一名『田園詩人』……然而他有奴子。漢晉時候的奴子，是不但侍候主人，並且給主人種地、營商的，正是生財器具。所以雖是淵明先生，也還略略有些生財之道在，要不然，他老人家不但沒有酒喝，而且沒有飯吃，早已在東籬旁邊餓死了。」[2] 玄言高理是動聽的，奈何人生本身卻十分殘酷。築起一道精神的高牆來與卑賤的人世隔絕也許是令人羡慕的，但這堵精神的高牆如果沒有物質材料來架構它，那它只是虛幻和自欺的。每日憂衣憂食在紅塵中勞碌奔波的眾生，以及那些終日見形、俯仰萬機的「大人者」，受着傳統宇宙觀、人生觀的模塑與影響，心裏想着「雅」又無「雅」的福氣，於是上策便是在塵世中解脫，「立地成佛」。無視現實，無視客觀性，這樣難免就露出阿Q相來。末流的變本忘源是高言玄理不可避免的命運。

1 《魯迅全集》第六卷，第一六三——一六四頁，人民文學出版社，一九八一年版。

2 同上，第二二三頁。

然而，傳統的宇宙觀、人生觀同卑劣的國民性格之間的複雜關係，不僅存在着末流的變本忘源這一面，而且還存在着跡以顯本的一面。國民性格只是表現出來的跡，跡的背後隱藏着一個本。沒有本，跡就無從顯示出來。一個民族的哲學，強有力地塑造該民族，其根本的原因就是哲學充當了民族靈魂的角色，它是這個民族的思想、行為、性格、心理的最內在的「本」。一旦歷史的演變讓本來屬於學者圈的學術思想登上歷史舞台，充任主角，它就在社會的各個角落顯示出自己的跡。比如，阿Q精神勝利法就同佛老宇宙觀和人生價值取向存在着深層的同一：以無視客觀性來達成個體身心的解脱。阿Q第一個自輕自賤，因而想到狀元也是第一個，「你算甚麼東西呢？」很明顯阿Q是不願意（也許不能）分辨自己挨打和中狀元這兩件事有甚麼區別，因此才一蹴而超異同，尋出「第一個」這種不成理由的理由來為自己解嘲。阿Q的腦袋一團混沌，連生死都分辨不出來，他早已「天人合一」了，這種喪失主體能力的具體人生，就是老莊大而化之的「道」的活用。老莊的「道」是一團混沌，佛氏的極樂世界也是一團混沌，所不同的是阿Q敢以自己性命作賭注，把寶押在老莊惚兮恍兮的「道」上。沒有佛老教人急吞囫圇之棗，爛煮糊塗之麵的「頓門捷徑」，怎麼會有阿Q這個寶貝呢？正因為佛老教人「吾喪我」就可以臻於極樂天國。天堂和地獄的差別，關鍵在一個「認」字，境由心造，你心想甚麼境，就有甚麼境了。從安頓生命情志的躁動和追求進入無限境界的迫切心情，到「關起門來做皇帝」，其間並沒有萬里長城。它們的差別也只是「本」同「跡」的差別，從「本」到「跡」不過是歷史順理成章的演變，何況莊子那些「安貧樂道」的門徒就已經有些阿Q相了。

在形成一套系統的「處世法」方面，郭象的《莊子注》起着異乎尋常的作用。郭象註雖有許多離開莊意的發揮，但這些闡發是順着莊子的思路而來的。如果老莊不提供給他這樣一個思想源頭，郭象也就不會和《莊子》發生共鳴，他看中《莊子》並且給它作註，就證明它裏邊有可供發揮引申的地方。思想史的發展往往是這樣的，首先有一兩個大師出來，闡述某些問題，顯出基本的思路和趨向，他們為解決自己提出來的問題劃定了基本範圍，但他們的論斷又沒有窮盡這些問題。於是後繼者應運而生，他們在創始者劃定的常規範圍內繼續完善其結論，他們都是從大師那裏得到靈感，循着大師的思路繼續推進的。郭象就是一位應運而生的後繼者。即使他負有把莊子庸俗化、實用化的責任，但我們也應把這種庸俗化、實用化看成老莊式的宇宙觀、人生觀的自然而然的演變。

例如，郭象「修正」《莊子》原意最大的地方是他把倫常規範納入老莊的自然之道。這一點當然是莊子沒有説過的。但老莊又都把「道」的特徵設定為自自然然，無所作為，「道」在萬物之中又在萬物之上。老子説，「道法自然」；[1] 莊子説，「夫道，有情有信，無為無形；可傳而不可受，可得而不可見；自本自根，未有天地，自古以固存；神鬼神帝，生天生地……」（《莊子．大宗師》）本着這種精神，把人文創設的典章文物制度納進去，當然是符合邏輯的。莊子追求的是個體身心的徹底解放，擺脱一切物役，物物而不為物所物。但要做到「物物」，即要身處「物」中而不能身處「物」外，這個「物」當然就包括典章文物秩序。所以，郭象以己意解《逍遙遊》，固然可以説他曲解，但這種曲解何嘗不是「歪打正着」、無意得之呢？有莊子的「物我兩忘」，才有郭象的「逍遙一也」；有莊子的「曳尾於泥中」，才有郭象的「曲而從之」；有莊子、子貢與丈人的寓言，才有郭象的「夫惑不可解，故尚大不惑，愚之至也」（《莊子．徐無鬼注》）。

1 《老子》二十五章。

凡充當末流的，沒有幾人得到好名聲。因為大師已在白紙上畫了一幅很美的畫了，末流又要在這幅畫上添幾筆，愈添愈亂，愈亂就愈醜。所以格外地苛責末流而開脱大師，也屬人之常情。苛責是可以的，但一味開脱卻不夠誠實。歷史的殘酷性在於人們注定要一代又一代在固定的一張紙上討生活，末流和等而下之的更末流不得不在這上面留下痕跡。當我們今天面對東塗西抹、亂七八糟的這幅畫時，首先給我們的是整體的感覺，這裏面不存在功臣和禍首之分，大師和末流共同參與了「創作」。假設沒有末流在旁邊幫上幾筆，說不定大師早就被人遺忘而默默無聞了。反過來，如果大師開頭不是這樣畫而是那樣畫，那千年以下我們也許看到另一番景象。「本」和「跡」是一體的，相互聯繫起來考察，才會看得更清楚。

達成個體身心的徹底解放，進入佛老所界定的無限化境，除了「心齋」的妙法外，還有一法曰「貴生」。「心齋」的那一套，把對神秘的人生理想的追求墮落為精神勝利法；而「貴生」的一套則派生出另一種效果，它不是通過主觀精神的努力達到自欺的「坐忘」，而是通過感官慾望的極端滿足來達到現世的「成仙」。

《老子》十三章「吾所以有大患，為吾有身；及吾無身，吾有何患？」欲「吾有身」而又無「患」，又屢言「貴生」「生生之厚」，這已經顯露出感官滿足至上的端倪。後來楊子「為我」「重生」「拔一毛利天下則不為」的思想也是老子「貴生」思想的片面發展。老子對修身之道只是開了個頭，略標旨趣而未示科條。《莊子》裏面講到「至人」「真人」「神人」「大宗師」進入「喪我」境界時，亦混入某些氣功、導引的神秘術，不過莊子講得若恍若惚，若有若無，也不可視為定論。例如，《養生主》篇「緣督以為經」一語，郭慶藩《莊子集釋》引其父郭嵩燾語説，「船山云：《奇經》八脈，以任督主呼吸之息。身前之中脈曰任，身後之中脈曰督。……緣督者，以清微纖妙之氣，循虛而行，止於所不可行，而行自順，以適得其中。」李澤厚也以為，「所謂『心齋』『坐忘』『至人之呼吸以踵』之類，恐怕與氣功中的集中意念以調節呼吸等有關。」[1] 但無論老子或莊子都是欲言又止，不肯說得更具體，和後來道教練氣、燒丹、服食、羽化、保精除病、養氣防老的法術，真是小巫見大巫。所以，葛洪於《抱朴子·釋滯》篇頗有不滿之言：「五千文雖出老子，然皆泛論較略耳，其中了不肯首尾全舉其事，有可按據者也。但暗誦此經，而不得要道，直為徒勞耳。又況不及者乎！至於文子、莊子、關令尹喜之徒，其屬文華，雖祖述黃老，憲章玄虛，但演其大旨，永無至言。或復齊死生為無異，以存活為徭役，以殂沒為休息，其去神仙，已千億里矣！豈足耽玩哉？」大約在漢晉時期，道流就呈分流演變之勢。「憲章玄虛」地沉迷於主觀精神的自我陶醉和自我欺騙，從事於長生方術者則大玩其法術。感官離開精神和理智的制約和指導而單獨成一體，這種趨向瀰漫中國基層社會造成濃重的「巫風」和庸俗化。在本質上它們是迷信和愚昧的，另一方面感官的恣意任為也使中國文化中與感官快樂的方面如烹調——食文化——異常發達。當然在實際人生中，這兩者可能結合起來，因為其目的都是為了現世的「成仙」。從正面意義上說，展開感官的所有享受——烹調、服飾、宮室、園林等；從負面意義上，千方百計減少老、病、死對生的危害——燒丹、練氣、服食、羽化、風水、堪輿、驅鬼術以及素女之術。

「得道成仙」的觀念是中國人生中極為牢固和影響深廣的觀念，它之所以能成立，乃是因為人生的「靈」與「肉」的分離。如果我們可以把「神」的觀念看成是超越意向，那「仙」的觀念則是現世意向。

1《中國古代思想史》，第一九一頁，人民出版社，一九八五年版。

如果人生是具有超越意向的，或者說是「神式」的，那它本身就不是目的，目的被設定為遙遠的上帝，為了逼近和實現自我虛設的目的，目的本身就像一根鞭子或一個警告，時時激勵和啟示自我去超越已經實現的一切，超越，再超越，直至無限，通過設定外在的目標來提升自我生命。這樣的人生也講求感官滿足和享受，但它們已被放在次級範圍內，局限在一定限度和受到束縛。但現世意向或「仙式」的人生則很不同。生，即活着本身就是目的，活得更精緻，活得更藝術，總之活得感官通泰自然，也就是說，活到「生趣盎然」的程度，就算達到目的。感官舒暢自然滿足，生達到了生的目的，就可以說「成仙」了。為生而生，因此感官的尺度就成為唯一的標準。童顏鶴髮、長生不老，可以說是一種「仙」；開懷暢飲、圍爐共嘸，也是一種「仙」；洞房花燭，月圓花好，也是一種「仙」。「仙」與「不仙」關鍵不在於參與不參與現世生活，而在於是否把生本身看成人生唯一與終極的目的。「仙」的人生我們大致可以界定為為生而生的人生。俗語說，「一人得道，雞犬升天」。我們在舊時代的一些升天圖裏確實看到，一位飄飄然的得道之士冉冉上升，在他的周圍，那些阿貓、阿狗、雞、鵝、魚、鴨也一道冉冉上升。畫的意圖很清楚，這些阿貓、阿狗、雞、鵝、魚、鴨升上去是準備給大仙用的。離開人間升到極樂天國都忘不了抓一把「食料」以滿足口福，畫畫人的人生價值觀可證俗語說得不假。

從正面滿足感官慾望這點說，中國的烹調術和中國人的好吃大概最有代表性。烹調術堪稱世界一流。流傳下來的《隨園食譜》是厚厚的一本書，菜式繁多，製作精妙，令人嘆為觀止。《紅樓夢》裏描繪老爺、太太、公子、小姐開宴會，山珍海味，無所不有，裏面提到有名字的菜式也有上百種之多。今天經濟發展，物質豐富，所以烹調術和好吃習性又有所發展，久已失傳的「食補」「食療」又被發掘出來；曾被「革命」得無蹤無影的「地方風味」，又奇蹟般地復活過來；紅學研究中又添一個新項目——

紅樓食法研究，紅樓點心、紅樓菜更添風雅。更有甚者，是大飲大食之風，屢禁不絕。或者珍禽異獸，山珍海味，吃得精緻文雅；或者大魚大肉大碗酒、杯盤狼藉，吃得粗野豪放。告子説：「食色，性也。」食是無可厚非的。但作為文化現象看待，依然給人很深的啟示。在中國，食直接同「成仙」聯繫在一起，食法裏面就有異乎尋常的意義，它不僅是給有機體添加「卡路里」，而是口慾的滿足代表極樂仙境，所以，中國人不惜代價滿足口慾，以體驗「仙」的味道。如果有人不習慣的話，一定覺得這種人生太俗，太不值得。不錯，這種人生表面看來很精緻，很切近人情。但正是它太看重生命，所以才把生命糟蹋得那麼粗俗，以為生命就是吃，就是口慾的滿足。俗語又有「民以食為天」的説法，這句話有兩層含義：市井細民只知道食，食就是他們的宗教，他們的神；朝政的首務是讓民有所食，最好的政治就是豐衣足食的政治。食的尺度在這句話裏不僅體現在口慾方面，而且伸延到政治領域。

滿足和玩賞口、目、耳、鼻、身的感官享受，諸如「目中有妓，心中無妓」，「佛在心上頭，酒肉穿腸過」等，只是現世意向的人生的一個方面。感官的慾望不但求滿足，而且求祛災禍。老、病、死便是感官的大敵。道流仙士千方百計練精、氣、神，防的就是老、病、死；愚民百姓求神拜佛，講求墳山風水，為的也是迎福免禍，壽比南山。現世意向的人生的基本特徵就是人生的被感官支配，感官的快樂就是人生的全部快樂，感官的痛苦就是人生的全部痛苦。因此，在感官不但企羨享樂放任而且還驚懼毀滅和災禍的時候，很自然就發展出一套祛邪的道術，於是，迷信和愚昧就大行其道。莫説古代科學和技術那麼不發達，即使今後大大地發展起現代的科學技術，東方式的迷信和愚昧依然不會絕跡，它會從古代的迷信形態演變為現代巫風形態，因為科學和技術永遠不能改變人的感官本性。

似乎從秦始皇派童男童女遠涉重洋求長生不死藥的傳説開始，羽化登仙的主題在中國人生中就不絕如縷。通過種種神秘術，最終獲致「升仙」就是人生的最高理想。《陰符經》記黃帝得「神仙之術」「少女之術」「金丹之術」「治國之術」「用兵之術」等「五事」，「先固三宮，後治萬國，鼎成而馭龍上升於天也。」《抱朴子．金丹》篇說：「服神丹，令人壽無窮已，與天地相畢，乘雲駕龍，上下太清。」又介紹所謂「神丹」的製法與食法說：「第一之丹，名曰丹華，當先作玄黃，用雄黃水礬石水一鉢作汞，戎鹽、鹵、鹼、礬石、牡礪赤石、脂滑石、胡粉各數十斤，以六一泥封之，火之三十六日成，服之七日仙。又以玄膏丸，此丹置猛火上，須臾成黃金。又以二百四十銖，合水銀百斤，火之成黃金，金成者藥成也。金不成，更封藥而火之，日數如前，無不成也。」服此類「神丹」，「合丹當於名山之中，無人之地，結伴不過三人，先齋百日，沐浴五香，致加精潔，勿近污穢，及與俗人往來。又不令不信道者知之，謗毀神藥，藥即不成矣」。葛洪集道流之大成，《抱朴子》一書，科條繁密，不勝枚舉。除服食採補之外，還有種種祛邪免禍的神秘術。《天隱子．後序口訣》向人們推薦另一種氣功導引的神秘術：「每日自夜半子時至日中午時，先平臥舒展四肢，次起身導引，喘息均定，乃先叩當門齒小鳴，後叩大齒大鳴，以兩手摩面及眼，身覺暖暢復端坐盤足，以舌攪華池，候津液生而漱之，默記其數，數及三百而一咽之。凡咽津，候呼定而咽，咽畢而吸，如此則吸氣與津順下丹田也。但子後午前食消心空之時，頻頻漱咽，無論遍數，意盡則止。凡五日為一候。當焚香於靜室中，存想自身，從首至足，又自足至丹田，上脊膂入於泥丸，想其氣如雲直貫泥丸，想畢復漱咽。乃以兩手掩兩耳，搭其腦如鼓聲三七下，伸兩足，端足俛首，極力直頸，兩手握固，叉於兩脅下接腰胯骨傍，乃左右聳兩肩甲閉息頃刻，候氣盈，面赤即止。凡行七遍，氣從脊膂上徹泥丸。」此外還有《胎息經》的「胎息」之術，教人如「胎中嬰兒，神住氣住」，「專氣抱神，如嬰兒然，則一團純陽，返老還童」，可達長生。又有採補之術，荒誕不經，虛妄之至，如《至遊子．容成》篇引清靈真人語：「吾見行此而死者也，未見其生者也。」種種神秘術，有的有幾分醫學道理，大多數純屬愚蠢。所謂長生不老，羽化登仙，只是「忽聞海上有仙山」的神話。感官的恐懼往往使人喪失理性，迷失自己。求有身無患而至於殘生賤身，求免除老病死而至於加速死亡。《紅樓夢》第二回冷子興演說榮國府道：「……賈敬，襲了官，如今一味好道，只愛燒丹煉汞，別事一概不管。……一心想作神仙……又不肯住在家裏，只在都中城外和那些道士們胡羼。」又，第六十三回，「忽見東府裏幾個人，慌慌張張跑過來，說：『老爺賓天了！』眾人聽了，唬了一大跳，忙都說：「好好的並無疾病，怎麼就沒了！」家人說：『老爺天天修煉，定是功成圓滿，升仙去了。』」一干人坐車來到賈敬修煉的玄真觀，請來大夫。「大夫們見人已死，何處診脈來？素知賈敬導氣之術，總屬虛誕，更至參星禮斗，守庚申，服靈砂等，妄作虛為，過於勞神費力，反因此傷了性命的，如今雖死，腹中堅硬似鐵，面皮嘴唇，燒的紫絳皺裂，便向媳婦回說：「系道教中吞金服砂，燒脹而歿。」眾道士慌的回道：「原是秘製的丹砂吃壞了事，小道們也曾勸說：『功夫未到，且服不得。』不承望老爺於今夜守庚申時，悄悄的服了下去，便升仙去了。這是虛心得道，已出苦海，脫去皮囊了。』」賈敬「升仙」，實屬「求仁得仁，又何怨焉」。

一般的愚民百姓沒有那份閒暇去燒丹煉汞，更沒有那份福氣去吞金服砂，於是各種各樣的神祇、鬼怪以及墳山、風水、黃曆、流年便出來大行其道。無論作為迷信對象還是作為法術，它們的現世功利目的十分明確，就是為免除感官的恐懼。現世意向的人生同這些低級崇拜物和法術結成密切的關係，不可分離。一方面，離開了精神與靈魂的提升、引導，單純出於感官祛邪免禍的需要，使得這些神祇和鬼怪完全指向現世的功利目標，而沒有任何神性，另一方面，功利性的神只又把人生緊緊地約束在現世意向的層次。中國的道觀便是現世意向人生的象徵和縮影。殿堂裏羅列着數百數千的神祇偶像，既有所謂民間英雄的偶像，又有道教中出色人物的偶像，更有陰曹地府和無數天兵天將的偶像，簡直就是三教九流，雞狗並列，無不可以塑成偶像。但是這些偶像又十分低俗，充滿着現世意向。若把它們分門別類，則大致別為壽夭、生育、功名、金錢、嫁娶、病痛、來世等，完全就是感官慾望的物態化，感官慾望的表現和延長。進入道觀如同置身塵世，與其說得到宗教的解脱，不如說感官得一次虛幻的滿足。民間佛教也是一樣，求神拜佛、求壽得子的這一面在後來佛教的發展中，遠遠壓倒「參禪悟道」的那一面。民間流傳較廣的《太上感應篇》、《文昌帝君陰騭文》、《關聖帝君覺世真經》，就完全以感官享樂誘人為善，以感官恐懼誡人勿作惡。經文的感官化傾向十分明顯。《太上感應篇》：「太上曰：禍福無門，惟人自召。善惡之報，如影隨形。是以天地有司過之神，依人所犯輕重，以奪人算（算，謂壽數及享用衣食等類）。算減則貧耗，多逢憂患，人皆惡之，形禍隨之，吉慶避之，惡星災之，算盡則死。又有三台、北斗、神君，在人頭上，錄人罪惡，奪其紀算。」又，《文昌帝君陰騭文》：「諸惡莫作，眾善奉行，永無惡曜加臨，常有吉神擁護。近報則在自己，遠報則在兒孫，百福並臻，千祥雲集，豈不從陰騭中得來者哉。」以仁義道德治世，走到了窮途末路，竟用對付頑童的辦法，恐嚇與誘惑兼下，糖丸和皮鞭並用，訴諸人的感官，推售仁義道德。

「貴生」——感官負面的祛災免禍，即對老、病、死的恐懼——很自然地造成了民間迷信的巫風。人生沉湎於墳山、風水、堪輿、宅基的講求之中，迷醉於求神拜佛和對神靈的禱告，行為被皇曆、命數、因緣緊緊地束縛住，科學理性的生長自然受到限制，超越人生也就沒有辦法扎根。周作人曾批評中國民間「巫風」，他說：「中國民間對於鬼神的迷信，或者比日本要更多，且更離奇，但是其意義大都是世間的，這如果終出於利害打算，則其所根據仍是理性，其與人事相異只在對象不同耳。大抵民眾安於現世，無成神作佛的大願，即頃刻間神靈附體，得神的經驗，亦無此希求。」[1] 與崇拜對象沒有真正感情上的密契，所求不過俗世的得福免禍。所以各種儀式對中國人只不過是一個不得已而為之的形式，各種祭神迎會就顯得禮有餘而情不足。陳西瀅的《西瀅閒話》也曾對中國民間的迷信風氣痛下針砭，記一少年裝鬼，鬧得安徽舉省若狂二三年。[2]

近代以來，科學知識的傳播與技術的進步，已經遠遠超過古代，但在東方文化圈內迷信的風氣還是很盛，迷信並沒有隨着科學的推廣而絕跡，占卦算命、風水堪輿還照樣在現代都市大行其道。這種現象當然與現代社會內部本身的矛盾有關，例如，現代組織和企業制度的發展常使個人產生一種被吞沒，不能掌握自己的感覺。失去安全感而瀰漫孤獨感，這就為對個人未來作出各種許諾的占卦算命提供生長的社會土壤。但是，迷信對於東方人來說，常常兼含另一重文化意義，即要克服深入骨髓的感官恐懼。因為在東方人的人生價值觀裏「貴生」意識十分強烈，無論科學怎麼進步，對老、病、死的恐懼怎麼也擺脫不了。

第四節　痛苦的意義

讓我們先討論一個屬於前提性的問題，然後再以我們的尺度批評佛老的人生價值觀。

從老莊和佛教的宇宙論引導出來的「心齋」和「貴生」的人生觀，不論它們通過甚麼具體途徑，最

1 周作人：《關於祭神迎會》，見《藥堂雜文》，第一零四頁，新民印書館，一九四五年版。

2 陳西瀅：《捏住鼻子說話》，見《西瀅閒話》，新月書店，一九二八年版。

根本的是要達到解脫人生的一切痛苦的目的，包括肉體的和精神的、感官的和心靈的。就是說，解脫痛苦是這種人生的目的，而痛苦則是它們的人生理論注目的中心，無論老子有身的「大患」，莊子「物役」的悲哀，還是釋氏的「四苦八苦」。這些古代聖人都十分清楚地知道生本身就是一件痛苦的事情，正如叔本華說的，生存意志就是痛苦。滿足是暫時的，不滿足是永恆的；不滿足的暫時克服只換來一瞬間的滿足，接下去又是無窮無盡的不滿足。因為欲求是沒有止境的。生命與其被無盡的大痛苦折磨，人生與其被慾火煎熬，不如尋出種種途徑，解脫痛苦而臻於極樂。古代賢哲究索人生奧秘，安頓生命情志的用心良苦，顯示出千載之下令人欽佩的人道情懷。

醫學和心理學的說法證實解脫痛苦對人來說確有幾分道理。神經系統將外界的刺激分別成肯定和否定兩種。每個人都可以通過自己的日常體驗證實，有一些刺激使他經驗快樂、高興、喜歡、愉悅等肯定性的情緒反應，而另一些刺激卻使他經驗到憤怒、仇恨、恐懼、沮喪、痛苦、憂慮、悲哀等否定性的情緒反應。快樂和痛苦這兩種情緒狀態都是由腦下部邊緣系統控制的。中國傳統醫學早就發現，否定性的情緒反應對人的有機體不利，長久地陷於痛苦的折磨就會使人得病，《內經》說，「怒傷肝」「喜傷心」「思傷脾」「憂傷肺」「恐傷腎」[1]就是這個道理。中醫診斷病情，特別重視情緒的原因。在治療方面，除藥物治療外，還特別講究情緒的自我調節和心神調理。人類的神經對外界刺激的承受能力是有限度的，如果不尋求慰藉來自我修復，那麼刺激很可能就轉化為打擊，在超過承受極限時，就使有機體內運轉秩序陷於紊亂。人類的許多病或病態行為，實際上就是由此而來的。人類為了避免這種不幸，應該尋求慰

1 《陰陽應象大論篇第五》，見《內經釋義》，上海科學技術出版社，一九八二年版。

藉。傳統宇宙觀、人生觀提供給人的解脫之道，其生理學上的根據就在這裏。

　　但是不幸也正是出在這裏：東方的賢哲似乎過份關心個體的解脫痛苦，過份看重痛苦和煩惱施與人生的負擔，而忘記痛苦本身也是人生向上進取的起跑點。無論是老莊的「惚兮恍兮」「寂兮寥兮」、亦有亦無、非無非有的「道」，還是禪宗的「本無」，作為一種宇宙論，自然是比較精巧的，它們引導出來的人生價值論，也有幾分道理。但其實行的效果卻是非常糟糕。寥寥無幾的功德圓滿者，只不過得到個體身心的解脫，而整個民族卻養成不思創造、不知進取的惰性。這種性格和心理特別不能適應現代化的潮流，文化滯後現象正在造成可怕的惡果。如果要從根本上批評佛老的人生論，以振作萎縮的人生，我們就需從另一方面認識痛苦對於人生的意義，全面地估價痛苦對於人生的價值。

　　否定性的情緒反應從病理的角度說固然有損於有機體，但從進化的角度說，則是大有益於生物的個體和群體。高等神經系統能夠將外界刺激區分為肯定與否定，這本身就是造化給予的巨大惠賜。正確對待否定性刺激，作出主動選擇，則有可能改善環境，保護生存，創造更高水平的活動。反過來，一味迴避痛苦，麻木感官，不去接受挑戰，就絕不可能取得這種效果。一般地說，緊張的刺激使有機體處於失去平衡的狀態，但也正是在失衡的基礎上，才會作出積極而有效的反應。高級神經系統能夠「分析」刺激，依據自己的條件與情狀來判斷一個刺激是否有利，並且通過肯定或否定的情緒體驗知覺到這個判斷，這是進化史上劃時代的進步。能夠「分析」刺激，體驗到痛苦，這本身就是選擇的即肯定進化的，而不是反選擇即否定進化。美國科學家曾對老鼠作如下試驗：在儀器的一定地方電擊老鼠，老鼠不但沒有迴避，相反，倒促使了老鼠增加探索該地區的時間。這就是說，老鼠把受到電擊這一緊張刺激當成一個認真的挑戰，從而作出想了解潛在的有害情境的嘗試。試驗者認為，老鼠的行為「可能具有進化的意義，但是無論如何，在這裏我們可以看到積極追求激起的高級水平」[1]。反過來說，老鼠還可以以逃離該地區的方式處理這一刺激，但這種迴避行為就不能創造上述積極追求的高級水平的活動了。又比如，假設人類的遠祖古猿學會解脱，真正解除了憤怒、驚恐、畏懼等情緒反應，喪失了「分析」刺激的能力，優哉游哉地生活在大森林裏，那麼等到冰河時期來臨，森林面積迅速縮小，牠們卻不會感受到環境的壓力，也就不會被迫走出森林，覓取其他食源，牠們肯定只能在天災面前等死。動物尚且會堅持調查牠們認為十分畏懼的東西，尚且會以創造性的行為回應天災的挑戰，人為甚麼就應該龜縮在「精神之殼」裏面「無知」、「無欲」呢？人為甚麼不應該在改進生存環境的奮鬥中證明自己的聰明智慧，而要把智慧聰明用於種種神秘術來達到齊生死、一壽夭呢？

美國科學家還對人做過如下試驗。他們支付給被試者以相當高的報酬，讓他們逗留在缺乏刺激的環境裏。環境是完全無害的，一間小的備有舒適的帆布床的隔音室，但要求被試者持續躺在帆布床上（除了進餐和上廁所）不做任何事情，房間的燈光是開着的，但被試者戴着半透明的護目鏡不能看東西，其他裝置防止被試者摸觸物體或聽到任何有規律的聲音。起初，被試者睡大覺，但這種情境迅速變得難以忍受。兩三天之後，他們就行使他們始終有的自由行動權，逃脱單調的實驗環境。[2]當然，不同的人對上述實驗環境的忍耐時間長度不等，有的長些，有的短些。實驗證明，人在清醒的條件下對無信息輸入的絕對安靜情境是不能忍受的。相反，人是需要刺激的，只有刺激才能激起內心動機，從而發出某項行動。當然，佛老人生論那套解脱痛苦的辦法，並不能簡單地比諸上述的實驗，解脱痛苦並不等於不要任

1 克雷奇等：《心理學綱要》下冊，第三八三頁，文化教育出版社，一九八二年版。
2 同上，第三八零頁。

何信息的輸入。但是，「心齋」「坐忘」「涅槃」「無為」等境界，確實表現出盡可能地排斥刺激的趨向，它們不是通過創造實驗環境，而是通過主觀精神的努力來達到這個目的。把一切都忘記了，連自己的存在也忘記了，自然就哀樂不能入。刺激依然存在，不過對於這樣的精神個體不起任何作用，不激起任何動機，不發出任何行動罷了。人需要刺激，需要行動，需要實現心中的意志目標，這是人類最自然的本性，這在科學家的實驗中表明得很清楚。但佛老那一套解脱痛苦的辦法明明違反人的自然本性，卻標榜為順應自然，同歸大化。我們只能把它們理解為玄言高理的邏輯。張岱年說：「無為的思想，是包含一種矛盾的。人的有思慮，有知識，有情慾，有作為，實都是自然而然。有為本是人類生活之自然趨勢。而故意去思慮，去知識，去情慾，去作為，以返於原始的自然，實乃違反人類生活之自然趨勢。所以人為是自然，而去人為以返以自然，卻正是反自然。欲返於過去之自然狀態，正是不自然。」[1]

人類為應付生存問題而創造的一套文化，大體上説，是幫助人類朝着選擇和進化的方向提高生活水平的。比如工具的發明，技術的應用，理想的指導作用等，都能使人類由較低的生活程度進化到較高的生活程度。由刀耕火種、茹毛飲血的社會而遊牧社會，而農耕社會，而工業化社會，而信息社會。但是，這僅僅是大體而言，文化成果的運用是否都能使人類提高生活，還在於人類自己的努力。同時有一些文化創設並不都起選擇和進化的作用，它們還會意想不到地起反選擇、反進化的作用。例如，醫療技術的極大進步，雖有助於人類延長壽命、抵禦疾病和增強體質，減輕生存競爭、適者生存的自然規律作用於人類的殘酷性，降低人類的死亡率，但也因此使不良基因的攜帶者遺傳給後代的機會大為增加，因

1 《中國哲學大綱》，第三零三頁，中國社會科學出版社，一九八二年版。

為在良好醫療條件下他們也能結婚和撫育後代。如果沒有醫術的保護，不良基因的遺傳機會是極少的。事實上，醫術的進步在今天反倒引出了人口質量和人口數量的嚴重問題。新問題的出現迫使人類研究新辦法，尋求新途徑去解決。從這個意義上説，醫術固然有促進進化的作用，但在人類的具體運用之下，又帶有反進化的色彩，它雖然較好地解決個體自然生命的問題，但又給人類帶來原來意想不到的問題。

解脱痛苦的傳統宇宙論、人生論也是這樣，它企求人們用主觀的努力和智慧化解內心情緒反應的不平衡，創造更高級的生命。正如梁啟超所説的：「我忽然而樂，忽然而憂，無端而驚，無端而喜，果胡為者？如蠅見紙窗而竟鑽，如貓捕樹影而跳擲，如犬聞風聲而狂吠，擾擾焉送一生於驚喜憂樂之中，果胡為者？若是者，謂之知有物而不知有我；知有物而不知有我，謂之我為物役，亦名曰心中之奴隸。」[1]為了不被「物役」，不做「心中之奴隸」，徹底擺脱喜怒哀樂的情緒困擾，而「心齋」，而「坐忘」，而「涅槃」，而「無為」，痛苦固然是迴避了，個體的心神安寧固然是做到了，但卻為此喪失正確評價刺激的能力，喪失正視危機與挑戰的能力，雖有刺激，雖有挑戰而視而不見，充耳不聞，不能激起更高級的追求，創造更好的生存環境，最終反而有損於整個民族。佛老的宇宙觀、人生觀被中國人應用到人生，它最多只能給個體陶醉於自我的自足，但卻抑制和阻礙了民族的進化，由「少知寡欲」而至於近代的一敗塗地。從這個意義説，佛老宇宙觀、人生觀是反選擇、反進化傾向很強的文化。被石頭絆倒在地，當然少不了神情的懊惱和皮肉之苦，但倘若如阿Q，一想「人生天地間大約不免……」，可能會舒服坦然得多。但不花力氣去搬掉石頭，絆腳石依然在那裏，直到碰得頭破血流。又如，牛頓坐在蘋果樹下，看着

1　《梁啟超選集》，第一零五—一零六頁，上海人民出版社，一九八四年版。

蘋果往下掉，忽而起了研究它究竟所以然的念頭。假如這時莊子走過來告訴牛頓，「此亦一是非，彼亦一是非」，別白費腦筋，有甚麼好研究的？牛頓聽信了這位東方智者的箴言，不研究了，那萬有引力定律的發現，又不知往後推遲多少年。不正視痛苦，不敢迎接挑戰，不發揮造化給予人的無窮盡的主體能力，並落實在現實的人生中，就會使人類創造的文明停滯甚至倒退。

胡適批評莊子極端相對主義人生觀說：

> 譬如我說我比你高半寸，你說你比我高半寸。你我爭論不休。莊子走過來排解道：「你們二位不用爭了罷，我剛才在那愛拂兒塔上看下來，覺得你們二位的高低實在沒有甚麼分別。何必多爭，不如算做一樣高低罷……」莊子這種學說，初聽了似乎極有道理，卻不知世界上學識的進步只是爭這半寸的同異；世界上社會的維新，政治的革命，也只是爭這半寸的同異。若依莊子的話，把一切是非同異的區別都看破了，說泰山不算大，秋毫之末不算小；堯未必是，桀未必非。這種思想，見地固是「高超」，其實可使社會、國家、世界的制度、習慣思想永遠沒有進步，永遠沒有革新改良的希望……他的學說實在是社會退步和學術進步的大阻力。[1]

胡適的批評是很有道理的。佛老人生論的大前提就是糊裏糊塗一鍋漿的「道」和「本無」的觀念。世界本來就是「空」，本來就是說不清楚的糊塗事，自然就沒有必要研究它。但科學的理性卻與這種滑

1 《中國哲學史大綱》卷上，第二七八—二七九頁，北京大學叢書本，一九一九年版。

頭態度相反，一是一，二是二，一切訴諸標準和實踐。人類生活的改進和提高，就是靠這種老老實實的理性態度和一點一滴積累下來的知識。

建立在極端相對主義基礎上的傳統人生理想，是有很大欺騙性的，直到二十世紀四十年代，有的哲學家還把它們發展成「天地境界」理論。認為：「照在天地境界中底人的看法，所謂順境逆境者，都是人從人的觀點所作底區別。人各從自己底觀點，以說其處境是順或是逆。同一境可以對此人為順，對彼人為逆。例如德國戰敗法國後，德國人的順境，正是法國人的逆境。從天的觀點看，境無所謂順逆。從天的觀點看，任何事物，都是宇宙大全的一部份，都是理的例證。任何變化，都是道體的一部份。任何事物，任何變化，都是順理順道。從此觀點看，則任何事物，任何變化，都是順而非逆。在天地境界中底人知天，知天則能從天的觀點，以看事物。能如此看事物，則知境無所謂逆。對於所謂逆境，他亦順受。他順受並不是如普通所説『逆來順受』。他順受因為他覺解境本來無所謂逆。」[1] 人性裏面有許多弱點，不敢正視現實便是其中之一。因為如果人百分之百地正視現實，神經系統一定承受不了這個壓力，人遲早會被逼瘋。東方的哲人很明白人性的弱點，他們沒有勇氣和這種弱點作鬥爭乃至超越它。相反，造出種種理由來為它開脱，「天地境界」的理論，算是最新的理論化的表述。其實，從自然科學的觀點看，自然界和社會的各種變化，無所謂順或者逆，它們只是存在着的狀態或事實。順和逆都是那種狀態或事實聯繫到人而產生的。只看到順而看不到逆，而強名之曰「天的觀點」，那是迴避否定性情緒反應，作出「聰明」的自我保護的結果。「天地境界」的人生貌似高超，不食塵世煙火，其實，只見得

1　馮友蘭：《新原人》，第一三一—一三二頁，商務印書館，一九三五年版。

怯弱、妥協、精神勝利、退縮。

大行不加、窮居不損這一套「妙門」，施諸個人，是人生不求上進，「安貧樂道」；施諸社會，是愚民政策和政治欺騙。「五四」時期，新思潮的倡導者對它們作了激烈的抨擊。魯迅說：「中國的文人，對於人生——至少是對於社會現象，向來就沒有正視的勇氣。」[1]「這閉着的眼睛便看見一切圓滿，當前的苦痛不過是『天將降大任於斯人也，必先苦其心志，勞其筋骨，餓其體膚，空乏其身，行拂亂其所為』。於是無問題，無缺陷，無不平，也就無解決，無改革，無反抗。」[2]又說，「中國人的不敢正視各方面，用瞞和騙造出奇妙的逃路來，而自以為正路。在這路上，就證明着國民性的怯弱，懶惰，而又巧滑。一天一天的滿足着，即一天一天的墮落着，但卻又覺得日見其光榮。在事實上，亡國一次，即添加幾個殉難的忠臣；遭劫一次，即造成一群不辱的烈女，事過之後，也每每不思懲兇，自衛，卻只顧歌詠那一群烈女。彷彿亡國遭劫的事，反而給中國人發揮『兩間正氣』的機會，增高價值，即在此一舉，應該一任其至，不足憂悲似的。」[3]胡適批評莊子人生哲學：「初看去好像是高超得很，其實這種人生哲學的流弊，重的可以養成一種阿諛依違，苟且媚世的無恥小人；輕的也會造成一種不關心社會痛癢，不問民生痛苦，樂天安命，聽其自然的廢物。」[4]

魯迅在《安貧樂道法》一文說：「勸人安貧樂道是古今治國平天下的大經絡。」[5]窮人給老闆賣

1 《論睜了眼看》，見《魯迅全集》第一卷，人民文學出版社，一九八一年版。
2 《魯迅全集》第一卷，第二零四頁，人民文學出版社，一九八一年版。
3 同上。
4 《中國哲學史大綱》卷上，第二七七頁，北京大學叢書本，一九一九年版。
5 《魯迅全集》第五卷，第五三九頁，人民文學出版社，一九八一年版。

命，自然會生出反抗，於是就有人出來，「教人對於職業要發生興趣，一有興趣，就無論甚麼事，都樂此不倦了」[1]。又有，窮人窮得一文不名，處境艱難，於是有人出來說：「大熱天氣，闊人還忙於應酬，汗流浹背，窮人卻挾了一條破席，鋪在路上，脱衣服，浴涼風，其樂無窮，這叫作『席捲天下』。」[2]對於這些勸人安貧樂道的「新方子」，魯迅說：「大約眼前有福，偏不去享的大愚人，世上究竟是不多的，如果精窮真是這麼有趣，現在的闊人一定首先躺在馬路上，而現在的窮人的席子也沒有地方鋪開來了。」[3]

人生憂患識字始。《聖經》上說亞當和夏娃本來在伊甸園生活得無憂無慮，忽然受了蛇的誘惑，吃了智慧樹上的果子，發現了對方的美，於是被上帝逐出樂園。這個寓言故事，包含着一重深刻的象徵意義：把智慧定義為痛苦。世界就是這樣，人生就是這樣，人沒有甚麼逃避的辦法。承受痛苦，正視痛苦，這是他們邁向人生的第一步，從這一步走出去，才談得上前途和未來。人生注定要在無盡的大痛苦大煩惱中創造自己的未來，注定要承受無盡的大痛苦大煩惱，才能走出一條通往生存和發展的路，創造出更美好的生存環境。哲人解脱的許諾和方士的神秘術，除了自欺和死亡之外，我們不會得到任何東西，勇敢追求的人生必須靠自己來創造。胡適說：「人生固然不過一夢，但一生只有這一場做夢的機會，豈可不努力做一個轟轟烈烈像個樣子的夢？豈可糊糊塗塗懵懵懂懂混過這幾十年嗎？」[4] 魯迅說：「世

1 《魯迅全集》第五卷，第五三九頁，人民文學出版社，一九八一年版。
2 同上。
3 同上，第五四零頁。
4 《胡適文選》第二集，第二五七頁，上海亞洲圖書館，一九三一年版。

上如果還有真要活下去的人們，就先該敢說，敢笑，敢哭，敢怒，敢罵，敢打，在這可詛咒的地方擊退了這可詛咒的時代！」[1] 個人是這樣，民族也是這樣，不能承擔痛苦，就不能正視自己的處境，迷醉於現在的和過去的光榮，就不會作出正確的選擇，就不會立於世界民族之林。近代工業和商業已經把遠隔重洋的國家和民族聯繫在一起，人類也愈來愈意識到相互合作和支援的重要，但這並沒有改變一個基本事實：挑戰依然是嚴峻的。偉大的國家和民族之所以偉大，並不在於它們已經創造出甚麼，已經達到甚麼發展程度，而在於它具有永不止竭的創造欲求和創造力，這才是生命的真諦。

從比較的角度說，禮治秩序及其道德規範同佛老的宇宙論、人生論大不相同，或者可以說兩個極端。前者注重共相的方面，後者注重個相的方面。但它們又構成一個相互補充、相互配合的整體。如果說禮治秩序從強制的外在規範方面取消、壓縮、抑制自我和主體的話，那麼，佛老的人生理論、人生方式則可以說是從內在個體人生方面取消、壓縮、抑制自我和主體。來自外面的壓力使人喪失獨立人格，對個體來說，根本就喪失可以由個人組織和實現自己生命過程的文化環境和社會條件；來自內面的壓力使人喪失主體的意識，對個體來說，根本就喪失個人組織和實現自己生命過程的主體能力。兩方面的默契合作，真是使中國人無所逃於天地之間。應了「天網恢恢，疏而不漏」的古話。如果要說傳統，這兩方面就是中國最深遠，對國民性格和心理影響最大的傳統。但它們都體現了深層的價值取向的共同性：殊途同歸，千慮一致，都是要取消「人」。

1 《魯迅全集》第三卷，第四三頁，人民文學出版社，一九八一年版。

第五章

道德的陰影

第一節 「生存技巧」：冷漠、自私、虛偽

構成傳統中國社會的基本秩序是禮治秩序，仁、義、禮、智、忠、孝、節、義等道德範疇，為維護這個秩序起着不同尋常的作用，它們是禮治秩序的靈魂和核心。從這個意義上說，傳統文化是泛道德主義色彩極其濃厚的文化，人的舉手投足、灑掃應對，以及政治的運作、刑事的施行，無不可以納入道德的範疇。事實上，儒家這些簡單粗淺而又無法確定其含義的訓條，不但指導着國家的生活，而且也指導着個人的生活。從孔、孟到程、朱，經過歷代賢哲的孜孜講求，傳統倫理學已經十分成熟，形成了一個完整的體系。這個體系可以大致分為兩端：「修身」和「恕道」。前者是指獨處時的心性修養，後者是指一旦「己身」與「他身」發生關係時，將已經獲得的心性修養推己及人，被於百姓、蟻民。這個倫理學的框架很完整，個體心性修養和人與人相互關係的處理法則都兼顧到了，而且目標也很遠大，道德家們企望通過自己的體系培養能夠「平天下」的「內聖外王」的人。

道德所涉及的是對人或事的善惡判斷。因此，先灌輸給人一定的價值尺度，作為人品與行為的衡準，然後再通過人對這一定的價值尺度的認同而獲得普及。離群索居無所謂道德，一旦進入群體或社會狀態，善惡的判斷就是必不可少的。只要人類還以相互合作、相互依賴的方式存在，道德就不會消亡，至多那些傳統的價值標準會多少發生修改，添加進新的內容。從古至今，沒有哪一種道德是鼓勵人們損人利己的。揚善貶惡、向善除惡是人類道德的通性，雖然人運用具體的價值尺度會有不同，但善惡是不會顛倒的。任何道德又是在具體的社會條件下被具體的人掌握運用的，它同具體社會條件及人之間就構

成「對話」關係。「對話」之後所產生的意義並不一定吻合道德原本企求人們應該如何做的意義，有時甚至會引出完全相反的意義。道德之「善」在這個時候就招來了「惡報」。在漫長的傳統社會裏，中國人蒙受這種「惡報」的災難極為深重。人們不斷地企求道德的指示，不斷地同道德「對話」，企圖通過揚善貶惡使社會和人生都臻於一個理想的境界，但所有這些努力幾乎都成為泡影。「對話」產生出來的意義，不但不是道德的原意，而且恰好相反，道德在實際運用中走向它的反面，引導着國民的「生存技巧」，即冷漠、自私、虛偽的國民性格。

遠在「五四」運動前的二十世紀初葉，那些向西方尋找真理的先驅們就發現，中國的國民缺乏同情心、理解心，缺乏對公共事務的興趣與熱情，太多考慮私人利益。梁啟超在《新民說》第五節「論公德」[1]裏說：「我國民所最缺者，公德其一端也。」梁啟超把公德定義為「人群之所以為群，國家之所以為國」的道德。他認為中國道德發達很早，但都是私德，如《論語》、《孟子》諸書所教，十居八九為私德，公德不及其一。「如《臯陶謨》之九德，《洪範》之三德，《論語》所謂溫良恭儉讓，所謂克己復禮，所謂忠信篤敬，所謂寡尤寡悔……《中庸》所謂好學力行知恥，所謂戒慎恐懼，所謂致曲，《孟子》所謂存心養性，所謂反身強恕，凡此之類，關於私德者，發揮幾無餘蘊。」「吾中國數千年來，束身寡過主義，實為德育之中心點。範圍既日縮日小，其間有言論行事出此範圍外，欲為本群本國之公利公益有所盡力者，彼曲士賤儒，動輒援『不在其位，不謀其政』等偏義，以非笑之，擠排之。謬種流傳，習非勝是，而國民益不復知公德為何物。」其實在中國，無所謂私德、公德，公德應是團體結構中個人

1 《梁啟超選集》，第二一三—二一四頁，上海人民出版社，一九八四年版。

與團體關係的價值準則。中國的社會結構是根據血緣關係往外推的，這是一種家族化的構成，個人不可能超越血緣規範直接同國家實體構成關係。在這種場合下，私德就等同公德，修身通於治國平天下；一位崛起於草野的布衣，他光宗耀祖的舉動同他替天行道的舉動是一致的；朝廷命官丁憂解職既是孝的表現，又是王朝的治國方略。梁啟超之所以感覺到中國人公德不發達，是因為傳統道德在後來根本不能像以前那樣指導國家生活，在「修身」與「治國」之間出現了巨大裂痕。傳統道德充其量只能育成一些仁德君子，即束身寡過的人，這時它就變成「私德」。

梁啟超對中國人的私德評價也不高。在「論私德」一節，他做了一個歷代民德升降表，從春秋至二十世紀初，總的趨勢是下降，其中他比較滿意的是春秋、東漢和明代。梁啟超讚揚明代，明代漢人掌權顯然是一個重要原因。其實明代民德，除明末東林黨人尚可稱道外，所謂「發揚尚名節，幾比東漢」之讚譽，殊不合史實。其餘各個朝代如唐代，評為「上半期柔靡卑屈，下半期混濁」，宋代評為「尚義節而稍文弱」，晚清則評為「混濁達於極點，諸惡俱備」。按照梁啟超的看法，中國人的民德，在兩千多年時間裏有三分之二以上的時間表現不佳。他在另一篇文章裏有感於國民德行的幼稚，比之於幼兒。他說：「褊狹自私，又稚子之通性也。幼而闊達，時或有聞，然千百中不易一睹矣。其在常兒，則以褊心為恆態，稍激即怒，毫不容忍，而自私之心亦最盛。手持一物，親愛見索，未易讓也。」[1] 中國國民，恰似這樣的稚子，只知有己，不知有人，「捨個人主義外更無他物也」[2]。這裏說的個人主義，並不是作為價值觀的個人主義，而是自私自利的未開化的利己主義。

1 《論幼稚》，見《飲冰室合集・文集》第十一冊，上海中華書局版。
2 同上。

孫中山畢生獻給國民事業，在讀書深思、奔走呼號之餘，對中國人的國民性也曾痛下針砭，他最感痛心的是中國人不團結，視野狹窄，只顧自己的眼前利益，不顧民族和國家利益。他將之形象地比喻為「一盤散沙」。他在不少講演與言論中發揮這個意思。如，同盟會葛侖分會成立大會上的演說詞：「我國人多不知國與己身之關係，每顧個人之私事而不為國出力，不知國與己身之關係如身體之於髮膚，刻不可無。」[1] 在《民報》創刊週年慶祝會上的演講中又說：「中國從來當國家做私人的財產，所以凡有草昧英雄崛起，一定彼此相爭，爭不到手，寧可各據一方，定不相下。」[2] 孫中山說的「國與己身」的關係，可以跟梁啟超說的「公德」相互證明。在近代，民族國家的意識逐漸強烈起來，逐漸要求人們根據一定的權利義務觀念處理己身與國的關係，即逐漸形成近代的價值觀念。而中國古代是根據己身修養外推的原則處理己身與國的關係的，那一套已經行不通了，在古代價值準則培養下的國民，在新的變遷面前束手無策。舊道德不能維繫，新道德又未曾成長，每一個國民在傳統秩序崩潰之時都龜縮在一己之身裏面，還原為一粒一粒不發生聯繫的沙粒。晚清的時候，民生凋敝，國勢日非，梁啟超和孫中山為國是奔走，他們的沉痛發現，當得自他們的真切體會。

「五四」時代新思潮的倡導者對國民冷漠、自私、虛偽的私人本位性格批評得更加深入。看得出來，他們繼承了梁啟超、孫中山的思路，但把問題挖得更深，形成那時候反思國民性的高潮。陳獨秀早在一九零四、一九零五年辦《安徽俗話報》時，對國民的私人本位性格就有很深的認識，他作過一篇連載長文《亡國篇》，內舉亡國原因有兩條。第一條就是「只知道有家，不知道有國」。他說：「我們中國，

1 《孫中山全集》第一卷，第五二三頁，中華書局，一九八一年版。

2 同上，第三二六頁。

家族的制度，在各國之中頂算完備的了。所以中國人最重的是家，每家有家譜，有族長，有戶尊，有房長，有祠堂……個個人一生的希望，不外成家立業，討老婆，生兒子，發財，做官這幾件事。做官原來是辦國家的事體，但是現在中國的官，無非是想弄幾文錢，回家去闊氣。至於國家怎樣才能夠興旺，怎樣才可以比世界各國要強盛，怎樣才可以為民除害，怎樣才可以為國興利，這些事他們做夢也想不到的。」[1] 在一篇題名「卑之無甚高論」的隨感錄中，陳獨秀寫道：「中國人民簡直是一盤散沙，一堆蠢物，人人懷着狹隘的個人主義，完全沒有公共心，壞的更是貪賄賣國，盜公肥私，這種人早已實行不了愛國主義，似不必再進以高論了。」[2] 又說：「中國人的虛偽（喪禮最甚）、利己，缺乏公共心、平等觀，就是這三樣舊道德（指忠、孝、貞節——引註）助長成功的。」[3] 在《新文化運動是甚麼？》一文中，他又說：「中國人所以缺乏公共心，全是因為家族主義太發達的緣故。有人說是個人主義妨礙了公共心，這卻不對。……我以為戕賊中國人公共心的不是個人主義，中國人底個人權利和社會公益，都做了家庭底犧牲品。『各人自掃門前雪，不管他人瓦上霜。』這兩句話描寫中國人家庭主義獨盛、沒有絲毫公共心，真算十足了。」[4] 陳獨秀抨擊私人本位性格，比梁啟超又進了一步，他注意探討國民性格同社會制度的關係，一再指出家族主義的弊害，這同他猛烈抨擊禮教是一致的。按照一般的說法，人的自私乃出自人的本能[5]，也是人類的通病，各個民族都如此，並不獨中國人。但是，文化在這裏是不是也扮演了

1 《陳獨秀文章選編》上冊，第五三頁，三聯書店，一九八四年版。
2 《獨秀文存》卷二，第一二五頁，亞東圖書館，一九二六年版。
3 《陳獨秀文章選編》上冊，第四四五頁，三聯書店，一九八四年版。
4 同上，第五一六頁。
5 道金斯：《自私的基因》，科學出版社，一九八六年版。

某種角色呢？一定的道德體系是不是永遠都那麼可靠，並對社會的發展起正面的促進作用呢？道德是供人判斷善惡的尺度，但它不能代替人直指甚麼是善，甚麼是惡。所以道德很可能成為殺人的口實。陳獨秀從國民性格追溯到制度和道德上的原因，提醒人們不要沉迷於道德天下第一的美夢。

魯迅更是無情地把美夢撕開給人看的先驅者。他對國民私人本位性格的批評往往結合自己的人生體驗，通過形象和場面的刻劃，直指人性的黑暗面。在魯迅的許多小說中，人物都少不了麻木、冷漠、自私、愚昧的形象，他對國民的卑劣性格體驗極深，永遠忘不掉那冷漠的一群投下的陰影。他甚至認為自己棄醫從文，也是受到這種國民性格的震動使然。《吶喊》「自序」[1]中提到一件事：魯迅年輕時從幻燈片上看到，日軍正要砍殺替俄國人做偵探的中國人，周圍居然站滿了中國人，顯露出麻木的神情，來鑒賞這殺自己同胞的盛舉。這樣的國民，縱使有強健的體魄，最多不過充當殺頭的看客。有感於此，魯迅棄醫從文，要揭示出中國人的這種「靈魂」。

此後魯迅的小說和雜感，常常寫到殺頭，但與殺頭相關的，依然是這些中國的看客。《阿Q正傳》最後寫到阿Q被抬上無篷車，即將送去殺頭，除兵們和團丁，街「兩旁是許多張着嘴的看客」，阿Q無師自通說了半句話之後，「螞蟻似的人」「便發出豺狼的嗥叫一般」的喝彩：「好!!!」在《阿Q正傳的成因》一文中，魯迅還從當時的報紙錄下一個類似阿Q臨刑的殺頭場面。他說，如果寫成小說，「許多讀者一定以為是說着包龍圖爺爺時代的事，在西曆十一世紀，和我們相差將有九百年」[2]。小說《藥》寫的也是殺頭，不過這卻是革命者的頭顱。但他的血被派上用場，被「別的事情，都已置之度外」的華

1 《魯迅全集》第一卷，人民文學出版社，一九八一年版。
2 《魯迅全集》第三卷，第三八二頁，人民文學出版社，一九八一年版。

老栓用來治兒子的癆病。殺人場上照例有一群看客，他們「頸項都伸得很長，彷彿許多鴨，被無形的手揑住了似的，向上提着」。魯迅總忘不了中國式的殺頭，屢屢加以諷刺與揭露。因為中國式的殺頭，要義不在於結束某人的生命，而在於它本身也是一台可供取樂鑒賞的戲，周圍總是少不了看客。這個場面最充份地表露了國民性的冷漠和自私。殺頭，有之已屬不幸，但更不幸的是殺頭在中國居然可以當成古董似的，可供看客玩賞、過癮和作樂，而國民卻樂此不疲，在生命的悲哀處看出快樂和滿足，在頭顱和鮮血中得到愉悅和享受。人和人根本不能相通，心和心之間隔着萬丈高牆，痛苦和悲哀不入於他人，他人的災禍和不幸正好是自己享樂的大好時機。人類的同情心和理解心，在這樣的場面，彷彿隨着被殺的人一同死去，中國的看客是十足的毫無血性的欣賞殘酷的動物。近代中國有不少仁人志士帶頭抗爭，為公眾利益奮鬥，但他們最終不免像《藥》裏的那位烈士，成為祭壇上的「犧牲」，像魯迅說的那樣，獻祭過後，祭眾們就將它們「散胙」。「群眾，——尤其是中國的，——永遠是戲劇的看客。犧牲上場，如果顯得慷慨，他們就看了悲壯劇；如果顯得觳觫，他們就看了滑稽劇。北京的羊肉舖前常有幾個人張着嘴看剝羊，彷彿頗顯愉快，人的犧牲能給予他們的益處也不過如此。」[1] 先烈的血，白白地流；國民的心，依舊冷漠。無論如梁啟超所說的束身寡過的仁德君子式的，還是如魯迅所說的犧牲場的看客式的國民，他們始終都顯現着傳統倫理道德給國民性格投下的陰影：己身中心主義。

魯迅對國民性格的陰暗面有極深的認識與體驗。據許壽裳的回憶，魯迅在日本留學時期，就思考國民性的問題，與許廣平的通信集《兩地書》裏，也屢屢提到國民性，從中國近代的失敗、黑暗、腐敗的現

1《魯迅全集》第一卷，第一六三頁，人民文學出版社，一九八一年版。

象中追索民族文化心理的原因。他的小說和雜感更體現了他對中國國民性的睿識。魯迅的批評是不留情面的，他的批評對象也不是某一個人，而是作為整體的國民。因為他的冷峻和不留情面，更因為他批評的是國民，後來的評論家往往在肯定之餘，批評魯迅蔑視群眾，沒有充份估計和認識人民群眾的力量。其實這是一種套框框的批評，並未認識魯迅之所以為魯迅之處。魯迅從童年時代起就同中國的下層社會有着密切的關係，他非常了解下層民眾的思想性格，並且同他們血肉相關，感情極深，直到成年之後，魯迅也忘不了童年的印象，《故鄉》、《社戲》等小說，散文集《朝花夕拾》，就是對鄉土童心的追憶。但魯迅不是一個單純的作家，他能愛，也能恨，愛得深，恨得也深。他愈熱愛下層的民眾，就愈恨他們為甚麼不能獲得新的生命；而他愈恨他們，就愈反襯出他的大愛。魯迅的愛不是利用之前說幾句假意奉承的愛，他的恨也不是來自階級隔閡的恨。對魯迅，根本就不存在蔑視群眾、低估人民力量的問題。

魯迅非常出色地勾勒出國民的己身中心主義的特點——在行為上表現為毫無公共心和正義感，每個人都有自己的天地，不與別人溝通。只顧自己的存在，至於別人的存在是甚麼，則置若罔聞。或者像《小雜感》說的：「樓下一個男人病得要死，那間壁的一家唱着留聲機；對面是弄孩子。樓上有兩人狂笑；還有打牌聲。河中的船上有女人哭着她死去的母親。」[1] 或者像華老栓那樣，為兒子的癆病，麻木到完全不知正義與非正義，革命者的血可以入藥；或者像犧牲場上的看客，冷漠到對生命毫無知覺，玩賞別人的頭顱和鮮血；或者像孔乙己周圍的酒客和孩童，以他人的痛苦和潦倒來做作樂和打發無聊的笑資。「人類的悲歡並不相通，我只覺得他們吵鬧。」[2] 在有利可圖、有權可用的時候，己身中心主義就表現

1 魯迅《而已集》，第一零零—一零一頁，人民文學出版社，一九七三年版。

2 同上，第一零一頁。

為不顧道德廉恥，完全沒有人我界限和公私界限。我的是我的，你的也是我的；「私家」是「私家」，「公家」也是「私家」。魯迅在《談所謂「大內檔案」》[1]一文，對己身中心主義的國民性格有很深入的批評。起初是好好先生主事，這幾千麻袋的前清檔案自然是「萬萬動不得」。因為「中國的一切事萬不可『辦』的；即如檔案罷，任其自然，爛掉，霉掉，蛀掉，偷掉，甚至於燒掉，倒是天下太平；倘一加人為，一『辦』，那就輿論沸騰，不可開交了。結果是辦事的人成為眾矢之的，謠言和讒謗，百口也分不清」。後來換了藏書和「考古」的名人主事，聽說麻袋裏或許有幾頁宋版書，於是就要「辦」，「在灰土和廢紙之間鑽來鑽去」，都專心致志，念茲在茲。清理的時候，「凡有我們撿起在桌上的，他們總要拿進去，說是去看看。等到送還的時候，往往比原先要少一點」。魯迅感嘆說：「中國公共的東西，實在不容易保存。如果當局者是外行，他便將東西糟完，倘是內行，他便將東西偷完。而其實也並不單是對於書籍或古董。」要而言之，私人本位性格或者說己身中心主義，不表現為在法律限度內正面追求個人利益，而是以一己的直接利害為標準處理與周圍世界的關係：有益己身的，則不擇手段取而已之；己身圈子以外的或不能及的，就冷漠處之。需要作樂時，別人之被殺頭，就可以成為對象；需要治病時，他人之血就可以入藥；需要謀取錢、財、物時，公家的就是自己的。國民心目中太少「公共」的概念，亦不能理解「公有」的確切意義。不能染指的時候，「公」便不存在；能染指的時候，「公」等於私。「各人自掃門前雪，不管他人瓦上霜」的民諺，倒是己身中心主義的恰切自白。

陳西瀅說：「中國人的毛病就是他們太聰明了。……中國人最初不管鄰家瓦上霜，久而久之，連自己

1 魯迅《而已集》，人民文學出版社，一九七三年版。

門前的雪也不管了，如果有人同住的話。所以軍閥政客雖然是少數，小百姓雖然受盡了苦，卻不肯團結起來反抗他們。」[1]古代中國「圓顱方趾」的民被禮治秩序編排組織起來而成國，但這並不等於近代意義的國家。準確地說，古代的國近似於文化共同體。作為單個的民，他屬於這個文化共同體就足夠了，他不懂得參與，也沒有必要參與。就像單粒的沙，它在沙群之內，至於別的沙怎樣，它是「事不關己」的。

己身中心主義還有一種表現，就是虛偽。表面的行為和真實的內心相反；明一套，暗一套，明裏是正人君子，背地裏男盜女娼。虛偽這種國民性在「五四」時期受到了猛烈的抨擊。林語堂《怎樣使我成為尊貴者》一文，有一段頗精彩的話，茲引如下：「我曾定中國文化的要素具有三項：（1）一種嚴肅的說謊需要或是用自己的語言來遮隱自己的感覺，（2）像紳士般的說謊能力，（3）心神的安寧可用你自己的說謊和你同人的帶着幽默感而顯露出來。一個人決定得不到這三種的習性，假使在中國社會上沒有受過歷練。這時，他的文化的影響也將在他臉上遺留着難滅的標記。我們都知道這個臉，這個爺們的臉，這是一塊動物的血肉，那指示給世界說他所需要的都是去生活而讓生活着——冷淡的眼睛，無定形的鼻子，奢饕的嘴巴，圓形的外貌和退化的面頰。」[2]魯迅在小說裏邊刻劃過幾個偽君子的形象，他們都是些內心念頭十分骯髒和刻毒，而表面的言辭和行為十足冠冕堂皇的人物。《祝福》裏面那個假道學的老監生魯四老爺，案頭擺着《近思錄集注》和《四書襯》，奉信朱子格言「事理通達心氣和平，品節詳明德性堅定」，可是對被他趕出家門自殺身死的女傭祥林嫂，他卻謚上一句：「不早不遲，偏偏要在這時候，——這就可見是一個謬種！」扣上一句「謬種」，便撇清了自己的罪責。《肥皂》中那位遺老

1 《管閒事》，見《西瀅閒話》，新月書店，一九二八年版。
2 《語堂雜文》，第一二一頁，國風書店，一九四四年版。

四銘，一面感嘆「學生也沒有道德，社會上也沒有道德，再不想點法子來挽救，中國這才真個要亡了」，另一面卻盯住街頭十八九歲的「孝女」，聽見青皮說，「咯支咯支遍身洗一洗，好得很哩」，於是就買了塊肥皂，獻給自己的太太，好讓她也來咯支咯支遍身洗一洗。還有《高老夫子》裏那個寶貝高爾礎，自己不學無術，卻要做《論中華民國皆有整理國史之義務》的宏文，一面驚嘆「女學堂真不知道要鬧成甚麼樣子」，另一面則要「謀一個教員做，去看看女學生」，上課那天，「從早晨到午後，他的工夫全費在照鏡」。魯四老爺、四銘、高爾礎這班怪物，純是傳統道德倫理的土壤上滋生起來的言行不一、口是心非、道德和色情混合在一起的怪物。他們是一群特殊的中國人，發展起一種特殊的謀生本領：即以道德本身為滿足私慾的工具，諳熟聖賢先哲啟示的道德教訓，然後根據場合的不同，加以隨意解釋，當然這些解釋總是對滿足他一己私慾有利的。

虛偽也是自私的行為。不過它不像赤裸裸的表現馬上讓人看出來，而是加上一層偽裝，在實現自私目的的時候，打着公益和道德的招牌。中國的舊道德在「五四」時期，受到猛烈的抨擊與批判，它本身的訓條有不合理的地方是原因之一，但更重要的原因卻是它除了滋生千千萬萬像魯四老爺、四銘、高爾礎這樣的偽君子之外，除了作為大大小小的權勢者的衣食飯碗外，還從根本上喪失了道德鼓勵善行、匡正惡舉的作用，對社會的進步沒有任何意義，正如周作人說的：「中國在千年以前文化發達，一時頗有臻於靈肉一致之象，後來為禁慾思想所戰勝，變成現在這樣的生活，無自由，無節制，一切在禮教的面具底下實行迫壓與放恣，實在所謂禮者早已消滅無存了。」[1] 泛道德主義的最終結果必然是不道德主義。如果道德沒

1 《周作人早期散文選》，第二七頁，上海文藝出版社，一九八四年版。

有正義的光芒照亮它的話，如果沒有人的尊嚴和權利來補充和衡量它的話，虛偽就是道德的唯一出路。

冷漠、自私、虛偽固然是人性的弱點，也可說是人類的通病。但在中國舊道德系統中卻不僅如此，它反映了文化的病態，準確地說它們是文化病。從梁啟超、孫中山開始，直到「五四」新思潮倡導者們的批判和反省，並不是學理上對人性弱點的研究，而是對這種文化病的批評。文化病的養成是舊道德系統長期薰陶的結果，不是幾場革命或幾十年時間就能徹底醫治過來的。「五四」時期對己身中心主義的國民性的檢討與反省，才剛剛開始，對於其中的「病理」還沒有來得及深入地「診斷」就被打斷了。長期的泛道德主義的文化傳統，以善惡判斷作為言論與行為的唯一尺度的習慣，它們怎樣給人帶來那種惡劣的影響，怎樣在民族文化心理上烙下很深的印痕，這依然是值得我們深入探討的。

第二節　道德的困境

如上文所說的那樣，傳統倫理學由兩個相互補充的極構成，一極是「修身」，這是由孝、忠、仁、義等一系列道德標準組成的己身灑掃應對、為人處世的規範。它的核心在於「克己」，先除盡一切屬於「人」的東西，既包括精神、靈魂層面的對自己人生和生命的掌握，也包括物質層面的享受和其他慾望的滿足。另一極是「恕道」，個體將修好了的身推而廣之，將它應用在對待別人的場合，也就是說將以個人德行的自我完善來影響和喚醒別人，由己身及於他身。另外，這個倫理學體系並不像在現代國家那樣，倫理道德只是「分門別類」中的一類，執「各司其職」中的一職，而是整個封建社會中那些王朝的靈魂。不用說國家制度的構設，就連行政運轉時的人事和技術上的安排都體現着傳統倫理的滲透。它和權力不可分離地結合在一起，成為影響所及的每一個人必須遵守的官方意識形態，判斷言論和行動是否可取的唯一標準。道德架構本身和它在社會上的地位，就決定了它以何種方式影響人和塑造人。

以儒家道德教訓為代表的傳統倫理最明顯的外觀是對個人德行自我完善的講求與企望。朱熹《大學章句序》：「大學之書，古之大學所以教人之法也。」一句話就能概括道德教訓的基本精神。做中國人，最要緊的大學問便是「為人處世」四個字。「為人」就是「修身」，身修得好，學會「為人」，「處世」就自然沒有問題。「為人處世」的大學問落到實處，實即兩個字——「修身」。《大學》：

> 古之欲明明德於天下者，先治其國；欲治其國者，先齊其家；欲齊其家者，先修其身；欲修其身者，先正其心；欲正其心者，先誠其意；欲誠其意者，先致其知；致知在格物。物格而後知至，知至而後意誠，意誠而後心正，心正而後身修，身修而後家齊，家齊而後國治，國治而後天下平。

多少受過現代教育訓練的人根本不能接受這個在古代被奉為萬古不易真理的推論。治國平天下這麼複雜的事情居然可以最後歸結為「格物」。「格物」在理學詞典中並不是指研究問題，而是指心性修養。傳說王陽明早年誤解格物之旨，真的格起物來——格竹子。格了幾天，格得頭昏眼花，一無所得。吃盡苦頭之後終於明白所格之物不在於「外」而在於「內」，所謂「內」就是仁、義、禮、智等道德科條。就是說一生中「窮理盡性以至於命」，體認和悟證先賢的道德教訓，不但是立人，也是立國的頭等重要的大事。但是我們知道，不要說治國，就算治理一個小地方，或者興辦一個小事業，都需要許多非道德性的科學知識和技術，需要在人事和組織上作精心計算和謀劃，這些都不是修心養性所能順利解決的。可是我們的古人不相信這個道理，他們認為這些知識、技術、制度上的事情皆是「小道」，只有心性修養才是「大道」。因此，應當上至皇帝，下至村野陋儒一齊起來講求「修身」的「大道」。至於知識和技術的開發，則無關緊要，該被放在下九流的角落，而制度的更新和完善不但沒有進行，反而被改造得一切為了自天子以至庶人的修身。事實上，傳統的制度就是這樣被道德化，也就是被扭曲的。唐朝國家一級的教育機構，可以培養學生一千多人，但其中學習非道德性知識的兩個門類——醫學和天文學，僅有學生二十多人，其餘全部是讀經和文史的。愈到後來，道德化的傾向就愈嚴重。黃仁宇評論明朝開國措施說：「洪武皇帝所推行的農村政策及一整套的措施，對本朝今後的歷史，影響至為深遠。其最顯著的後果是，在全國的廣大農村中遏止了法制的成長發育，而以抽象的道德取代了法律。上自官僚下至村民，其判斷是非的標準是『善』和『惡』，而不是『合法』或『非法』。」[1]

泛道德主義的全面推開與強化，使得《大學》上的那段話成為歷代王朝不易的鐵律。的確，法制的成長被遏止了，關於自然和社會的知識不必要了，技術則交給「勞力者」、下等人去處理，還有甚麼地方可以有所作為呢？惟有修心養性，這件事做不好，將危及王朝的命脈。假如皇太子在訓政之前，不是在太師們的督導下熟習先賢的教訓，他日後就不會按照儒家的教導行事，就不能作為全國臣民的道德象徵；假如一位官吏未能在用世之前就修好身，他就不懂得移孝作忠，就不懂得對他的皇帝盡忠，對他的子民盡慈；假如一位臣民蔽於私慾，不服尊卑名份，他就會鋌而走險，嘯聚山林去做與「天」為敵的賊。

1 《萬曆十五年》，第一四六頁，中華書局，一九八二年版。

這三種情況不論哪一種出現都會損毀國基，輕的使國威不振，重的使流賊四起。而它們之所以發生，唯一的原因就是身沒有修好。所以，「自天子以至於庶人，壹是皆以修身為本」（《大學》）。「一家仁，一國興仁；一家讓，一國興讓；一人貪戾，一國作亂。」（《大學》）《中庸》裏講，「為天下國家有九經」，第一點就是「修身」，其他亦不外乎由「修身」生發出來的德行。「好學近乎知，力行近乎仁，知恥近乎勇。知斯三者，則知所以修身；知所以修身，則知所以治人；知所以治人，則知所以治天下國家矣。」（《中庸》）

宋明道學家也是一樣把「修身」作為倫理學的基本軸心。隨着他們把道德倫常提升到宇宙本體的高度，對克己修身滅欲這一套的提倡，簡直到了狂熱的程度。雖然在他們的論著裏多了「無極」「太極」「陰陽」「理」「氣」等一大堆新名詞，但這些不過是構造邏輯框架用的論證材料。他們用這些材料演出他們導演的傳統劇——孔孟傳統——的序幕。序幕之後才是正劇，他們的正劇是再建和光大《論語》、《孟子》、《大學》、《中庸》裏講的以「修身」為中心的道德訓條。朱熹釋《大學》致知格物時說：

> 所謂致知在格物者，言欲致吾之知，在即物而窮其理也。蓋人心之靈莫不有知，而天下之物莫不有理，惟於理有未窮，故其知有不盡也。是以《大學》始教，必使學者即凡天下之物，莫不因其已知之理而益窮之，以求至乎其極。至於用力之久，而一旦豁然貫通焉，則眾物之表裏精粗無不到，而吾心之全體大用無不明矣。[1]

---

1 朱熹：《大學章句》。

總天下萬物而高於天下萬物的這個「理」是甚麼呢？朱子說：「宇宙之間，一理而已，天得之而為天，地得之而為地，而凡生於天地之間者，又各得之以為性，其張之為三綱，其紀之為五常，蓋此理之流行，無所適而不在。」[1] 說到底，三綱五常就是理，人的一生就是要「求至乎其極」。所以，他在另一地方說得更明白：

> 孔子之所謂「克己復禮」。《中庸》所謂「致中和，尊德性，道學問」。《大學》所謂「明明德」。《書》曰：「人心惟危，道心惟微，惟精惟一，允執厥中。」聖人千言萬語，只是教人存天理，滅人欲。……人性本明，如寶珠沉溷水中，明不可見。去了溷水，則寶珠依舊自明。自家若得知是人欲蔽了，便是明處。只是這上便緊着力主定，一面格物，今日格一物，明日格一物，正如游兵攻圍拔守，人欲自銷鑠去。所以程先生說敬字，只是謂我自有一個明底物事在這裏，把個敬字抵敵，常常存個敬在這裏，則人欲自然來不得。夫子曰：「為仁由己，而由人乎哉！」緊要處正在這裏。[2]

經天緯國、憂世濟民的複雜大道理最後落實為六個字，「存天理，滅人欲」。即使是王陽明「無善無惡是心之體，有善有惡是意之動，知善知惡是良知，為善去惡是格物」（《傳習錄》下）的「四句教」，重點也在最後兩句，要點是「知善知惡」和「為善去惡」。人生的全副身心和生命，都付託給倫常道理，

1 《朱子文集》卷七十。
2 《朱子語類》卷十二。

一舉手一投足都要時刻留心頭上那把達摩克利斯之劍。

文化上的泛道德主義招致己身修養在整個社會秩序的穩定中處於頭等重要的地位，關係到國家的興衰存亡。興之，可以舉國；亡之，可以喪國。每一個人的「己身」，都是一個中心點，通過這個中心點衍射出家、國、天下的關係。「己身」修好了，天理存，人欲滅，「己身」就在精神上膨脹到等同家、國、天下。以家、國、天下的存亡為自己的存亡，以家、國、天下的安危為己任。但這並不意味着這些完善的「己身」懂得怎樣引導一個國家治理得更好，而僅僅意味着他們熟習先賢的道德教訓，懂得教人修身，教人存天理，滅人欲，僅僅懂得通過普及道德教訓來治理國家——一條促使文化衰落和僵化的死胡同。如果己身不修，人欲橫流，這樣的己身就會犯上作亂，不安本份，直接破壞既定的秩序。有些學人將中國社會稱做人倫社會是有道理的。倫，據《爾雅》的解釋，是石子投下水後而形成一圈一圈向外擴散的波紋。天理存，人欲滅，就意味着每個中心點散發出強有力的波紋，直到天下的邊界極限；天理滅，人欲熾，就意味中心點將自己置身於「倫」的範圍之外。不入於「倫」，按古人的說法，就是禽獸。論到這裏，形象就漸漸清晰起來：國民的性格行為是己身中心主義的，倫理學的基本框架也是己身中心主義。前者是行為的結果，後者是理論的出發點，雖不盡相同，卻有微妙的相關。

我們都會承認，道德只是人生的一個領域，嚮往善也只是高尚人生目標中的一個方面，它們都不是人生的全部。比如說，作為理想的人生，我們要探索大自然的運動規律，要發現我們不了解的大自然的秘密；我們還要把從研究自然中得來的知識應用起來，發明工具、機械以推動社會生產力的發展，以創造更文明的環境；我們還要研究我們生活於其中的社會，研究它在組織上、制度上、安排上還有哪些不合理的地方，還有哪些可以改進的地方。這些都是需要通過一番探索與深思熟慮才可以做到的。有了這一切的研究，我們才多少能夠明白甚麼是人可以做的，甚麼是人不可以做的。在人事努力的限度下，努力使社會日益健康，日益發展。很明顯，上述的一切並不單是道德所能規範的，也不是修心養性就能解決問題的。它們需要人類的科學理性，需要尊重客觀世界，需要觀察、測量、實驗和分析，一句話，要充份發揮生物進化遺傳給我們的大腦皮層的功能。況且，人生善的目標是要和我們人生事業互為補充的，善不是空談，不是靜坐、冥想。修心養性解決不了上述問題。善需要科學理性的灌注，需要自我實現能力的培養，需要無私精神、求實精神、奮鬥精神、探索精神等多種陽光的照耀，只有這樣，善才能開出燦爛的生命之花。沒有水，沒有陽光，沒有栽培，善的種子就不會發芽成長，即使發了芽，也會萎縮、衰頹，或被扭曲成另一種樣子。整個道德系統也是如此。它在社會結構的整體裏自有它的功能，但以道德代替法制，以聖賢的道德箴言作為裁奪是非的唯一標準和臣民必須遵守的基本原則，以四書作為科舉考試的不變內容，越俎代庖，道德漫無限制地侵入和代替其他領域，科學的理性就會退化，文化的衰落就是不可避免的。

儒家最崇尚的理想人格是內聖外王。內聖指德行心靈的修養，外王指外在的事功，能夠臻於這境界的人被稱曰聖王。傳說中的聖王有堯、舜、禹、湯、文、武、周公等數人，但據考證，堯、舜、禹根本上就是傳說中的理想化人物，不可以作為信史，湯、文、武、周公在儒家典籍的記載裏只有長處，沒有過錯，這可能也是後儒們理想化的結果。不過，從內聖外王兩方面發揮人格的理想，還是體現了蓬勃向上的進取勇氣，古人做事也還有相當的氣魄。但也就是在儒家闡述自己理想人格的初興時代，就埋下了日後衰退的種子。因為德行心靈修養這一面講得多，外在事功方面就講得少，只注意理想人格的輪廓設想，未能用心地建設獨立的、科學的人生觀。而理想人格的重點還是在內聖，這就使歷代王者期望通過道德重整來解決政治、經濟、軍事、民生、人生諸問題的思想基本定型。《論語．顏淵》：「一日克己復禮，天下歸仁焉。」又：「子貢問政，子曰：足食、足兵、民信之矣。子貢曰：必不得已而去，於斯三者何先？曰：去兵。子貢曰：必不得已而去，於斯二者何先？曰：去食。」《論語．子路》：「樊遲請學稼。子曰：吾不如老農。請學為圃。曰：吾不如老圃。樊遲出，子曰：小人哉，樊須也。上好禮則民莫敢不敬；上好義則民莫敢不服；上好信則民莫敢不用情。夫如是則四方之民襁負其子而至矣。焉用稼。」《孟子．公孫丑上》：「行仁政而王，莫之能御也。」《孟子．盡心上》：「居仁由義，大人之事備矣。」《孟子．盡心下》：「仁人無敵於天下。」《孟子．盡心下》：「修其身而天下平。」

韋政通在論孔子重述周禮的動機時說：孔子「認為禮樂所以崩壞，主要還是在人自己，是因為人心麻痹了，墮落了，才使人的行為與文制之間，產生疏離脫節的現象。原因找到了，那麼這問題怎樣解決呢？孔子採取的方式，不是修改文制去適應人，而是要從人心上着手，恢復人生命的真義，培養精神的活力，重建自我控制的能力，以適應客觀的規範。……於是孔子學說的重點，就不能不落在『克己』的修養上，這是儒家內聖之學的起點，也是內聖之學的終站」[1]。個體心性修養愈被提倡，內聖之學的地位就愈高，泛道德化就愈嚴重，這樣外王的理想便漸漸萎縮。社會的演變也證明了這一點，內聖之學——心性修養——愈來愈發達，由孔子而子思，由子思而孟子，再由孟子而宋明道學，道德君子層出不窮，道學氣氛瀰漫於國中。外王之學——外在事功——則沒有甚麼可稱述的，除了幾個提三尺劍定天下稍微有功於民生的皇帝外，值得一提的是少數從事技術發明和自然探索的無名之輩，但他們的努力是在社會

1　韋政通：《傳統中國理想人格的分析》。

主流之外的。從總的方面說，個體的修心養性和政治上的道德重整——它的目的最終依然落實在修心養性之上，經過自孔子開始的朝野共同經營，終於捲起了日後歷史上愈來愈洶湧的道德化巨流——一切為了存天理，滅人欲；天理存，人欲滅就是治國平天下的大經絡——直到這股巨流把封建王朝沖到崩潰的邊緣。

倫理學上的己身中心主義在實踐上帶來嚴重惡果，它使得中國人的理性（科學理性和工具理性）漸漸萎縮，智力活動能力漸漸減退。表現為不是以征服自然、革新制度、創造更豐裕的生活方式來使外界適應人，而是以個體的身心修養去適應變化的世界。外在於人的人文創設在個體的適應努力與實踐中凝固成歷代不許更改的祖宗之法。無論生存條件怎樣惡化，無論政府怎樣腐敗，無論制度設置得怎樣不合理，通通都視而不見，單把衰落視為「人心不古」，聖人的教訓沒有人聽。換句話說，不是因為我們生產工具落後，宗法制度落後，道德重整式的觀念落後，而是因為聖人的教訓沒有貫徹到底。每一次社會動亂都在這種觀念支配下引起鞏固舊制度、重整舊道德的狂熱，而未能創出社會結構轉型的機會。這樣，我們的祖輩們大腦左半部的思考與智力活動在己身中心主義的壓抑之下就漸漸麻木，無從在生存活動中發揮它應發揮的作用。一事當前總是「退回一步想」，以內在心性修養來化解它，事實上就是以人適應物，而不是改物適應人。內聖的膨脹與外王的萎縮反映了中國人科學理性能力的衰退。

「父母在，不遠遊。」（《論語．里仁》）「身體髮膚受諸父母，不敢毀傷。」（《孝經．開宗明義章》）這些賢哲的教導便反映出理性活動還就道德規範的意向，至於傳統刑法准許子為父隱，父為子隱，更是不講正義死守孝道的表現。道德是神聖而不可更改的，人以一生努力去體悟它，踐仁履義就是生命的終極目的，「文王之德之純」，「純亦不已」（《禮記．中庸》），其他就不遑顧及了。文臣上書皇帝言治國方略的奏章，不外乎重振孔孟道德、舉賢任能等幾條八股，大膽一點的就勸皇帝下詔罪己，放棄奢侈生活，為臣民做個道德楷模。科學理性的麻木使人想起近代中國的事變。日本鄰近中國，門戶開放比中國遲，學習西方建設近代工業也比中國晚。但後來居上，學一樣成一樣，維新短短二十多年就雄視亞洲。反觀中國，門戶開放得早，近代工業也在興辦，留學生派了不少，政治制度改革也在步步進行，但總是走不上正軌，社會轉型時期的苦難折磨着一代又一代的中國人。比較起來，除了社會結構的原因外，中國人思考器官的麻木，反省能力的低弱是個重要原因。社會的轉變發生了，但人們卻不知道這是甚麼變化，政治決策階層更是表現得愚昧無知，可以作為例子以管中窺豹的是袁世凱做了民國政府的大總統，但卻不知道共和是甚麼意思。長期的己身中心主義的影響和模塑，使「人心惟危，道心惟微」的八字真傳深入人心，大家都圍住道德打轉轉，企望通過道德重整脱離苦海升入天堂。社會在現代的轉型中，而現代社會的動作、結構、原則又都不同於古代，這正是需要發揮主動的科學理性去認識現代的時候，如果麻木了思考器官和反省能力，不能認清現實，不能發揮社會轉型期的主體能動性，就會到處碰壁。

己身中心主義的倫常道德壓抑了理性的生長，它教導和鼓勵人們以個體心性修養來適應遷就社會規範和環境。自以為修養到德行無比堅定的時候就無敵於天下，實際上卻是束手無策，也就是梁啟超説的束身寡過主義。除了一腔德行之外別無長物，除了退縮自身不懂得其他出路。丈夫死了，妻子就去守貞；兵匪來了，女人就去落井、上吊，還美其名為之「節烈」；臣下事君，別無長策，「奉君忘身，殉國忘家，正色直辭，臨難死節已矣」（《忠經》）。魯迅論到古代婦女説：「節是丈夫死了，決不再嫁，也不私奔，丈夫死得愈早，家裏愈窮，他便節得愈好。烈可是有兩種：一種無論已嫁未嫁，只要丈夫死了，他也跟着自盡；一種是有強暴來污辱他的時候，設法自戕，或者抗拒被殺，都無不可。這也是死得愈慘愈苦，他便烈得愈好，倘若不及抵禦，竟受了污辱，然後自戕，便免不了議論。」[1] 胡適說：「古代的宗教大抵注重個人的拯救；古代的道德也大抵注重個人的修養，雖然也有自命普渡眾生的宗教，雖然也有自命兼濟天下的道德，然而終苦於無法下手，無力實行，只好仍舊回到個人的身心上用工夫，做好內心修養。愈向內做工夫，愈看不見外面的現實世界；愈在那不可捉摸的心性上玩把戲，愈沒有能力應付外面的實際問題。即如中國八百年的理學工夫居然看不見二萬萬婦女纏足的慘無人道！明心見性，何補於人道的苦痛困窮！坐禪主敬，不過造成許多『四體不勤，五穀不分』的廢物！」[2]

末世的中國儒生，大抵上是只懂得發揮兩間正氣去克敵制勝的愚物，他們對抗黑暗勢力和環境的挑戰，抱定一個不變的宗旨：你有刀，我有頭。高尚的道德勇氣雖然可喜，然而虛行無補實事。陸秀夫揹着南宋最後的根苗趙昺投海，可殺不可辱，據說從者達數萬人。方孝孺執定「忠臣不事二主」，永樂要他草詔，他答道：「死則死耳，詔不可草」，永樂誅他十族。魯迅說方孝孺「迂」[3]。《紅樓夢》裏，賈寶玉嘲笑朝廷命官不是文恬武嬉，就是「文死諫，武死戰」。人一死，不傷名節，天下就太平，就功成名就，宣付國史館立傳，名垂青史。無論女人的守貞、節烈、纏足，還是男人的赴難就義，德行固然堅定，心靈固然不可征服，但這種於人無害，於國無益，於民族進化無補的道德「土特產」，是不是骨子裏也透着一重自私？一重渴望得到貞節牌坊和名垂青史的自私？當然這種視道德為「己身」高於一切的人，區別於損人利己的自私性格，根本上是由於理性的迷失而不是動機不純。理性休眠，一切訴諸道

1 《魯迅全集》第一卷，第一一七頁，人民文學出版社，一九八一年版。
2 《我們對於西洋近代文明的態度》，見《胡適文選》，第一四八—一四九頁，亞東圖書館，一九三五年版。
3 《魯迅全集》第四卷，第四八二頁，人民文學出版社，一九八一年版。

德，人變成道德狂或道德瘋子，最後變成道德的奴隸，這種己身中心主義的性格稱做「道德自私主義」，也算名實相副。

假定上面對束身寡過式的「道德自私主義」性格分析有道理，那也只是己身中心主義的傳統倫理學對國民的「正面」影響。其實，在大多數情況下，泛道德化恰恰引來非道德化，「克己」「修身」恰恰引來「滿口仁義道德，背地男盜女娼」的虛偽。泛道德化反而毒害了國民的道德，這是引人感到困惑但又不能不正視的一個事實。

從孔子開始，期望個人德行自我完善來造成一個健康、蓬勃、向上的社會，並以「修身」來規定人生，這動機未嘗不純正，但充滿了烏托邦精神。這是因為在道德領域裏，人們雖然可以確定一種德行，如以孝或不孝來確定善惡，但卻永遠找不到一個普遍的尺度來確定甚麼是孝，甚麼是不孝。德行的尺度本身具有極大的可塑性和隨意性。倫理道德涉及的是人際關係，牽連「己」與「他」，但又往往「己」「他」不分：你中有我，我中有你，相互纏繞。「己」的利益，可以巧妙地通過「他」來實現；「我」的利益，可以通過「你」來實現。這時候「他」就是「己」，「你」就是「我」，同時兼得利益的一方還可以贏得「一切為了他人」的美名。因為德行不存在確定它自身的客觀標準，全在於人的「活用」。比如肉眼看到紅、藍、綠、黃諸色，人人都會說出這幾種顏色，但人人所見不同，因為這時候人人都憑自己的感覺定義它們。科學可以突破感覺的局限，以光波長度來定義紅、藍、綠、黃諸色。儘管各人感覺不同，但標準是客觀不變的，所以它能作權威的正確的裁決。而善惡是人的價值判斷，價值是主體賦予的，所以涉及善惡的行為不可能找出像科學那樣的客觀標準。不信，我們可以做個試驗，看看如何定義「孝」。首先可以引用許慎《說文》的說法：「孝，善事父母者。」但問題接踵而至：怎樣定義「善事父母」？也許可以補充說「善事父母」就是「尊敬並服從父母」，但馬上又引起對「尊敬」和「服從」的定義。循環定義的困境告訴我們：善惡判斷是不存在絕對客觀標準的。這可以說是道德本身的局限性。因此人際的交往或糾紛，我們可以施以或善或惡的判斷，但道德評價不能代替一切，必須有限度地使用。這種見解或觀念在泛道德化相當嚴重的傳統文化裏得不到任何體現。道德神聖、道德至上的看法一直佔上風。結果泛道德壓抑了法制成長，沒有法制來濟道德之窮，道德標準的隨意性和主觀性就會使貪利的小人和權勢者大佔便宜，他們就會胡亂解釋「聖教」，把道德當做衣食飯碗，當做遂私慾再好不過的工具。下面的民間傳說可作一證：

> 過去有個女人，三十多歲死了丈夫，拉扯着兒子守寡。怎麼能守住？不久，便與河對岸廟裏和尚私通。河上沒有橋，便黑夜跳水過河幽會。
>
> 這娃子聰明過人，長大進京考得狀元。高中回鄉，人們說這和尚怕沒得命了。誰料想狀元回來隻字不提往事，卻下令手下人等，在河上修一座石拱小橋。自此，他娘夜裏與情人私通，再不用跳水。
>
> 多年過去，老娘喪命。狀元回家奔喪。人們都說，這狀元心底好，說不定還要把和尚老兒後事一塊安排料理一下。誰知狀元忽然下令，將和尚綁起來殺掉。鄉鄰皆驚，辦畢喪事，狀元提筆寫下一副對聯：修小橋給母行孝，殺和尚為父雪恥。[1]

1 張宇：《活鬼》，見《小說選刊》一九八五年第十期。

夫死與人通姦，按說是不合傳統道德的，兒子修橋提供方便，也不妥，但狀元卻可以解釋為「行孝」。綁殺和尚，奪人性命，似乎也沒有甚麼道理，狀元卻冠以「為父」雪恥。道德美名在當時的權勢者的手中，八面玲瓏，無處不通，天下最醜惡的勾當，都可以冠上最動聽的美名。事實上，在中國古代，尤其是唐宋以後，孔孟道德在現實生活中扮演了一個非常醜惡的角色，權勢者不但用它來鉗制弱小者，還用它來做脂粉，打扮得自己像個為小民百姓謀幸福的救世主。本來契洽人情、助人向善的道德倫理，「適成忍而殘殺之具」[1]。戴震控訴宋明理學說：「尊者以理責卑，長者以理責幼，貴者以理責賤，雖失，謂之順；卑者、幼者、賤者以理爭之，雖得，謂之逆。於是下之人不能以天下之同情、天下所同欲達之於上；上以理責其下，而在下之罪，人人不勝指數。人死於法，猶有憐之；死於理，其誰憐之！」[2]又說：「酷吏以法殺人，後儒以理殺人。」[3]譚嗣同說：「俗學陋行，動言名教，敬若天命而不敢渝，畏若國憲而不敢議。嗟乎！以名為教，則其教已為實之賓，而決非實也。又況名者，由人創造，上以制其下，而不能不奉之，則數千年來三綱五倫之慘禍烈毒，由是酷焉矣。」[4]數千年來，那些製造無數慘禍烈毒的權勢者，如豎立座座貞節牌坊、強迫婦女纏足、充民女子後宮、搜刮民脂民膏等，無一不是打出孝、忠、貞、順的道德招牌。

《舊唐書》記下一件觸目驚心的事。安史之亂的時候，地方官張巡率眾守雍丘，安慶緒部將尹子奇來攻城：

---

1 《孟子字義疏證》卷下，第五八頁，中華書局，一九八二年版。
2 《孟子字義疏證》卷上，第一零頁，中華書局，一九八二年版。
3 戴震《與某書》，見《孟子字義疏證》，第一七四頁，中華書局，一九八二年版。
4 《譚嗣同全集》下冊，第二九九頁，中華書局，一九八一年版。

> 攻圍既久，城中糧盡，易子而食，析骸而爨，人心危恐，慮將有變。巡乃出其妾，對三軍殺之，以饗軍士，曰：「諸公為國家戮力守城，一心無二，經年乏食，忠義不衰。巡不能自割肌膚以啖將士，豈可惜此婦人，坐視危迫。」將士皆泣下，不忍食，巡強令食之。乃括城中婦人，既盡，以男夫老小繼之，所食人口二三萬，人心終不離變。[1]

行文到最後，修史的史官稱讚張巡為「忠臣」。「易子而食」已經是人類殘忍野蠻至極，毫無道德可言的行為了。張巡居然可以拿妾的肉為自己對朝廷的忠心和兵士的愛護作證，史官又居然讚張巡「忠」。千年以下我們只能說張巡是道德狂人，史官是愚昧之至。如此說來，簡直沒有甚麼行為不可以冠上仁義道德，也沒有甚麼行為不可以說成禽獸之行，號稱「禮儀之邦」，實際上就變成道德混亂、善惡顛倒的地方。所以民間戲曲《莫問奴歸處》打趣理學大師朱熹老先生，編派他迫害老母親，不給老人好菜吃，說是為了「節儉」；迫害歌女，說是為了「正風俗」；而他要納尼姑做妾，又美其名曰「孝」，曰「傳宗接代」。另一面的例子可以舉出海瑞，他是一個公認的忠誠正直的君子，他一生迷信孔孟道德並言行一致，官至二品，死時僅留下白銀二十両，不夠殮葬之資。[2] 因他上奏疏得罪嘉靖皇帝，刑部就羅織他一個「兒子」詛咒「父親」的「不孝」罪名。他晚年再度出山時，又有御史參他以聖人自許，奚落孔孟，蔑視天子。[3] 這正同古人說的，欲加之罪，何患無辭。但是德行解釋的可塑性和隨意性，的確不同於胡

1 《舊唐書》列傳，卷一三七。
2 《明史》卷二二六。
3 《萬曆十五年》第五章，中華書局，一九八二年版。

亂羅織罪名。給人羅織罪名是出於動機不純的編造，而道德解釋的隨意性是因為道德本身的局限性，人們不能客觀地確定一種德行，所以它最後一定流於被權勢者利用做殺人壓迫人的工具。

魯迅《犧牲謨》[1]一文，無情地諷刺了借道德謀私利的偽君子，同時也揭示出傳統道德的困境。文章用第一人稱寫，那位偽君子專靠講求「君子憂道不憂貧」，而把自己「養得胖頭胖臉，外觀闊綽」。他要去謀取一個九天沒有吃飯，窮得只剩下一條褲子的窮先生的褲子。一開始他就為自己辯解說：「我為的是要到各處去宣傳，社會還太勢利，如果像你似的只剩一條破褲，誰肯來相信呢？所以我只得打扮起來，寧可人們說閒話，我自己總是問心無愧。正如『禹入裸國亦裸而遊』一樣，要改良社會，不得不然，別人哪裏會懂得我們的苦心孤詣。」辯解一番之後，即把那位窮先生封為模範人物，給他戴上一頂高帽。然後對窮先生說：「你瞧，最高學府的教員們，也居然一面教書，一面要起錢來，他們只知道物質，中了物質的毒了。難得你老兄以身作則，給他們一個好榜樣，這於世道人心，一定大有裨益的。」為了成全窮先生的美名，「機會湊得真好：舍間一個小鴉頭，正缺一條褲……」。偽君子還恐嚇窮先生，如果不最後拿出那條褲來，「晚節」就會盡廢。但偽君子又考究獻褲的方式，佯稱拿了褲坐人力車回家「不人道」，顯得他「自私自利」，於是就讓那位窮先生向自己家的方向，「爬呀！朋友！我的同志，你快爬呀，向東呀！……」僅僅認為魯迅諷刺虛偽，那是不夠的，透過諷刺，魯迅暴露出傳統道德的深刻矛盾性：在無視人權，取消人的權利下高談「克己」「為公」，結果就是名義上「克己」，實際上「克他」；名義上「為公」，實際上「為己」。這種道德推行的結果百倍地加劇了人的利己貪欲。從傳統道

1 《華蓋集》，人民文學出版社，一九七三年版。

德在社會生活的實際作用看，它實際上鼓勵人們自私遂欲，放縱權勢者，難為弱小者。

道德律的精義是出於責任，自覺地放棄自己。任何人都不可能完全沒有個人的利益，如果連穿衣禦寒、吃飯充飢等起碼利益都被剝奪掉，生命就不復存在。但高尚的生命絕不是追逐個人利益，道德總是期望人們自覺地放棄自己來提升生命的意義，不過我們應當注意，所謂自覺地放棄是個人良心的事情，而屬於良心範圍的事情，本來是不能通過政府的行政手段或物質手段的方式解決的。不幸，在泛道德化的舊中國社會，政府恰恰通過行政手段拍賣道德，用物質手段收購良心。這樣，道德就不能不墮落，良心就不能不掃地。虛偽、貪污、腐敗、做作就成了最頑固、最難醫治的社會病。一個最善「克己」，身修得最好的，比如在死去老母的墳墓旁住滿三年的人，社會就譽之曰「孝子」，接着就會舉孝廉，被朝廷徵去做官；一個遁居山林或隱於都市的「無私無欲」的隱士，反而會因此做到大官；一個節婦或烈女，會得到一座牌坊，她的家人就會因此而沾光；一個堅持不懈去參加考試的貢生，在他七十、八十、九十歲當中的某一年，就會因誠心而得到舉人或進士的名號。這類以金錢、財物、地位來刺激人們行善的怪事，在中國比比皆是，多不勝數。既然賣德也可以發財，何不走這條終南捷徑呢？李贄痛恨「陽為道學，陰為富貴」的偽君子，他說：「夫世之不講道學而致榮華富貴者不少也，何必講道學而後為富貴之資也？此無他，不待講道學而富貴者，其人蓋有學有才，有為有守，雖欲不與之富貴，不可得也。夫唯無才無學，若不以講聖人道學之名要之，則終身貧且賤焉，恥矣，此所以必講道學以為取富貴之資也。然則今之無才無學、無為無識而欲致大富貴者，斷斷乎不可以不講道學矣。」[1]在舊中國，德行和財、色、貨

1《續焚書》卷二，《三教歸儒說》。

結成了親密的兄弟。「酒色財不礙菩提路」，庶幾可以形容這種虛偽的行為。一個要靠「修身」「克己」來治國平天下的社會，一個處處壓制人們物質慾望，不靠肯定人的價值，不靠健全制度來維護人們物質利益的社會，它有甚麼辦法保證每個人都「克己」「修身」呢？除了行政干預和物質引誘之外別無他法。

在傳統社會僵化的晚期，王朝普遍推行低薪制，百官俸祿微薄，根本不夠果腹。顧炎武《日知錄》「俸祿條」引明正統年間巡按山東監察御史曹泰奏疏說：「今在外諸司文臣去家遠任，妻子隨行，祿厚者月給米不過三石，薄者一石、二石，又多折鈔。九載之間仰事俯育之資，道路往來之費，親故問遺之需，滿罷閒居之用，其祿不贍……」按《大明會典》「官員俸給條」，每俸一石折鈔二十貫。這點微薄俸祿算是合法所得。那麼，朝廷為甚麼要採用低薪制呢？是財政支付不起嗎？不是的。這依然是陷入進退兩難的道德困境的反映，俸祿來自民間稅收，而政府官員被定義為人民的父母。俸祿給多了，「父母」就脫離人民，顯得好像騎在「兒女們」的頭上，有違予道德立國的宗旨，而百官也失去道德感召力。只有發給微薄的俸祿才顯得他們真心為公，為子民。一心想着為民做主而不計俸祿的厚薄，這樣符合聖人的古訓，也滿足官員作為人民道德楷模的定義。所以低薪制實際上是政府施政的重要部份，它體現了政府用行政手段拍賣道德的行政風格。但是，俸祿的低薄，不過是表面的官樣文章，它並不代表官員真實所得。上面說的那位御史奏請增薪，馬上就給戶部駁回。以道德立國，何必曰利，所以就把表面上的事情搞得堂而皇之，背地裏又實行另外一套。通過這樣自相矛盾的做法，既維護道德作為立國大綱的尊嚴地位，又滿足統治階層的物質飢渴。我們知道，官職本身就代表金錢和財物，握有一級的官職，就掌握了一級範圍的稅收大權和小民百姓的生殺大權。通過稅收來上下其手，在理案之中接受賄賂，就可以得到千倍或萬倍於俸祿的利益。俗話說：「三年清知府，十萬雪花銀。」顧炎武說：「今日貪取之風所以膠固於人心而不可去者，以俸給之薄而無以贍其家也。」[1] 但是，如果真的施行現代政府的文官高薪制，立國的根基就會動搖。忠呀，孝呀，父母官呀，為子民們呀，就會沒有人聽，整個王朝都可能崩潰，這是顧炎武所料想不及的。

利用行政權力謀取個人私利，這在古代傳統社會裏簡直和穿衣吃飯一樣觸目皆是，搜刮民脂民膏甚至成了文官集團正常的事務之一。遠在唐朝，各級官員就把完成稅收之外搜刮得來的錢，逢節日或皇帝的紅白喜事，上獻皇帝，名曰「羨餘」，就是多餘的意思。「羨餘」愈多，就愈表明自己治下的地區「形勢大好」。既然政績顯赫，那麼升官的機會就愈大了。清朝有個規定，官員升任之前必須經皇帝召見，但奉召進京要先登記，要登記則須先行賄守門人，這個數目相當巨大，收入所得直接歸皇室。孫中山《中國的現在和未來》一文提到一件事：左宗棠鎮壓了回民暴亂，清帝傳下一道特詔，召他到北京進見。守門人問他要八萬両銀子的賄賂，他拒絕了。因此他到京的消息就沒有傳到皇帝那裏。幾個月過後，皇帝傳詔問他為甚麼還沒有來。左宗棠照實回答，說財產都充作兵費，沒有錢支付這筆賄款。皇帝回文說，這是祖宗古制，所有官員必須服從。左宗棠實在沒有錢，他的好友發起認捐，清皇太后還出了總額的一半。湊足銀數之後，左宗棠才見了皇帝。[2] 從這些事例可以看到泛道德化引起多麼嚴重的惡果，施政的混亂、自相矛盾已經達到無以復加的地步。一面實行低薪制，維護一個表面的道德文章，一面把官職當搖錢樹，暗示、鼓勵、強迫官員貪污、搜刮、勒索。整個社會的典章制度都是表裏不一、裏外反背的，依附於其中的人也就極難得清白和正直。假如他真的清白和正直，他就會不見容於社會，海瑞的下場就

1 《日知錄》卷十二《俸祿》。
2 《孫中山全集》第一卷，中華書局，一九八一年版。

是一個再明白不過的例子。

有些熟讀經書、遍識掌故，熬盡十年寒窗之苦的朝廷命官或草野儒生，都深知怎樣使自己流芳百世。他們一不靠自己的學識，二不靠自己行政或在地方上的正面建樹，專靠一腔勇往直前的「道德勇氣」，指摘別人數典忘祖，包括指摘朝廷大官或皇帝違反古聖賢道德教訓來樹立自己的名聲。即使碰得頭破血流，甚至失去性命也在所不惜，因為今日雖受皮肉之苦，明日就可以揚名史冊。明朝的鄒元標二十六歲時中進士，還未得到任何官職，就貿然上書指斥張居正不肯丁憂，說他違反了聖賢的教導，乃屬無恥之尤。為此，他的進士頭銜被革去，午門外受廷杖，降職為士兵，流放到窮鄉僻壤的貴州。但五年之後時來運轉，冤案昭雪平反，被召回京城任給事中，職司監察。剛上任，他又上書歷數萬曆不能清心寡慾。這次惹得龍顏震怒，萬曆準備再次廷杖這個不知感恩、不識抬舉的狂人。在歷史上，鄒元標之流為數不少，其惡劣的人品行徑則影響到今天。

這些人的行為的文化意義是不難理解的。他們「訕君賣直」，拿正直當商品出賣而從中牟利。在一個道德至上、一切按照紀元前的賢哲定下的「基本原則」行事的社會，有甚麼辦法證明自己修身有成，克己已遂呢？除了前面說的束身寡過之外，還有一個辦法就是極力貶低他人，否認他人的道德教養。鄒元標之流深識道德評價的相對性，他所以斗膽直指元輔和皇帝，是因為要通過他人的道德墮落證實自己的高尚。如同高矮沒有甚麼客觀標準，矮子踮起腳跟或站在石頭之上，就顯得比高個子高出一頭。靜待時機，窺測方向，瞄準公眾注意的人物，抓住一點，給予狠命一擊，於是就能博得掌握真理、不畏權貴、忠直不阿等千載美名，於是就儼然一副孔聖真傳的面貌出現在官場輿論之間。令人遺憾的是，輿論居然對這些「訕君賣直」的小人有利，而看不出他們虛偽的圖謀。分辨善惡是重要的，但不是一切，如果要把世界上的所有事情都說成是善的或惡的，那麼就會有人利用這一點來替自己牟利。只有在道德神聖，以「修身」「克己」來治國平天下的朝代，才會產生鄒元標這樣一些道德瘋子。在某種意義上，他們是些比魯迅《犧牲謨》中那個偽君子還要虛偽的人物，那個偽君子不過要謀窮先生一條褲，謀「食色性也」的滿足，而這些偽君子則以卑鄙的手法使自己躋身於「道德英雄」的行列。

以舊道德作為立國的根本必然處處碰壁，以粗淺簡陋的古聖人的教訓作為不可動搖的行為準則強迫推行，必然導致施政上的自相矛盾和國民行為的表裏不一、口是心非，助長和造成了己身中心主義的自私性格。不但「修身」「克己」「寡欲」這些個體心性修養沒有甚麼成效，即使期望人際關係全面協調的「恕道」，也不會靈驗。

在聖人原來的設想裏，雖然現世離堯舜的德治時代已經遠了，但要達到《禮記．禮運篇》所說的「大道之行，天下為公」的完美的治世，大概不會太難，至少不是不可企及。因為「禮崩樂壞」的現在和「天下為公」的過去，差別不過在於人心不古，道德淪喪。只要把它們重振起來，何愁不治。人人都清心寡慾，克己復禮，再加上將這點修養由己及人，外推於「他身」，何愁不天下太平。所以曾子總括夫子之道說：「夫子之道，忠恕而已矣。」（《論語．里仁》）按張岱年的解釋：「忠恕即仁。忠是盡己之心力以助人，恕是不以己之所惡施於人。忠是積極的，恕是消極的。合忠與恕，便是仁。」[1] 孔子自己解釋仁的時候也說：「夫仁者，己欲立而立人，己欲達而達人。」（《雍也》）自己欲有所成，亦助人有所成；己欲顯於眾，亦助人顯於眾。總之，仁心一點，推而廣之，就能夠將人間建成天堂。

1《中國哲學大綱》，第二五九頁，中國社會科學出版社，一九八五年版。

孟子在孔子的基礎上發展了「恕道」的理論。孔子雖然提出了完整的倫理學架構，但他畢竟沒有說明人與人之間何以能推己及人，並沒有規定「己欲立而立人，己欲達而達人」的己人之間可立可達的理論根據是甚麼。這一點要由孟子來闡釋。他認為這是由於每一個人先天就有的「惻隱之心」或「不忍之心」。所謂「惻隱」或「不忍」的心情、意念，一定是己身和他身發生關係時才存在的，己身正是在「惻隱」和「不忍」的心情下，向他身伸出友善的手，助人一臂之力，實現推己及人。孟子說：「所以謂人皆有不忍人之心者，今人乍見孺子將入於井，皆有怵惕惻隱之心，非所以內交於孺子之父母也，非所以要譽於鄉黨朋友也，非惡其聲而然也。」（《公孫丑上》）一旦實現將這種「惻隱之心」發揚光大，就可以有益於治道。「人皆有不忍人之心。先王有不忍人之心，斯有不忍人之政矣。以不忍人之心，行不忍人之政，治天下可運之掌上。」（《公孫丑上》）所以，孟子的結論是：「惻隱之心，仁之端也。」（《公孫丑上》）

姑且不論孟子根據「人皆有不忍人之心」這麼簡單的信念，就可以推出「治天下可運之掌上」大結論，有甚麼不周密的地方。他對「惻隱之心」的詳釋是嚴格地按照人的血緣意識的思路進行的。也許由於孟子對這個人類心靈問題的「破題」沒有破好，而他的見解在日後又產生巨大的權威影響，於是就使「恕道」帶上中國式的偏見。孟子定義了「惻隱之心」後，他還作了許多補充解釋和規定，他要把「惻隱之心」嚴格地約束在血緣親疏的範圍內起作用。仁者雖然愛人，但孟子非常反對不問血緣親疏胡亂愛人；愛是要愛的，但要愛得有秩序，有親疏，有先後。換言之，「惻隱之心」不是被定義為恆定的人類良心，而是被定義為可大可小有伸縮的血緣親情，它的伸縮全在於特定對象同己身的親疏程度，親則大，疏則小，像水的波紋，雖然愈推愈遠，但也愈推愈薄，愈推愈無力。己身始終是不可動搖的中心。

孟子講齊宣王以羊易牛的故事（《孟子．梁惠王上》），就把這點意思明白地點明出來。臣下要用牛做犧牲，牽牛過齊宣王的堂下，王不忍牛無罪而就死地，令以羊易牛。孟子大呼這就是「仁術」。以羊易牛可稱為「仁術」，並不因為牛大羊小，惜大，易之以小，而是因為對齊宣王而言，「見牛未見羊也」。見牛，則「不忍其觳觫」，不見羊，觳觫之狀不入於目，觳觫之聲不入於耳，則何妨由他人宰之。孟子說：「老吾老，以及人之老；幼吾幼，以及人之幼，天下可運於掌。」（《孟子．梁惠王上》）吾老老之和吾幼幼之是第一位的，人之老老之和人之幼幼之則是一個「及之」的問題。「己身」始終是一個中心，血緣的親疏程度就是距離。親密的吾老吾幼，離得近，義不容辭應當老之和幼之；疏遠的人之老、人之幼，離得遠，則應盡量「及之」；如果離得太遠，就無由及之了。所以我們古人的「恕道」與「非吾族類，其心必異」的觀念毫無矛盾。就像孟子所說那樣「見牛未見羊」，未見，不能及，那些「非吾族類」就成了「東夷」「南蠻」「西戎」「北狄」。「恕道」明顯地沿着己身己家己宗己族的路線外推，由近而遠，由親而疏。墨子提倡「兼愛」，不分血緣親疏，孟子即大罵他是「禽獸」。如果人與人之間，一旦因「兼」而權利平等，君、父的至尊統治地位就沒有辦法長久維持。孟子乃至儒家對後面這一點十分看重，人與人之間應該有愛和互助，但以不損害和不動搖君父在社會中的至尊地位為前提。所以，我們說，儒家倫理中的「恕道」（人道精神）血緣色彩十分濃厚。

再進一步說，揭開孟子所定義的「惻隱之心」「不忍之心」的神秘外殼，我們就會看到「恕道」的愛和互助帶有濃重的相互利用的功利性。這是「恕道」的局限性，實際上也使得儒家提倡的「外推」極難實現，或者只能在一個極小的範圍——比如說家——體現出來。儘管孟子找到「惻隱之心」作為「恕道」的理論根據，但說穿了它不過是血緣網絡裏面的恩和報。社會性的生物是以合作的方式謀生存的，個體和個體之間一定有相互的貢獻和索取。這種貢獻和索取可能是血緣的，也可能是超血緣的。儒家倫理不脫血緣的局限，完全不去闡發超血緣情況下的個體相互關係，所以也就無從成立超血緣條件下的道德（公德），僅僅停留在血緣水平闡釋人際關係，儘管也說「愛人」「立人」「達人」，落實到生活實踐中，不免就要成為功利性的施恩和回報。比如說孝。兒子孝敬雙親，按傳統倫理的講法，是因為身體髮膚受諸父母，己身出自他身，更兼在雙親膝下有三年的哺育之恩和十數年的教養之恩，所以就要守三年之喪。這種「老吾老」，實質上是報恩；而「幼吾幼」，實質上是為傳宗接代，為報祖上之恩，自己日後也好有「成龍」之子來優哉游哉，頤養天年。在「施與」和「回報」的講究之間，兒子和雙親即使有深厚的感情，也是要被抹殺的。魯迅在《我們現在怎樣做父親》一文中，很尖銳地批評了儒家的「恕道」，「抹殺了『愛』，一味說『恩』」，「不但敗壞了父子間的道德，而且也大反於做父母的實際的真情」。「他們的誤點，便在長者本位與利己思想。」[1]

「恕道」的根本出發點是「己身」。以自己為圓心，以血緣親疏為半徑來展開人皆有之的「惻隱之心」。它實際上在倡導人們以「己身」為中心來評價人際關係。與「修身」一樣，「恕道」最大的弊病也在「己身中心主義」。血緣情感總是有較大局限的，更兼儒家在裏面擠入恩呀、報呀的功利企圖，血緣親疏的外推不是做不到，就是別有圖謀。但不論在哪種情況下，我們都可以在「由己及人」中看到「己身」的幽靈的遊蕩。在天下初定，政治尚屬清平，百姓可以安居樂業，不憂衣食的時候，「恕道」頂多能維持「雞犬之聲相聞，民至老死不相往來」（《老子》八十章），「七十者衣帛食肉，黎民不飢不寒」

1 《魯迅全集》第一卷，人民文學出版社，一九八一年版。

（《孟子・梁惠王上》）的小農生活秩序。一旦盛世不存，亂世來臨，兵荒馬亂，以血緣聯繫為紐帶、靠「恕道」外推實現的人際關係就會解體，每個人的「私」就會赤裸裸地暴露無遺。這時候，「仁之端」的「惻隱之心」不可能外推及人，也根本用不着外推及人，「恕道」崩潰，「己身」高揚，在這樣的世界，人們相互間無所不用其極，巧取豪奪，上下其手。一句話，「人心不古」。每個人都從肉體軀殼裏面，以自我私慾為中心窺視周圍世界，外面的世界紛紛擾擾，甚麼復古呀，振興道德呀，救國呀，革命呀，統統與我無關，就像魯迅筆下那些麻木的國民形象。人麻木到這種程度，就算鞭子抽下去，也不會有反應。政治上的一治一亂，配合上國民德行的或「四海之內皆兄弟」或「人心不古」，成為中國傳統社會獨有的奇觀。治世一來，夜不閉戶，路不拾遺，彷彿「四海之內皆兄弟」；亂世一來，父子鬥訟，兄弟鬩於牆，夫妻反目，「四海」沸沸揚揚，這時候，「禮儀之邦」突然變成了「野蠻世界」。許多人真心相信，亂世的墮落是因為聖人説的話沒有人去實行，一旦按古訓不懈努力，道德重整，黃金世界就會到來。對此，我們不但不相信，而且願意説句反話，墮落是與泛道德化大有關係的。

信靠「恕道」的外推以實現一個理想社會，這種想法本來就是和取消人格獨立的禮治秩序相為配合的。人被劃分成「勞心者」和「勞力者」兩類。「勞力者」只知道日出而作，日入而息，就算盡本份了，而「勞心者」則要把他們的「仁心」恩澤給「勞力者」。由此可見，即使恩澤能夠廣被眾生，實際上也存在人格的不平等。這個所謂理想社會的根本出發點不是正義，而是可以隨意解釋的善。這樣，「恕道」的外推、恩澤的廣被不可避免就變成單方面的幻想。從「勞心者」方面説，他們的「惻隱之心」能否施與小民百姓，全靠他們自覺的行動，沒有法律能夠約束他們；從「勞力者」方面説，他們完全沒有權利起來爭取改善處境，無論處於飢寒交迫或水深火熱的境地，都只能可憐巴巴地等待着「恕道」的恩澤。

「恕道」的推行，不是要實現一個正義的社會，而是要實現「兩間正氣」充斥於其中的「天下一家」的社會。「勞心者」比「勞力者」優越，人高一等，所以他們就應該以「忠恕」來可憐小民百姓，來解小民百姓於倒懸，不忍小民百姓的「觳觫」。在中國傳統小說、民間戲曲中，我們看到多少「父母官」「大救主」的形象，與其說這些民間英雄表明中國的「恕道」能夠推廣，恩澤被於萬民，不如說這是中國人生的恥辱，「恕道」的失敗。

現代社會的道德觀念，如平等心、博愛心、鼓勵參與和肯定成功等，多涉及個人同抽象的組織、團體的關係，除講究個人道德外，公共道德的生長發達也是現代社會道德觀念的重要方面。公德同推己及人——「己身」推及具體的「他身」——的私德，是大有區別的，正如梁啟超說的，古代聖賢先哲教導的都是私德，「恕道」所講的「惻隱之心」的由己及人，也只局限在私人與私人的相互關係中。數千年來只有私德的訓練，沒有公德的訓練。當然，在傳統社會也不必要有公德訓練。在社會進入轉型時期，現代的組織、制度逐步建立的時候，公德的闕如顯然造成嚴重的社會病，國民還未養成按照現代的公德處理自己同抽象的組織、團體的相互關係的習慣。比如說，在自己的小圈子裏，在老熟人、老朋友、老部屬、老鄉親之間，可以表現得極為謙讓、協洽，真是「人情味十足」的謙謙君子；但在公眾生活裏，則表現得十分冷淡、麻木，不願意為公益事業而努力工作，不懂得怎樣參與到共同生活的社會建設中來。人人都是君子，但總起來就如同散沙一樣散漫。「五四」時期，魯迅曾感嘆過，在中國先覺者帶頭起來抗爭，掀起反抗運動，就像祭儀一樣，不怕犧牲的帶頭人往往成為祭壇上的「犧牲」，獻祭過後，祭眾們就將它們「散胙」——分食它們的肉。先烈的血，白白地流，國民的心，依舊冷漠。總而言之，無論國民德行修養是漲是落，它始終籠罩着傳統倫理學的陰影：己身中心主義。

任何一種道德倫理要在社會裏扎根，它必然要透過與它相應的制度並落實到人生，才有可能。因此，觀察一定的倫理道德在社會生活中起何種作用，怎樣影響人的行為，不但要看古代典籍裏的理論述，而且要把它同整個典章文物制度貫通起來考察。儒家「修身」「恕道」的倫常道德發生在一個泛道德化的文化中，它本身也是泛道德化文化中的一個部份，而且這些道德訓條主要通過禮治秩序來維持和推行。這樣，在禮治秩序僵化腐敗的時候，道德也自然使自己陷於困境。它對國民性格不是起積極的作用，而是帶來許多惡劣的影響。

第三節　道德 法律 血緣 人道

儒家傳統文化的確給人求實用、講功利的印象，傾向於「外王」路線的荀子、董仲舒、王安石、張居正、顧炎武等不必說，傾向於「內聖」路線的顏回、曾子、孟子和程、朱、陸、王等也是企求通過心性修養實現王道仁政。他們最根本的生活理想是統一的，即要求在舉手投足、灑掃應對的倫常生活中實現人生的目的。儒家所闡揚的生活理想，避開了宗教上帝觀念啟示的外在超越，也避開了個體身心解脫的神秘體驗。如果說天國茫茫，莫可窮究，地府冥冥，秘不可識的話，儒家對它們永遠抱着「敬而遠之」的態度，執着於感官可及的穿衣、食飯式的現實。從與宗教超越對比看，儒家倫常日用那一套的確是相當功利的。

然而，僅僅停留在這一水平的理解就很難回答下面的疑問。實用相對於不實用而言，功利相對於非功利而言；人類創造出來的文化都是為幫助人們實現生活的目的服務的，難道真有一種文化是絕對不為現實目的服務的？也就是不實用的？不講功利的？即如上帝，它本身雖然虛無縹緲，是人的虛設，但它啟示的那種生活、那種人生也是虛無縹緲的嗎？那麼甚麼才是實用呢？顯然，我們不能那樣假設。人都生活在現實生活裏，不論有沒有宗教或他們信仰不信仰宗教，都不可能拔着頭髮離開地球，脫離最廣義的現實生活。沒有一種文化不是為解決人們現實生活服務的，因此我們就很難設想存在不講實用、不求功利的文化。問題可能出在這裏，文化既然只是手段，那麼，不同的文化就會有不同的方式使人達到生活的目的。比如在某種文化裏人改造了環境，改良了不合理的社會制度，使生活不斷提高，這是一種謀求達到生活目的的方式之一。而在另一種文化裏，人只是不斷地改變自己，很少改造環境，也不注意社會制度的改良，總之，是求自己對外界的適應。這其實也是謀求達到生活目的的方式之一。儒家的道德心性修養文化更似後面的一種。因為它不講神，不講鬼，不啟示人們追求外在的超越，完全沒有非塵世的超越人生層面的設定，三句話不離綱常父子，不離理、性、命，所以就顯得似乎講究實用。從這點理解儒家，只是接觸到它的表面。如果我們改變一下實用的定義，把改造環境、改良社會、提高生活、實現最大的事功效果當成衡量實用的尺度，那麼儒家心性道德修養的文化恰恰是非實用色彩極強的文化。

回顧「五四」時代魯迅、胡適、陳獨秀、周作人對國民私人本位性格的批評，檢討私人本位性格同傳統道德倫理之間的相互關係之後，確實令人困惑不解：聖賢先哲教人為人處世的道德教訓何以會扮演如此醜惡的角色？癥結在甚麼地方？社會所以腐敗，世風所以萎靡，人生所以卑鄙齷齪，是後人沒有足夠的真心誠意去實踐履行聖人的教導呢，還是以道德立國這服藥方乃至診斷所有問題呢？換言之，只是一個「行」的問題呢，還是文化提示規定人們如何去行這裏面出了問題？從孔子對周末「禮崩樂壞」的情形診斷開始，社會動亂腐敗皆繫於道德墮落、人心不古的觀念就深深扎根；期望通過個體德行修養和全面的道德重整來解決問題、渡過危機的觀念也同樣深入人心。孔孟以下，董仲舒、朱熹、王陽明、王夫之等大儒，乃至最後一位挽狂瀾於既倒的人物曾國藩都是這樣看問題的。《列子·湯問》中「愚公移山」的故事和民間鍥而不捨鐵棒磨成針的傳說，很可以作為這種偏執精神的象徵，不要問目標現實不現實，一心幹下去，總會有成功的一天。修養下去，克己下去，整頓下去，經過長久苦難的煎熬，我們終於會建成理想的天國——天不負有心人。憑着這股對道德的偏執迷狂勁，中國人在絕望的泥潭裏掙扎着，愈掙扎離善的目標愈遠，離惡愈近，終於鑄成不治之症——己身中心主義性格。

社會腐敗，「禮崩樂壞」到底是不是世風日下、人心不古引起的，姑且不去管他——也許有部份道理，但大前提——道德有沒有那麼大的神通可以作為立國之本，卻是必須究明清楚的。那些塑造中國文化形象的聖賢們當然給予了肯定的回答。這初始的選擇，給中國文化、中國人帶來了巨大的規範力，至今還在發生作用。正是在這種意義上，我們說儒家的那一套心性道德倫常規範，具有極大的空想性、烏托邦性，缺乏切切實實的實用性格。作為抽象的條文看待，似無懈可擊，拿來生活中實行則罅漏百出，積弊叢生。胡適說：「古代的社會哲學和政治哲學只為要妄想憑空改造個人，故主張正心，誠意，獨善其身的辦法。這種辦法其實是沒有辦法，因為沒有下手的地方。近代人生哲學漸漸變了，漸漸打破了這種迷夢，漸漸覺悟：改造社會的下手方法在於改良那些造成社會的種種勢力——制度，習慣，思想，教育等等。」[1] 傳統儒家倫理憑空改造個人以實現理想社會，這一點胡適說對了，但若說為實現這套空想沒有「下手的地方」則似不然。儒家主宰中國近兩千年，還是有它們一套「下手的地方」的，但歷史的

1《非個人主義的新生活》，見《胡適文存》卷四，亞東圖書館，一九二五年版。

悲劇就在於愈下手，則愈失敗；愈下手，善惡就愈顛倒。「五四」時期大師們所批評的令人觸目驚心的陰暗面，雖然是一個長久的歷史演變過程的結果，但卻可以追溯到當初的「一念之差」。

發生在中國的「文化的突破」造成了一套禮治秩序，這件事情就表明我們的先人深深地相信道德的力量，決心把道德置放在治國法典內中心地位，並把它實體化地體現為一套禮治秩序。因為相信道德至上，道德萬能，而道德的要義在分清善惡，褒揚善行，懲罰惡行。所以從孔子起儒家道德教訓一直嚴於君子小人之辨，人被劃分為兩類：有德行的君子和無德行的小人。《論語·為政》：「君子周而不比，小人比而不周。」又，《里仁》：「君子懷德，小人懷土；君子懷刑，小人懷惠。」「君子喻於義，小人喻於利。」又，《顏淵》：「君子成人之美，不成人之惡，小人反是。」又，「君子之德風，小人之德草」。《子路》：「君子易事而難說也：說之不以道，不說也；及其使人也，器之。小人難事而易說也：說之雖不以道，說也；及其使人也，求備焉。」又，「君子泰而不驕，小人驕而不泰」。又，《憲問》：「君子上達，小人下達。」又，《衛靈公》：「君子固窮，小人窮斯濫矣。」「君子求諸己，小人求諸人。」又，《陽貨》：「君子學道則愛人，小人學道則易使也。」又，「君子有勇而無義，為亂；小人有勇而無義，為盜」。所以不厭其煩地徵引《論語》中的君子小人之辨，是為了說明道德上的分辨善惡，見諸社會上的強制化施行，必然和一套嚴刑峻法結合起來。這套嚴刑峻法一定是沒有任何人的權利義務規定，不和正義論結合起來的純粹刑法。道德在正常情況下，只是一種不帶有強制性的輿論力量，它只教人分辨善惡，不強迫人作選擇，因而它是人類良心的體現。但是，把善惡作為社會生活、國家組織的基本準則，它就馬上脱去了溫文爾雅的外衣。這時的善惡，不是訴諸良心，而是訴諸權力。道理並不複雜：在道德只是社會正常的輿論力量的場合下，人們都能把惡行，即違反道德的行為看成人性的弱點，只加以輿論的譴責；而在把道德如忠、孝、節、義、廉、恥等規範當成社會生活、國家組織的「綱」「常」的場合，惡行就是善的死敵，同時也是威脅善的生死存亡的唯一不安份的力量，必須要由嚴刑峻法加以徹底消滅。如《孝經．五刑章》說：「要君者無上，非聖人者無法，非孝者無親，此大亂之道也。」中國的仁義道德，所以被魯迅視為「吃人」之物，就在於它們在中國被普遍化為強制的統治力量。善惡的判斷侵吞了我們本應該有的法律領域，道德代替了法律。

中國兩千多年的法律史基本上是一部刑法史，嚴刑峻法的歷史。傳說遠在夏朝，就有刑律三千條，據鄭玄的說法，這三千條是「大辟二百，臏辟三百，宮辟五百，劓、墨各千」（《周禮．秋官司寇》註）。《孝經．五刑章》：「五刑之屬三千，罪莫大於不孝。」看來，不孝是要受大辟之刑的。戰國時魏文侯相李悝作《法經》，早已失傳，但《晉書．刑法志》說他立法的因由是「以為王者之政莫急於盜賊，故其律始於《盜》、《賊》」。也就是說，法律不是用來實現社會正義，而是用來對付不安份的「盜賊」。至於「盜賊」的定義是甚麼，現在已不可考了。漢代立法，繼承了李悝《法經》的思想，重點在維護法律化的道德信條的權威。如漢律中有「大不敬」罪，「虧禮廢節，謂之不敬」（《晉書．刑法志》）。觸諱算大不敬，議論死去的皇帝也屬大不敬，此外還有「奉詔不敬」「奉使不敬」「犯蹕不敬」「徵召不到大不敬」「干犯乘輿大不敬」及「坐騎至司馬門不敬」。[1] 又如漢代「婚姻法」，有「七棄，三不去」說。滿足七個條件之一，丈夫就可以出妻。《大戴禮記．本命篇》：「婦有七去：不順父母，去；無子，去；淫，去；妒，去；有惡疾，去；多言，去；盜竊，去。」「三不去」則規定，無家可歸不去，服過

1《中國法律史》，第一三九頁，群眾出版社，一九八二年版。

三年之喪不去，前貧後貴不去。這樣的法律，根本就沒有體現出人格平等、權利平等的精神，只反映出道德法律化、強制化。唐朝的刑律，史書稱繁簡得當，算是最完美的，但流傳下來的《唐律疏義》同樣是一部強化道德、片面規定人們遵守科條的刑法。《唐律疏義》規定「十惡」罪：「五刑之中，十惡尤切。虧損名教，毀裂冠冕，特標篇首，以為明誡。其數甚惡者，事類有十，故稱十惡。」宋明以下的刑律大抵如此，中國古代的「律」，實質上都是道德範疇條文化的顯示，它們體現了依據善惡標準來約束、控制、規範人們行動的意圖。「律」所追求的目標，不是實現社會正義，而是實現「一道同風」的善社會。因為中國社會的道德刑律化、刑律道德化，所以秦漢以後儒法合流，作為觀念形態的善惡規定和作為依賴權力強制推行的道德重整活動相互配合起來，互補統治。至於哪一朝的刑罰嚴，哪一朝的刑罰寬，哪一朝科條密，哪一朝科條疏，這只是依秩序穩定與否為轉移的表面現象，並不等於刑罰寬，科條疏，就真正實現揚善抑惡。

以道德立國，把道德刑律化，走這條路期望實現沒有惡、善充斥於人間的社會，是不可能的。這倒是對國民性格造成了惡劣的影響，胡適說：「至於我們獨有的寶貝，駢文，律詩，八股，小腳，太監，姨太太，五世同居的大家庭，貞節牌坊，地獄活現的監獄，廷杖，板子夾棍的法庭……雖然『豐富』，雖然『在這世界無不足以單獨成一系統』，究竟都是使我們抬不起頭來的文物制度。」[1] 古代社會的善惡顛倒，吏治腐敗，官場黑暗，司法糜爛，監獄如同地獄，這是我們讀過歷史就可知道的。從客觀方面推求原因，這種失敗不僅是中國人在具體建設社會典章文物制度上的失敗，更是立國的基本思路的失敗。

1 《信心與反省》，見《胡適文存》四集，第四六二頁。

簡言之，國家不可能按照聖人的道德教訓來治理而不百弊叢生，根據那些粗淺而簡陋的忠、孝、節、義倫常規範來治理，終於把中國引上了一條愈走愈窄的死胡同，同時也埋葬了中國的生機。這一點引起了近代中國知識分子認真的反省。

道德要求人們分辨善惡，但本身並不預設一個絕對的標準，每個人都善其所善，惡其所惡。所以它見諸在中國社會施行必然以權勢者的意志為轉移，掌握行政權的人本身既是立法者也是司法者，同時又是監察者。所謂善，所謂惡，最後由權勢者說了算。行政、立法、司法統於一身。在制度的設立上，雖然有一個不同於行政的司法系統，但從來沒有獨立地發揮過作用。立法不必說了，就算司法，從來都不是與行政有所劃分的各司其職的獨立系統，而只是總號裏面的一個「分號」。有文獻可考開始，皇帝就對司法全面控制。《史記．秦始皇本紀》：「天下之事無小大皆決於上。」秦始皇除了是一個暴君的形象外，還是躬操文墨，親自斷獄、隨意輕重的「始皇帝」。《漢書．刑法志》載，漢高帝七年，制詔御史，「自今以來，縣道官獄疑者，各讞所屬二千石官，二千石官以其罪名當報之。所不能決者，皆移廷尉，廷尉亦當報之。廷尉所不能決，謹具為奏，傳所當比律令以聞」。又《晉書．刑法志》載：「光武中興，留心庶獄，常臨朝訟，躬決疑事。」唐朝貞觀年間，太宗還下令重大案件除負責司法的大理寺、刑部、御史台官員參加外，中書、門下四品以上及尚書九卿都要參與審判。（《貞觀政要．刑法》）行政對司法的滲透，到明清時期，形成九卿會審制度。傳統上，地方一級的審判，從來就是地方官政務範圍內的事。縣衙門是行政機關，也是法院，又兼監獄。區區縣太爺，是小民的「父母官」，又是「青天大老爺」——善惡的裁判官。沒有甚麼司法獨立，也不需要司法獨立。直截了當地說，司法本身即是行政。司法納入行政範圍又必然產生另一現象：中國無律師階層，沒有陪審團制度。律師的出現是司法獨立的重要標誌，也是使得法律不流為一紙空文的重要保證。有律師充當辯護人相互駁難，鑽法律條文的空子，才能促進立法。立法進一步完善，法律才更嚴密，更實用。中國傳統社會只有訟師，以替人寫狀子或羅織他人罪名為生。這些人在民眾當中是些興風作浪、惹是生非的小人。他們和律師相去不可以道里計。

司法納歸行政，沒有律師替當事人辯護，沒有陪審團的裁決，光憑大老爺的驚堂木一拍，何有善惡之分？即使紙上的條文盡善盡美，在那些專門斂財聚錢的貪官那裏，開堂問案只是發財的機會，哪裏顧得上人民的疾苦和死活。嚴刑拷打，追逼口供，以致屈打成招，沉冤難雪，在歷史上數不勝數。晚清《官場現形記》、《二十年目睹之怪現狀》等譴責小說，給我們留下不少引以為證的文獻材料，即使在唐朝這一傳統社會的盛世，權勢者也承認司法審判「肆行慘虐，荼靡人心」，嚴刑逼供「楚疼心切，何求不得」[1]。魏徵說，貞觀年間，「頃年以來，意漸深刻，雖開三面之網，而察見淵中之魚，取捨在於愛憎，輕重由乎喜怒。愛之者，罪雖重而強為之辭；惡之者，過雖小而深探其意。法無定科，任情以輕重；人有執論，疑之以阿偽。故受罰者無所控告，當官者莫敢正言。不服其心，但窮其口，欲加之罪，其無辭乎？」（《貞觀政要．公平》）掌握行政大權，又掌握司法大權，司法過程本身又是件有利可圖的事，在這樣的條件下，莫說善惡沒有絕對標準，即使有絕對標準，也要通過執掌者的道德自覺心才能做到，而實現這一點的機會是微乎其微的。中國式的開堂問審，與其說執掌「公道」，明辨善惡，不如說通過刑事案件製造殺雞儆猴的威懾效果，同時也替貪官污吏謀取一個火中取栗大發橫財的機會。「衙門八字

1 《唐大詔會集》卷八十二。

開，有理無錢莫進來」，這是經歷了多少苦難冤屈之後才被人領悟的民間經驗。一般的批評說到腐敗的司法制度，令人容易想到它的不健全，技術組織施行的落後，但在不健全和落後的背後，正在於它的指導觀念是分辨善惡而不是實現人間的正義這一根本原因，所以歷經很長的歷史時期無法改進。上述那種對泛道德化引起行政司法腐敗的惡劣效果的批評暗含了一個假定，就是刑律科條本身是盡善盡美的，完善地體現了道德純潔的要求。但是，實際上這根本不能做到，倫理規範一旦越出自己的職司界限走向刑律化，變為對人們行為強制約束的力量，它就不能不依從官僚意志。因為只有官僚意志，才能最後裁判何為善，何為惡。這樣，道德就從為人們良心掌握的輿論力量變成片面保護權勢者利益的工具。泛道德化本身就使道德腐敗、墮落的理由就在這裏。孔、孟講的個人道德修養，從純倫理範疇說未嘗不有幾分道理，但為了使得它轉化成強制約束力量，維繫社會，則不得不憑藉「君子」做這一切。善惡決於良心變成善惡決於權力。這樣做而求不腐敗，比登天還難。吳虞說：「或曰，孔、孟之書，未嘗無公平之理。不知尊卑貴賤之階級既嚴，雖有公平之理，亦斷不能行。」[1] 吳虞還舉孔子誅少正卯的例子說明這一點，少正卯並無甚麼罪，不過孔子新官上任，要用他來試刀。「蓋孔氏之七日而誅少正卯，實以門人三盈三虛之私憾，所以一朝權在手，便把令來行；梁任公亦謂此實孔氏之極大污點矣。自孔氏演此醜劇，於是後世雖無孔氏，而所誅之『少正卯』遍天下。」[2]

善惡訴諸權力，統治者和被統治者的自然劃分就是善惡界限的象徵。統治者必然制定刑律科條保護自己，這就形成中國刑法兩大特點：貴賤親疏有別和不重成文法。貴賤親疏有別則量刑無準，不重成文

1《儒家主張階級制度之害》，見《吳虞集》，第九六頁，四川人民出版社，一九八五年版。
2 同上。

法則唯官僚意志是從。它們在實踐中推行起來，又最終敗壞社會秩序和刑法制度。唐朝法律明文規定「八議」制度，皇親國戚、故舊、有大德行者、有大才業者、有大功勳者、朝中權貴、地方官吏、前朝遺老這八種人，觸犯科條之後，可以享受「議、請、減、贖、當、免」的特權。這是明文規定的特權，實際上更多的是沒有明文規定的特權。司法權、審判權掌握在行政官手裏就是最大的特權。利益集團，貪官污吏相互勾結，相互庇護，可以從中得到絕大的好處。另外，既然「君子」是善的代表和象徵，那麼當了官，掌握了權力，當然就證明他懂得善惡，會判斷善惡。不然，他何以能做官呢？所以，在中國受過四書五經訓練的人就等於受過良好的法律訓練，憑着他們，就能判案問冤，成文法就不怎麼重要和必要了。雖然歷史上各朝的皇帝們都有大修律令的盛舉，但最後都是束之高閣，只有洪武皇帝統治時期算是例外，他編定《大誥》後，還下令要每戶一冊，有者犯罪可以酌減，無者罪加一等，還命令學校講解《大誥》，鄉間村民集會上也要宣講。「天下有講讀《大誥》師生來朝者十九萬餘人，並賜鈔遣還。」（《明史·刑法志》）這大概是中國歷史上僅有的群眾「學法律高潮」。洪武皇帝死後，他的壯舉立即被唾棄。一般地方斷案，都以主持人的意志為準，參諸已判成案作出決定，根本沒有嚴格的程序。如果說有，那就是必不可少不分青紅皂白的一頓板子。至於皇帝和重臣定出來的法典，誰有空看呢？吳虞說：「吾國之法律，根本於儒家，不重成文之法典。以為古代聖王，准理以制義，即用理以止刑。」「苟無一定依據之法文，而隨情與勢為轉移，則情有厚薄，勢有強弱，人各應其情與勢而利用之，將有法律與無法律等，民無所措手足。」[1] 民無所措手足還不怎麼要緊，關鍵是管理系統的自身腐敗，漏洞百出。愈腐敗，

1 《情勢法》，見《吳虞集》，第一一二—一一三頁，四川人民出版社，一九八五年版。

就愈讓人覺得是道德墮落，世風日下，就愈激起道德重整的狂熱，愈是道德重整，就愈腐敗——惡性循環。這是中國傳統社會的死結。

善惡判斷是判斷主體對被品評的對象的主觀性評價，對象毫無辦法阻止或改變判斷主體的評價，就是說判斷主體如何去評價對象，是不受對象方面的一切限制的，對象方面也沒有能力限制判斷主體的評價。舉凡政治、事務等牽涉到他人利益的社會性行為不必說，就算對象方面的私生活、私人談話、言論等，也無不可以納入被品評之列。一個人一旦成為人們善惡品評的中心，就像赤身裸體在大庭廣眾面前一樣，甚麼都無法藏匿，也無法躲避。訴諸良心的強大輿論影響力就表現在這裏。但是，把道德推出輿論範圍刑律化，它就會產生極權主義的實踐後果。這種極權主義不是在社會化大生產基礎上的法西斯極權主義，而是道德極權主義。道德刑律化或泛道德化把善惡判斷的上述特點加以實在化、顯現化；個人沒有任何他人不容干涉的隱私權或私人權利，所有的行為、言論，不論客觀上涉及不涉及他人利益，都在道德化的刑律籠罩之下。就像私生活可以被加以善惡評判一樣，審判私情案從來就是「青天大老爺」當仁不讓的責任；就像言論可以被表示好或惡一樣，言論在中國傳統社會中是可以定罪的；就像有人喜歡這樣的文字，有人喜歡那樣的文字一樣，因文字罪，可以入獄，可以殺頭；個人的道德教養常常是跟家庭有關的，「子不教，父之過」，所以個人獲罪，家族株連，抄家、滅門，誅九族，誅十族，甚至誅一村。泛道德化必然不承認隱私權和私人權利，個人沒有「私人空間」，都融入一個「共同空間」。這對中國傳統社會心理產生極為沉重的消極影響。一個人違反了禮，即道德化的科條，簡言之違反了權勢者的意志，他就死無葬身之地。且不說因甚麼獲罪，可能因私情，可能因言論，也可能因文字，更重要的是，他一旦被説成犯科，就被從「共同空間」中排除出來，就等於是不齒於人類的禽獸，不能替自己辯護，不能得到起碼的尊重。被控方面沒有任何保護自己的權利或手段。被拖上公堂就等於犯罪，不犯罪又何至於上公堂？沒有甚麼不可以羅織上罪名。一方面是繁密的科條，另一方面是沒有隱私權的狀態，嚴重地窒息了民族和社會的生機。所有在文化、思想、科技、文學、藝術上的創新行動一旦被扣上罪名，犯了禮，後果不堪設想。晚明的李贄就是因言論罪和私情罪被投入獄後自殺身死的。[1]愈沒有隱私權，就愈容易粗暴干涉他人；愈干涉他人，就愈不能建立隱私權。這是中國傳統社會又一死結。

泛道德化實踐在中國引起與初意相反的後果。對此，如果自我安慰也可以說，經是好的，和尚唸壞了；聖人的教導是對的，後儒做錯了。但這只是問題的表面。我們不想用好或不好這樣簡單的價值判斷語詞來評價傳統道德，而只想指出事實；道德立國必然招致社會的腐敗，泛道德化同墮落實際上是同義語。從根本上檢討，以個人修養和道德重整的方法治國平天下，是空想。中國傳統社會，長期滾在這個空想的泥潭裏，愈陷愈深，不能自拔。現代的中國人已覺悟到，要擺脫泛道德化的陰影，就要走法治的道路。

道德和法律常常糾纏不清，你中有我，我中有你。但說得簡單一點，道德明辨善惡，法律追求正義。明辨善惡，故只需良心對人對事作價值判斷；追求正義，則需設定一個絕對的標準，每一個人都要受它的約束。為了讓正義體現為人間的真人真事，就需要有一套與抽象的正義相互配合的制度、組織、

1 萬曆三十年，禮部給事中張問達上疏劾李贄。說李贄刻《藏書》、《焚書》等著作，「流行海內，惑亂人心」。又說他在麻城講學期間，「肆行不簡，與無良輩遊庵院，挾妓女白晝同浴，勾引士人妻女，入庵講法，至有攜衾枕而宿者」。劾疏一上，萬曆下諭道：「李贄敢倡亂道，惑世誣民，便令廠衛五城嚴拿治罪。」（見顧炎武《日知錄》卷十八「李贄」條）。

技術上的措施。無論前一方面或後一方面，在中國都不是「古已有之」的。抽象的正義觀念體現為人間的實在就是法，法不承認貴賤尊卑，對每一個人都適用。羅馬皇帝狄奧多西和瓦倫蒂尼安寫信給地方長官沃魯西亞努斯說：「如果君王自承受法律的拘束，這是與一個統治者的尊嚴相稱的說法：因為甚至我們的權威都以法律的權威為依據。事實上，權力服從法律的支配，乃是政治管理上最重要的事情。」[1] 法是人間的上帝，它絕對地高於每一個人，所以才有約束所有人的可能，也因此才尋找到對所有人和事都一視同仁的尺度。法的絕對性所以能成立，是來源於另一假定：人生而平等。這裏說的平等不是指體格、智慧、財富、職務、成就的平等，而是指權利的平等。每個人都一樣多。希臘偉大的立法者梭倫說：「我制定法律，無貴無賤，一視同仁。」[2] 希羅多德說：「權利的平等，不是在一個例子，而是在許多例子上證明本身是一件絕好的事情。」[3] 從歷史上看，每人一樣多的權利是隨着社會的進步逐漸增多的。雅典時代，非該城邦的人和奴隸不能享受法規定的權利，羅馬時代的奴隸則不算做人，女人也不享有權利。但一七八九年法國《人權宣言》規定：「任何政治結合的目的都在於保存人的自然的和不可動搖的權利。這些權利就是自由、財產、安全和反抗壓迫。」怎樣才能創造條件實現權利的平等呢？這就要引入另一個概念：自由，以自由作為平等的基礎。孟德斯鳩把自由定義為依法行事的權利，[4] 這當然合理。但自然——正義高於實在法，實在法對權利的規定隨社會進步而有增多，實現這個目標是需要艱苦奮鬥的，所以自由還體現為掌握自己命運的人的奮鬥創造，實現自我生命的理性精神。因此，自

1 《阿奎那政治著作選》，第一二三頁，商務印書館，一九六三年版。
2 亞里士多德：《雅典政制》，第一五頁，商務印書館，一九七八年版。
3 《歷史》第五卷，第七十八節，商務印書館，一九五九年版。
4 《論法的精神》上冊，第一五四頁，商務印書館，一九六一年版。

由的精髓在於反對奴役和束縛。沒有自由，平等只是一句空話。然而，在現實生活裏，一個人的自由常常要影響到他人的自由，一個人過度自由常常給他人帶來奴役。於是就要尋求一個辦法進行調節和限制以體現公意，這就是民主的任務。民主是一套龐大而完備的制度，如三權分立制度、選舉制度、辯護制度、陪審團制度、會議程序、司法審判程序等。有了相互牽制和配合的制度形式，才能最終創造實現上述目標的可能性，並體現出人間的正義。

以簡單的筆墨就想勾勒出西方的文化─制度運作模型，這是不切實際的奢望。但我們不是要它呈現清晰的形象，而只是大致的輪廓。這樣做，對於了解我們自己的傳統也許是有幫助的。正義─法─平等─自由─民主的運作方式，同善─禮─刑─道德極權主義的運作方式的主要差別在甚麼地方呢？籠統地說，前者首尾一致，目標和手段統一，動機和效果統一；而後者則首尾不銜接，前後顛倒，目標和手段背離，動機和效果分裂。道德極權主義的制度和現實根本就無法體現出人間的善，企求通過這樣一套制度去抑惡揚善，根本上就是空想。陳獨秀曾經批評中國民族以感情為本位，以虛文為本位，造成累世同居、游惰散懶等惡習劣俗，人與人之間「偽飾虛文任用感情」，「以君子始，以小人終」。[1] 對國民行為的批評恰好用來借指對文化─制度運作方式的批評。追求善，未嘗不是「以君子始」，但最後落入道德極權主義的制度中，吃盡苦頭，難免「以小人終」。

從制度層面去觀察，正義─法─平等─自由─民主的運作方式是法治，而善─禮─刑─道德極權主義的運作方式是人治。但追溯到文化的深層，就可以發現，後一種運作方式之所以是空想的和烏托邦

1 《東西民族根本思想之差異》，見《陳獨秀文章選編》上，三聯書店，一九八四年版。

的，就在於它缺乏科學理性，也可以說缺乏科學精神。有的心理學根據性格類型理論，把人分為理智型、感情型等幾類。比如有的人做事憑感情，憑一時衝動，雖在激情上頭有思考，但總是理智的成份少；而有的人做事憑理智，充份認識環境、條件，精心謀劃去實現自己的目標，感情總是推向背後作基礎。前一類性格就接近感情型，後一類性格就接近理智型。如果文化也有性格類型的話，儒家心性道德文化就可說是偏向感情型的，缺乏思考的理性，感情有餘而理智不足。道德的發達雖然也是理性的結果，但這僅僅是道德理性的一個方面。沒有充份的純粹科學理性、工具理性作基礎，道德理性的發達就會在文化演變中失去活力與光輝，漸漸走入偏執與迷狂。推求善是好的，分辨善惡也是重要的，但善惡只能訴諸良心而不能訴諸權力、刑律，這一點歷代思想家沒能意識到，在「文化的突破」時期，也沒有思想家能站出來檢討反省一下：由善過渡為一套強制的禮，是否具有治國的可行性、有效性？即使行之，能否實現善的理想？善可以作為人生的最高理想，但是否也能作為治國的最高理想？混同兩者會產生甚麼結果？我們這樣提問並不算難為古人。傳統是在選擇中形成的，「文化突破」的時代是具有多種選擇可能的。我們的祖先作了這樣的選擇，除去其種種外在原因外，也不正好說明我們迷失於道德的狂迷與偏執中，不願思考，不願反省嗎？

在希臘羅馬時期，興起了斯多噶主義哲學。斯多噶派的信徒已經意識到，規範人類行為必須出自一些人人都承認、人人都適用的最初原則。就像幾何學裏所作的推論，必須依賴幾條構築的公理。儘管沒有辦法證明它們，但它們卻是普遍的。關於這些普遍原則，斯多噶派認為，一切人天生都是平等的，不論是自由民還是奴隸。斯多噶派信徒、羅馬皇帝馬可·奧勒留這樣說，他贊成「一種能使一切人都有同一法律的政體，一種能依據平等的權利與平等的言論自由而治國的政體，一種最能尊敬被統治者的自由的君主政府」[1]。皇帝的理想能否在他那個時代實現，這是另一個問題，這種思想對後來民主制度的成熟卻助益匪淺。反觀中國的儒生，都是頑固堅持尊卑名份貴賤親疏的。《荀子．非相篇》：「幼而不肯事長，賤而不肯事貴，不肖而不肯事賢，是人之三不祥也。」儒生追求善，把善作為治國的出發點，斯多噶派則追求正義，兩相比較，我們不得不說斯多噶派的觀點更具充份的理性，而儒生的觀點更多一廂情願的空想。雖然斯多噶派無法證明為甚麼一切人天生都是平等的，如同儒生無法證明為甚麼人必須分三六九等，但事實後果卻證明前者更符合人類的本性與實際，因為治理行為關係到每一個人的利益，所以必須以最普遍的原則作為治理行為的大前提。曾子說：「吾日三省吾身。」（《論語．學而》）好像他是個愛好思考的人。但他說的「省」只是德行修養的省察，並不是說理性的沉思。孔子也似乎沒有意識到自己學說有一種邏輯矛盾。孔子一方面說：「為仁由己，而由人乎哉？」（《論語．顏淵》）德行修養純粹是一件個人的事，這一點孔子很明白。但他另一面又極力主張以禮求善，把求善發展為強制性的政治行為。結果在實踐上「為仁」不但由人，而且簡直壓迫人，強制人去「踐仁」「履義」。可惜這樣強力「為」出來的仁，不是善，而是虛偽的、惡的。儒家的學說裏面存在着一股隱藏很深的道德狂熱的暗流，開始它只是未加反省的原則，後來則成了神聖不可動搖的鐵律，以至愈來愈洶湧，愈來愈蔚為不可阻擋的巨流。在個體人生上，它表現為失去理智的頑固和莫名其妙的道德英雄主義；在治國上，它表現為把過時的、空想的天國理想強加在臣民頭上，治國者對臣民們說，為了它，實踐吧！這股道德狂熱的巨流在過去十幾個世紀中席捲中國，終於把它帶到了一個衰退的角落。中國道德由於缺乏科學性的

1　羅素：《西方哲學史》上冊，第三四一—三四二頁，商務印書館，一九八一年版。

滋潤，發展到可怕的變態和扭曲，如女子纏腳、貞節牌坊、忠臣狂（如張巡）、孝子狂（郭巨）、野蠻干涉私情、包辦婚姻等都是反常的具體表現。「五四」時期提出「科學與民主」是有強烈針對性的。陳獨秀、魯迅、胡適、周作人都主張，以科學的求實精神改造中國的舊道德、舊制度。如周作人批評中國「社會上對事不干己的戀愛事件都抱有一種猛烈的憎恨」[1]。認為這種「喜歡管閒事」[2]的風俗習慣裏，除了含有動物性的嫉妒外，「還以對於性的迷信為重要分子，他們非意識地相信兩性關係有左右天行的神力，非常習的戀愛必將引起社會的災禍，殃及全群（現代語謂之敗壞風化），事關身命，所以才有那樣猛烈的憎恨」[3]。他深有感慨地說：「道德進步，並不靠迷信之加多而在於理性之清明！我們希望中國性道德的整飭，也就不希望訓條的增加，只希望知識的解放與趣味的修養。」[4]魯迅有感於中國人怯弱而受強者欺壓，內心蘊蓄的怨憤甚多，這時候如果激發國民，他們只能操刀向更弱者。所以，魯迅希望那些「點火」的青年，「對於群眾，在引起他們的公憤之餘，還須設法注入深沉的勇氣，當鼓舞他們的感情的時候，還須竭力啟發明白的理性；而且還得偏重於勇氣和理性，從此繼續地訓練許多年」[5]。長久的壓抑和長久的變態，扭曲和腐敗了中國社會和中國人的人生，而科學和理性則是這種文化病的一副清涼解毒劑，它能讓病人恢復生命的活力。

儒家所闡揚的倫理範疇，全都來自君臣、父子、夫妻、兄弟、朋友這五種倫常關係，其中君臣是父

1《狗抓地毯》，見《周作人早期散文選》，上海文藝出版社，一九八四年版。
2 同上。
3 同上。
4 同上。
5《雜憶》，見《魯迅全集》第一卷，第二二五頁，人民文學出版社，一九八一年版。

子的擴大，移孝作忠；朋友亦是兄弟的變種，稱兄道弟即是朋友。五常如果再往核心壓縮，實際只有「三常」父子、夫妻、兄弟，是最基本的。這說明儒家的綱常倫理學，具有很深的血緣背景。德行的真正核心是血緣。「有男女，然後有夫婦；有夫婦，然後有父子；有父子，然後有君臣；有君臣，然後有上下；有上下，然後禮義有所措。」（《周易．序卦》）個人德行的至善，最初在血緣家族、氏族小範圍內表現出來，依次為準血緣、血緣與地緣混合的鄉村共同體，最後才在國、天下的範圍表現出來。深厚的血緣背景使得這種德行外推澤及他人的時候，顯示出強烈的慈善主義特點。「恕道」的中心是「己身」，「己身」的恩澤被於對方「他身」。這固然是單方面的主動行為，但它同時含有「己身」優勢的意味。這種優勢或優越感，是施與者與被施與者不能站在一致的人格水平線上造成的。血緣背景的影響造成了這種情形：被施與者只能以人格低一等的姿態乞求施與者。沉冤莫雪的小民百姓跪在衙門口鳴冤叫屈，請求「公道」；「父母官」拍着驚堂木為民做主；災時年月政府或地方賢達主持的「放賑」；以及改朝換代、皇家喜慶時的「赦免」。從施與者方面，我們看到的是一種高高在上的恩賜；從被施與者方面，我們看到的是一種卑躬屈膝的乞討。儒家的學說裏面，雖然隱藏着以人為天地萬物之靈的善良思想，那些有識之士的汲汲求治，盡平生之力創造一個善社會的願望與迫切心情，也不是不可理解的，但透過一重制度，透過準備實現善良思想和求治心情的組織和技術措施，我們卻看到千載以下的殘酷。血緣是一條沉重的繩索，它使得中國人德行的光輝脫不去己身中心主義的性格。

「為天地立心，為生民立命，為往聖繼絕學，為萬世開太平。」（張載語）這幾句話是士大夫砥礪節氣的座右銘。匹夫報國，為民請命的不滅的熱心是令人佩服的，但細細推求，它隱含一個己身中心的前提。本來是一個全社會共同承擔的責任轉化成了少數人的使命。居上臨下的慈善主義和充份人道是不同的，後者建基於人格和權利平等的基礎。貢獻自己的力量幫助他人，既是道德主體意識到的人道責任，同時也是自我生命價值的實現，絕不是自我優越，施惠於人。要建設一個充份的人道社會，絕不能靠憐憫心就可以成就得了的。血緣意識的局限性就在於它的己身中心，即在任何時候都擺脱不了以己身為中心評價周圍世界，把一個人人平等的世界看成具有貴賤親疏的世界。所以當己身與他身發生道德行為之時，他身自然就處於被可憐、被恩賜的劣者地位。傳統的「恕道」永遠不能上升到普遍人道的高度，是有深刻文化原因的。

針對傳統的「恕道」倫理觀，「五四」先驅們一面批評舊道德的弊病，一面提倡人道主義，以此改造國民性。一九一八年，周作人發表《人的文學》一文[1]，批評中國文學缺少人格平等、人性尊嚴的思想觀念。他認為：「中國文學中，人的文學本來極少。」他還從純文學中列舉十類「非人的文學」。當然這不是指傳統文學不描寫人，而是作家們沒有人的觀念，沒有充份的人道精神，所以在描寫人的時候，恰好寫成「非人的文學」。周作人的批評是合理的。古典作品在寫人的時候，往往只停留在可憐、同情、憐憫的水平，局限在「悲天憫人」「博施濟眾」的程度，極少看見宏深博大的人道光彩。作家和作品的這種欠缺，首先導源於民族文化精神的影響。血緣意識及其恕道倫理的影響，使得作家對人生，對社會的觀察透視，總是局限在一個框框之內，即使很偉大的作家也未能免。這樣他們對人生的感悟、領略就失去了穿透力，永遠隔着一層不痛不癢的慈善主義的面紗。文學作品的欠缺和傳統倫理觀的缺陷是聯繫在一起的。周作人認為，為了建設新文學，就要提倡「人」的觀念，輸入人道主義。他説：「我

1 《中國新文學大系》第一集《建設理論集》，良友圖書公司，一九三五年版。

所說的人道主義，並非世間所謂『悲天憫人』或『博施濟眾』的慈善主義，乃是一種個人主義的人間本位主義。」[1] 魯迅說得更加直截了當，他說，我們應當建設「離絕了交換關係利害關係的愛」[2]。其實魯迅所說的愛就是人道主義的愛。打破英雄中心的神話，以一個平等人的姿態，觀察人生，觀察社會，才能通於他人的悲歡，真正體察人類的生存境況。悲歡相通，文學才能深刻和打動人。所以魯迅說：「創作總根於愛。」[3] 新文學的實績也證明，這是我們的真正的起點。

中國是一個血性濃烈的國度。在血緣意識得到發揚伸展的客觀條件下，它可以具有很大的包容性，表現出四海之內皆兄弟的「哥們兒」胸懷。但在全面危機的時代，包容性很可能就要讓位於排他性，「非我族類，其心必異」。這種排他心理在近代演成對人道主義的排拒，把人性尊嚴問題還原為具體枝節問題，以血緣親情來代替或阻止普遍權利問題的提出，因而就在文化形態轉化的關頭迴避了現代化過程的重要問題——人的問題。人道主義的觀念雖從「五四」時代經介紹輸入中國，但半個多世紀以來，被理解者少，被曲解者多，被批判者更多。其實，如果理解到中國的血緣傳統那麼悠久深廣，這種現象是不難於理解的。

1 周作人：《人的文學》，見《中國新文學大系》第一集《建設理論集》，良友圖書公司，一九三五年版。
2 《魯迅全集》第一卷，第一三三頁，人民文學出版社，一九八一年版。
3 《魯迅全集》第三卷，第五三二頁，人民文學出版社，一九八一年版。

第六章

天朝心態

第一節　對西方文化的反應：五次論爭

中國人在很長的歷史時期中，曾把自己居住的地方視為世界的中心，同時也認為自己的文化在世界上居於中心地位。因此統治者把自己的朝廷稱做天朝。由於歷史的積澱，進入十九世紀的中國人仍然習慣於把自己看作是世界第一的。這種心態，類似於作為種族本能的集體無意識，我們不妨把這種無意識暫稱做天朝心態。

在和西方思想進行文化接觸、社會不可逆轉地走向近代化的過程中，近代中國人的天朝心態受到了強烈的挑戰。他們不願意從「世界第一」的迷夢中醒悟過來，頑固地堅持民族中心的觀念。這種天朝心態，導致了一系列對外來文化的頑強抵制。我們在這裏檢討的僅限於思想、文化方面的排拒。從晚明到「五四」時期，這樣的「排拒運動」共有五次。每一次，儒生和士大夫都能構想出各種「理由」，證明中國「世界第一」，或者某方面依然「世界第一」，至少應該「世界第一」。如果單純屬於事實的研究，這些「理由」也不算甚麼，不幸的是它們被用來指向對當時先進思想、文化的排拒，這種排拒表明中國傳統對世界近代化潮流的不適應，它們在客觀上延緩了中國文化形態從古代到近代的轉型。如果我們要理解中國在近代化過程中為甚麼屢遭挫折，不反省和檢討天朝心態將是不充份的。

在西方文化輸入之前，中國社會內部雖然醞釀着危機，但終究不會釀成「自開闢以來未有之奇變」，天朝情結的存在和它形諸行為的傲慢，並未使中國人吃甚麼苦頭。國力和文化的優勢總使得中國以強盛和不可侵犯的面貌出現於亞洲世界。但是，歐洲的崛起徹底地改變了這種狀況。從文化意義說，中國的世界中心地位已經淪為世界邊疆的地位，主角讓位於歐洲人。這件事無論從感情上還是理智上，中國人都是難以接受的。但接受與不接受是一回事，事實又是一回事。深隱於感情和理智之下的天朝心態和事實上的境況形成巨大的反差，終於在文化形態的轉型開始後，使中國人必須為此付出代價。從一道同風四夷來王的民族自我中心的一元世界突然進到門戶洞開、通商貿易的多元世界，怎樣尋找和確定自己的位置？怎樣使自己的行為和辦事風格與這個世界相適應？怎樣在理智的認識上跟上這個已經發生巨變的世界？在這一系列長期惱人的問題背後，實際上就是天朝情結的問題。假如中國沒有那麼長的四夷來王的榮耀的歷史，沒有那麼濃重的天朝意識，也許它對近代的適應就要快些，轉型時期的痛苦就可能輕些。東鄰的「蕞爾之邦」日本就可以作為例子支持這一假設。

當然，上述假設不可能變成事實。中國有很輝煌的過去，這部輝煌的歷史被後人編成一個陶醉人的夢。歐洲崛起以後，中國人從生活在真實的偉大裏突然落入生活在夢的偉大裏，而夢是不真實的。一邊做着美夢，一邊走向世界，不可避免就有了許多觀念和行為的扭曲、固執、傲慢、偏見、狂熱，缺乏對自我的確定，這些都是在近代史上觸目可見的，我們不妨把它們叫作轉變時期的近代症候。從晚明天主教傳入到「五四」時期，共發生了五次較大的爭辯，後兩次基本上是連在一起的。它們是明末清初的邪正之爭，鴉片戰爭和洋務運動時期的夷夏之辨，戊戌維新前後的中學與西學之爭，「五四」前後的東西方文化問題論戰和中國應採用何種文化、走甚麼道路的論戰。邪正之爭和夷夏之辨基本上是以想像中的西人或西方文化作為對手的，後三次爭論發生在中國知識界和政界內部。這種對立狀態的轉換表現了文化形態轉變的深刻化。我們不打算從學理上分析五次爭論雙方的謬誤和是非，而是想透過五次爭論及它們發生的社會影響，解剖一下天朝心態。因為觀察文化上的爭執是了解民族對變化了的世界的適應的最好方式，許多議論甚至爭執所以發生，本身都折射着中國人的天朝心態。

十七世紀初利瑪竇、艾儒略、龐迪我等人進入中國大陸傳播天主教，帶來自鳴鐘、油畫等器物，同時刊佈了《萬國輿圖》、《職方外紀》等反映西方人當時對自然界認識的圖籍。傳教士的到來和活動為中土人士帶來了一套完全不同於中國傳統的對自然、社會、人生的思想觀念，它們自成系統，與儒、釋、道都具相當的異質性，雖然他們人數不多，但在思想界甚至在社會秩序方面都引起相當的震動。因為資料的缺乏，當日的具體情形已不可細考，但幸好有兩部書流傳下來，可以供我們管中窺豹，審察當日震盪的痕跡。一部是徐昌治刻於崇禎十二年的《聖朝破邪集》，另一部是康熙初年楊光先的《不得已》。前者收集了萬曆崇禎年間四十四位衛道士的衛道言論五十五篇。綜觀他們的言論，他們把傳教士目作邪人，把天主教視為邪教，把傳教士的言論視為邪論，所以衛道士們把他們口誅筆伐和行動稱作「辟邪」。楊光先給自己的集子取名為《不得已》，大約是套用孟子「非好辯也，予不得已也」的話，亦是寓含「辟邪」深意，況且楊光先的力作就取名《辟邪論》。所以我們把中西接觸後第一次爭論叫作邪正之爭。

邪的反背就是正，不用解釋，衛道士們是把自己視作正的。倘若是真正的學理相爭，視己為正，視人為邪，雖有失粗野之嫌，但究屬可以理解的範圍。然而在辟邪言論中，學理的辯駁實在少得可憐。大約傳教士們在未說之先就錯了，所以就被戴上一頂「邪」的帽子，這就等於宣判他們是名教的死敵。在這種愚昧和狂熱的背後，正是天朝心態在作怪。徐昌治在卷前語述其編輯意旨：「昌治編其節次，臚其條款，列其名目。一種憂世覺人之苦心洞若指掌。一段明大道，肅紀綱，息邪說，放淫詞，闢邪端，尊正朔，較若列眉於中，刪繁就簡，去肉存髓。凡一言一字可以激發人心，抹殺異類，有補於一時，有功於萬世者，靡不急錄以梓。」衛道士們對天主教傳入的嚴重性是看到了，但可惜他們對嚴重性的估計並不是建立在清醒的理智基礎上的，只憑歷代相沿的民族中心意念，把一切外來的東西都斥為邪。換言之，中的就是正的，外的就是邪的。是與非，正與誤，取與捨，一概衡之於中外。中的為甚麼就是正？那是因為聖人傳下來，一定不會錯。外的為甚麼是邪？那就只有根據如下非理性的推斷：因為它是外的，所以它是邪的。明末清初的邪正之爭，實際上是衛道者們對外來文化的粗野攻擊。

萬曆四十四年，南京禮部侍郎沈漼《參遠夷疏》，首先發難，要求皇帝對天主教繩之以法。他在奏疏開頭就說：「職聞帝王之御世也，本儒術以定紀綱，持紀綱以明賞罰，使民日改惡勸善而不為異物所遷焉。此所謂一道同風，正人心而維國之脈本計也。」這是沈認定的大前提。退一步說，不論沈對儒家綱常教義是否真理解，就算這個大前提可以成立，他往下的推斷就蠻不講理了。他認為天主教教義中天堂地獄之辭悖於聖教，而釋道二氏裏的天堂地獄之辭卻「勸人孝弟，而示懲夫不孝不弟造惡業者。故亦有助於儒術耳。今彼直勸人不祭祀祖先，是教之不孝也。由前言之，是率天下無君臣，由後言之，是率天下無父子。何物醜類，造此矯誣。蓋儒術之大賊而聖世所必誅」。從學理上說，三位一體天堂地獄之說，確與儒學不同，但這並不等於信仰這些教義的人就是「無君臣」、「無父子」。他們的「君臣」和「父子」只是與中國的不同罷了。沈只相信自己的信仰是唯一真實的，別人的信仰都是荒謬的。像楊光先《請誅邪教疏》的推論就更加令人可怕：「竊惟一家有一家父子，一國有一國君臣。不父其父而父他人之父，是為賊子；不君其君而君他人之君，是為亂臣。亂臣賊子，人人得而誅之。」按楊光先的邏輯，湯若望東來就是「父他人之父」、「君他人之君」，所以就要論死。他煞有介事地建議康熙：「雖大清之兵強馬壯不足慮一小丑。苟至變作，然後剿平，生靈已遭塗炭，莫若除於未死，更免勞師費財。伏讀《大清律》謀叛妖書二條，正與若望、祖白等所犯相合，事關萬古綱常，憤無一人請討，布衣不惜齏粉，效忠歷代君親……具告禮部，密叩題參，依律正法，告禮部正堂施行。」清初的傳教士總共不到一打，居然考慮到他們會「變作」，會弄得生靈塗炭，需要兵強馬壯的大清兵來「剿平」，未免小題大做，危言聳聽。在明清社會，孔孟之道已經僵化，突出表現在綱常倫理、仁義道德和權力體系死死結合起來，並成為論證統治合理性的核心意識形態。這種情勢下，衛道者一般都是把孔孟之道作為天經地義的大前提來接受的。因此他們對任何不同於傳統意識形態的說法，不可能有科學的分析與批評。所以對外來東西總是先定罪名，然後再痛斥一番；總是先決定「辟」，然後再談如何「辟」。林啟陸《誅夷論略》：「竊聞聖代以原道正教為根家，以防邪辟異為藩垣。鄉有塾，國有學，胄子翼以典樂之官，庶人嚴於庠序之教。斯所以世代有昌隆之勢，外夷有向化之風。禮樂日興，民心歸焉，然其間有乃不獲已者，則佐之以律令，或從而誅滅之，或從而要荒之。雖上古至治亦所不廢也。」張廣湉《辟邪摘要略議》：「我太祖掃清邪氛，混一寰宇，開大明於中天，四方莫不賓服。威令行於天下矣。然國中敦秉倫彝，獨尊孔孟之學，凡在攝化之區，無不建立素王之廟，誠萬世不易之教道也。近有外夷自稱天主教者，言從歐羅巴來，已非向所臣屬之國。然其不奉召而至，潛入我國中，公然欲以彼國之邪教，移我華夏之民風，是敢以夷變夏者也。」許大綬《聖朝佐辟》：天主教「以新莽天生之狡智，肆蠻夷魑魅之兩毒者也。況自開闢以來，惟我高皇帝掃腥羶而還華夏。故尚論者，謂功高萬古。彼徒乃即以高皇帝之聖子神孫、金甌世界，而復欲沼華夏，而再腥羶，豈非千古未聞之大逆哉」。楊光先《辟邪論·中》：「小人不恥不仁不畏不義，恃其給捷之口、便佞之才，不識推原事物之理、性情之正，惟以辯博為聖，瑰異為賢，罔恤悖理，叛道割裂墳典之文而支離之，譬如猩猩鸚鵡，雖能言，實不免其禽獸也。」陳侯光《辨學芻言》：「余覽瑪竇諸書，語之謬者非一。姑摘其略以相正。瑪竇之言曰，近愛所親禽獸亦能之，近愛本國庸人亦能之，獨至仁君子能施遠愛。是謂忠臣孝子與禽獸庸人無殊也，謬一。又曰，仁也者乃愛天主。則與孔子仁者人也親親為大之旨異，謬二。又曰，人之中雖親若父母，比於天主猶為外焉。是外孝而求仁，未達一本之真性也，謬三……」諸人的口誅筆伐中，陳侯光算是不落粗野的。但即使如此，他也是把孔子的「語錄」當成教條，一見到他人的看法有異，立即斥為謬。貶斥異己之心急切，致使他在「謬一」中犯了嚴重的邏輯錯誤。

當時傳教士帶來的地理、製圖、天文、算學知識顯然高於中土人士，但是傲慢和盲目自信使衛道者們受不了這一挑戰，轉而採取絕對排外態度。民族中心意念在他們的排外言行裏得到充份的表現。魏濬《利説荒唐惑世》：「所著《輿地全圖》洸洋窅渺，直欺人以其目之所不能見，足之所不能至，無可按驗耳。真所謂畫工之畫鬼魅也。毋論其他，且如中國於全圖之中，居稍偏西而近於北，試於夜分仰觀，北極樞星乃在子分，則中國當居正中，而圖置稍西，全屬無謂。」魏濬完全以比無知更可怕的偏見反駁傳教士：「焉得謂中國如此蕞爾，而居於圖之近北？其肆談無忌若此！」其實《輿地全圖》謬不謬，周遊世界，實地測一測便知，但這是魏濬之流不屑幹的。楊光先討厭一切帶洋字的東西，《辟邪論．下》一文，引「非我族類，其心必異」的古訓，以為「世方以其器之精巧而受之，吾正以其器之精巧而懼之也」。因上書指責湯若望新編曆法推算日食失誤，接任欽天監監正，但他明知自己「但知推步之理不知推步之數」，卻抱定「寧可使中夏無好曆法，不可使中夏有西洋人」（《日食天象驗》）的宗旨，復用舊曆。康熙七年推閏失實，差點送掉了老命。雍正時的浙江巡撫李衛撰《改天主堂為天後宮記》，以阿Q的口吻貶斥西洋的「奇器淫巧」，他說西洋「所精者儀器，而璇璣玉衡見之唐虞矣；所重者日表，而指南車周公曾為之矣；所奇者自鳴鐘，銅壺滴漏，而漢時早有之矣；所駭人者機巧，而木牛流馬諸葛武侯已行之，鬼工之奇，五代時亦已有之。是其說不經，其製造亦中國所素有，其為術又不能禍福人，吾不知何為而人之惑之也」。

辟邪辟到極端，衛道衛到極致，就流入荒誕不經了。在黃廷師《驅夷直言》裏，我們看到這樣的高論：「凡國內之死者，皆埋區禮院內，候五十年取其骨化火，加以妖術，製為油水，分五院收貯。有人入其院者，將油抹其額，人遂癡癡然順之。今我華人不悟，而以為聖油聖水乎，且不特其術之邪也。謀甚淫，而又濟以酷法。」蘇及寓《邪毒實據》更「言之鑿鑿」：「教中默置淫藥，以婦女入教為取信，以佔乳按秘為皈依，以互相換淫為了姻緣。」當年的辟邪言論，大部份都是奏疏，請求取締或驅逐教士。沈就曾四次上書，最後萬曆同意他的請求，驅逐南京的傳教士，並且逮捕審判入教的中國人。崇禎十年福建巡海道施邦曜出《告示》一紙，明令禁止傳教活動。福建提刑按察司徐世蔭出《為奉旨緝獲邪教事》，將帶頭受洗入教的中國人董一亮「即時淩遲處決」，他恐嚇治下蟻民：「稔聞邪教害人。烈愈長乎祖宗神主不祀，男女混雜無分，喪心乖倫莫此為甚，且呼群引類，夜聚曉散，覬覦非份之福，懶惰生業之營。卒至妄萌鼓亂，各陷逆黨，身棄法場，遠不具論，即今董一亮等，可為殷鑒。」傳教士東來，本來是相互溝通和交流的一個機會，但士林中異口同聲的辟邪，使得中西思想文化的交流受到很大限制。在清代，由於朝廷和羅馬教廷因禮儀問題發生糾紛，終於導致康熙皇帝下令禁止傳教。

中西接觸後爆發的邪正之爭，以全面排外的形式表露了近代中國人的天朝心態。中西學理的辯駁只是徒有其名的表面偽飾，實底下依然是「夷夏之防」。細考衛道士的辟邪，實在是出於一股莫名其妙的「氣」。除了前面引用過徐昌治《題詞》和楊光先的奏疏可為證外，姑再引兩條，以明其旨。黃貞《辟天主教書》：「嗚呼！堂堂中國，鼓惑乎夷邪，處處流毒，行且億萬世受殃。……忠孝節義之像，日受其斬；天道德性之宗，漸以不明，誠可為痛苦流涕者矣。予小子涼德不才，以期期之口著辯愧之於殊深，然苦不得已之苦心也。誠以為忍心害理之甚者，莫甚於今日坐視而不言者也。」許大受《聖朝佐辟自敍》：天主教「將我二祖、華夷內外，忽倒一時，即欲不佐一臂，而又有所不忍也。……夫堂堂中國，豈讓四夷。祖宗養士，又非一日，如能為聖人、為天子吐氣，即死奚辭」。謝宮花《續正氣歌》：「惟我中原兮人比鳳凰，嗟彼西夷兮類聚犬羊。」「我今作歌兮續正氣之方剛，願言辟邪兮與日月爭光。」這些「辟邪」言論暴露出來的天朝心態已經預示，中國的覺醒是緩慢的，近代化將步履維艱。

降及鴉片戰爭和洋務運動時期，西風東漸已經不是幾個傳教士問題了，西方人夾着槍炮、商品、學術文化一擁而入，開千古未有的奇變，在刺刀和強權的壓力下，顯然失去了當年辟邪的可能。有見識的士大夫和統治者轉而採取比較務實的做法，這就是洋務運動。但無論贊成還是反對這個運動的人都恪守夷夏之防。他們認為，孔孟之道那一套還是萬世不易的聖典，今天遇到的敵手同歷史上覬覦華夏的金人、蒙古人並無兩樣，不過自恃槍炮兵船罷了。只要造幾艘兵船，辦些軍械局，就能立時制夷於死地。但鴉片戰爭失敗，對中國來說，就存在全面改弦更張的迫切問題，然而反映到決策者和建議者那裏，就把全面危機、需要一切從頭開始的大問題簡化為一個簡單的爭勢、爭利的小問題。今天我們反省洋務運動指導思想上的失誤，不能不認為頑固的天朝心態在其中起了很大的作用。盲目的排外和傲慢自大蒙住了覺醒者的眼睛，使他們只能在很有限的視力範圍內看出時勢的推移變化。這一點，我們從他們一邊辦洋務，一邊嚴於夷夏之辨中看得很清楚。他們一方面急於自強，另一方面也急於與「洋鬼子」劃清界限。汲汲於劃清界限，實際上是比較「文雅」的辟邪。

劃清夷夏界限的思想在洋務運動先驅魏源那裏就很明顯了。《海國圖志·序》裏，他把他的書歸納為三句話：「為以夷攻夷而作，為以夷款夷而作，為師夷長技以制夷而作。」這三句話裏，除了「師夷長技」的觀點稍為明白客觀之外，其餘都是沒有自知之明的一廂情願的夢話，好像中國還是天老大，可綽綽有餘地玩「夷」於股掌之上。他還在序裏說以前海圖之書是以「中土人談西洋」，他的書則是以「西洋人談西洋」，細玩其意，似乎是說，吸取了西洋的知識、思想再研究分析西洋之意，而不像以前中土人士的「天方夜譚」。但觀其書，卻發覺書的內容和他的期期自許不相稱，其迂腐之論仍然甚多。如在卷五十二，他認為英國不過一個小島，靠它本土生產力不可能富強，所以來到中國炫耀實力，它所以驟致富強，不過由於得了北美大陸和印度等地。魏源在這裏實際上以農業社會的眼光看工業社會，得土地多，物產就多，像漢唐盛世那樣，未能理解工業革命帶來生產力的巨大進步，而且美國早已獨立，說英國是得了北美大陸而致富也不確。在卷二十七《天主教考》中，他說：「歐羅巴人，天文推算之密，工匠製作之巧，實逾前古。其議論誇詐迂怪，亦為異端之尤。」這段話雖有可取之處，但究不能說見解精當。卷七十四《國地總論》批駁印度為世界中心論，所陳理由，尤為荒謬。這大概是他看到《地輿全圖》後不服氣而發的議論。「震旦則正當溫帶，四序和平。故自古以震旦為中國，謂其天時之適中，非謂其地形之正中也。西洋溫帶之地則為地中海所佔，而歐羅巴亦偏於冷帶，利米亞亦偏於熱帶。故儒、佛、伊斯蘭、天主教，皆生亞細亞洲，天文、算法、奇器，亦皆創自亞細亞而後流被予歐羅巴洲。……瀕海為糟粕，腹內為精英，地不靈者人不傑，信哉！」魏源一生好學勤苦，多方搜求圖籍後才撰寫這部經世的《海國圖志》。以他的學識，本可以提出比「師夷長技以制夷」更深刻的見解，但他沒能做到這一點，深藏於無意識深處的天朝情結不能不說是重要原因。他在索求擺脫時局困境之道時，又要負起論證中國依然是老大的包袱，而這兩者又是矛盾的，最終不能不讓理智服從感情，帶上偏見。

自從咸豐十年恭親王奕訢等奏請開設總理各國事務衙門等事，洋務運動就算開始了。無論是朝廷方面的行政改革，還是封疆大吏們的開廠設局，都帶有適應形勢、向西方學習的性質。但是這樣做在事實上不僅違反聖人的道德教誨，並且將會引起擾亂傳統秩序的嚴重後果。這些改革措施雖然很有限，但終究在自成體系的強固的傳統秩序裏打開一個缺口，這個缺口又會隨着傳統秩序走向崩潰而逐漸擴大。不管當初奕訢、曾國藩、左宗棠、李鴻章等人意識到這點沒有——他們內心的真實動機如何，已經沒法知道了——事實上他們採用了一個折中的説法來彌合當時特有的傳統與近代的矛盾，以圖擺脱傳統和近代相矛盾產生的困境，這就是把洋務叫作「御夷之道」或「馭夷之道」。同治九年李鴻章致曾國藩書[1]，總結周秦以降馭外之法不外「征戰」和「羈縻」兩端。「征戰」就是剿，「羈縻」按傳統理解是和，所謂以柔克剛。李鴻章認為「征戰」不能長久，「羈縻」才是出路，但李鴻章的「羈縻」又不是一味和，而是夾進「練兵」、「製器」等工夫。曾國藩復書李鴻章説：「承示馭夷之法，以羈縻為上，誠為至理名言。」[2]情勢所迫，不得不效法西洋，但又把這一切比為「夷務」，這就無形中在決策上把順應世界潮流的近代化割裂為不相容的「中」、「外」兩部份，再用「御夷」、「馭夷」這樣冠冕堂皇的名詞把它們統合起來。究其源，還是根於天朝情結和夷夏之防。奕訢奏請開設同文館，延聘洋教習，後來又在外語之外，增開天文、算學等科。當他遭到頑固派的反對時，他尋出這樣的理由反駁對方：「查西術之借根實本於中術之天元，彼西土目為東來法，特其人性情縝密，善於運思，遂能推陳出新，擅名海外耳，其實法固中國之法也。天文、算學如此，其餘亦無不如此。中國創其法，西人襲之，中國倘能駕而

1 《洋務運動資料》第一冊，第二六七頁，上海人民出版社，一九六一年版。

2 同上，第二六五頁。

上之，則在我既已洞悉根源，遇事不必外求，其利益正非淺鮮。」[1] 奕訢的話有兩層意思：西術出於中術，所以不妨法之；西術出於中術，所以中術根本上優於西術。種種堂而皇之的辯護理由和羞羞答答的做法，自以為很高明，實際上自己把自己拖入陷阱。

洋務運動時期的夷夏之辨，還以另一種更極端的方式表現出來。他們更像明末清初的辟邪派，主張全面排外，反對洋務集團。不過由於時勢變遷，他們已經沒有當年辟邪派的那一股勁了，只有為綱常教義辯護之方而無還手出擊之力。從主張上說，頑固派與洋務派的觀點是對立的，但從全局觀察雙方還是有微妙的聯繫和制衡。高揚孔孟是為了御夷，開廠設局亦是為了御夷，在十九世紀中國政治這架天平上，兩者缺一不可。最高統治者兩派人都需要，通過雙方的牽制和平衡維繫政局，頂着御夷大帽子下的改革和頂着御夷大帽子下的守舊這樣的兩派牽制，也是海通以來中國政治的基本特色，它們的背後依然反映着中國近代化的癥結：天朝心態。

同治六年，大學士倭仁上一奏摺，附和御史張盛藻奏天文、算學不得召集正途出身人員的意見，他以為：「竊聞立國之道，尚禮義不尚權謀；根本之圖，在人心不在技藝。」[2] 聘請夷人，教出來的不過是「術數之士」，這些人心術不正，絕不能靠他們「起衰振弱」。而且「天下之大，不患無才。如以天文、算學必講習，博採旁求，必有精其術者，何必夷人，何必師事夷人？」[3] 更兼中國和西夷有不共戴天之仇，與西夷講和已屬不得已，將他們請進來，不是有悖驅夷的宗旨嗎？這樣做「變而從夷，正氣為之不

1 《洋務運動資料》第二冊，第二四頁，上海人民出版社，一九六一年版。
2 同上，第三零頁。
3 同上，第三零—三一頁。

伸，邪氛因而彌熾，數年以後，不盡驅中國之眾咸歸於夷不止」[1]。同年直隸州的知州楊廷熙上了一個條陳，他的邏輯更離奇，他說：「夫洋人之與中國，敵國也，世仇也，天地神明所震怒，忠臣烈士所痛心，無論偏長薄技不足為中國師，即多才多藝層出不窮，而華夷之辨不得不嚴，尊卑之分不得不定，名器之重不得不惜。」[2]向敵國世仇討教，簡直就是忘大恥而務小恥。何況「歷代之言天文者中國為精，言數學者中國為最，言方技藝術者中國為備」[3]。萬物皆備於中國，何假外求？

同治十三年，因日本侵佔台灣，中國的危機進一步加深，總理各國事務衙門提出六條「緊急機宜」，這些機宜大都與洋務相關。它們得到洋務集團的官僚贊成，卻受到頑固派的反對，引起一場論戰。頑固派已經看出，洋務運動產生的客觀效果，必然是西方思想的廣泛傳播，它將導致「天下皆將謂國家以禮義廉恥為無用，以洋學為難能，而人心因之解體」[4]的嚴重後果。所以通政司于凌辰給李鴻章、丁日昌戴上一頂「用夷變夏」[5]的大帽子。大理寺少卿王家璧也來附和：「我之造輪船，造槍炮，皆用洋人、洋法，不過示彼之利器，我皆有之，皆能用之耳，其實不可專恃。」[6]頑固派的言論，愈到後來，執楊廷熙這樣迂腐之論的人愈來愈少。夷夏之辨從後膛槍、鐵甲船或天文、算學、製造方面已經無法可辯了，只要睜開眼睛的人，都不相信西洋一無可取的鬼話了；至於祖宗如何如何厲害，那也不能解決

1 《洋務運動資料》第二冊，第三零—三一頁，上海人民出版社，一九六一年版。
2 同上，第四七頁，上海人民出版社，一九六一年版。
3 同上，第四五頁。
4 光緒元年通政司于凌辰奏摺，見《洋務運動資料》第一冊，第一二零—一二一頁，上海人民出版社，一九六一年版。
5 同上。
6 《洋務運動資料》第一冊，第一三零—一三一頁，上海人民出版社，一九六一年版。

燃眉之急。所以頑固派在光緒以後，更多地用禮義廉恥、世道人心做擋箭牌，以滿足內心不能遏止的天朝欲。于凌辰說：「官畏夷，民不畏夷，夷人敢與官爭，不敢與民抗，其畏我人心，更甚於我之畏彼利器。」[1]「以必不可奪之人心，用天下之武勇，何所不誅？」[2]王家璧也在奏疏中說：「敵所畏者中國之民心，我所恃者亦在此民心。」[3]但極端的頑固派還是有的，四川按察使方濬頤用「三元里之戰」的實戰經驗來證明，不需泰西奇器淫巧也能打勝仗。他說，西洋人「無禮樂教化，無典章文物，而沾沾焉惟利是視，好勇鬥狠，恃其心思技巧，以此為富強之計，而我內地奸民遂與之勾結煽惑，陳書當道，幾幾乎欲用夷變夏。夫豈知中國三千年以來，帝王代嬗，治亂循環，惟以德服人者始能混一區宇，奠安黎庶。……而所謂天錫勇智，表正萬邦者，要不在區區器械機巧之末也。曰有本在。本何在？在民。」[4]頑固派對經典教訓和世道人心的狂熱執着是很有代表性的，它反映了根深蒂固的天朝心態隨着中國社會危機的加深，隨着中國內政外交的失敗而走向情緒化的傾向。頑固派的上述議論實際上是個危險的信號，一場以失去理智和極端情緒化為表現方式盲目排外的巨大風暴正在形成、醞釀。在戊戌維新前後的中學與西學之爭裏，我們看到天朝心態的情緒化有進一步的表現。

西方學術文化的滲透和洋務運動的進行，引出了洋務派沒有料想到的後果，就是產生了要求制度全面改革的在野士人集團。他們比洋務官僚更激進，要模仿日本明治維新，開議會、立民權、倡自由平等之說。這就在根本上觸動了兩千年立國的基礎——綱常名教。衛道者又要奮起衛道，可是這次的焦點

1 光緒元年通政司于凌辰奏摺，見《洋務運動資料》第一冊，第一二一頁，上海人民出版社，一九六一年版。
2 同上，第一二二頁。
3 《洋務運動資料》第一冊，第一三四頁，上海人民出版社，一九六一年版。
4 同上，第四五五頁。

已經不是該不該師夷長技了，而是祖宗之法該不該易。按理說有日本成功的例子，有中國洋務破產的教訓，應該從夢幻中醒悟過來了吧！但是，不。他們總是不能將近代化當成民族主動選擇和追求的事業，結果被近代化的浪潮沖着緩慢前行。維新派因政變失敗而在爭論中敗北，但老實說，中學派也沒有取勝，那股被他們煽起的天朝心態情緒化的狂潮，正在一步一步把中國引向災難和毀滅。與張之洞發表《勸學篇》同年（光緒二十四年），蘇輿輯成《翼教叢編》，同年葉德輝編成《覺迷要錄》。後者主要收錄慈禧處罰維新志士的「懿旨」和謾罵康梁的文章，要義在於恐嚇嚮往西學的「不軌之徒」。《翼教叢編》則收錄了衛道士對維新言論的駁難。《翼教叢編》同《聖朝破邪集》一道，成為我國衛道文字的「雙璧」。

從總的方面說，中學派只要求振學術、正人心，他們不反對洋務運動，像張之洞還是後期洋務運動的領袖。但他們非常明顯地把中國的傳統割裂為兩部份，義理部份和百工製器部份，前者是萬古不易的，後者是可以變的；西方的東西也被割裂為精華和糟粕兩部份，議會、民權、自由平等之說是當棄的糟粕，輪船、機器、火車是可以接受的精華。中學派全部理論都立足在這雙重割裂上。當時的一名朝廷官員朱一新在《答康有為第四書》中說：「古今止此義理，何所用其新？聞日新其德矣，未聞日新其義理也。」他告誡康有為：「今欲挽其流失，乃不求復義理之常，而徒備言義理之變。……將以我聖經賢傳為平澹不足法而必以其變者為新奇乎？」另一名官員文悌《嚴劾康有為摺》說，今日中國講求西法，並不是要廢棄中國原有一切典章文物，只是拿來西法為中國用以強中國。「故其事必須修明孔孟程朱、四書五經、小學性理諸書，植為根柢，使人熟知孝悌忠信、禮義廉恥、綱常倫紀、名教節氣以明體，然後再習外國文字言語藝術以致用。」葉德輝在《明教》中說：「凡人心所欲言者，莫不於數千百年以前言之，彼蒼默知有今日之時局而先以戰國造其端，人之持異教也愈堅，則人之護聖教也愈力。」所以，

「孔教為天理人心之至公，將來必大行於東西文明之國」。葉德輝還在該文打了一個堪稱「絕喻」的比方。他說世界人口中中國佔四百兆之多，四百兆人心中只有一個孔子，即使刀兵水旱去掉三百兆，剩下還有一百兆之多，所以聖教流行是沒有疑問的。葉德輝振振有詞、筆之於書的時候，不知有沒有反躬自問，意中只有一個孔子的那四百兆人卻面臨着毀滅四分之三的可能，那個孔子還值得信嗎？

張之洞是當年中學與西學之爭中的一員勇將，也是中學派統籌全局的「理論權威」。《勸學篇》內篇第三《明綱》：「五倫之要，百行之原，相傳數千年更無異義。聖人所以為聖人，中國所以為中國，實在於此。故知君臣之綱則民權之說不可行也，知父子之綱則父子同罪免喪廢祀之說不可行也，知夫婦之綱則男女平權之說不可行也。」張之洞使用這樣的邏輯：世上有放諸四海而皆準的「聖訓」，凡是「聖訓」沒有顧到的，後人可以略有作為；凡是講過的，一律不得有違，所以與聖人所說有出入的，概在貶斥之列。他對中學和西學作了權威性的結論：「中學為內學，西學為外學，中學治身心，西學應世事，不必盡索於經文，而必無悖於經義。」概括地說，就是中學為體，西學為用。而中學就是三綱四維。對於這種雙重割裂的邏輯矛盾，嚴復早有駁難：「有牛之體則有負重之用，有馬之體則有致遠之用，未聞以牛為體以馬為用者也。中西學之為異也，如其種人之面目然，不可強謂似也。故中學有中學之體用，西學有西學之體用，分之則並立，合之則兩亡。」[1] 不過，常有在邏輯上講不通的事情在現實中卻很有用。中學為體、西學為用的理論所以有用，流傳不衰，是因為它以邏輯混亂的方式，虛假地消解了主觀方面的自大傲慢與實際上落後、失敗之間形成的巨大反差而引起的心理上的困惑和不安，從而暫時地彌

1 《論教育書》，見《辛亥革命前十年間時論選集》第一卷，上冊，三聯書店，一九六零年版。

合了趨新與守舊的分裂。「中學為體」的潛台詞是中國還是格高一籌，「西學為用」的潛台詞是西洋雖有高明，但在我們這裏只能權充末議。

所以，在「西學為用」施行的時候，往往結合着對西學的批判。批判本來是必須的，但他們的批判不是科學的，而是戴着中學有色眼鏡進行的，其理智度甚少，而自我安慰的價值卻很大，往往是為反證中學卓異有效、不可更改服務的。例如《勸學篇》內篇第六《知權》批判西方的自由民權的「虛偽性」：「近日摭拾西說者甚，至謂人人有自主之權，益為怪妄。此語出於彼教之書，其意言上帝予人以性靈，人人各有智慮聰明，皆可有為耳。譯者竟釋為人人有自主之權，尤大誤矣。泰西諸國，無論君主民主、君民共主，國必有政，政必有法。官有官律，兵有兵律，工有工律，商有商律。律師習之法，官掌之君，民皆不得違其法。政府所令，議員得而駁之，議院所定，朝廷得而散之，謂之人人無自主之權則可，安稱人人自主哉？」這段話大概是最早的對西學有份量的批判。尚在「同治中興」的早期，「中國文武制度，事事遠出西人之上」[1]的看法佔着上風，但怎樣「遠出西人之上」，卻沒有論證。降及張之洞時代，正面肯定綱常倫紀名教節氣的做法已經不夠用了，於是又在肯定自己之餘加上貶斥他人，在自由民權說的「虛偽性」上做文章。

中學派所以振振有詞為名教辯護，堂而皇之詆毀異學，當然有深刻的利益背景，他們都是朝廷命官，與統治集團共進退，同存亡。因此勢必盡最大的可能維護名教，從而維護他們的利益。但純然用利益集團的說法來解釋這種文化現象，仍然不易解釋得透徹。作為個人對利益集團的歸屬是可以主動選擇

1 《同治夷務》卷二十五，第九頁。

的，不一定一輩子都拴在固定的馬車上，況且每個人都有自己的理智和良知，即使維護自己的利益，也存在一個選擇最明智的辦法來實現自己目標的問題。從維護生存的眼光看，當時中學派所代表的那套逆近代化潮流而動的做法並不是最明智。戊戌維新失敗後僅十三年，辛亥革命起，清室被迫退位。真正埋葬他們的正是他們自己，旁人的努力，不過是舉手之勞。所以，追溯利益背景說明這樣的爭論，有助於弄清事實真相，但並不是全部。我們相信，這裏邊有深刻的文化原因，或者說是文化的悲劇。他們為一種信念所羈繫，為一個無形的框框所束縛，以致在一個轉變的時代走火入魔。這個信念，這個無形的框框，就是夷夏大防，就是天朝心態。

張之洞在《勸學篇》內特闢一篇《知類》，告誡文人士子要明白劃清界限，不可無內外，不可無人我。他說：「種類之說，所從來遠矣。易同人之象曰，君子以類族辨物。左氏傳曰，非我族類，其心必異。神不歆非類，民不祀非族。禮記三年問曰，有知之屬，莫不知愛其類。是知有教無類之說，惟我聖人如神之化能之，我中華帝王無外之治能之。未可概之他人也。」葉德輝《與俞恪士觀察書》：「人之攻康梁者，大都攻其民權、平等、改制耳。鄙人以為康梁之謬尤在於合種通教諸說。梁所著《孟子界說》，有進種改良之語。《春秋界說》，九論世界之遷變，隱援耶穌創世記之詞，反覆推衍。此等異端邪說，實有害於風俗人心。」「幾若數千百萬中國之赤子無一可以留種者，豈非瘈犬狂吠乎？」洋人接受中國經典，「謂之用夏變夷」；中國人接受西學，「謂之開門揖盜」。「此中界限持之不可不堅。」這種排外，來源於頑固的偏見。葉德輝《非〈幼學通議〉》說：「合五州大勢而論，人數至眾者莫如中國，良以地居北極，溫帶之內氣候中和，得天獨厚而又開闢在萬國以前，是以文明甲於天下，中外華夷之界不必以口舌爭，亦不得以強弱論也。」葉德輝做的只是白日夢，所舉諸條，只有「人數至眾」還符合事實，但人口多、生產力落後不僅不值得自豪，反而是沉重的負擔。他完全不顧事實，自大得連理智也失去了。

中學派的勝利暗示了這樣的事實：至少在短期內朝廷施政的基本方針是抵制近代化的，社會的上層不存在自我更新的可能和希望。觀念和無意識中的夷夏大防轉化為行動，就是逆近代化潮流而動，實行排外方針。恰好這時基層社會裏義和團運動蜂起。這個運動是反抗民族壓迫的，具有反抗性的一面，但基本意識仍然是盲目排外。大師兄、大阿哥、畫符、念咒、設壇、神水、洪鈞老祖、驪山老母、孫行者，五花八門應有盡有，統統都被請出來去「滅洋」。下層的迷信排外主義和上層的有目的排外主義終於在庚子事變中匯為一體。「民心」，一致向外，釀成又一次大失敗。歷史證明，避免挨打，關鍵還是自己國家的富強進步；免除厄運，只有順應世界潮流，主動選擇近代化。如果當時的統治者不是一誤再誤，逆潮而動，以致政治腐敗，民生凋敝，義和團式的悲劇是不會發生的。同時這一悲劇事件告訴人們：中國不可能靠排外而富強。

中國人在近代失敗得太多了，無論是積極改革的運動還是想保存舊物的運動，都沒有成功。洋務自強挫於甲午，維新變法挫於戊戌，朝廷上下一心「滅洋」挫於庚子，二十世紀初的「預備立憲」挫於日益高漲的革命，而辛亥革命挫於洪憲復辟，二次革命之後又有張勳復辟，軍閥統治着中國。短短的數十年，政象恰似走馬燈，你來了我去，我去了你來，但實質上的變動並不大。一方面是表面上的轟轟烈烈，另一方面是實質上的一潭死水，這種令人失望的政象推動了思想文化界對傳統和國民性反省批判的高潮的到來。實際行動一籌莫展之際，自然就要反身自問：這是為甚麼？然而這只是思想變動的一個方面。在另一方面，上天無路入地無門之際，人也很可能懷疑，我是否迷失了？本來發問是不錯的，但在中國特殊的歷史條件下，它不幸地指向了雖然是被動進行的但終究是逐步適應世界潮流的近代化本身。

於是兩方面就構成了衝突，在一個不同的水平上重演了維新變法前的中學與西學之爭，這就是「五四」期間的東西文化論戰。東方派的作為再一次以另一形式表露出中國人的天朝心態。

辛亥革命前，報刊上就已經出現了厭惡走馬燈式的表面變遷，要求回歸古老傳統的言論。一九零五年第四期《東方雜誌》登出亞泉的《物質進化論》，同年第七期《國粹學報》發表許守微《論國粹無阻於歐化》的文章。文中說：「國粹者，精神之學也；歐化者，形質之學也。」「無形質則精神何以存，無精神則形質何以立。」文章告誡世人：「糟粕六經，芻狗群籍，放棄道德，掊擊仁義，其始不過見快一時，謂功業什伯於言行，不必緦緦過計，而其極遂終為天下裂而不可救。」以形質名歐化，以精神名國粹，就是後來東方派把西方文化叫作物質文化，中國文化叫作精神文化的由來。

「五四」期間，杜亞泉在《東方雜誌》發表一系列文章，成為東方派的一員勇將。《靜的文明與動的文明》[1]一文，開頭就說，近年來大至國政大事細至日常瑣碎，「無不效法西洋」，於是就忘記了「固有之文明」。他希望：「吾人今後，不可不變其盲從之態度，而一審文明真價之所在。」他審出甚麼結果呢？「蓋吾人意見，以為西洋文明與吾國固有之文明，乃性質之異，而非程度之差；而吾國固有之文明，正足以救西洋文明之弊，濟西洋文明之窮者。」關於「固有之文明」他在文章中說了一大通，但不着邊際，列舉了一些充其量是民族特性的東西當成文明。不過，他在兩年之後（一九一八年）發表的《迷亂的現代人心》[2]一文，終於簡明地說出那個兩年前欲言又止的「固有之文明」，它就是「周公之兼三王，孔子之集大成，孟子之拒邪說」，「經無數先民之經營締造而成」的「國是」。「吾國所以致同文

1 《中國現代思想史資料簡編》第一卷，浙江人民出版社，一九八二年版。
2 同上。

同倫之盛，而為東洋文明之中心者，蓋由於此。」他認為，西方文化的輸入已經使中國人心迷亂，國是喪失，精神界破產，總之就是人不人，國不國。而固有的國是長於「統整」，「西洋之斷片的文明如滿地散錢，以吾固有之文明為繩索，一以貫之」。而對這一使命，未來的出路「在統整吾固有之文明，其本有系統者則明瞭之，其間有錯者則修整之」。不僅中國人要靠此法才得拯救，而「全世界之救濟亦在於是」。

以中國文化做「藥引」去解救歐洲的文明破產，是當日東方派一個重要論點。其根據是中國文化是道德心性文化，給人以應萬變的安身立命之所。有了它，「雖然外界種種困苦，也容易抵抗過去」。[1] 歐洲人沒有這件萬能的寶貝，他們做「科學萬能之夢」，所以弄得文明快要破產了。梁啟超說：「大海對岸那邊有好幾萬萬人，愁着物質文明破產，哀哀欲絕的喊救命，等着你來超拔他哩，我們在天的祖宗三大聖和許多前輩，眼巴巴盼望你完成他的事業，正在拿他的精神來加佑你哩！」[2] 梁漱溟亦持有相近的思想。他在《東西文化及其哲學》裏，經過一番論證，最後的結論仍然是：「世界未來文化就是中國文化的復興。」[3] 他批評眼下的新文化運動只是西洋化，其實中國人不必捨近求遠，捨裏求外，「孔顏的人生」態度就代表着人類未來的出路。梁漱溟還進而主張：「只有昭蘇了中國人的人生態度，才能把生機剝盡、死氣沉沉的中國人復活過來，從裏邊發出動作，才是真動，中國不復活則已，中國而復活，只能於此得之；這是唯一無二的路。」[4] 當時主張相類觀點而較有代表性的還有陳嘉異、釋太虛等，後

1 《歐遊心影錄》，見陳崧編：《五四前後東西文化問題論戰文選》，第三四三頁，中國社會科學出版社，一九八五年版。
2 同上，第三七四頁。
3 《東西文化及其哲學》，第一九九頁，商務印書館，一九三一年版。
4 同上，第二一三頁。

者在《學衡》雜誌發表《東洋文化與西洋文化》說：「西洋文化，乃造作工具之文化也。東洋文化，乃進善人性之文化也。」「故予於今世盛行之西洋文化，一言以蔽之曰：『造作工具之文化。』而於能用工具之主人，則絲毫不能有所增進於善。惟益發揮其動物欲，使人類進善之幾全為壓伏而已。」

每一種文化都有它的「道」和「器」，都有它的「體」和「用」，形而上的層面和形而下的層面只是本體的兩面，並不是兩件事，中國傳統文化在近代面臨的命運，不是局部性的危機，不是「器」壞了，「用」不適了，而「道」還完好無損，「體」還照樣存在，而是全面性危機。就是說，用一整套傳統文化根本無法解決民族的出路和生存。不論是義理心性、綱常倫紀，還是名教節氣、道德仁義，它們再也沒有自新能力構築出一套制度、典章，融成一套規範、方式，從而成為一個活的文化體，它們必須讓位於理性—法—平等—自由—民主這樣一套現代的形式。這種天下大勢，對於死抱天朝心態不放的中國人來說，是很難理解的。於是就造出種種「神話」來抵抗世界潮流，道器割裂、體用分離的理論自洋務派開始採用後，沿用到東方派。行文是變了，意思卻沒變。從「文武政事」，而「綱常禮義」，而「三綱四維」，而「固有之文明」，而「安身立命之所」，而「孔顏人生態度」，說的都是一個意思：以中國的，也就是「夏」的，去抵抗西洋的，也就是「夷」的。怪不得胡適在《我們對於西洋近代文明的態度》一文痛斥這種怪論：「今日最沒有根據而又最有害毒的妖言是譏貶西洋文明為唯物的（Materialistic），而尊崇東方文明為精神的（Spiritual）。」[1]

「五四」時期的東西方文化問題論戰大致上是發生在第一次世界大戰期間或結束之後，這一情形給東

1 《五四前後東西文化問題論戰文選》，第六四六頁，中國社會科學出版社，一九八五年版。

方派增添了不少勇氣。人家已經破產，自己卻有奇貨可居。那頑固的天朝心態就愈加膨脹，彷彿「固有之文明」不但是救國之方，而且未來必將大行於全世界。胡適說：「歐洲大戰的影響使一部份的西洋人對於近世科學的文化起一種厭倦的反感，所以我們時時聽見西洋學者有崇拜東方的精神文明的議論。這種議論，本來只是一時的病態的心理，卻正投合東方民族的誇大狂；東方的舊勢力就因此增加了不少的氣燄。」[1] 民族自大狂的惡性膨脹，也是這次論戰的特點。

「五四」新文化運動經過一個短暫的高潮之後，迅速地衰落了，這是令人深為惋惜的。但它反映了一個事實，中國社會的改造從上層着手進行已經沒有希望了，從此轉入了自下而上的基層改造運動。但是，在一個沒有充份近代化的國家，無論從上還是從下都存在一個主動順應世界潮流的問題。辛亥革命以前，歷次機會都沒有利用好，沒有解決這個前提性的問題，致使近代化過程呈現出一種被迫的態勢；辛亥革命後，社會改造開始走着自下而上的路，但這並不等於說主動選擇近代化的問題消失了或自動解決了。

從第一次世界大戰後發生的中國應採用何種文化、走甚麼道路的爭論看，背離近代化、逆潮而動的議論還是相當有勢力的。在當時的文化氣氛下，中國人的天朝心態又有了新的表現。不過這時的天朝心態是以東西文化調和論的形式表現出來的。在東西文化論戰中，東方派就相當普遍地表示出「新洋務派」的觀點。早在一九一七年杜亞泉就登出《戰後東西文明之調和》[2] 一文，勸告國人要警惕西洋物質文明的「眩惑」和科學傳入帶來的「害處」。中國今後應該「以科學的手段，實現吾人經濟的目的。以力行

1 《五四前後東西文化問題論戰文選》，第六四七頁，中國社會科學出版社，一九八五年版。
2 《五四前後東西文化問題論戰文選》，中國社會科學出版社，一九八五年版。

的精神，實現吾人理性的道路」。章士釗在《新時代之青年》[1]一文中說：「一面開新，必當一面復舊。物質上開新之局，或急於復舊，而道德上復舊之必要，必甚於開新。」陳嘉異《東方文化與吾人之大任》[2]一文，亦不否認「所抉擇所消化之西方文化之菁英」與「東方文化之菁英」「相接相契」，而「自有彼此莫逆而笑相見一堂之一日」。梁啟超《歐遊心影錄》下篇《中國人對於世界文明之大責任》亦說：「拿西洋的文明來擴充我的文明，又拿我的文明去補助西洋的文明，叫他化合起來成一種新文明。」「五四」以來日益興旺的東西文化調和論背後有一個很強烈的動機，就是他們捨不得古老的東西，而老一套實在又沒有甚麼生命力，所以只好玩弄長短優劣精華糟粕的「辯證法」來搪塞、來抵抗近代化。所以他們的折中論從來都是不談具體問題，籠而統之講抽象的大道理。

一九三五年王新命等十教授發佈《中國本位的文化建設宣言》[3]（以下簡稱《宣言》），就把「五四」以來的時髦折中論發揮到極致。這個宣言有感於「中國在文化的領域中是消失了；中國政治的形態，社會的組織，和思想的內容與形式，已經失去它的特徵」。所以十教授認為，必須恢復失去的中國特徵，「從事於中國本位的文化建設」。《宣言》建議，對中國文化，「加以檢討，存其所當存，去其所當去」；對於西洋文化，「要有不盲目模仿的決心」，「但須吸收其所當吸收」。總而言之，根據「中國本位」，「不守舊，不盲從」。這篇宣言，「辯證」的氣味十足，此前此後一切主張調和論，欲言而又不能言的人，恐怕這篇《宣言》就是他們的心聲了，而折中論的主張，也不會比它更「辯證」的了。但正如胡適譏評

1 《五四前後東西文化問題論戰文選》，中國社會科學出版社，一九八五年版。
2 同上。
3 《中國現代思想史資料簡編》第三卷，浙江人民出版社，一九八三年版。

的那樣：「十教授在他們的宣言裏，曾表示他們不滿意於『洋務』『維新』時期的『中學為體，西學為用』的見解。這是很可驚異的！因為他們的『中國本位的文化建設』正是『中學為體，西學為用』的最新式的化裝出現。說話是全變了，精神還是那位《勸學篇》的作者的精神。」1

從張之洞玩弄「辯證法」開始，調和折中論就是中國人無意有意排拒近代化的一件利器，它貌似公正、全面、平和，欺騙了不少人，也因為它本身也愈來愈「全面」，愈來愈「辯證」，贏得不少同道的喝彩。假如中國現在已邁過了發展中的階段，我們可以設想，它的文化在某些方面一定會不同於廣義的西方，也可以說這些不同即是文化融合所顯示的中國特點。但這只是就近代化過程的結果方面說的。每一步的結果根本不必人為地去呼籲，人為地提醒注意，它會自然而然出現。現在，折中調和論把事後的自然結果當成近代化行進過程中的指導觀念，施之於現實生活，一定會引出消極的結果。張之洞們何嘗不是持批判態度，對西洋文化，「吸收其所當吸收」；對傳統文化，「存其所當存，去其所當去」。結果怎樣呢？在實踐中，甚麼是「所當吸收」？甚麼是「所當存」？甚麼是「所當去」？都是各人有各人標準，是其所是，非其所非，各個利益集團自有去取。甚至甚麼是「批評態度」也可以打上問號。在這種條件下，一概衡之於「中國本位」，這個「中國本位」勢必就是把持權力的集團的「中國本位」。《翼教叢編》裏記載得清清楚楚，張之洞和一幫湖南鄉紳就是藉口「中國本位」受威脅被破壞而起來聲討康梁異端，毀壞學堂，捕捉維新志士，查封宣傳變法的報紙。再進一步說，慈禧何嘗不是藉口綱常倫理、祖宗大法而殺害維新六君子。況且對中國來說，近代化過程也是由一元封閉社會過渡到多元開放社

1《試評所謂「中國本位的文化建設」》，見《中國現代思想史資料簡編》第三卷，浙江人民出版社，一九八三年版。

會的過程，搬出甚麼「本位」，甚麼「特徵」出來，完全是多餘的和有害的。建設一個開放社會，只有通過充份近代化的途徑，讓每一個人，每一個利益集團，根據他們的理智和良心來選擇。選擇中必定有吸收，有存留，有捨棄，但這已經屬於選擇者的權利範圍，而不是甚麼「中國本位」這種指導觀念的事。根據「中國本位」，裁定甚麼是精華，甚麼是糟粕，越俎代庖，強制服從，這實際上是做不到的。近代中國已經吃夠折中調和論的苦頭了。然而，骨子不變，花樣翻新，這說明頑固的天朝心態對近代化的不適應和阻抗。

自明末傳教士進入中國大陸，給中國人帶來另一種具有相當異質性的文化後，產生了上述邪正、夷夏、中學與西學、東西方文化、折中調和這樣五次較大的爭辯。每次的具體形式都不相同，從爭辯的行為方式來說，第一次最粗野，往後逐漸好轉。但這五次爭辯都貫串着統一不變的調子，這就是天朝心態。透過那些各式各樣的議論，我們知道三百多年來，他們做着同一件事，就是保衛一件東西。開頭這件東西叫「聖教」，後來又叫「綱常倫紀」或「三綱四維」，又後來叫「固有之文明」，最後叫莫名其妙的「本位文化」。其實，名稱叫甚麼，是不要緊的，能否保得住，也不重要，重要的是保衛本身。我們從所保衛的那件東西的名稱變化也看得出來，開頭它還有實際內容，後來則愈來愈模糊，愈來愈朦朧，到最後只剩「本位文化」的空殼，但保衛的熱情和勇氣始終盛而不衰。這倒不是說中國真有甚麼獨一無二祖傳秘寶值得保衛，而是保衛「本身」是萬不能丢的。一事當前先是保衛，然後再問保衛的是甚麼，有時候所捍衛之物毫無價值也在所不惜。就像人死哭喪，開頭是生者寄託哀思，是真性情的流露，後來變成具有固定程序的儀式，有沒有真性情倒不要緊，關鍵是在恰當的時間，恰當的地點，按部就班地號啕大哭。一旦人死哭喪演變到按部就班有儀有式號啕的地步，它就反過來扼殺真正的親情和哀思。

同理，對於自己文化傳統、信仰的執着和偏愛，如果發展到喪失理智的狂熱程度，就會嚴重阻礙人們對變化世界的適應。文化——包括形而上和形而下兩個層面——的創設，本意是為增進人的福祉和改善人的生活。一旦反客為主，人喪失主動選擇的意欲與能力，舊文化反而不能獲得新生，而人卻成了殉葬品。明末以來的五次論辯充份地表現了這種根深蒂固的文化病和病態的國民性。

辛亥革命之前，就有人從國民性的角度分析中國人的民族自尊。一九零五年《民報》刊出《民族的國民》一文，文章說：「我民族有自尊之性質，自以神明之冑，不當與夷狄齒，故對於他民族，無平等之觀念，至於用夏變夷，尤非所堪。」[1]不過，當時正值種族革命的前夕，民族自尊甚至民族狂熱的情緒，顯然有助於發動民眾，激勵節氣。所以，那時候的時論，反思批判主奴根性的較多，而對阻礙近代化進程的夷夏觀念、天朝心態的批評較少。真正的深刻反省，還是要等到十幾年之後的「五四」時代。這個時代的思想自由和文化開放，創造了反思這個敏感問題的客觀條件。

陳獨秀於一九一六年發表《吾人最後之覺悟》[2]，他深感於明末天主教傳入以來，兩種文化的衝突已斷斷續續有數百年，而國人猶未能逮「最後之覺悟」。因為「吾人惰性過強，旋覺旋迷，甚至愈覺愈迷，昏瞶糊塗，至於今日」。[3]把中國人天朝心態的國民性格刻劃得十分清楚。魯迅說，中國人是「合群的自大」「愛國的自大」「他們自己毫無特別才能，可以誇示於人，所以把這國拿來做個影子；他們把國裏的習慣制度抬得很高，讚美的了不得；他們的國粹，既然這樣有榮光，他們自然也有榮光了！倘

1 《辛亥革命前十年間時論選集》第二卷上冊，三聯書店，一九六三年版。
2 《陳獨秀文章選編》上冊，三聯書店，一九八四年版。
3 魯迅《隨感錄三十八》《熱風》，見《魯迅全集》第一卷，人民文學出版社，一九八一年版。

若遇見攻擊，他們也不必自去應戰，因為這種蹲在影子裏張目搖舌的人，數目極多，只須用 mob 的長技，一陣亂噪，便可制勝。勝了，我是一群中的人，自然也勝了；若敗了時，一群中有許多人，未必是我受虧」。「多有這『合群的愛國的自大』的國民，真是可哀，真是不幸！」魯迅的話都是有針對性的，他把「愛國自大家」的意見概括成五種。甲：「中國地大物博，開化最早；道德天下第一。」乙：「外國物質文明雖高，中國精神文明更好。」丙：「外國的東西，中國都已有過；某種科學，即某子所說的云云。」丁：「外國也有叫化子——（或云）也有草舍——娼妓——臭蟲。」戊：「中國便是野蠻的好。」這顯然是將明末以來守舊派的議論加以誇張或漫畫化。自明末邪正之爭以來那些「愛國自大家」的議論，不用說在骨子裏非常相像於魯迅概括的這五種，就是在語言和句式上也往往相似。自大家們為自大和傲慢張本的根據和理由，都跳不出這五種模式。魯迅也無情地諷刺折中調和論，說它們是「學了外國本領，保存中國舊習。本領要新，思想要舊。要新本領舊思想的新人物，馱了舊本領舊思想的舊人物，請他發揮多年經驗的老本領。一言以蔽之：前幾年謂之『中學為體，西學為用』，這幾年謂之『因時制宜，折衷至當』」[1]。魯迅打趣這種一廂情願的折中是「早上打拱，晚上握手；上午『聲光化電』，下午『子曰詩云』」。[2]

魯迅對國民的天朝心態有相當深刻的感受，因此他非常恰切地把這種國民性稱做「合群的愛國自大」。自大本是人類的通病，說成人性的弱點也不為過。即使自輕自賤如阿Q者，也會說：「我們先前——比你闊的多啦！你算是甚麼東西！」可是，自大一旦附上合群和愛國，就變成阻礙國民改革和進

1 《隨感錄四十八》《熱風》，見《魯迅全集》第一卷，人民文學出版社，一九八一年版。
2 同上。

步的頑症。自大而合群，即是說自大是建築在群的基礎上的，不管這群好不好，有沒有病態，也不管群得怎麼樣，只要群在，就有機會，也有理由自大。倘若有幾個「個人的自大」出來，超拔於群上，並且指出這群有種種病態，立刻便被戴上「狂」的帽子，為群所不齒，以致被群所扼殺放逐。當年魯迅就這樣感嘆。其實，近代中國並非沒有仁人志士，但仁人志士都沒有好下場，他們或急或緩，總是被「自大群」吞噬掉。自大而愛國，即是說自大得師出有名，堂堂正正。誰敢指出這有甚麼不妥，有甚麼需要改進，立刻一頂「不愛國」「異類」，甚至「數典忘祖」的大帽子飛過來。在這種病態的「愛國狂」裏過日子，即使有心改革，有心從頭做起，也不得不小心謹慎，如履薄冰。而怎樣作偽，怎樣欺騙，只有「愛國」，就立刻堂而皇之。「合群的愛國自大」病，使人無法看清，也不願看清所合之群有甚麼病態，所愛的國有甚麼不足，一味自大，一味排外，結果怎樣呢？翻翻近代史——教訓夠多了。

第二節　天下模型與世界帝國

古人由於受交通條件和地域分割的限制，總是以為自己的居住地就是世界的中心。這一點不獨中國，其他各民族也是這樣。錢鍾書《管錐編》第四冊二七六則《全隋文卷三一》說：「如法顯《佛國記》稱印度為『中國』而以中國為邊地，古希臘、羅馬、亞剌伯人著書各以本土為世界中心。」細考民族中心意識，大約一半出於無知，一半出於傲慢和偏見。無知助長了傲慢和偏見，傲慢、偏見反過來阻礙了人類的求知。不過，在文明早期演變歷史上，黃河區域和地中海區域是大有不同的。前者基本上是在相對封閉的環境中發展演變，而後者在相互交流的質和量方面遠較前者深廣得多，因而也就為擺脱和淡化民族中心意識及早準備了條件。中國歷史上並非沒有不同文化之間的交流，並非沒有不同種族間的混血和融合，但真正的文化衝突到了近代才開始，才從「大一統」走向多元化，也就是說，到了近代，才開始形成擺脱和淡化民族中心意識的條件，不難想像，這個過程是怎樣艱難和曲折的。

公元前兩千年的文明化地區，居亞洲東部的中國不算在內，大體上有地中海區域、幼發拉底河和底格里斯河兩河流域以及印度河流域。[1] 這三個區域的空間距離雖然不算近，但沒有甚麼特別的難以逾越的天然屏障，隨着文明的成長，相互間展開着大規模的交流。交流的方式有商業貿易、學術文化，更有部族和國家間的征伐。特別是地中海區域，由於海路的便利，大大地助長了貿易、冒險、殖民等活動。從公元前十二、十一世紀，居住在希臘地區的人，就不斷地渡過愛琴海，向小亞細亞的沿岸遷徙。公元前八世紀到前六世紀形成移民高潮，移民範圍遠遠超出愛琴海東岸，東北到達黑海沿岸，西到意大利半島、西西里島、西班牙的東南岸，南到尼羅河口、利比亞，周圍隨處都有希臘人的足跡。他們在殖民地建立起自己的城邦。[2] 殖民活動並不限於希臘本土的希臘人，腓尼基殖民活動也很頻繁，腓尼基在地中海的東岸，而它的殖民定居點遠在地中海通往大西洋的出口處。學術文化的交流也如此。埃及文明興起得早，幾何學和天文學知識相當發達，最早的太陽曆就是古埃及人發明的，而金字塔的建築，更證明當時幾何學的成就。古埃及的天文學和幾何學知識通過各種途徑傳到希臘，對希臘的哲學、幾何學產生重要影響。希臘的哲學大師，有不少人漂洋過海遊學埃及。毫無疑問，他們所以能對人類思想作出如此重大的貢獻，自然得益於當時「自由開放」的文化環境。

1 《錢伯斯世界歷史地圖》，三聯書店，一九八一年版。
2 吳於廑：《古代的希臘和羅馬》，第二章「雅典國家的形成和發展」，中國青年出版社，一九五七年版。

上述三個區域的另一交流和滲透的方式是戰爭攻伐。翻開世界史，我們看到這裏的戰爭連年不斷，國界的伸縮隨着帝國的興衰時有更動，根本就找不出一個定於一尊的主導區域。埃及帝國盛極一時，公元前十五世紀左右，它的版圖達到近東的歐朗提斯河流域，到了公元前九世紀，這一帶又成了腓尼基、敍利亞、以色列等國的國土。公元前六世紀左右，波斯帝國崛起於伊朗高原，並在波斯王大流士執政的年代裏，出征十九次，俘虜九個王。東部到達印度河流域，西部的勢力範圍達到歐洲，昔日強盛的埃及帝國、赫梯帝國已經不復存在。古代文明起源的尼羅河、兩河流域、印度河流域第一次全面打通，置於一個政權的管轄之下。大流士喜愛征伐，自封為「萬王之王」，「從日出處到日落處之王」。雅典國家曾三次抵抗波斯遠征軍，三次戰爭雖然都以戰勝告終，但愛琴海東岸的希臘人城邦，卻不得不落入波斯人手中。挫敗波斯人的進攻之後，雅典人建立起自己的海上霸權，以保護市場和貿易通路。公元前五世紀左右，從前一個蕞爾小邦的雅典，成為地中海最強盛的帝國。伯羅奔尼撒戰爭（公元前四三一—前四零四年）之後，雅典急劇衰落，位於希臘北部的馬其頓奇蹟般地崛起，亞歷山大的鐵蹄，橫跨歐、亞、非三洲，像一股迅猛的旋風，摧毀了各自為政分地把守的皇宮和勢力範圍，昔日波斯帝國的版圖全部落入亞歷山大的手中。亞歷山大死後，他的帝國一分為三，即安提柯王朝統治下的馬其頓，托勒密王朝統治下的埃及和塞琉古統治下的敍利亞。從亞歷山大帝國到羅馬帝國崛起東侵這段時期（公元前四世紀末到公元前一世紀），歷史學家把它叫做希臘化時期，意思是希臘文化隨着亞歷山大的騎兵廣泛傳播到帝國的領地。我們知道，哲學聖人亞里士多德曾是亞歷山大的老師。當然，希臘化這個名詞有片面性，實際上東方文化，例如起於敍利亞地區的猶太基督教，古巴比倫人的幾何和曆法，印度人民間傳說故事和算術、醫學，都由於戰爭帶來的種族混合和住民遷徙，廣泛地影響歐洲。眾所周知，在羅馬帝國期內，希臘哲學和基督教相互補充，它們和羅馬法一道，構成近代歐洲文化的三個重要源頭。

粗略地看這段人類早期歷史，似和黃河流域的境況並無不同，一如《新約．馬太福音》說的，「民攻打民，國攻打國」，不外征戰、掠奪、混血、殺人和興衰變幻。但是我們應該注意到一個事實，在這段歷史時期乃至以後，沒有任何一個民族或種族能建立起一個持久的中心政權，即以自己為中心而統治周圍邊陲地區。公元前三十世紀左右興起的古埃及、巴比倫、印度文明，曾幾何時，蕩然無存。盛極一時的波斯帝國，隨着亞歷山大東侵而解體，希臘城邦也同樣不能持久，橫跨三洲的亞歷山大帝國維持十多年便一分為三，後來羅馬帝國也同隔海相望的迦太基對峙了一個多世紀。就是說，它是無中心的多元混合的演變。即使某些民族或國家頑固地堅持自我中心，但事實又會把這種妄想砸得粉碎。沒有事實來支持的一廂情願是不能持久的。無中心的多元混合給人類帶來的一個莫大的好處，就是容易以平等的心態了解不同於自己的對方，即使暫時不能和平相處，但卻能孕育出平等相處的原則，並且促進了各民族之間的理解，這是人類通往和平相處必不可少的學習階段。歷史學家是這樣評價亞歷山大東侵的：「由於東西知識的融會，哲學家的胸襟眼界都大大地比以前開闊了。我們姑且不去細論在希臘化時期興起的斯多噶和伊壁鳩魯兩派哲學的內容。但有一點是可以指出的，即這兩派哲學家所說的人已經不是屬於狹隘的城邦的人，而是屬於復載之間的世界的人。他們已經泯除了亞里士多德的希臘人和『蠻人』之間的界限，認為凡是人都可以用理性追求人生的幸福。這種超越種族和國界的對人的看法，無疑是亞歷山大帝國以後東西兩方交互滲透的歷史現實在思想上的反映。」[1] 哲學家的認識能夠達到這個程度，是長久

1 吳於廑：《古代的希臘和羅馬》，第八六頁，中國青年出版社，一九五七年版。

以來無中心多元交流混合的結果。開始的時候不同民族和國家間交流只是偶然的接觸，以後就逐漸發展為廣泛而深刻的交流。以此反觀中國古代思想家，幾乎沒有一人能超越種族和國界看人類的，後儒不必說，明達如孔子，也要堅持夷夏之防的原則：「夷狄之有君，不如諸夏之亡也。」（《論語．八佾》）嚴諸夏與諸夷之大防，一直是民族意識的基礎，不同民族與國家之間的平等意識簡直就沒有。所以，頑固的天朝情結一直伴隨到現代，成為中國從封閉到開放，從「大一統」到多元的巨大障礙，我們認為，這是與民族形成和歷史演變的獨特之處分不開的。

華夏文明孕育於黃河流域，這個區域遠離地中海和印度河，位於亞洲的東部。它東南臨海，隔海相望的島嶼至少到公元前十一世紀，還是荒蠻之地，北部有蒙古荒漠，西邊則是戈壁灘和沙漠，只有一條細小的商路即絲綢之路通波斯，西南更有崇山峻嶺、青藏高原做屏障，距離其他早興起的文明空間距離遙遠，地理環境不便於大規模交流，使華夏文明一直在獨立自成一體的狀況下成長。對不同民族和國家的無中心多元交流來說，這樣的地理環境，是人事努力難以彌補的天然缺陷，除非等到人類的交通工具和技術大為發展，能夠跨越地理限制的那一天。

太遙遠的歷史已不能詳考，不過華夏民族由古代分佈在黃河流域的許多不同部落融血混合而成，這大概沒有甚麼疑問。據《史記．五帝本紀》記載，今陝西一帶有姬姓黃帝部落和姜姓炎帝部落，而晉、冀、豫交界的地方有九黎部落，酋長名蚩尤。炎、黃部落曾和九黎部落發生多次激烈攻戰，結果是黃帝勝九黎，蚩尤被殺。黃河下游則居住着太昊氏與少昊氏，太昊氏的圖騰是蛇身人首，少昊氏的圖騰是鳳鳥。遠古黃河流域部落間的征戰、掠奪十分頻繁，這從古代神話、傳說中可以看出來。所謂華夏民族起源於一個共同祖先，即黃帝的說法，不過是個現代「神話」，它反映了後來中國人的民族中心意識。華夏民族在事實上不可能有一個一直居中心地位的共同祖先，所謂黃帝是共同祖先的認同，是後儒為民族優越論尋找理論根據而追認的。

不過，多部落無中心的早期民族混合到夏王朝的時候已開始改變。在征戰攻伐中逐漸形成一個強有力的中心民族，它無論在力量還是文化上都處於遠遠強大和高於四周蠻族的水平，在力量可及的中心區域的周圍，再也沒有強勁的競爭對手，也沒有可危及民族存在的潛在侵略者。儘管中央政權有時強大，有時衰弱，甚至被推翻而改朝換代，但中心民族對四周蠻族的觀念始終沒有變。中央政權的衰弱或被推翻，並不等於就變成地中海和近東地區那種多元的混合局面。一般來説，這還是中心民族自己內部的事情，即由於統治者的「失德」造成的。《尚書．召誥》：「我不可不鑒於有夏，亦不可不鑒於有殷。」《詩．大雅．蕩》：「殷鑒不遠，在夏後之世。」只要以「有德」的統治者取「失德」的統治者而代之，問題即告解決。即使邊地蠻族以強凌弱，入主中心民族，由於中心民族的文化優勢，蠻族的入主不是不能持久就是被同化。無論上述何種情況發生，都不能改變這一區域民族和歷史演變的特殊處：以一個在文化上處於優勢地位的民族為中心同四周低發展蠻族之間交流和混合。這種有中心的一元演變類型同前述地中海近東區域無中心多元演變類型是大不相同的。前者的演變是高發展向低發展地區普及，並且同化和吸收邊地民族，所以中心與邊地的對立和緊張始終存在。邊地民族不斷向中心民族滲透，中心民族則以主角身份抵禦邊地民族的文化滲透，因為他們要保持文化優勢和權威性。不得不認為，這種帶有封閉性的民族和歷史演變類型極大地助長了人性中的傲慢和偏見，以此為基礎，逐漸積澱為民族的集體無意識——天朝心態；表現為頑固的國民性格——合群的愛國自大。

夏王朝的崛起約在公元前二二零零年，這是由夏後氏、有扈氏等十二個姒姓的氏族部落組成的部落聯盟，在制度組織上已有國家的雛形。即使在這個不充份的發展水平上，夏同四周的蠻族已有很明顯的主、從關係，反映在外交上就是宗主與附庸的關係。據《尚書．禹貢》[1]記載，禹治水平土，劃定九州疆界，巡視各地。《禹貢》在敘述山川地理形勢時屢屢提到「貢」，如「任土作貢」「厥貢漆絲」「厥貢鹽」「厥貢惟土五色」「厥貢惟金三品」「厥貢羽毛齒革惟金三品」「厥貢漆枲絺紵」「厥貢璆鐵銀鏤砮磬」「厥貢惟球琳琅玕」。「貢」的概念在《禹貢》裏當有兩種意識，一是夏王朝本土人民納的賦稅，另一個是王朝直接統治不到但不得不歸化宗主的邊地民族所進的貢物。《禹貢》裏明文提到的貢品是「島夷」「萊夷」「和夷」進貢的。朝貢國和宗主國之間關係已初步形成。諸夏成了這個區域的事實上的中心民族，天朝意識亦隨之萌生。《禹貢》：「四海會同，六府孔修。庶土交正，厎慎財賦。咸則三壤成賦，中邦錫土姓。祗台德先，不距朕行。」一般認為，秦統六國開創「大一統」局面，事實上文化上的「大一統」意識早已產生，夏、商、周三朝即在不同程度上實踐着「大一統」。

《禹貢》還記載甸服、侯服、綏服、要服、荒服五服制度。「服」即是臣服、服從的意思。以王城為圓心，周圍五百里者屬於「甸服」，向居住王城的統治者繳付農作收成；「甸服」以外的五百里地方為「侯服」，為國王和統治者服規定的各類勞役；「侯服」以外五百里地方服「綏服」，根據遙遠的王城規定的典章制度推行文教和承擔保衛國王的王城的義務；「綏服」以外又五百里地方服「要服」，遵從國王的道德教訓，可以減輕賦稅；「要服」以外又五百里地方服「荒服」，「荒服」同「要服」一樣，沒有

1 關於《禹貢》成書年代，史學界說法不一，有說成於西周，有說成於戰國，有說成於漢一統之後。但不論成於何代，它保留了古代傳說和古人的某些觀念則無疑問。王世舜認為《禹貢》裏說的「五服制度」純係後人假託。（《尚書評注》）筆者認為，「五服制度」的有無並不重要，重要的是它反映了深遠的民族中心意識。

甚麼實質性內容，只是規定那裏的人要順從王城禮節風俗，改變其故俗。五服制度是否在歷史上特別是夏王朝實行過，這並不重要。以情理推測，完全做到的可能性不大。古人的地域劃分絕沒有那樣精確，如《禹貢》：「五百里甸服。百里賦納總，二百里納銍，三百里納秸服，四百里粟，五百里米。」不但古人的組織和技術措施無法保證能夠充份實行這種五服制度，更兼地形複雜，硬以多少里規定何種義務似不合情理。但從了解古人世界觀的角度說，五服制度的思想卻十分重要，筆者認為它反映了古人對世界的看法，即中國人的「天下模型」。王城所在地就是世界的中心，四周庶眾要根據規定履行各項義務，其中在王城周圍一定區域以內的庶眾屬於「自己人」，以外的地區則屬歸化的屬國。五服之中，甸、侯、綏大概還屬於諸夏，要、荒則是邊疆的夷狄。正如貝塚茂樹說的：「服荒服、要服的國家都是外國，是夷狄的國度，但在認可中國的權威、服從非常鬆散的統治的意義上加入中國的世界。就是說，愈是這樣往外推就愈沒有實質性統治的世界就散佈開來。結果，中國帝王的權力遍及四方，天下在中國支配下，不過，那種支配方式存在不同尋常的階段。這種思想通過五服表現出來，這大體上是第一次的中國的世界，也就是天下。」[1] 從理論上講，在古人的「天下模型」裏，是沒有明確疆界的，用夏變夷沒有止境，全看夏的實力變化而有伸縮。後代皇帝誇耀自己的聲教，好套用《尚書》首篇《堯典》「光被四表」的話，意即以自己，當然也包括本土文教在內為中心，澤及四方夷狄。古人的這種世界觀念，並不意味着他們具有擴張和爭霸世界的慾望，相反，這是基於封閉性的民族和歷史演變類型而產生的觀念，它主要針對中心區域和地方區域因不同的文化風俗習慣而產生的對抗與緊張，骨子裏不是力量的自信與擴張欲求，

1 《中國的傳統與現代》，第五四—五五頁，中公新書。

而只是夜郎自大式的文化優越感與傲慢。

中心的概念有兩層含義，首先是地理位置的中心，服五服的地域，都是東、南、西、北，環繞着王城，王城處於六合之內的中心；其次是文化的中心，周邊的夷、狄、戎、蠻沒有聲文教化、禮儀典章，他們屬於化外之民。《禮記．王制》：「東方曰夷，被髮文身，有不火食者矣。南方曰蠻，雕題交趾，有不火食者矣。西方曰戎，被髮衣皮，有不粒食者矣。北方曰狄，衣羽毛、穴居，有不粒食者矣。」文化低發展的夷狄，如眾星拱月，護衛着中原地帶的高文化區。不過，在「天下模型」裏，四方夷狄不是以平等角色參與這個「世界帝國」的，只是以卑微的角色作為附庸，以臣服中央統治為前提，廁身於「世界帝國」。作為國家，諸角色的平等是不存在的。《禮記．明堂位》所記周公明堂之位就是「天下模型」的現實化，「世界帝國」的象徵。

> 昔者周公朝諸侯於明堂之位。天子負斧依南向而立，三公，中階之前、北面、東上。諸侯之位，阼階之東、西面、北上。諸伯之國，西階之西、東面、北上。諸子之國，門東、北面、東上。諸男之國，門西、北面、東上。九夷之國，東門之外、西面、北上。八蠻之國，南門之外、北面、東上。六戎之國，西門之外、東面、南上。五狄之國，北門之外、南面、東上。九採之國，應門之外、北面、東上。四塞告至，此周公明堂之位也。明堂也者，明諸侯之尊卑也。

明堂禮儀的實質，和五服制度是一樣的。天子位於中，然後隨着尊卑、親疏、貴賤而周圍羅列。夷、狄、蠻、戎非不加入明堂之位，只是站得遠遠的，位置在大門之外。它們的位置，象徵着它們在「世界帝國」中的地位。毫無疑問，最理想的秩序就像明堂之位象徵的那樣，每種角色都安於被派定的位置，不作非份想，不僭越。那就是天下一家，不妨存異。「中國夷蠻戎狄皆有安居、和味、宜服、利用、備器。五方之民言語不通，嗜慾不同。達其志，通其欲。」（《禮記．王制》）

遠古華夏人的「天下模型」這種世界觀念深刻地影響到他們處理與外部世界交往的方式，大體上說，跳不出以下兩種格局。第一，嚴夷夏之防，不論何時何地何種條件之下，都主動地劃清與不同文化的種族或國家的界限；第二，從內心裏鄙視它們，把任何感興趣與自己打交道的民族或國家，當成歸化者和朝貢者。辨別清楚夷夏界限，是固守「天下模型」的基礎。因為在這種世界觀念看來，世界諸民族、諸國家是可以實現一體化的，能夠做到天下一家。但它的一體化不是多元的相互平等的合理秩序，而是以我為中心的一體化，天下一家的家裏面，不能缺少一個支配的家長。有中心就有非中心，劃清這種界限，確定各自擔當的角色，分派好貴賤尊卑，正是實現一體化秩序的先決條件。既然有中心和非中心的區別，任何兩者的交往自然就成了上對下的關係。在上者賜施恩澤，在下者俯就仰承。

在古代典籍裏，勸誡、執着於夷夏之防的比比皆是，多不勝舉。《周易》同人卦：「象曰。……君子以類族辨物。」《繫辭上》：「方以類聚，物以群分，吉凶生矣。」《周禮．天官冢宰》：「辨方、正位。」這裏「方」的概念大約是沿用商人對四周邊疆小國稱方或邦方的用法。在商王朝強盛的武丁時期，商的周邊有御方、井方、危方、馬方等三十幾個方國。在商西北有土方、貢方、鬼方、羌方，商的南部有人方、虎方。[1] 諸方的存在，對王朝來說，雖不甚大，然亦不可小視。王朝和諸方，根本上就

1 《中國史綱要》第一冊，第二章，人民出版社，一九七九年版。

不是一類，不同的類聚在一起，分成群，就產生了吉凶。夷夏之辨的意識即華夏人的氏族意識空前地高漲，是在春秋時代。那時周室衰微，夷狄崛起，屢屢侵掠屬周朝本土的諸侯國。在形勢上，華夏人似乎覺得中原聲文教化受到嚴峻的考驗，需要奮起保衛。正因為這樣，晚清的守舊派常拿晚清的西風東漸比做春秋亂世，西洋人就是當年被髮文身、不禮父母、如同禽獸的夷。春秋時期高漲的民族意識反映在文獻上就是《春秋》和三傳。《春秋》用魯國紀元，據說是尊正統，裏面記述齊桓公、晉文公的霸跡特別多，後儒就認為《春秋》大義是「尊王攘夷」。以後每當蠻族入侵，中原危急時，就會出現「尊攘」的思想，申明《春秋》大義。三傳對《春秋》的註釋，除了推重它明辨是非、分清善惡、標舉德義方面的大義外，還特別強調它「誇揚霸業，推尊周室，親愛中國，排斥夷狄，實現民族大一統的理想」[1]方面的大義。經《春秋》三傳講求尊攘和「撥亂反正」，夷夏大防的褊狹民族意識算是牢牢地扎下了根。

《左傳》莊公十六年記晉武公伐夷，「執夷詭諸」。又，閔公元年：「狄人伐邢，管敬仲言於齊侯，曰：『戎狄豺狼』，不可厭也；諸夏親暱，不可棄也；宴安鴆毒，不可懷也。『詩云』，豈不懷歸，畏此簡書。簡書，同惡相恤之謂也。請救邢以從簡書。齊人救邢。」又，襄公四年：「因魏莊子納虎豹之皮，以請和諸戎。晉侯曰，戎狄無親而貪，不如伐之。『魏絳曰』，諸侯新服，陳新來和，將觀於我，我德則睦，否則攜貳，勞師於戎，而楚伐陳，必弗能救。是棄陳也。諸華必叛。戎，禽獸也。獲戎失華，無乃不可乎？」又，襄公三十年記師曠之言曰：「狄伐魯，叔孫莊叔於是乎敗狄於咸，獲長狄僑如，及虺也，豹也。」又，昭公九年：「周甘人與晉閻嘉爭閻田。晉梁丙、張趯率陰戎伐潁。王使詹桓伯辭於晉

1 朱自清：《經典常談》，第四四頁，三聯書店，一九八一年版。

曰，我自夏以后稷、魏、駘、芮、岐、畢，吾西土也。及武王克商，蒲姑、商奄，吾東土也。巴、濮、楚、鄧，吾南土也。肅慎、燕、亳，吾北土也。吾何邇封之有？文、武、成、康之建母弟以藩屏周，亦其廢隊是為，豈如弁毛，而因以敝之？先王居檮杌，於四裔以御螭魅，故允姓之姦居於瓜州。伯父惠公歸自秦而誘以來，使逼我諸姬，入我郊甸，則戎焉取之。戎有中國，誰之咎也？后稷封殖天下，今戎制之，不亦難乎？伯父圖之。我在伯父，猶衣服之有冠冕，木水之有本原，民人之有謀主也。伯父若裂冠毀冕拔本塞原專棄謀主，雖戎狄其何有餘一人。」又，昭公十三年記子服惠伯歷數叔向之言曰：「君信蠻夷之訴，以絕兄弟之國，棄周公之後。」《左傳》所記的征伐攻略，大別為兩類，一是諸夏之間的紛爭，這是「兄弟鬩於牆」。對這類紛爭，則用善惡、有德無德的標準衡之。另一類是諸夏與諸夷的攻伐，對諸夏而言，就要「外禦其侮」。《左傳》提到諸夏時，或用「某人」，如晉人、衛人等稱呼。對諸夷則不稱「某人」，而採用傳統的狀其似禽獸的狄、戎、蠻、夷的稱呼。諸夏人對周邊民族戒備和輕賤已經成為深入人心的習慣心理和看法。

《公羊傳》和《穀梁傳》解釋《春秋》經文，多係望文生義，索解出來的微言大義離題甚遠。但它們的解釋，多少反映出作者對事物的看法。和《左傳》的作者一樣，《公》、《穀》兩傳的作者，同樣執着於華夷大防。《公羊傳》莊公十年釋「獲」字說，「不與夷狄之獲中國也」。莊公十八年釋「公追戎於濟西」云：「此未有言伐者，其言追何？大其為中國追也。此未有伐中國者，則其言為中國追何？大其未至而豫御之也。」僖公元年釋「齊師、宋師、曹師決於聶北。救邢」，云：「救不言次，此其畝次何？不及事也。不及事者何？邢已亡矣。孰亡之？蓋狄滅之。曷為不言狄滅之？為桓公諱也。曷為為桓公諱？上無天子，下無方伯，天下諸侯有相滅之者，桓公不能救，則桓公恥之。」僖公四年釋「楚屈完來盟於師，盟於召陵」云：「夷狄也，而亟病中國，南夷與北夷交，中國不絕若線。桓公救中國而攘夷狄，卒怗荊，以此為王者之事也。」成公十五年：「春秋內其國而外諸夏，內諸夏而外夷狄。王者欲一乎天下，曷為以外內之辭言之？言自近者始也。」這段註腳可為「天下模型」的世界觀念進一確解。作為一個「世界帝國」，並不絕對排斥夷狄，但必須以中國為中心，並且表示歸化中國，從而取得卑微的一角的位置。《穀梁傳》嚴夷夏之防的觀念同《公羊傳》完全一樣。《穀梁傳》僖公三十三年，把秦歸入狄類，其理由是：「秦越千里之險，入虛國，進不能守，退敗其師徒，亂人子女之教，無男女之別。」分別夷夏的標誌，本來主要在種族，後來重心移到文化上，傳的作者視秦如狄，並說：「秦之為狄自殽之戰始也。」在後儒看來，夷狄如能用夏變夷，則夷狄亦可夏之；反之，夏人用夷變夏，則夏人亦可夷狄之。康梁之徒被葉德輝們視為諸夏不齒的禽獸，就是因為這個理由。又，襄公七年：「其不言弒何也？不使夷狄之民加乎中國之君也。」襄公十年釋「遂滅傅陽」云：「其曰遂何？不以中國從夷狄也。公至自會，會夷狄不致，惡事不致，此其致何也？存中國也。中國有善事，則並焉，無善事，則異之，存之也。汲鄭伯，逃歸陳侯，致相之會，存中國也。」中國人講夷夏之防，人我之別，主賓之辨，並且以這種非平等的種族、文化偏見作為民族意識的內核，這不是偶然的。華夏民族的形成及其歷史演變，為夷夏之防意識的生成提供了溫床。這其中既有地理的因素，也有文化的因素。它們一旦生成，就要在歷史裏起作用。從春秋至近代晚清，我們確實看到時隱時現的「尊王攘夷」的大波。

夷夏的劃分暗含了這樣的假定，諸夏比諸夷無論各個方面都要高明。因為自以為高明，就容易自我膨脹，不能以平等的姿態對待同自己發生事務關係的其他民族與國家。當我們觀察王朝處理對外關係的方式時，就發現它總也處處表現出「天朝」的作風。前面提到五服制度的構想和明堂之位的序列，就可以看出傳統的「天朝」作風。《周禮．夏官司馬》記周官制中有「職方氏」：「掌天下之圖，以掌天下之地。辨其邦國都鄙四夷八蠻七閩九貉五戎六狄之人民與其財用，九谷、六畜之數要。周知其利害，乃辨九州之國，使同貫利。」《秋官司寇》中說到有一種官中「象胥」：「掌蠻夷閩貉戎狄之國使。掌傳王之言而諭說焉。以和親之。若以時入賓，則協其禮，與其辭，言傳之。凡其出入送逆之禮節幣帛辭令而賓相之。」《周禮》成書於戰國，許多地方只是作者一廂情願的「大一統」夢想。但也不是全然虛構，其中有一些周制的影子。合上面兩項觀之，它們蘊涵着處理外交關係的基本原則，首先把本朝當成具有世界之首的資格的「世界帝國」，因而與本朝發生關係的國家都是格低一等的朝貢國或附庸國；其次，「化外之民」來到本朝，就是表示歸化和承認本朝的權威，因而不妨隆禮遇之，為的是表示內外有別，他們都是些不講禮義其心必異的人，所以有必要用懷柔的方式防戒他們；其三，以曉之以利害或「和親」的方式服務於夷夏之防。秦漢以下的王朝處理對外關係的時候，大體上體現出《夏官司馬》和《秋官司寇》中官職設置時暗含的外交基本原則。從這點着眼，「職方氏」和「象胥」的說法，或許真的反映了周王朝處理外交事務的部份事實。貝塚茂樹談到古代中國外交風格時說：「在『五服說』那裏，周邊民族遠離中央而被分成各類區域、地帶。因為遠離中央，中國的政治支配漸漸弱下去。到了周邊地帶，完全遠離了政治上的支配，客觀上就成了文化上的支配。而且對於非常遠的周邊民族，就要例行所謂的朝貢，遣使赴都，表示對中國政治上的臣服，或者有時國王親自趕赴。向中國皇帝奉上該國特產的貢物。與此對等，從中國王朝那裏領得各種贈品。」[1]

1《中國的傳統與現代》，第五六頁，中公新書。

傳統的「天下模型」的世界觀念及其處理對外關係的基本準則大致如上所說的那樣。它們不是絕對地排外的，不是對本土以外的世界不加理睬，閉目塞耳無動於衷。像現今依然居住在保留地的某些印第安人那樣，不肯跨步進入鐵絲網外面的現代文明。但在本質上，這個古老的傳統卻是有限地排外的和自我封閉的。無論是它的排外還是它的自我封閉，都導源於民族的自我中心。中國人大以民族自我為中心，就容易將自己封閉起來，對外來影響抵擋不住的時候，就往往陷入被拖着走的被動境地。

民族自我中心意識空前地高漲，一方面是地理區域的限制，自從華夏人形成一個強有力的文明以來，雖然屢屢受到周邊民族的威脅，但周邊民族裏沒有出現過更高級的文明，因而對中國而言，就沒有面臨實質性挑戰的機會。如果國家也可以有偉大和不太偉大之分的話，古代中國無疑是偉大的國家。處於這樣高發展狀態，民族自我中心不僅是合乎情理的，也是可以容忍的。另一方面，傳統文化本身，也同民族自我中心有着親緣關係。每一個人都在這種文化裏受到群體自我中心的訓練。宗法社會以尊卑禮法來組織人群，由家族而宗族，而地域共同體，而郡縣，而國家，每一層都是各自為政的中心，民族自我中心不過是從民族國家大範圍說的，在小範圍裏，家族中心、宗族中心、地域中心等各種中心意識早就深入人心。當他們同非宗法社會的人接觸，僅僅因為文化背景的不同而產生的對他人的輕賤就自然表現出來。古代不奉儒教的人往往被視為禽獸就是例證。章太炎說：「宗法社會，欲其民庶，非十餘年數十年之生聚而不能。而今之軍國社會不然，基於民也，歸斯受之而已矣。雖主客之爭，尚所時有，而自大較言之，則歐洲無排外之事也。蓋今之為政者，莫不知必民眾而後有富國強兵之效。古人以種雜為諱者，而今人則以攙合為進種最利之圖，其時異情遷如此。是故近今各國皆有徠民之部，主受廛入籍之眾。使此而立於宗法社會時，其不駭怪而攻之者，幾何？蓋宗法社會之視外人，理同寇盜，凡皆侵其芻牧，奪其田疇而已。於國教則為異端，於民族則為非種，其深惡痛絕之，宜也。故宗法社會無異民，有之則奴虜耳。」[1] 中國人的天朝心態和「世界帝國」意識，不僅是地理環境使然，也是社會基本結構的結果。

文化傳統的惰性和文明形成演變地理環境的限制，使得中國數千年來能夠維持「世界帝國」的門面，一直到十九世紀中葉，這種狀況也還沒有改變。但在這之後，情況迅速地改變了。歐洲和美洲大陸的崛起，使它們成了與東方中國競爭的強勁對手，同時，交通工具的改進使得西方人的活動伸展到世界各地。從此，中國不僅面臨真正的挑戰，而且還在客觀上被推入多元化的世界。人類的技術進步使人類越過地理障礙，從前中國相對地孤立發展和關閉的狀態被徹底打破。中國作為一個角色，被推入國際舞台。可以想見，它對這個從來沒有機會經驗過的國際舞台的角色是多麼陌生，它還帶有自己過去的一貫思想，它依然我行我素，和他人格格不入。中國過去作為一位主角，在自己的一統天下裏得心應手，施展自如，如今乍然被迫到一個陌生的環境，而且降格為一個普通的角色。情境的突變，要習慣一套新的規則，適應新的環境，當然需要一個長時間的過程。從以自我為中心到國與國的平等，從「大一統」到多元，從封閉世界到開放世界，對中國來說，有兩道難關要闖。第一，真正擯除「世界帝國」意識，以普通一員加入國際社會；第二，破除鎖閉心態，拋棄夷夏之防的陳舊見解。歷史表明，這兩個問題都不能說已很好地解決。

中國人一直以為自己的聲文教化遠遠超出四夷之上，抱有根深蒂固的「世界帝國」意識。利瑪竇來

1 章太炎：《「社會通詮」商兑》，見《辛亥革命前十年間時論選集》第二卷下冊，第六五零頁，三聯書店，一九七八年版。

到中國之後，就覺得「中國人認為他們的遼闊領土的範圍實際上是與宇宙的邊緣接壤的」[1]。這種千年夢想極大地妨礙了中國走向世界，也妨礙世界進入中國。因為抱有「世界帝國」的意識，在國家維持主權獨立的場合下，就會自封為「世界領袖」，而把其他國家當成朝貢國或附屬國；在主權受到損害，經歷了失敗之後，就會陷入自暴自棄和變態反抗的狀態。

《利瑪竇中國札記》裏，記載了明王朝處理外交事務的做法，很典型地反映了統治者的民族中心意識。當時有很多「朝貢」的使者來到北京，可是「這些為數眾多的來賓並不是以真正的使節資格到中國來的。他們來是為了賺錢，帶來禮物並希望皇帝賞賜。為了不失偉大君王的尊嚴，這些賞賜遠遠超過他所收到的禮物的價值。他們把收到的錢用來購置中國商品，然後拿到他們本國出賣，獲得大利。而且他們一登上中國的土地，他們的開支就都由公款報銷。看來中國人想照顧這些使節，或者不如說這些商人，其唯一目的就是要控制鄰國，因此他們向皇上進貢甚麼樣的禮物倒似乎是無所謂的。在進貢皇上的禮品中……還有用皮條粗製濫造編成的胸甲，他們還帶來馬匹，但飼養得極差，一到北京就餓死了。然而這些蠻夷從老遠帶來這樣一些瑣細的東西卻使國家為他們路上的開支花費了一大筆錢。好像中國人重視的倒不是這些自稱使節的低下地位，而是炫耀他們君主的偉大」[2]。

朝貢和反叛是中國傳統外交的主要概念：即臣服與不臣服。儘管世界各國互相通商往來貿易，但中國人還封閉在舊觀念裏。乾隆五十八年馬嘎爾尼來華入覲，請求派人居住中國管理貿易，並在寧波、天津互市，遭到拒絕；又後來洋務官僚搞民用工業和軍事工業，其最直接的動機是拒洋人於國門之外。凡

1 《利瑪竇中國札記》上冊，第六頁，中華書局，一九八三年版。

2 《利瑪竇中國札記》下冊，第四一三—四一四頁，中華書局，一九八三年版。

此種種都是「世界帝國」意識的表現。要在一個貿易和競爭的世界自封為世界的中心和管轄者，除了自找苦吃又能幹甚麼呢？

迷夢的破滅往往導致產生強烈的屈辱感，就像希望過高不能實現，走向反面而轉成破滅一樣。甲午戰爭之前，中國至少還維持着主權國家的形式，甲午戰爭之後，隨着失敗的加深，這點形式也消失了。屈辱情緒急劇高漲，自暴自棄和變態的反抗匯成社會性潮流，並且在十九世紀最後的歲月演成群眾性運動，即義和團運動。義和團的形式只是近代中國人屈辱感的一種發洩。貝塚茂樹承認，日本人在幕末時期不得不締結通商條約而產生的屈辱感是不能同中國人的屈辱感相比較的。[1] 中國人的屈辱感遠比日本人強烈而且持久，這是因為中國有一個「天下模型」的傳統。當代中國屈辱感最常見的表現形態是文化上的孤立感，尤其在知識分子裏面，這種感情是很深廣的，在哲學和文學裏，我們都可以看到這種失敗後的孤立感。

「天下模型」的世界觀念一面是「世界帝國」的迷夢，另一面就是鎖閉的心態。近代化對中國人來說至關重要的一面是虛心學習，重新學習。因為中國近代化實質上是運轉機制「成套」更換轉變的過程，不是小修小補就能解決的。從組織國家、規劃制度，到管理生產、發展技術等一切方面都要從頭做起。沒有虛心求學的勇氣和不斷發現正視自己問題的決心，就不能掌握近代化的主動權而落入被動的境地。綜觀近代歷史，不難發現中國人向外國學習是多麼艱難。黃遵憲《日本國志．自敍》（作於光緒十三年）曾感嘆：「自封建廢而為郡縣，中國歸於一統，不復修遣使列邦之禮。……昔契丹主有言，我於宋國之

1 《中國的傳統與現代》，第九零頁，中公新書。

事纖悉皆知，而宋人視我國事如隔十重雲霧。以余觀日本士夫，類能讀中國之書，考中國之事。而中國士夫好談古事，足己自封，於外事不屑措意。無論泰西，即日本與我僅隔一衣帶水，擊柝相聞，朝發可以夕至，亦視之若海外三神山，可望而不可即；若鄒衍之談九洲，一似六合之外，荒誕不足論議也者，可不謂狹隘歟？」晚明以來的辟邪論、夏勝夷論、中體西用論、東西文化調和論、本位文化論這五種議論，看得出它們是在西風的衝擊下步步退卻，但無論如何，中國人要守住最後一道防線，即本位文化論。這五種議論其實是中國人鎖閉心態的情不自禁的流露。名堂不斷地改，理由源源不斷地炮製出來，但於事實無補，並不能改變中國的落後狀況，只能是失落感的流露和自尊心的虛假滿足。一定要在「中」與「外」之間劃出一條界線，從而固守之，理由可以多變，不一而足，這已經成了中國人深層心理的原形。這種心態，嚴重地阻礙中國人的重新學習。一部份人冥頑不化，如翁同龢躲在屏風後面不見洋人，另一部份人不是遮拾聲光化電，就是搬弄各式「主義」，學到一點，就淺嘗輒止。總之，中國人的自我中心心態成了民族進步的巨大障礙。

第七章

附論：魯迅與中外文化

我國正處於現代化建設的歷史進程中，而且我們已意識到現代化是一個整體性的過程。我們不僅要建設現代化的社會主義的物質文明，而且要建設現代化的社會主義精神文明。在精神文明建設中，研究魯迅的文化思想觀念，對於我們具有特別重要的意義。但我們研究這個課題，不僅是從現實的利益出發，而且是科學地研究魯迅所必需的。魯迅首先是一個偉大的文學家，但不是一個單純的文學家，從純文學的角度看，世界上與魯迅同樣輝煌的作家是不少的。但是，卻很少有像魯迅這樣，能以自己偉大的思想與一個民族的社會改革過程如此緊密地聯繫起來，並如此巨大地影響一個民族的精神世界以至成為民族的傑出代表和贏得「民族魂」的崇高的榮譽。因此，魯迅不是普通的文學家，而是以文化巨人和思想家的光輝理性參與歷史的非凡文學家，他既是我國舊文化的偉大批判者和改造者，又是我國新文化偉大的開拓者和先驅者。在「五四」運動的思想啟蒙中和左翼革命文化運動的戰鬥中，在新舊文化的大交替時代中，他都是最傑出的主將和旗手，他的全部思想成果，成為社會改革的槓桿和歷史前進的文化動力，從而為中國人民立下不朽的功勳。魯迅所開闢的文化方向已成為中華民族無可爭議的方向，昨天是我們的方向，今天仍然是我們的方向。

第一節　對傳統文化的逆向思維

魯迅確實是中華民族偉大的英雄。但是，魯迅與其他的民族英雄又有很不同的特點，他的英雄性集中地表現在他為中國人民的精神覺醒和思想解放所作出的特殊貢獻。因此，可以說，他是建設中華民族的國魂和民魂的英雄。魯迅的一生，對帝國主義與封建主義作了最英勇的鬥爭，他的革命性和在革命中的不妥協性是中國知識分子中最為傑出的。但他的鬥爭特點，是通過文學這一特殊的形式，為爭取中國人民從封建主義和殖民主義的精神奴役中解放出來，也讓自己在宗法制社會中養成的愚昧、麻木、守舊、封閉等凝固化的精神狀態中解放出來，因此，他把注意點放在對束縛中國人民精神解放的文化的批判上，特別是對我國傳統的封建文化體系的批判上。

近現代中國進步的知識分子對傳統的文化反省和文化批判包括三個層面：一是對傳統政治結構的反省和批判；二是對傳統文化理論體系和觀念體系的批判；三是對傳統文化在社會心理中的歷史積澱和它所造成的精神創傷，即民族性弱點的反省和批判。魯迅在這三個層面上都作出了傑出的貢獻，尤其是在第三個層面，他的貢獻更是前無古人的。

魯迅對傳統文化理論體系和觀念體系作了我國古代知識分子未曾有過的全面反省。中國古代的知識分子並不是一點也沒有反省精神和批判勇氣的，但他們傾向於以「理」與「勢」相分離的觀點去看待傳統和現實。「勢」是指政治上的具體制度、人事關係與政治態勢等，「理」則是指存在於「勢」背後支撐並制約着「勢」的那一套理想模型、意識形態和文化價值觀念。在我國古代知識分子心目中，「理」高於「勢」，但又需要通過一定的「勢」表現出來。「理」是文、武、周公、孔、孟等聖人制定的萬古不易的真理，因此絕不可能發生錯誤，但「勢」是屬於具體實踐的問題，因此有可能吻合於「理」，但也有可能發生偏差。知識者即所謂「士」的階層的全部使命就是防止「勢」對「理」的偏離，並且在偏離發生的時候挺身出來糾正它。持着這種「理」與「勢」相分離的觀點，中國古代讀書人幾乎沒有對自己認同的文化理論體系、價值觀念體系以及理論模式進行反省的習慣與能力，聖人說過的話沒有人敢站出來說是錯的。他們總是跪在「理」的面前，並且心甘情願地成為「理」的奴隸。他們的批判勇氣總是在肯定「理」的前提下，展開對「勢」的批判，從東漢的太學生運動到晚明東林黨人的反抗，都可以看到古代知識分子不惜拋頭灑血地為讓偏離了的「勢」再次回到「理」的軌道而奮鬥。但是，他們對「理」的近乎盲從的相信和不加反省的認同，使歷代知識分子的努力只能被限制在維護傳統秩序的「綱紀世界」的範圍內。從思想和學術多元化發展的意義上說，古代知識分子對「勢」的反省和批判，只是形成古代社會「天地君親師」中，「君」和「師」兩種勢力的相互制約和協調的作用，並沒有帶給我們民族以真正的進步。明清之際的王船山、戴震等思想家，對理學表示了很大的懷疑並展開批判，戴震甚至極為尖銳地指出理學「殺人」，但他們也只是針對「宋儒」的程朱理學而發的。這種對封建文化的某個局部的突破是很寶貴的，但它並不是對傳統的整個「理」的文化體系進行懷疑。而魯迅與這些古代知識分子不同，他是對我國封建性的「理」進行整體性的總反省，以至揭示以仁義道德為核心的「理」的體系的「吃人」的本質，從而給封建的思想文化體系以全面的總批判。

魯迅的總反省，不僅區別於古代知識分子，而且也區別於近代我國知識分子。鴉片戰爭之後，由於戰火打破了我國政治、經濟、文化封閉性宗法制的和諧，先進的中國知識分子引進西方文化的參照系統，我們的民族才開始了自我認識、自我反省的歷史，也就是說，自我的批判理性系統才開始形成。在這之前，儘管早在十七世紀的頭一年（一六零一年）利瑪竇就給萬曆皇帝獻上五洲圖，十七、十八世紀中、西文化也有所交流，但總的說來，中國仍然極為封閉，沒有任何民族危機感和文化危機感，關起門來仍然可以自我讚嘆，因此，也談不上自我認識。直到兩次鴉片戰爭失敗，才逼出我們民族的自我反省。這種自我反省開始是魏源以及洋務派的思想家曾國藩、李鴻章、張之洞等人，認識到自己的槍支火炮不如西方，他們把失敗歸結為軍事經濟實力的落後，拒絕對自己的思想文化體系進行反省。甲午海戰前後，另一些先進的知識分子如王韜、鄭觀應、康有為等已進一步認識到我們民族政治體制上的落後，但康有為在政治體制上產生的批判理性，還是一種「托古改制」式的順向思維，他們對於得以建築封建專制政治結構的封建文化的批判是極不徹底的。戊戌維新後三年，梁啟超發表了《新民説》，才標誌着改良派在失敗的教訓面前進一步反省文化機制本身，才認識到我們的民族文化體系和民族振興事業之間的矛盾，並意識到應當改造國民的性格，注意人的更新問題。可以説，梁啟超已進入文化觀念的自我反省和自我批判。而魯迅比梁啟超深刻的地方，突出地表現為三個方面：一是魯迅看到封建專制的政治結構與封建文化基礎的一致性，從而對封建文化採取一種徹底批判的逆向思維，並把這種批判貫徹到底。魯迅的反省，是中華民族的偉大兒子對自己的父輩文化所作的第一次全面審判。二是魯迅不僅展開文化觀念的批判，而且找到了批判的價值尺度，這是對人的尊嚴與價值的充份尊重。他發現一個最講道德的國家卻是一個充滿着畸形的、不健康的道德的國家，這就是因為缺乏一種衡量道德行為的正確的、合理的價值尺度，即尊重人、有利於人的生存和發展的尺度。因此，他一開始就把傳統文化放到「吃人」的高度上進行批判。也正是在這點上，魯迅找到了建設新文化的出發點。三是魯迅已超越文化理論、文化觀念的表層，而深入到民族文化的心理結構的深層，他發現封建之「理」即封建意識形態已經不僅僅作為一種思想理論形態束縛人們的頭腦，而且已經積澱為民族的無意識，並腐蝕着民族的靈魂和造成民族的巨大的心靈創傷。這種腐蝕幾乎使每個中國人的身上都有阿Q和祥林嫂的影子，而內心都有一種極為可怕的精神重擔而不能自省和自拔，民族的自我意識和自我反思能力幾乎被窒息、被泯滅了。而這恰恰是我們民族災難的歷史命運最深刻的根源之一，如果不從這裏入手，我們的民族幾乎無望。因此，社會改革與靈魂的救治是無法分開的，而且從某些意義上説，靈魂的救治比之社會制度的改革更為艱難，也是更為深遠的歷史任務。不了解這一點，恐怕就不能說是真正了解中國。在歷史上，中國歷代農民戰爭付出了巨大的血的代價，但社會改革的目標，卻總是以循環的方式回復故道，這種歷史悲劇是很值得深思的。魯迅從青年時代起就開始思考這個問題，因此，他早就站在很高的文化高度上尋求救國的良方，很早就認識到嚴重的問題在於改造民族的精神素質，振奮民族的精神。在他看來，精神素質的改造是民族改造的根本。因此，他在青年時代就發表了「首在立人」的重要意見。這個意見開始超越當時的某些思想家只注重社會結構的進化的局限，而充份地注意到人自身的進化，特別是人的精神素質、文化素質的進化。這種思想發展到了「五四」開始的時候，他就從人的角度對傳統進行反思。而《狂人日記》，就是他和當時的文化先驅者對傳統文化的一個總的判斷。魯迅對國民性問題認識的不斷深化，正是他從人的角度反思傳統不斷深化的反映。直到一九三零年，他接受了馬克思主義思想之後，還發表了《習慣與改革》，指出：「體質和精神都已硬化了的人民，對於極小的一點改革，也無不加以阻撓。」他還痛切地感到，要改革，就必須努力療治多數人的「精神硬化」病，要從靈魂中掃除改革的障礙。習慣的力量、多數的力量是可怕的，改革之難就在於克服長期形成並普遍存在的「精神硬化」病。魯迅的一生，正視我們民族精神上的弱點，並把療治這種弱點，看作人的現代化和社會現代化的真正開端。

由於魯迅着眼於民族靈魂的解剖與再造，因此，他的作品表現出兩個很重要的特點：

（一）魯迅的作品很少描寫和揭露人對人的殘酷壓迫與殘酷剝削的外部行為，很少展示這種行為的血淋淋的外觀事實，而是全力地揭露在傳統文化規範下人性的被異化、被扭曲和人的精神世界的瓦解、崩潰，也就是傳統文化在中國人民靈魂中所造成的巨大的精神奴役內傷。魯迅與當時的進步作家都看到社會的病苦，都努力揭露這種病苦以引起社會療治的注意。但是，魯迅超越當時一般作家之上的，則是他能自覺地選擇了從人的靈魂如何變形、變態、變質這個特別深刻的角度來揭露社會的病苦，以控訴舊制度對人的精神世界所造成的巨大災難。魯迅不是把重心放在揭露趙太爺、魯四老爺對阿Q、祥林嫂的壓迫行為和外部的兇相上，而是展示封建文化觀念在阿Q、祥林嫂心靈中的投影，展示他們的人格病態、精神病態和心理病態，使人看到在封建文化氛圍下中國人民的幾乎無視的悲劇，幾乎看不到任何血痕的「被食」——「食人」（無意識地參與吃人）——「自食」（抉心自食，自己吃自己）的最悲慘的命運，從而提供了改革社會必須改革國民靈魂的有力根據。

（二）由於魯迅對傳統文化的認識深刻，因此，他能夠透過表層文化現象的莊嚴，發現其在國民心理的沉積中所造成的荒誕性。魯迅的小說、雜文充滿着富有我國民族特色的諷刺和幽默，這種諷刺和幽默，是剝開傳統文化莊嚴、神聖的外表而看到民族文化心理結構的荒謬性本質之後的痛苦的笑。魯迅的幽默與當時產生的帶有小趣味的幽默不同。這些趣味性的幽默，還停留在文化的表層上，它沒有力量撕毀社會的醜惡和療治精神的病症。而魯迅的幽默則是一種深邃智慧的穿透鏡，他透過表層的理性結構看到人性的非理性本質，看到在最莊嚴、最神聖的理性外觀形式掩蓋下的最荒謬的、與人的目的產生反向發展的非理性的精神病態特徵。魯迅所創造的這種幽默是東方式的諷刺與幽默，是他的憂患意識的藝術折射，是東方人特有的機智與深沉的性格的藝術表現。

魯迅在揭露民族性弱點時有兩點是值得注意的，一是他沒有對民族失去信心，他對國民性弱點的揭露無論是出發點還是歸宿點，都是對我們的民族最深刻的愛。魯迅曾說：「我們生於大陸，早營農業，遂歷受遊牧民族之害，歷史上滿是血痕，卻竟支撐以至今日，其實是偉大的。但我們還要揭發自己的缺點，這是意在復興，在改善。」（《致尤炳圻》，一九三六年三月四日）他揭露這些弱點，只是為了引起療治的注意，這種注意，一是整個社會的注意，一是每一個個體的注意。社會有責任，個人也有責任。「為主為奴，操之在我」，阿Q精神的悲劇，除了社會造成其不幸之外，還有他個人的「不爭」。中國古代社會專制那麼嚴酷，但總有許多埋頭苦幹，拚命硬幹，捨身求法，為民請命的脊樑存在，因此，只要社會與個人都意識到自己的責任，共同反省，我們的民族是很有希望的。二是魯迅自身參與反省，和民族共反思。他時時解剖自己，聲明自己身上也背負着「古老的鬼魂」（《寫在〈墳〉後面》）。由於他嚴格地解剖自己，因此，他對傳統文化的解剖顯得更加真切，更加擊中要害。

魯迅對改造民族性格如此高度重視，給我們一個很大的啟示，這就是，在一個民族的現代化進程中，首先應當重視人的現代化，應當重視人的精神文明程度的提高和昇華。一個民族，在它展開偉大的騰飛之前，自然應當作出充份的文化心理準備，這種準備，很重要的一點是敢於正視那些影響騰飛的民族性弱點，敢於進行理性的自我反省，在反省中清理民族文化心理中普遍積澱着的落後的東西，即那些阻礙騰飛的精神阻力。如果不敢自省，不敢反思，不敢對民族劫難進行懺悔，就不能拋開自己的精神重擔，就不可能完成歷史性的偉大飛躍。因此，一個對今天與明天都充滿信心的民族，是不怕審視過去的腳印的；一個熱愛這個民族的個人，是不怕與民族一起承擔過去的痛苦和責任的。我們完全可以確信，在對過去的反思中，我們將會更切實地參與建設社會主義物質文明和精神文明的偉大工程，我們民族飛翔的翅膀將不再那麼沉重。

第二節　未完成的課題：尋找傳統轉化的機制

魯迅對傳統文化的反省、解剖和批判，只是找到一種新的價值尺度，找到新文化最基本的出發點，並不是完成了新文化的總體建設。在「五四」時期，在中國當時具體的歷史條件下，中國的大工業生產體系還沒有建立，整個社會還處於小生產的汪洋大海之中，封建主義的傳統還十分強大，社會還非常封閉，在這種土壤中，中國自身不可能自發地、獨立地產生一種先進的文化理論體系和文化觀念體系。也就是說，原來自身的社會基礎和文化基礎還不足以產生一種適合於民族更新需要的全新的文化結構和全新的精神文明系統。因此，創造新的精神文明系統的工作就不能僅僅通過對舊文化的認識和批判來實現，還必須借助外來文化的助力。正是這樣，近代以來，先進的中國知識分子總是不斷地向國外尋找真理，想借他山之石，來建構我國的新的文化大廈。魯迅實際也承認當時的文化先驅者靠自身的力量還不足以產生民族復興所急需的新文化體系，因此，他對外國文化採取一種開放的態度。他堅決主張「拿來主義」，反對「閉關主義」，主張對待外國文化應有一種雄大的「漢唐氣魄」，有一種「放開度量，大膽地、無畏地，將新文化盡量地吸收」的氣魄。（《看鏡有感》）魯迅採取這種態度，從近目的來說，是為了打破傳統文化的穩定性結構；從遠目的來說，是為了使我們的祖國逐步建立起全新的文化系統。魯迅意識到，在一個封閉的未莊文化的系統內，是不可能改造阿Q的，更不可能建設全新的未莊文化。只有借助外來文化的力量，首先打破「未莊通例」，然後才能談得上建設新文化。因此，魯迅與那些一味歌吟中華民族的同化力的某些近代思想家不同，他將傳統文化的同化力量稱為「黑染缸」，因為同化力量總是把外來的先進的生產方式和文化成果解釋得無不符合於「聖道」，從而使它們發生程度不等的變質。這種同化力，反映了我們的傳統文化是封閉式的穩定結構。對於這種結構的改造，如果沒有相當強大的域外文化力量的衝擊，是很困難的。魯迅充份地意識到這點，因此，他希望用異域文化來打破我國傳統文化的封閉性結構和穩定性結構，以使我們的傳統文化發生「結構重組」。這種結構的重新組合，不是全盤拋棄傳統，不是全盤西化，而是以雄大的氣魄去容納中西文化的衝突，使我們傳統中的各種文化要素發生變化，並在新的結構系統中獲得新的位置，新的系統質。魯迅當時對傳統文化採取的策略是一種「置於死地而後生」的帶有極端性的策略。魯迅採取這種策略是不得已的。因為他最了解中國國情，最了解傳統的「根柢」是怎樣的「堅固」，也了解中國只有宣佈要拆毀屋頂才肯開窗的守舊心理與折中心理，這種對祖輩文化的真知和痛切之感使他的批判不得不採取片面化的「偏至」形式。如果不經過片面性的批判，就不可能克服傳統的巨大惰性力而完成對傳統的改革。「五四」時期，魯迅在極端化的形式中完成了對傳統文化的一次真正的反省和批判。可以説，如果沒有魯迅的「偏激」就沒有昨天的重大突破，也就沒有我們今天的「從容不迫」。當人們誠惶誠恐地按照兩千多年的思維模式，以孔夫子的所是為是，以孔子的所非為非，是無從談論全面地、科學地評價儒家文化的。我們現在能對「五四」進行冷靜的評價，正是「五四」運動為我們創造了條件。如果只認識到魯迅的偏激而未能充份地理解這種偏激的歷史具體性和歷史正義性，就未能真正認識魯迅文化批判的偉大意義。事實上，我們如果能像魯迅那樣深刻地了解傳統文化的弱點，那樣堅決地、毫不妥協地對封建文化展開批判，那樣真誠地改造我國民族文化心理的黑暗面與其他病症，那樣清醒地主張「拿來主義」並身體力行，熱情持久地介紹、吸收世界上一切先進的文化，那麼我們祖國還會比現在好得多。正因為這樣，今天我們紀念魯迅，應當感謝魯迅先生與當時的另一些文化改革的先驅者的「偏激」。

在充份肯定魯迅的歷史功績時，我們應當完成他未能完成的文化探索，這就是傳統如何向現代化轉化的問題。生活在我國具體社會情況下的思想家，他們在價值取向上雖然可以徹底地反傳統，但在實際行為中，所從事的文化工作又不可能完全拋棄傳統。他們的歷史命運注定必須從傳統出發，以傳統文化作為自己的邏輯起點。他們不可能跳到西方的文化基地上去建設民族的新文化，也不可能完全靠「移植」外國文化來代替自己的創造。這種價值取向與實踐方向的矛盾所構成的永恆性的困惑，規定了文化思想家們一生都處於上下求索的痛苦之中。這也促使他們覺悟到：僅僅停留於對傳統文化弱點的認識和批判是不夠的，關鍵還在於必須找到傳統向現代轉化的內在機制，這就是要在打破傳統文化的系統結構之後，重新組建在中國傳統文化基點上的中西文化的互補結構。這種新文化既不是堅守傳統文化，也不是照搬西方文化。它是在中國自己的本土上建設起來的一種適合於中華民族現代化進程的新文化結構，即融合東西方優點的具有互補性質的新文化結構。這種結構承認原有文化基礎的歷史繼承性，確認文化的進化是在現有文化基礎上的進化，而且確認，只有把原有的大門打開，才可能有真正的文化進化和文化飛躍。如果把原有的文化放置在封閉性的圈子之內，文化就不能構成新的矛盾內容，也就失去文化發展的內在根據，即失去文化的動態性。可以說，魯迅一生探索的內容，包含着這種內容。在探索中，魯迅無論是對待我國的傳統文化還是對待外國文化都充份地體現出民族主體性的原則。他把民族主體的利益作為價值尺度去選擇文化。這個尺度就是無論何種文化，都應當有利於「我」（主體）活下去，即有利於我的祖國、我的民族活下去，有利於一個古老的民族生存和發展下去。魯迅用這個尺度來對待民族傳統的文化，也用這個尺度去對待外國文化。他在一九二七年之後，成為中國共產黨最親密的戰友，正因為中國共產黨承擔着拯救民族的歷史重任，使他看到民族新興的希望。這之後，他選擇了馬克思主義科學，也正因為馬克思主義有利於民族活下去，有利於救治苦難中的祖國。但是，魯迅不是神，建立這種新的文化結構，塑造中國人民新型的文化性格，是一個漫長的歷史實踐過程，魯迅僅僅開闢了尋找的方向，並未完成尋找的過程和找到最後的答案。魯迅的未竟事業，還有待於我們去完成，但無論如何，我們不能在魯迅已認識到的高度上後退，而應在魯迅已達到的認識的水平上，在魯迅為我們開闢的方向上繼續探索，去完成魯迅留給我們的文化使命。

第三節　開闢文學研究的文化視角

魯迅是我國現代出現的最偉大的文化巨人。但是，我們的魯迅研究，從文化的角度去考察還很不夠。我們過去的研究已取得大量的成果，但是，我們在很大的程度上還是從政治的審視角度去感受魯迅。從這個角度去感受是必要的，但是，我們還可以更自覺地從「文化巨人」這個角度去感受魯迅。開闢這個審視點，更自覺地從這個角度去加以認識，加以思考，把魯迅研究的重心轉移到魯迅的文化觀念和文化實踐上，我們將會有許多新的發現。

新中國成立後的魯迅研究雖然取得很大成就，但它建立起來的文學研究框架，基本上是一種政治泛化的框架，或者說是政治發散式的研究框架。這種框架的特點，一是把政治參照系作為唯一的參照系；二是把政治標準作為評判文學的主要標準甚至是唯一的標準；三是以政治歷史的分期來代替文學史的分期，把政治歷史的分期作為文學史分期的基本依據。在這種研究框架的規範下，我們對魯迅道路的描述基本上是政治定性的描述，即說明魯迅從民主主義者向共產主義者的轉變，從非馬克思主義者的轉變，從進化論者向階級論者的轉變。這種描述是符合魯迅的實際和思想發展輪廓的。但是，如果僅僅停留在政治描述，甚至以政治描述代替文化描述，就產生一些問題，例如把魯迅早期的、前期的思想界定為非馬克思主義性質，就很難充份地估計這個時期魯迅反封建的民主思想的偉大意義，也不能充份估量魯迅對我國傳統文化心理的黑暗面進行解剖的偉大意義。而對魯迅後期的文化思想的某些內容又不得不加以迴避，例如，魯迅對張獻忠的批判。如果僅從政治角度着眼，我們總是很難說清一個馬克思主義者何以對一個農民領袖作出如此尖銳的批判。但是，如果從文化的審視點來考察，我們就能了解，魯迅恰恰是把張獻忠的文化心理作為典型的小生產文化心理來加以解剖的，魯迅看到農民在未接受先進的文化之前，他們一旦掌握某種權力或掌握一部份人的命運時會有怎樣野蠻的心態和怎樣殘暴的行為。魯迅後期所寫的《阿金》，如果從政治的角度來看，也很難發現其深刻的內涵，而如果從文化的角度來看，我們則會發現在半殖民地條件下一個小市民所具有的各種可鄙的文化心理。此外，用政治描述來代替文化描述還有一個重要問題，就是很難說明魯迅作品豐富的文化內涵。從政治角度去觀照，只能說明作品的某一部份內涵，而很難說清另一部份內涵。例如《阿Q正傳》，我們從政治角度來看，阿Q與趙太爺屬於兩個階級，他們的關係是被壓迫與壓迫的關係，兩者之間的對立和衝突是極為尖銳的。但是，如果從文化的角度去觀照，我們則會發現阿Q與趙太爺文化心理上的內在統一性。阿Q得意的時候，與趙太爺一樣具有「主子性」，他絕不放棄統治別人、凌辱別人的機會，他欺負比他更弱小的小D和小尼姑就是例證。而趙太爺失意的時候，也是「奴隸性」十足，以至低三下四地稱呼他最瞧不起的阿Q為「老Q」。兩個階級中的文化表現如此相似，主子根性和奴才根性如此互相轉化，說明阿Q

和趙太爺具有同樣的封建性的農民文化心理，說明他們都是以未莊文化作為內在統一的基礎。這也說明，中國民族的劣根性，不僅是奴性，而且是主人與奴隸之間惡性循環的「主奴根性」，即失勢時逆來順受，自甘於屈辱而無抗爭精神，得勢時則以強凌弱、欺負自己的同胞。在獸面前顯示出「羊」性，在「羊」面前顯示出獸性，而獨缺少人的個性、主體性。從政治上看，趙太爺與資本家（如茅盾《子夜》裏所寫的趙伯韜）同是剝削階級，自然有許多相同點，但從文化角度看，趙太爺與被剝削的阿Q的相同點大於與趙伯韜的相同點。趙太爺與趙伯韜的差別是一個階級中兩種文化系屬的差別，而趙太爺與阿Q的差別則是一個文化體系下兩個階級的差別。我們如果僅從政治上着眼，就不可能正視政治衝突中的文化統一性，也不能正視文化衝突中的政治一致性。而魯迅恰恰深刻地洞察到這種互相交織的複雜的精神現象，而不作類似「天下烏鴉一般黑」的簡單判斷。再以《孔乙己》來說，如果側重於政治觀照，我們就會發現一個下層知識分子怎樣被壓迫、被凌辱，但是，如果從文化上加以觀照，我們又可以看到中國舊知識分子的心態，看到他們即使在非常落魄的時候也還是以面子為綱，也還是不願意換掉那一套破長衫。

總之，文化的描述不同於政治的描述。忽視文化角度的探索，將使整個魯迅研究構架產生重大缺陷。魯迅先生作為一個文化巨人，無論是他通過文化所起的思想啟蒙作用，還是通過文化所起的革命作用、戰鬥作用，都是極為輝煌的。他所留給我們的百科全書式的精神遺產，如果不是從文化角度去看，我們就很難充份理解，就不能充份說明魯迅的基本貢獻和他的特殊的功績。

如果我們在魯迅研究中，自覺地建立文化審視點，在原來的政治角度、文學視角的基礎上，更自覺地開闢文化視角，我們將會進一步發現魯迅世界中的一個未完全被我們所把握的世界，一個未完全被我們所發現、所充份開掘的文化寶庫。我們在紀念魯迅先生逝世五十週年的時候[1]，從魯迅與中外文化的關係這個角度來研究魯迅，就是一個自覺的新的開端，我們相信，這個開端將使魯迅研究獲得新的生機，將在魯迅研究的事業中注入新的活水。讓我們接過魯迅的偉大旗幟，在祖國偉大的改革進程中，積極地改造我們民族的精神氣質，努力塑造新型的文化性格，為祖國的現代化事業，為建設社會主義精神文明的偉大工程，作出自己的貢獻。

1 本書寫作、出版於二十世紀八十年代。——編者註

附錄

漫議轉化傳統的關鍵

文化長時間的穩定發展構成一個民族的傳統。一般地説，古典時期形成的傳統發展到近晚的某個時間點，或者是社會內部工業化、資本主義化的興起，或者是外來優勢文化的輸入，古典傳統就要面臨所謂現代化的挑戰。不論我們願意不願意，不論我們對傳統抱着怎樣的深情，改變是大勢所趨，不以人們的意志為轉移的。古典傳統的完整形態在進入轉型時期就會發生蜕變。文化上的這種蜕變極少能以順利的盡如人願的方式進行，更為常見的是各種搖擺和困惑。在這些搖擺和困惑裏面，有些是超出人事努力範圍以外的，有些則是本身決策的失誤。無論怎麼説，搖擺和困惑反映了理解的問題。假如我們能夠認識傳統的機制與現代的機制在運作上的區別，認識傳統價值觀與現代價值觀的不同點，也許可以多少地減輕轉型時期的困惑，走出一條接通傳統與現代的路徑。

傳統是屬於我們自己的，這既不是傲慢的資本，也不是天生的恥辱。它僅僅表明傳統活在我們的生活裏，我們不能希望像擺脱夢魘一樣擺脱傳統，只能企望認識它，從而健康地轉化它。

一

傳統社會與現代社會的界限是很難劃清楚的，但又有一些很明顯的外部標誌，例如生活的富裕程度和經濟的發展程度。在經濟上一般通行未發展、發展中、已發展三分法，純粹的傳統社會一定是未發展的，而處於轉型時期的社會大多數是發展中社會，已發展的社會大致都在不同程度實現了現代化。不過，這僅僅是從經濟眼光觀察，單從經濟眼光看現代化有時是不全面的。如果我們把文化看成由物質、制度、精神等多層面組成，其中制約它們的是一套核心價值觀念的這樣的人類創造物的話，我們就更應該站在文化的角度反思傳統與現代。因為構成傳統社會與現代社會的分別很可能就在於那套核心價值觀念的不同。價值觀的轉換構成從傳統到現代轉化的核心，而經濟發展程度的巨大差異則體現了轉化所產生的影響和結果。

傳統價值觀的核心與現代價值觀的核心存在甚麼不同呢？馬克思在談到未來理想社會基本特徵時說：「每一個人的自由發展是一切人的自由發展的條件。」（《共產黨宣言》）在這裏馬克思把「每一個人的自由發展」擺在極其重要的位置，他把個性、主體性的充份實現作為人類的最高理想來追求。可以說，馬克思以純粹的人道理想超越了資本主義早期階段的個性解放和自由平等的限制。因為工業化極大地加劇了勞動異化，個性、自由、平等雖然作為原則受到充份的尊重，但並未引導出完全切合原則的結果，整個社會在形式上是合理的但實質卻不合理。然而，我們從馬克思這一理想標準往下落實到現實世界觀察人類歷史，最接近「每一個人的自由發展」的社會無疑是現代社會，而不是古典的傳統社會。雖然現代社會還未臻理想境界，但它多少開創了通往理想的道路，所以在馬克思的歷史發展模式裏，共產主義是作為資本主義否定階段產物而出現的。就是說，人類自從意識和發現個性、主體性價值之後，現代就開始萌芽，圍繞着這個核心，並且逐漸通過人類的歷史活動展開形成文化的現代形態或稱現代文化。傳統的古典形態的文化則不是這樣的，雖然它既可以是神本位，也可以是人本位，但這裏面的人絕不是具有個性的人、主體性的人，而是種族的、家族的、普遍的、集合的人。傳統價值觀念根本不予承認人的個性、主體性價值。以這一點為核心逐漸衍生出來的古典文化裏，人被視為沒有個性價值的、被定義的、被奴役的、被剝奪的對象。

瑞士歷史學家布克哈特比較中世紀與文藝復興的區別，他說：「在中世紀，人類意識的兩方面——內心自省和外界觀察都一樣——一直是在一層共同的紗幕之下，處於睡眠或半醒狀態。這層紗幕是由信仰、幻想和幼稚的偏見織成的，透過它向外看，世界和歷史都罩上了一層奇怪的色彩。人類只是作為一個種族、民族、黨派、家族或社團的一員——只是通過某些一般的範疇，而意識到自己。在意大利，這層紗幕最先煙消雲散；對於國家和這個世界上的一切事物做客觀的處理和考慮成為可能的了。同時，主觀方面也相應地強調表現了它自己，人成了精神的個體，並且也這樣來認識自己。」（《意大利文藝復興時期的文化》第二篇「個人的發展」）無論東方還是西方，古典形態的文化，其價值觀念的核心都是諸如神、種族、家庭這樣一些普遍的價值。個人只有通過修行、懺悔、履踐等功夫與它們重疊合一才能體現自己，否則就是弊端或禽獸。古典時代這些普遍價值構成層層「共同的紗幕」，個人活動於這些紗幕包圍之內，因而，人類的個性意識和主體價值這時候處於休眠和不覺醒狀態。當歷史的鐘擺從普遍擺向特殊，從神、種族、家族擺向個人、主體的時候，這層千年的「共同的紗幕」就被穿透。它的自然而然的落幕宣告另一種形態的價值觀念的生長，大千世界的舞台演出另一幕個性與主體性的壯觀戲劇。

個性和主體性的這種突破在近晚的歷史裏表現在許多方面，一系列的變動、衝突、創新都貫穿着這主旋律的奏鳴。從人身依附（佃耕）與家庭協作（自耕）的農業生產轉變為僱傭勞動和自由企業的工業生產；從君權神授、承天啟運的人身束縛與專制的政治制度轉變為天賦人權、三權分立的近代民主政治制度；從代聖人立言、代神立言的註釋型學術轉變為不假依傍、自由研究、自由發現的創造型學術；從刑不上大夫、禮不下庶人的不平等刑法轉變為「法律面前人人平等」的法制；從血統、地位、出身支配個人的等級型人生轉變為在機會面前人人平等的自我實現型人生……古典形態到現代形態的文化轉型，其核心就是價值觀念擺向的轉移：從神、種族、家族到個人、主體。從前被束縛、被壓抑、被扼殺的無比強大的個性創造力有幸通過這個轉變生成、釋放出來，極大地推動了社會的進步，豐富了人類的物質與精神財富。我們很難回答個性與主體性的生長與現代社會的一系列變遷誰是因，誰是果，也可能互為因果，但留心觀察的話，不難發現現代文化的基本創設在所有方面都體現了個性與主體性的精神，而古典則相反。那種沒有個性與主體性的自由參與的現代轉化也可能創出人均國民產值比較高的物質豐富程度，正如昆蟲社會也能保持高效率一樣，但這種現代化是殘廢的、不全面的。

認清價值觀念從古典形態走向現代形態的這種轉變是很重要的，但也不必把現代的迫近當成天國時代的降臨。正如古典文化有其不能令人滿意的地方一樣，現代文化在其表現上也有許多不能令人滿意的地方。從最隱秘的深層心理角度說，現代的迫近在很大程度上是一件「不得不如此」的事實。一個現代化了的社會並不是在所有方面都實現了個性與主體性的原則，毋寧說運轉起來的現代社會還有許多背棄初始理想的地方。到目前為止，人類對個性和主體性的發現仍然處於一個不太充份的階段，人類能不能完全實現這一自我發現而產生的夢想尚屬疑問。但確鑿無疑的方面是道路已經打通，並且多少將一部份夢想變成了真人真事的歷史。如果我們不能使鐘擺擺向個性和主體性，那我們將永遠徘徊在現代大門之外，永遠失去實現自己美好夢想的那一天。

二

個性與主體性的價值觀是豐富的，而且它也會隨着人類對自己的認識而深化。按照我們的理解，它應包含三方面的含義：個人是作為主體性而存在的，他的自主性只能屬於他自己，命運不是操在神或別人手裏，而是操在自律自足的他自己手裏；任何一個個人都是不可替代與不可重複的，因而人的精神個性——獨創性與能動性——應當得到尊重和保護，任何人或組織都不能剝奪；個性與主體性還意味着對個人人格的尊重和人的尊嚴、人格平等，在這個意義上，個性與主體性是與最徹底的人道主義相通的。

人作為主體而存在得到承認與確立，首先表現在個人取得獨立的資格，擺脫奴隸般被規定、被指派、被掌握的處境。他的生命屬於他自己，個人或組織不能對他進行剝奪，個人最終對自己負責而不是對別人或外在性力量負責，個人的生命歷程需要自我組織與自我實現。在「五四」時代，這種理解最先萌芽，主張個人應該根據主體的內在尺度進行選擇。陳獨秀說：「第一人也，各有自主之權，絕無奴隸他人之權利，亦絕無以奴自處之義務。」「解放云者，脱離夫奴隸之羈絆，以完其自主自由之人格之謂也。我有手足，自謀溫飽；我有口舌，自陳好惡；我有心思，自崇所信；絕不認他人之越俎，亦不應主我而奴他人；蓋自認為獨立自主之人格以上，一切操行，一切權利，一切信仰，惟有聽命各自固有之智能，斷無盲從奴屬他人之理。」（《獨秀文存》卷一《敬告青年》）「五四」時代，流行着尼采的名言，「上帝已經死去」。在中國這句話超出了尼采的原意，更兼含高揚的主體性意識。孔夫子已經死去，數千年來壓抑人、限制人、取消人的那堵高牆已開始倒塌，勇敢的人必須求諸自我，對自己的生命負責。

世上沒有上帝的指引，沒有孔聖人的訓誡，只有你自己。人的主體意識的萌生與發展，標誌着對人的重新發現，把人從古典的傳統中解放出來，即從被規定、被限制、被束縛、被壓抑的悲劇性命運中解放出來，真正將人還原為充份、獨立、自由、發展的人。

個性與主體性的價值觀不僅包含「自我」的獨立性和自主性的概念內涵，而且也包含着不可重複、不可替代的概念內涵。莎士比亞盛讚人為萬物的靈長，是天地間最高貴的性靈，這是因為人類具有精神個性，每一個人都是一個宇宙，一個屬於他們自己的內宇宙。這一點是為其他任何動物所不可能企及的，儘管某些物種也有社會組織，也會利用工具，也有信息傳輸系統，但它們是性靈上千篇一律的自然存在。人類卻不同，自我意識的萌芽和成長使得每一個人都有一雙只有他自己才有的眼睛和耳朵，用它去觀察大千世界的萬象，用它去傾聽大千世界的音響，就會產生出各不相同的精神活動。個人的不可重複性和不可替代性的根本原因就在這裏，而無窮無盡的精神創造力也根源於此。如果沒有精神個性，人類就不會有哲學、不會有詩，也不會有科學。但長期以來，人類只是不自覺地運用自己的稟賦，或者只有極少數貴族享有這種權利，或者它只是在層層重壓的縫隙中生長出來，在掃蕩、打擊未到的一角頑強地生長和表現出來。

個性是卓爾不群的，它要獨自探索自己的道路和發現真理，它要時時刻刻反抗「眾俗」，反抗失去主體的普遍沉淪。魯迅在《文化偏至論》一文中，批評晚清「競言武事」和「製造商估立憲國會」的人，沒有正視人的精神個性，一味以為「物質」和「眾數」便能興邦利國。這些人雖有感於外侮，有雄圖大志，但只能鼓動「群體意識」來反抗，在反抗中沒有對於個人的根本覺悟，終不免「飛揚其性，善能攖擾，見異己者興，必借眾以淩寡，托言眾治，壓制乃尤烈於暴君」。魯迅批評他們，「緣救國是圖，不惜以個人為供獻」。這些批評不僅涉及晚清歷次反抗歸諸失敗的原因，而且也涉及中國古典傳統的價值觀的缺陷。中國歷史並非沒有反抗，但這些反抗都是少數英雄豪傑帶領「眾數」的反抗。反抗之前和反抗之後，並沒有一個個人的解放、精神的解放運動，只是通過一輪「替天行道」，將個人重新納入規範，重新消融在普遍之中。反抗過後，並無創新，反而陷入一輪新的循環，落入「同是者是，獨是者非，以多數臨天下向暴獨特者」的扼殺新生和創造的可悲局面。魯迅當年深信：「張大個人之人格，又人生之第一義也。」深邃的精神生活可以提升人的價值，提升生命的價值。因為精神生活追求的獨創性，內宇宙的自由意識，將永遠促使人生自我超越，不停止在一個平面上滿足於物質性的成功。《文化偏至論》所講的「主人」「根柢在人」的人，就是飽含深情而卓異的「尊個性而張精神」的人，是與「庸眾」相對的人。

在《摩羅詩力説》裏，魯迅盛讚拜倫的一生：「如狂濤如厲風，舉一切偽飾陋習，悉與蕩滌，瞻顧前後，素所不知；精神郁勃，莫可制抑，力戰而斃，亦必自救其精神；不克厥敵，戰則不止。而復率真行誠……因悉措而不理也。」推而廣之，這段話也適合於魯迅以及「五四」新思潮的倡導者，他們不僅闡釋傳播主體性價值觀，而且也是實踐者，是在其生命歷程中不斷地發揮個性的人。「五四」是一個思想、文化碩果纍纍的時代，也是我們民族思想、文化的高峰。這個精神上輝煌的時代，通過他們各各不同的卓異個性得到充份表現。

個性與主體性價值觀要求對個人人格的承認與尊重，這是一個真正的起點。有了這個真正的起點，方能推而廣之，承認別人與自己具有同樣的人格，同樣去尊重別人：實現人格的平等。人生而平等，這幾個字很淺，但理解它卻很難。一個不尊重自己人格的人，我們很難希望他會尊重別人的人格；一個不愛惜自己生命的人，同樣很難希望他會真正愛惜別人的生命。不把自己當人看，也就不會把別人當人看，最終別人也不會把他當人。形成這種「因果報應」的根源就是缺乏獨立的個人人格概念。承認了獨立的個人人格，才有可能在此基礎上建立起普遍的人格概念——人道主義。

以這種價值觀審視人際關係，便不再訴諸古典式的由己及人的憐憫心的擴張，而是訴諸普遍性的人格概念：自我肯定的同時他人也不證自明地獲得肯定。普遍性的原則需要落實到個性才能獲得生命的基礎，而人格意識的萌生首先需要依靠個體的覺悟。邁出了自我肯定的第一步的同時就意味着近代人道主義觀念的確立。因為它們是相互包容的，就像金幣的兩面。用魯迅的話說，就是「漸悟人類之尊嚴」與「頓識個性之價值」。無論在何種意義上，真正的個人主義與人道主義是不可分割的：既肯定他人也肯定自己，既理解自己也理解他人。於是，我與他人的聯繫，不再通過「己身」為中心來評價，而是借助人道主義的原則，普遍人格的原則。正是這種新價值觀，才啟發了人們對自由的酷愛，對生命的大愛和對人類尊嚴的維護。人們常說「五四」是個性解放的時代，但卻忘記補充「五四」也是人道意識普遍高漲的時代。激烈地抨擊「吃人的禮教」，勇敢地傳播民主與科學的思想，深入探討中國婦女的命運和關懷下層民眾的疾苦，這一切都熔鑄着對生命的熱愛和貫串着高尚的人道情懷。新文學——人的文學能夠脱離古典文學而成熟，其中重要的一環就是個性與主體的價值觀萌生而導致人的觀念的改變，近代人道主義思想在作家中扎根。尤其是魯迅的小説，一脱過去士大夫居高臨下式的憐憫與同情，轉變為「哀其不幸，怒其不爭」。作家看重人類的尊嚴，於是才有把人當人來寫的文學，強烈的愛和強烈的責備鑄成一體，揭示出弱小者的悲劇命運，從不平的際遇中提升出人物自身的悲劇性。沒有人的觀念的根本轉變，沒有近代人道主義意識，文學要取得如此震撼靈魂的效果，是不可想像的。

三

個性和主體性價值觀萌生於中國二十世紀初。記住這一點很重要，因為在這以前中國的古典文化傳統幾乎是不存在這種價值觀的。它很完整，自成體制，但畢竟是屬於古典傳統的。一九一九年胡適發表《新思潮的意義》，借用尼采「重新估定一切價值」一語解釋新思潮的意義。如果我們今天以個性和主體性價值觀估定傳統，就會發現古典傳統其核心價值觀是與現代價值觀完全背道而馳的。自鴉片戰爭中國社會進入轉型期以來，經歷了那麼多的挫折、失敗、困惑甚至自我毀滅，這也許能從價值觀的深刻矛盾與緊張導致轉換的艱難而獲得部份解釋。

眾所周知，世界上的現代化社會是近數百年來一系列成套的運動的結果，至少包括文藝復興、宗教改革、資本主義、啟蒙運動、產業革命、科學興起這幾個最主要的環節。但即使有這些一環扣一環的成套運動，新社會誕生的陣痛和為此所付出的代價，稍微翻開歷史一查是不難發現的。從開始演變到目前福利社會的階段，代價是沉重的。不過，不論人們對西方這套現代化模式持甚麼態度，還是應當指出，他們社會發展的早期階段已經為後來準備了若干條件。大約從十四世紀開始的那些成套運動不是平白無故忽然冒出來的，早在希臘時代和羅馬時代就種下了日後茁壯成長的種子，比如希臘政制和羅馬法。假如沒有在古典傳統階段孕育出後來促進社會進步的因素，今天西方所達到的進步依然是不可想像的。默觀西方歷史的演變，現代以前和現代固然有許多歧異與不同，但應當注意到其中相承一貫的脈動。怪不得黑格爾說，只要一提到柏拉圖，他就有一種重返家園的感覺，他認為希臘哲學是現代西方哲學的故鄉。

以這一點來反觀中國社會，就令人生出很深的感觸。中國的古典傳統並非不偉大，它在歷史上創造的和今天留下來的文明成果令活着的人嘆為觀止，在許多方面令人還是難以想像的和望塵莫及的。但在崇敬和讚嘆之後，令人惋惜和沉痛的是古典價值觀的基本方面是和現代根本衝突的。衝突和格格不入造成今天的難題：過去愈偉大，今天的負擔就愈沉重。一個最明顯的事實是中國社會介入世界潮流，開始從傳統到現代的演變，並不是社會機制出現轉型的新變化而主動開始這一過程的，而是西方人打進來，自己碰得頭破血流才開始「悟道」的。西方對近代中國而言，自始至終就扮演雙重角色：師傅和侵略者。假如沒有西方勢力打進來，「天朝」的美夢真不知要做到甚麼時候才醒，在王朝更替的惡性循環中至少要打許多滾，滾到滾不動為止。當然，事情還不至於那麼悲觀。古典傳統中的具體創設和具體方面，甚至某些思想觀念，如果今人能創造性地重新解釋和創造性地轉化，它們可以通過這種成功的政治運作大大地促進現代化。轉化傳統這是具體的政治運作，不在本文檢討的範圍，暫且不論。但要成功地轉化傳統，讓它們有利於現代化，這要有一個先決條件：認真檢討古典價值觀，看清楚那種根本性的衝突，讓鐘擺切實地擺到個性與主體性這一邊來。沒有這一項「基本建設」，很難談得上其他具體的建設。

構成古典時代的基本秩序是禮治秩序，它是以人倫關係為枝幹而強制加上尊卑名份的規定而形成的。比如慈和孝，它最初只表示親代與子代的情感溝通，但在禮治秩序那裏則轉化成兩代人的各自行為規範和身份特徵。家族制度、村落共同體和大一統官僚體制有力地保證了禮治秩序的穩固。人在這個秩序中一級制馭着一級、一級依附着一級，誰也不能動彈，毫無個性與主體性精神可言。禮治秩序的基本架構反映出這樣一種對人的理解：人在生理上雖然可以成年和成熟，但在精神自主性和獨立人格上卻永遠不會成熟。讓個體從一級制馭着一級，一級依附着一級的關係中獨立出來，掌握自己的生命，這是不可思議的。「人而無禮，雖能言，不亦禽獸之心乎？」（《禮記．曲禮上》）個人在禮治秩序裏，永遠不能獲得獨立性與主動性，而只是被證明、被規定、被定義的對象。禮治秩序就像文化環境的大搖籃，個體由生至死生活在這個大搖籃中，處於精神上、人格上被監護被規定的地位，他的大腦、他的生命被無形的繩索捆縛起來，直到生命的終結。禮治秩序對獨立人格和個性的束縛是嚴酷的。羅馬國家時期畢竟還存在過個人財產權，法律上也給予明確的規定與保護，中國社會則從來沒有萌芽過個人財產權，有的只是家族共同佔有制，直到二十世紀初才開始出現個人財產權。個人在最基本的經濟活動中被剝奪了獨立的權利，個體的那種被奴隸般束縛的情景可想而知。

除了維繫社會生活穩定的基本秩序——禮治秩序——不利於個性生長之外，道家和釋氏的宇宙觀、人生觀同樣也不利於個性生長。二氏對宇宙人生的看法隱含了這樣的思路：我們對周圍世界的看法或判斷，只取決於我們內心自己同自己達成的契約，它不存在客觀上的真實性。因此從「我」這一方面說，周圍世界是依內心心象而轉移改變的。只要做到「無心」「無我」「自然」，克除我執，由改變自我認同的「契約」進而改變世界在內心的形象，於是就改變了世界，眾生就能從「四苦」「八苦」中超脱出來，重返自然。這種影響甚廣的解脱「妙方」其實是通過無限誇張個體的思維力、幻想力的方法而徹底泯滅自我，捨棄主體。老子提倡「渾其心」，莊子説「吾喪我」，釋氏高談「涅槃」「頓悟」，其根本精神就是要求人泯滅主體捨棄自我，同歸物化，遵循這類宇宙觀、人生觀而向下往人生落實的時候，往往產生個體喪失對環境的正常評價能力的現象。《阿Q正傳》中精神勝利、精神逃入的阿Q，就是這方面的典型。因為克除了主體欲求，人同客觀環境的穩定聯繫被截斷，於是就不能認清客觀刺激的挑戰，不能對刺激作出創造性的回應，而一味地自我滿足、自我陶醉和自欺欺人。泯滅自我與主體，萬物同歸混沌，將所有差別吞囫圇棗，爛煮糊塗麵，此亦一是非，彼亦一是非，誤認修改自己的看法和判斷為修改世界的真實狀態。正所謂閉目以滅色相，塞耳以息音聲，到頭來在客觀面前撞得頭破血流的還是自己。

如果說禮治秩序從強制的外在方面取消、抑制主體性與個性的話，二氏的宇宙觀、人生觀則從內在的方面取消、抑制主體性與個性。來自外面的壓力導致喪失獨立的人格，對個體來說，根本就不存在可以自我實現的文化環境和社會條件；來自內面的壓力導致喪失主體意識，對個體來說，根本就沒有自我實現的主體能力——這或許就是儒道互補。

或許會說，古典傳統中道德意識很發達，修身克己有助於自我的完善，「恕道」為人有助於理想世界的實現。道德是善惡判斷的尺度，我們不能對尺度再說善惡，只能對尺度本身是否充份合理提出批評。中國傳統倫理觀，由於排斥了個性與主體的觀念，它缺少一個評價道德與非道德的行為的統一尺度。正如不站在同一水平線上就無法判斷高矮一樣，抽去承認與尊重個人獨立人格的基準，就不可能真正評價個人的行為。大量記載於正史和為無聊文人鼓吹的道德舉動，雖然符合傳統道德，但以今天的眼光看，卻是十足的反人道與非人道的。例如，郭巨埋兒可以解釋為孝，張巡殺妾可以解釋為忠，女性裹腳可以說成順，寡婦再嫁可以視為淫，把對人的壓迫說成盡本份，把對人的殘酷剝奪說成教化幫助。這是因為古典傳統並未建立起獨立人格的概念，個性和主體被殘賊。這就是「禮教吃人」。中國數千年的歷史，貶低人、不尊重人、壓抑人、剝奪人的事俯拾皆是，並非由於聖人先哲定下來的道德未曾推廣，並非由於中國人的「修身」「克己」「去欲」的功夫未到家，而是由於我們自己的文化病態，失去讓人站起來的基石：獨立人格。道德君子們幹着慘無人道的行為時，很可能覺得他自己就是道德的，一面殘賊生靈還一面以為自己為民族做了一件豐功偉業。自己沒有獨立人格，別人也當然不是人，一律沒有人，所以大量非人道和反人道的行為才居然可以貼上道德的標籤。

中國社會在古典時期形成的傳統文化是建立在上述非個性、非主體性的價值觀基礎上的。它同現代所要求的個性主體性價值觀在根本上是衝突的、格格不入的。這種衝突狀況給中國的現代化道路造成微妙的影響。第一，它決定了中國走向現代化不採取「古典的復興」的形式而採取「被現代化」的形式。我們知道歐洲進入現代化的第一步是文藝復興，從古典時代的文化財富中吸取現代的養份，現代就是古典的再生。但中國不可能走這條路，相反它在現代化的途中需要不停地反思和批判傳統文化，在傳統面前保持清醒的認識。個性和主體性價值觀是二十世紀初才出現的，它剛剛來到中國人的生活中，大家都不熟悉，不了解，要經過漫長的適應與學習，才能轉化為我們真正生活的一部份。中國的古典傳統在現代化過程中可以提供許多助益，但在其最根本的方面卻不能提供助益，而且古典能否避免進入博物館的命運，全在於今人能否以個性與主體性的價值觀去灌注它，提升它，賦予它新的活力與生命。在這個意義上中國的現代化是「被現代化」。第二，開放與現代化同步進行。鴉片戰爭迫使中國打開鎖着的國門，但這件事對中國的現代化過程有一重象徵意義：只有開放才能建設現代化。開放不僅意味着危機或貿易的對策，而且是現代化的必要而且充份的條件。從文化建設的角度說，古典傳統自身的局限性與個性主體性價值觀的矛盾，決定中國的現代化要「轉求新聲於異邦」。沒有一個開放的文化環境，不以開放的心態接受人類精神與物質財富，中國的現代化是不可想像的。事實證明，甚麼時候開放，甚麼時候現代化建設就能推進；甚麼時候封閉，甚麼時候就意味着事業的危機。惟有開放才能保持環境清新潔淨；關門閉戶，陰穢之氣就會從角落、從陰暗的地方冒出來。

從傳統社會到現代社會，是社會結構的大轉變，方生方死，新舊衝突，千頭萬緒。但其中最核心的是作為文化的深層的價值觀的轉變。真正意識到並且有充份的心理準備以實現這項轉變，我們的現代化就有明確的目標和方向，傳統與現代的衝突就可能減到最低限度。可以說，建立個性與主體性價值觀是成功地轉化傳統的關鍵。

初版後記

劉再復

本書由我和林崗商定基本觀念、基本內容及其體例，共同立論。

林崗是本書的主要執筆者。除了第一章（導論）和第七章（附論）由我執筆之外，其餘各章均由林崗執筆完成。他為本書承擔了主要的勞動。全書完稿後，由我通讀潤色。對於全書所表述的思想，我與林崗共同負責。

我們謹以此書，參與祖國的社會主義現代化進程，並獻給一切關懷中國命運和人類命運的朋友們。

一九八七年九月一日

中國社會科學院文學研究所

再版後記（一）

林崗

《傳統與中國人》初版至今已有十二年之久，現趁再版的機會，將書中討論到的或旁及的一些問題略作說明。

無論我們現今如何評價「五四」時期的新思潮，有一點可以肯定，這就是思想文化上的自由反思。「重估價值」已經成為「五四」的重要遺產，本書最初的寫作緣起，就是要討論「五四」時代「重估價值」本身。一九八六年復旦大學召開中國文化學術討論會，我們提交的論文就是《論五四時期思想文化界對國民性的反思》。討論會過後覺得意猶未盡，於是在論文的基礎上寫成本書。「五四」時期的文化反思可以分開兩面去看，一是它的立場，二是它的態度。兩者相互關聯，但又不是同一回事。那時思想文化界的主流，不是站在傳統的內部，再思或延展舊有的概念、命題和思想，而是站在傳統的外面，反思、重新評價傳統，這就是新思潮特定的立場，而且新思潮對傳統抱有激烈的批評態度。如果用激進的反傳統去形容新思潮對傳統的態度亦不為過份。本書寫作的時候，我們對新思潮的這兩面略有認識，但不是很清楚。現在看來，對「五四」新思潮有許多值得重新檢討的地方，特別是它對傳統的激進批評態度，未必是我們今天看待傳統的應持態度。更多一點知性精神融會於反思，可能會使批評本身更加深刻，避免膚淺的指責。當初寫作的時候，我們基本上是沿襲新思潮提出的問題，例如關於禮治秩序、人生解脫、天朝心態等，都不是基於我們自己對傳統的認識而提出的問題，但是我們覺得新思潮未能將已經提出來的國民性問題談透徹，故而引證文獻和歷史故實再予分疏，使得討論更富於知性色彩。然而，既然承繼了「五四」時期提出的問題，則不可能不承繼提出問題方式背後的態度，就像新思潮直接導因於鴉片戰爭以來的重重挫折一樣，八十年代的文化反思亦同樣有感於新中國的過多災難，這是可以理解的。思想表述當中和思想表述的背後都會有感情因素的作用。書出版以後，受到一些朋友的讚許和受到另一些朋友的批評的原因都在這裏。不過，站在世紀末的今天，我們認為思想表述還是以盡量克制為好，感情摻雜其中當然會妨礙認識的客觀性。事實上，傳統亦有待於我們新的反思和對話。正是在這種意義上，我們亦不認同對「五四」新思潮一筆抹倒的看法。新思潮的態度有問題，但新思潮的立場值得我們繼承。新思潮會被後人超越但永遠不會過時，就在於它對傳統的自由反思立場，如果我們要增進對中國歷史文化的理解，一定不可以脫離以「五四」新思潮為代表的獨立反思的立場。

新思潮對儒學進行過猛烈的批評和指責，在當時和今天都引起很大的爭議。其中的孰是孰非不是幾代人就可以有定案，因它牽涉到另一個更為根本的問題：中國文明在全球體系中的地位。水不落，石是不會出的。不過，我們與其爭辯新思潮對儒學指責的是非，毋寧看重這種指責批評的象徵含義：古代帝國時代所形成的知識體系，在被捲入全球化的進程中，不可避免地成為「地方性知識」，而不是像先前那樣在封閉的帝國之內被看成「普遍性知識」。儒學由「普遍性知識」跌落到「地方性知識」，「五四」新思潮的批判是一個重要的過渡。我們深知，新思潮所以受到認同儒學的人的詬病，是因為這裏存在難開解的情結。但是，想深一層，儒學的這種命運實在無關乎「五四」。這是由於它不再能夠解釋一個正在變化的世界，不再能夠為建構一個新世界提供基本思想資源而決定的。新思潮不過是過火地指出儒學面對新現實的軟弱無力而已。

一九九八年十一月二十六日

再版後記（二）

劉再復

一九八七年《傳統與中國人》由北京三聯書店出版後至今已整整十一年。這些年裏，由於種種原因，此書未能再版。倒是香港三聯書店把它作為「三聯精選」叢書的第一種再版了幾次。陳映真兄主辦的人間出版社也在台灣印行此書。每次和朋友談到這本書，我總是念起范用和董秀玉。范老先生親自為北京版本設計封面，象徵意蘊很強。董秀玉則在發燒住院時帶上這部稿子，硬是在病中把它讀完，自己還當了責任編輯。這兩個名字是中國兩代出版精英的代表性符號，現在書籍轉到安徽出版，我先要感謝與銘記北方的朋友。

幾次拿到香港、台灣新的版本，我都有點徬徨。在北京時，我為自己確定了三個精神耕作的路向：文學研究、散文創作、中國傳統文化批評。出國後，前兩項不僅仍然保持了鋒芒，而且路子愈拓愈寬。唯獨這第三項，我總是處於徘徊之中。徘徊不是後退。我和林崗至今仍然堅持我們共同選擇的批判的基本點。這一基本點不僅是承繼「五四」一代文化先驅者的基本立場，而且有我們自己的閱讀心得與感受。我在最近為林崗的新著《邊緣解讀》（香港天地圖書公司出版）所作的序言中說，我們在最初討論這本書時共同達成一種堅定的認識，這一認識用一句素樸的話來表述，就是傳統文化對人要求太多，而求之太多的結果是做不到（喪失主體），做不到還要做（強作主體），便形成對人性腐蝕得最厲害的虛偽性格。這種認識使我們在學術建構中把思索的根扎得更深，也更不容易後移。我所以會徬徨，乃是覺得對於傳統文化的正價值還思考得不夠。這些年，因為天時地利人緣，我得以和李澤厚兄不斷作學術對話，並在完成《告別革命》之後進入「返回古典」的題目。所謂「返回古典」，就是在批判二十世紀的機器統治和各種否定性哲學思潮（特別是否定主體的語言哲學和後現代主義）之後，重新尋找人的價值和含有此一價值的古典文化資源。在對話中，澤厚兄的思路已很明確。他要回到的「典」，有一大典，就是孔子。他針對牟宗三、杜維明「儒學第三期發展說」而提出「儒學四期」的看法，認為今日儒學不能止於心性道德和形上思辨，它的發展必須融會馬克思主義、自由主義、存在主義等，區分宗教性道德（「內聖」）與社會性道德（「外王」），重提文藝復興，以美學為根基，塑造人的內在主體性，實現「創造性轉換」。澤厚兄所說的「以美學為根基」，其實也是以孔子的「禮樂」審美為落腳點。我在與澤厚兄的對話中，有一個牢固的共同點，就是要往古典方向去重新尋找人。但要返回的典，則和他不太相同。我更多的是從康德的主體性哲學和文學大師們的人性王國中尋找，而澤厚兄更多地想從東方的古典中尋找。我並不拒絕故國古典中的價值資源，也看到孔子原典給人在宇宙中一個很崇高的地位，但是，我又看到，儒家對人的「重視」，變成後來一套人倫關係論、三綱五常論的邏輯起點，這個邏輯起點同人的尊嚴、價值與自由偏偏衝突，所以我總是回不到孔老先生那裏去。但是，孔子的原始學說又確實也能增添世間的人際溫暖，在利己主義氾濫、世界變得愈來愈寒冷的時候，這一學說中的某些思想又確實不失為一種價值，想到這一點，我的批判鋒芒就不能不有些低迴。

事隔十年有餘，不知身居南方的林崗對於這一課題有甚麼新的思索。近日讀他的《邊緣解讀》中的幾篇論文，覺得他的思想愈發深刻精密，想必對傳統一定也會有新的話要說。林崗是《傳統與中國人》的主要執筆者，也是我最欣賞的四十歲左右一代人中的年輕思想家，他的才華尚未被充份發現。但願他能保持思索的鋒芒，繼續傳統與人的題課。

最後要感謝江奇勇先生和安徽文藝出版社的朋友們。他們熱愛中國文化而「愛屋及烏」，竟想起被遺忘多時的《傳統與中國人》。

一九九八年十一月二十五日
美國科羅拉多大學校園

中信版後記

劉再復　林崗

《傳統與中國人》於一九八八年由北京三聯范用先生親自設計封面出版後，經歷了一個南下又北上的過程。先是南下到台北，由陳映真先生主持的人間出版社同一年首次推出繁體字版，接着香港三聯也同時出版了繁體本。而二零零二年再由香港牛津大學出版社，出版繁體字本。而在此之前的一九九五年，這本書再次回到大陸，由安徽文藝出版社的江奇勇先生作為責任編輯，再推出簡體字的新版。在中國範圍內多次面世之後，韓文版也於二零零六年簽約開始翻譯，不知出版了沒有。

《傳統與中國人》延續「五四」文化先行者的反省立場，其基本點是批判的。三聯版問世後，作者之一劉再復移居西方，在遙遠的滄海彼岸反而對故國文化產生深深的眷戀，對傳統闡釋的基本點也從「批判」轉向「開掘」。其實這也沒有衝突，傳統文化本身就存在深層、表層之分，揚棄表層的偽形部份之後，開掘深層的原形核心價值，倒可以贏得對我國古典文化系統更完整的認知。除此之外，關於作者認識的變化，我們還在香港牛津大學版的《前言》作了學術說明，讀者也可以參考。

這本書的南北輾轉也象徵着生命的遭際和人的命運。我們謹向所有曾經給予鼓勵、支持和幫助的朋友們致以衷心的感謝。

二零一零年四月十二日

跋

劉再復

今年夏天，北京三聯書店在李昕、鄭勇兩位好友的推動下，終於出齊了我的十卷本散文選集：《劉再復散文精編》（系列主持白燁，協助葉鴻基）。選集包括《師友紀事》、《人性諸相》、《世界遊思》、《檻外評說》、《漂泊心緒》、《八方序跋》、《兩地書寫》、《天涯悟語》、《散文詩華》、《審美筆記》。這一散文系列，可說是我的心靈史。

散文寫作，對於我乃是「無心插柳」，倘若不是因為太寂寞，也許不會寫得這麼勤這麼多。散文系列剛推出最後一集（《審美筆記》），我的好友張宏儒正好到美國探望女兒，接着又和他的夫人（也是我的好友）賈達黎到科羅拉多看望我，並傳達了東方出版社希望出版我的學術文集的美意，我雖答應，但提出一個要求，就是請張宏儒兄擔任文集總策劃以助我編選與重組。與「無心插柳」不同，學術論著對於我則多數是「着意耕耘」，也確實投下了生命中的大部份汗水。只是早期的架構尚有「作文」痕跡，而晚年近階段則「隨心」自然得多。從《紅樓四書》開始，我更是把學術與生命加以連接，一切書寫完全出自生命的需求。不過，無論是青年時代還是中晚年時代，我的學術都不展示學問姿態，只一心傾注求索真理的熱情。儘管表述的形式多種多樣，但是都具有歷史的針對性，與對世界對文學的積極認知。有些時候（如二十世紀八十年代），我也充當過「弄潮兒」，熱心於開拓風氣，但到海外之後，則萬念歸淡，一心返回象牙之塔，完全成了「風氣外人」，即《紅樓夢》所言的「檻外人」。從東到西，從潮流中人到潮流外人，論著的筆調也隨之從熱到冷。不過基調雖有變遷，但喜愛「思想」則一以貫之。在人文領域中，我追求學問、思想、文采三者的統一，但總是以思想為軸心，所以我喜歡稱自己為「思想者」。所謂「學術文集」，自然可以稱之為「思想文集」。

大約因為習慣於「黎明即起」，所以數十年的連續寫作，便積成浩繁篇幅，面對這一格局，編選二十卷文集工程實非易事。這除了我自己理所當然應該出力之外，全仰仗好友張宏儒兄和我的表弟葉鴻基先生及東方出版社副總編輯彭明哲先生和責任編輯王艷女士。此時，我要鄭重地道謝。

另外，我還要特別感謝在學術生涯中與我合作並允許我把合著本放入文集中的好友林崗教授。我們合著過《傳統與中國人》及《罪與文學》，這都是人生中最富有詩意的一頁。

二零一四年十一月十日
香港清水灣

劉再復著作出版書表（整理：葉鴻基）

序	類別	書名	出版社	出版年份	備注
1	文學理論與批評	《性格組合論》	上海文藝出版社（上海）	一九八六	
2			新地出版社（台灣）	一九八八	
3			安徽文藝出版社（安徽）	一九九九	
4			中國人民大學出版社（北京）	二零零九	
5		《文學的反思》	人民文學出版社（北京）	一九八六	
6			福建教育出版社（福建）	二零一零	
7		《放逐諸神》	天地圖書有限公司（香港）	一九九四	
8			風雲時代出版公司（台灣）	一九九五	
9		《罪與文學》	牛津大學出版社（香港）	二零零二	與林崗合著
10			中信出版社（北京）	二零一一	
11	中國古代文化與古代文學	《傳統與中國人》	三聯書店（北京）	一九八八	與林崗合著
12			三聯書店（香港）	一九八九	
13			人間出版社（台灣）	一九八八	
14			安徽文藝出版社（安徽）	一九九九	
15			牛津大學出版社（香港）	二零零二	
16			中信出版社（北京）	二零一零	
17		《論中國文化對人的設計》	湖南人民出版社（湖南）	一九八八	與林崗合著
18		《雙典批判》	三聯書店（北京）	二零一零	

19	中國古代文化與古代文學	《賈寶玉論》	三聯書店（北京）	二零一四	
20		《〈西遊記〉悟語 300 則》	中國藝文出版社（澳門）	二零一九	
21		《西遊記悟語》	湖南文藝出版社（湖南）	二零二零	
22		《紅樓夢悟讀系列》（六種）	三聯書店（上海）	二零二零	
23		《白先勇、劉再復紅樓夢對話錄》	中華書局（香港）	二零二零	與白先勇合著
24		紅樓四書 《紅樓夢悟》	三聯書店（香港）	二零零六	
25			三聯書店（北京）	二零零六	
26			三聯書店（香港）	二零零八	增訂版
27			三聯書店（北京）	二零零九	
28		《共悟紅樓》	三聯書店（香港）	二零零八	與劉劍梅合著
29			三聯書店（北京）	二零零九	
30		《紅樓人三十種解讀》	三聯書店（北京）	二零零九	
31			三聯書店（香港）	二零零九	
32		《紅樓哲學筆記》	三聯書店（北京）	二零零九	
33			三聯書店（香港）	二零零九	
34	中國現當代文學	《魯迅與自然科學》	科學出版社（北京）	一九七六	與金秋鵬、汪子春合著
35			爾雅出版社（台灣）	一九八零	
36		《魯迅美學思想論稿》	中國社會科學出版社（北京）	一九八一	
37		《魯迅傳》	中國社會科學出版社（北京）	一九八一	與林非合著
38			人民日報出版社（北京）	二零一零	
39			福建教育出版社（福建）	二零一零	

編號	類別	書名	出版社	年份	備註
40	中國現當代文學	《論中國文學》	中國作家出版社（北京）	一九九八	
41		《論高行健狀態》	明報出版社（香港）	二零零零	
42		《書園思緒》	天地圖書有限公司（香港）	二零零二	楊春時 編
43		《高行健論》	聯經出版事業公司（台灣）	二零零四	
44		《現代文學諸子論》	牛津大學出版社（香港）	二零零四	
45		《李澤厚美學概論》	三聯書店（北京）	二零零九	
46	思想與思想史	《橫眉集》	天津人民出版社（天津）	一九七八	與楊志杰合著
47		《告別革命》	天地圖書有限公司（香港）（共印八版）	一九九五—二零一五	與李澤厚合著
48			麥田出版社（台灣）	一九九九	
49		《思想者十八題》	明報出版社（香港）	二零零七	
50			中信出版社（北京）	二零一零	劉劍梅 編
51		《共鑒「五四」》	三聯書店（香港）	二零零九	
52			福建教育出版社（福建）	二零一零	
53		《教育論語》	福建教育出版社（福建）	二零一二	
54	散文與散文詩 散文	《人論二十五種》	牛津大學出版社（香港）	一九九二	
55			中信出版社（北京）	二零一零	
56		《漂流手記》	天地圖書有限公司（香港）	一九九三	漂流手記（1）
57			風雲時代出版公司（台灣）	一九九五	
58		《遠遊歲月》	天地圖書有限公司（香港）	一九九四	漂流手記（2）
59		《西尋故鄉》	天地圖書有限公司（香港）	一九九七	漂流手記（3）

編號	類別	子類	書名	出版社	年份	備註
60	散文與散文詩	散文	《獨語天涯》	天地圖書有限公司（香港）	一九九九	漂流手記（4）
61				上海文藝出版社（上海）	二零零一	
62			《漫步高原》	天地圖書有限公司（香港）	二零零零	漂流手記（5）
63			《共悟人間》	天地圖書有限公司（香港）	二零零零	漂流手記（6）與劉劍梅合著
64				上海文藝出版社（上海）	二零零一	
65				九歌出版社（台灣）	二零零四	
66			《閱讀美國》	明報出版社（香港）	二零零二	漂流手記（7）
67				福建教育出版社（福建）	二零零九	
68			《滄桑百感》	天地圖書有限公司（香港）	二零零四	漂流手記（8）
69			《面壁沉思錄》	天地圖書有限公司（香港）	二零零四	漂流手記（9）
70			《大觀心得》	天地圖書有限公司（香港）	二零一零	漂流手記（10）
71			《隨心集》	三聯書店（北京）	二零一二	
72			《我的心靈史》	三聯書店（香港）	二零一九	
73			《我的思想史》	三聯書店（香港）	二零二零	
74			《我的錯誤史》	三聯書店（香港）	二零二零	
75		散文詩	《雨絲集》	上海文藝出版社（上海）	一九七九	
76			《深海的追尋》	湖南人民出版社（湖南）	一九八三	
77				新地出版社（台灣）	一九八八	
78				廣東旅遊出版社（廣東）	二零一三	

編號	類別		書名	出版社	年份	編者
79	散文與散文詩	散文詩	《告別》	福建人民出版社（福建）	一九八三	
80			《太陽·土地·人》	百花文藝出版社（天津）	一九八四	
81				新地出版社（台灣）	一九八八	
82				廣東旅遊出版社（廣東）	二零一三	
83			《潔白的燈心草》	天地圖書有限公司（香港）	一九八五	
84			《人間·慈母·愛》	人民文學出版社（北京）	一九八八	
85				廣東旅遊出版社（廣東）	二零一三	
86			《尋找的悲歌》	天地圖書有限公司（香港）	一九八八	
87				廣東旅遊出版社（廣東）	二零一三	
88			《讀滄海》	安徽文藝出版社（安徽）	一九九九	
89				福建教育出版社（福建）	二零零九	
90	散文選本		《劉再復散文詩合集》	華夏出版社（北京）	一九八八	
91			《生命精神與文學道路》	風雲時代出版公司（台灣）	一九八九	陳曉林 編
92			《尋找與呼喚》	風雲時代出版公司（台灣）	一九八九	陳曉林 編
93			《劉再復精選集》	九歌出版社（台灣）	二零零二	
94			《我對命運這樣說》	三聯書店（香港）	二零零三	舒非 編
95			《漂泊傳》（海外散文選）	青年書局（新加坡）、明報月刊出版社（香港）聯合出版	二零零九	
96			《遠遊歲月——劉再復海外散文選》	花城出版社（廣東）	二零零九	
97			《師友紀事》（散文精編1）	三聯書店（北京）	二零一零	白燁、葉鴻基 編

98	散文選本	《人性諸相》（散文精編2）	三聯書店（北京）	二零一零	白燁、葉鴻基編
99		《讀海文存》	遼寧人民出版社（遼寧）	二零一二	
100		《歲月幾縷絲》	海天出版社（深圳）	二零一二	
101		《世界遊思》（散文精編3）	三聯書店（北京）	二零一二	白燁、葉鴻基編
102		《檻外評說》（散文精編4）	三聯書店（北京）	二零一二	白燁、葉鴻基編
103		《漂泊心緒》（散文精編5）	三聯書店（北京）	二零一二	白燁、葉鴻基編
104		《八方序跋》（散文精編6）	三聯書店（北京）	二零一三	白燁、葉鴻基編
105		《兩地書寫》（散文精編7）	三聯書店（北京）	二零一三	白燁、葉鴻基編
106		《天涯悟語》（散文精編8）	三聯書店（北京）	二零一三	白燁、葉鴻基編
107		《莫言了不起》	中和出版有限公司（香港）	二零一三	
108			東方出版社（北京）	二零一三	
109		《散文詩華》（散文精編9）	三聯書店（北京）	二零一三	白燁、葉鴻基編
110		《審美筆記》（散文精編10）	三聯書店（北京）	二零一三	白燁、葉鴻基編
111		《又讀滄海》	廣東旅遊出版社（廣東）	二零一三	
112		《天岸書寫》	廈門大學出版社（福建）	二零一四	
113		《四海行吟》	中華書局（香港）	二零一四	
114			中國人民大學出版社（北京）	二零一五	
115		《童心百說》	灕江出版社（廣西）	二零一四	
116		《吾師吾友》	三聯書店（香港）	二零一五	

	學術選本			
117	《劉再復論文集》	天地圖書有限公司（香港）	一九八六	
118	《劉再復集》	黑龍江教育出版社（黑龍江）	一九八八	
119	《劉再復——二〇〇〇年文庫》	明報出版社（香港）	一九九九	
120	《劉再復文論精選》上、下	新地出版社（台灣）	二零一零	
121	《人文十三步》	中信出版社（北京）	二零一零	林崗 編
122	《走向人生深處》	中信出版社（北京）	二零一零	吳小攀 訪談
123	《魯迅論》	中信出版社（北京）	二零一零	劉劍梅 編
124	《文學十八題》	中信出版社（北京）	二零一一	沈志佳 編
125	《感悟中國，感悟我的人間》	人民日報出版社（北京）	二零一一	對話集
126	《回歸古典，回歸我的六經》	人民日報出版社（北京）	二零一一	講演集
127	《高行健引論》	大山文化（香港）	二零一一	
128	《什麼是文學》	三聯書店（香港）	二零一五	
129	《文學常識二十二講》	東方出版社（北京）	二零一六	
130	《我的寫作史》	三聯書店（香港）	二零一七	
131	《什麼是人生》	三聯書店（香港）	二零一七	
132	《怎樣讀文學》	三聯書店（香港）	二零一八	
133	《讀書十日談》	商務印書館（北京）	二零一八	
134	《文學慧悟十八點》	商務印書館（北京）	二零一八	
135	《劉再復片段寫作選集》（四種）	香港城市大學出版社（香港）	二零二零	

136	劉再復文集	文學理論部	①《性格組合論》	天地圖書有限公司（香港）	二零二一	
137	劉再復文集	文學理論部	②《罪與文學》	天地圖書有限公司（香港）	二零二一	與林崗合著
138	劉再復文集	文學理論部	③《文學四十講》	天地圖書有限公司（香港）	二零二一	
139	劉再復文集	文學理論部	④《文學主體論》	天地圖書有限公司（香港）	二零二一	
140	劉再復文集	人文思想部	⑤《告別革命》	天地圖書有限公司（香港）	二零二一	與李澤厚合著
141	劉再復文集	人文思想部	⑥《傳統與中國人》	天地圖書有限公司（香港）	二零二一	與林崗合著
142	劉再復文集	人文思想部	⑦《教育論語》	天地圖書有限公司（香港）	二零二一	與劉劍梅合著
143	劉再復文集	人文思想部	⑧《思想者十八題》	天地圖書有限公司（香港）	二零二一	
144	劉再復文集	人文思想部	⑨《人論二十五種》	天地圖書有限公司（香港）	二零二一	
145	劉再復文集	古典文學批評部	⑩《紅樓夢悟》	天地圖書有限公司（香港）	二零二一	與劉劍梅合著

（不包括外文版）

劉再復簡介

一九四一年農曆九月初七生於福建省南安縣劉林鄉。一九六三年畢業於廈門大學中文系，被分配到中國科學院《新建設》編輯部。一九七八年轉入中國文學研究所，先後擔任該所的助理研究員、研究員、所長。一九八九年移居美國，先後在美國芝加哥大學、科羅拉多大學，瑞典斯德哥爾摩大學，加拿大卑詩大學，香港城市大學、科技大學，台灣中央大學、東海大學等高等院校裏擔任客座教授、訪問學者和講座教授。現任香港科技大學人文學部客座教授。著作甚豐，已出版的中文論著和散文集有《讀滄海》、《性格組合論》等六十多部，一百三十多種（包括不同版本）。中文譯為英文出版的有《雙典批判》、《紅樓夢悟》。韓文出版的有《師友紀事》、《人性諸相》、《告別革命》、《傳統與中國人》、《面壁沉思錄》、《雙典批判》等七種。還有許多文章被譯為日、法、德、瑞典、意大利等國文字。由於劉再復的廣泛影響，冰心稱讚他是「我們八閩的一個才子」；錢鍾書稱讚他的文章「有目共賞」；金庸則宣稱與劉「志同道合」。

林崗簡介

林崗，一九五七年生，廣東潮州人，文學博士。一九八零年畢業於中山大學中文系，曾任職於中國社會科學院文學所、深圳大學中文系。現為中山大學中文系教授，廣東省人民政府文史研究館館員，廣東省文藝評論家協會主席（兼職）。從事中國現當代文學研究。與劉再復合著有《傳統與中國人》、《罪與文學》；另著有《三醉人談話錄》、《口述與案頭》、《明清之際小說評點學之研究》、《秦征南越論稿》、《詩志四論》、《閱讀劉再復》等。

「劉再復文集」

① 《性格組合論》 劉再復

② 《罪與文學》 劉再復、林 崗

③ 《文學四十講》 劉再復

④ 《文學主體論》 劉再復

⑤ 《告別革命》 李澤厚、劉再復

⑥ 《傳統與中國人》 劉再復、林 崗

⑦ 《教育論語》 劉再復、劉劍梅

⑧ 《思想者十八題》 劉再復

⑨ 《人論二十五種》 劉再復

⑩ 《紅樓夢悟》 劉再復、劉劍梅

書　　名　傳統與中國人（「劉再復文集」⑥）

作　　者　劉再復　林崗

責任編輯　陳幹持

封面題字　屠新時

美術編輯　郭志民

出　　版　天地圖書有限公司
香港黃竹坑道46號
新興工業大廈11樓（總寫字樓）
電話：2528 3671　傳真：2865 2609
香港灣仔莊士敦道30號地庫（門市部）
電話：2865 0708　傳真：2861 1541

印　　刷　亨泰印刷有限公司
柴灣利眾街德景工業大廈10字樓
電話：2896 3687　傳真：2558 1902

發　　行　香港聯合書刊物流有限公司
香港新界荃灣德士古道220-248號荃灣工業中心16樓
電話：2150 2100　傳真：2407 3062

出版日期　2021年8月／初版

ISBN：978-988-8549-21-4